大鱼文化传媒　大鱼文学

QY
WX

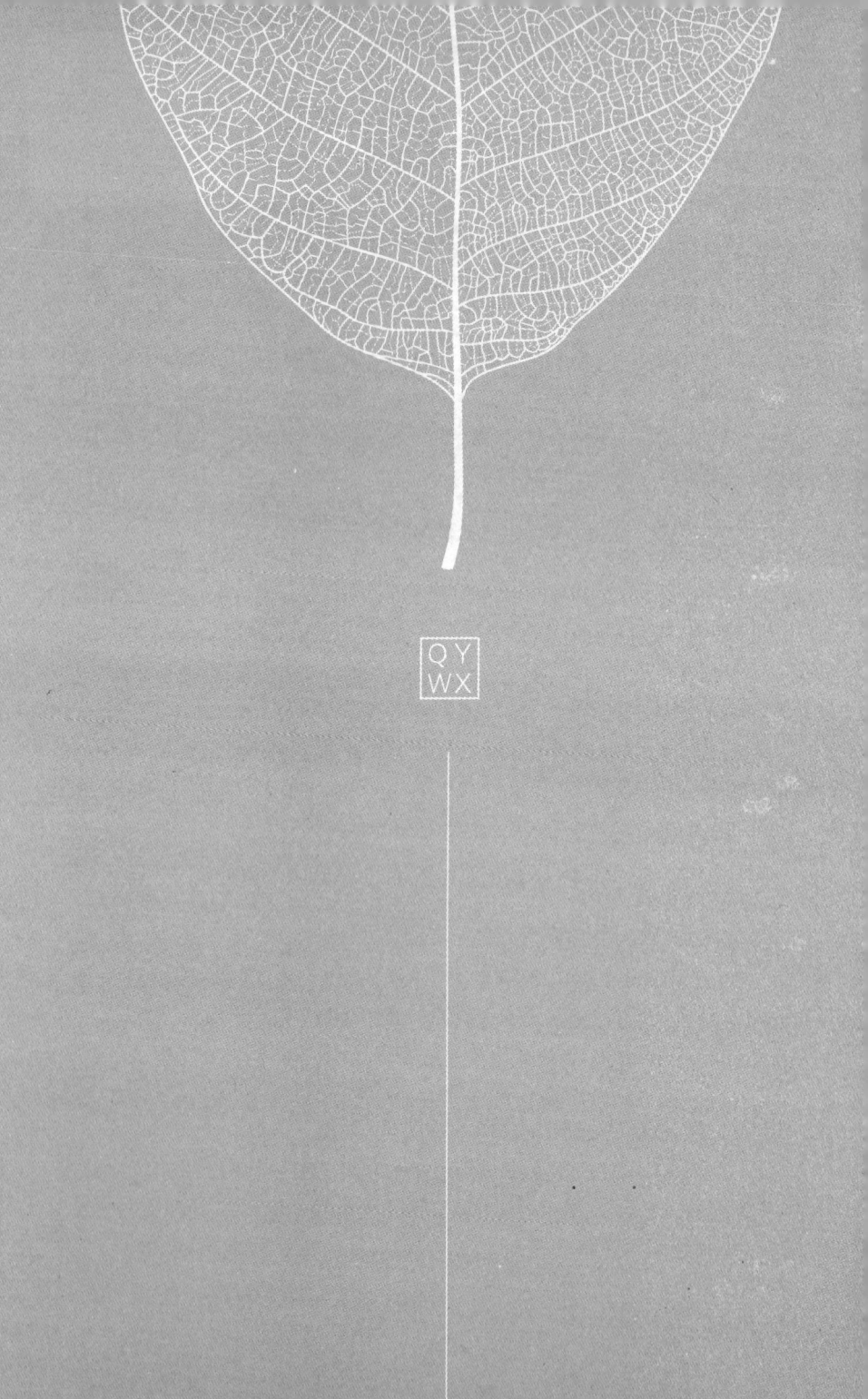

会遇见你我不知

清扬婉兮 & 刘远近

作品

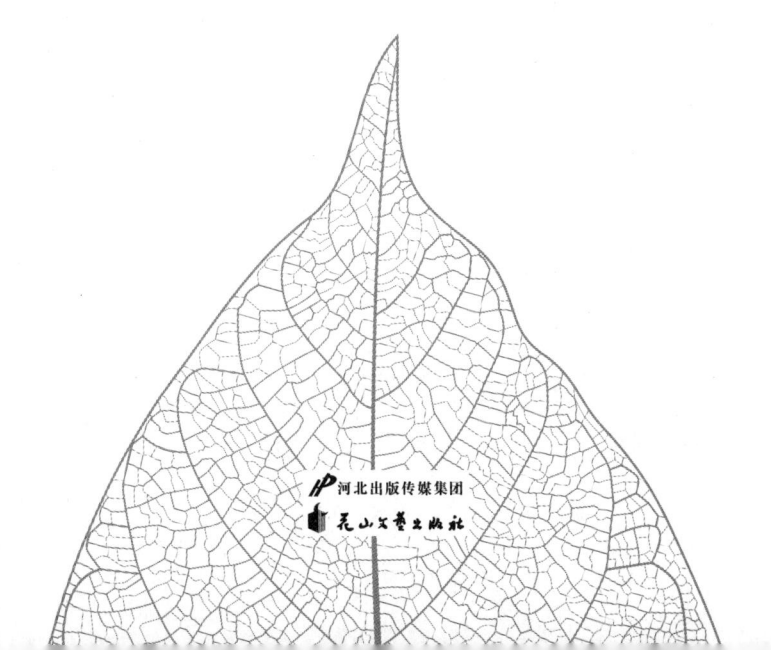

河北出版传媒集团
花山文艺出版社

图书在版编目（CIP）数据

我不知会遇见你 / 清扬婉兮，刘远近著. —石家庄：花山文艺出版社，2016.7（2020.3重印）
ISBN 978-7-5511-2899-5

Ⅰ. ①我… Ⅱ. ①清… ②刘… Ⅲ. ①长篇小说—中国—当代 Ⅳ. ①I247.5

中国版本图书馆CIP数据核字(2016)第156404号

书　　名：我不知会遇见你
著　　者：清扬婉兮　刘远近
策划统筹：张采鑫
特约编辑：刘砾遥
责任编辑：卢水淹
责任校对：齐　欣
封面设计：颜小曼
内文设计：曾　珠
美术编辑：许宝坤
出版发行：花山文艺出版社（邮政编码：050061）
（河北省石家庄市友谊北大街330号）
销售热线：0311-88643221/29/35/26
传　　真：0311-88643225
印　　刷：三河市华东印刷有限公司
经　　销：新华书店
开　　本：880×1230　1/32
印　　张：10
字　　数：308千字
版　　次：2016年10月第1版
2020年3月第2次印刷
书　　号：ISBN 978-7-5511-2899-5
定　　价：48.00元

（版权所有　翻印必究·印装有误　负责调换）

目录

第一章 · 001 ·
短暂的花朵,时光的琥珀

第二章 · 105 ·
我有深挚心声,不能婉转歌唱

第三章 · 187 ·
你是所有美丽的遇见里,最伟大的不平凡

我不知 会遇见你

第一章
短暂的花朵,时光的琥珀

01

春天的时候，花浔巷出了盗贼，几乎每一户人家都未能幸免。女人们见了面，怨声载道。

"那是我最爱的铁海棠，养了三四年了，就这么被贼连盆端了。"

"叫我抓住这小毛贼，一顿好打，刚开花的红鸾，我还没瞅一眼呢，现在就剩一个土坑。"

街角的修鞋匠打趣："这贼倒风雅，也是个爱花的人。"

花浔巷因花得名，居住在这里的人自古爱花出了名。家家户户养花，四季皆有花看。三月的雨水中连翘在篱笆上开出的黄，夏夜里栀子和茉莉送来暗香，墙角一株扶桑，开得如痴如醉，四季不绝，秋日的斜阳，照在院墙上，猫咪在花丛下抓蟋蟀，放学的孩童从落雨的街巷走过，顺手撷一朵玉簪别在发间，美了一个黄昏和夜晚。

花浔巷的人都善养花。风信子喜肥宜肥，以水培之，五金店老板娘如女儿一般爱惜；刚刚采摘的栀子花以湿布覆盖，香味更加持久，李奶奶最喜欢摘下栀子赠人；九重葛喜光照，易存活，老金把它们修剪成花篮形、多塔形，然后收获邻里的赞美。人人有一套养花的经验、秘籍、诀窍，乐于与人分享，就像人人有一套处世的哲学，这种泥土里的成长，还未被钢筋水泥腐化的自然属性，使得人们的关系更加亲密、胶着。花浔巷的人们总是和气并且笑着的。

唯独罗家女人是个例外。

安静的午后，从罗家后院窗户里传来一阵杀猪般的号叫："啊！文凤娇，你打我，啊！我告诉你，你老了瘫床上，可别指望我伺候你。"

罗晓蝶又挨打了。

伴随着扫把落在皮肉上的闷声、桌椅碰撞声、猫咪被吓到的鬼叫声，还有文凤娇破音的怒斥："今天打不死你，我就不姓文！你小小年纪，整天下河上树，招猫逗狗，疯疯癫癫，全身上下，哪有一点女孩的样子，这些也倒罢了，你竟然……"

屋里的女人怒目圆睁、表情扭曲，忽然压低了声音："你竟然做起了小偷，真出息！你麻溜儿的，等会儿趁天黑给人家还回去。"

罗晓蝶赤脚站在地板上，一头短发倔强地倒戗着，眼神桀骜，眼眶里聚满泪水，却像个小公鸡一样始终梗着脖子，没让眼泪落下来。手臂上迅速泛起几道清晰的红色血痕，因为疼痛，伤痕周围的皮肉微微抽动了一下。

文凤娇将扫把恶狠狠地摔在墙角，余怒未消地瞪一眼，下楼去了——楼下水果铺有客人在喊。

罗晓蝶用手背抹一把泪水，又低头不以为然地揉了揉胳膊，一瘸一拐地走到床边，从床底端出那盆小小的碧绿的仙人掌——这就是她在月黑风高夜偷的还没来得及妥善处理的赃物。

她像是对自己说话："不要哭，别怕，你很快就可以见到你的小伙伴们咯！"

楼下又传来文凤娇尖锐刺耳的吵架声。

文凤娇是这条街上有名的泼妇。她几乎和花浔巷的每个人都吵过架，她像一个能量巨大的炸药包，蓄积了太多的怨气，一触即燃。罗晓蝶从那些与妈妈文凤娇吵架的人词穷而无力的反击和事后迂回隐秘的议论中得知，妈妈并不是生来就泼的，她也曾是一个娴静端雅的妇人，说话低声细语，知书达礼，自从出了那件事，她就像变了一个人。那件事是这对母女间的一个禁忌，从来不被提起。

"人们为什么不能好好说话呢？"她常常在深夜里暗自叩问寂寥的空气，却从来找不到答案。

她的生活里没有这样的人，老师们对她多批评挖苦，文凤娇善冷嘲热讽，而她"青草帮"的那群小喽啰，只会曲意逢迎。

那时她最大的梦想是，能遇到一个对她好好说话、好好听她讲话的人。

记忆如同握在手中的水,无论摊开还是紧握,终将从指缝中漏下,被时光带走,最终留在手心的,便是琥珀,是珠玑。

罗晓蝶对爸爸的记忆,止步于那场秋日的旅行。在她的记忆里,爸爸就是那样一个温润如玉的谦谦君子,是第一个会好好讲话,并能好好听她讲话的人。

"呜——哐且哐且——"绿皮小火车发出快乐的声响。一家三口在外婆家度过一个愉快的假期,踏上返程。火车经过被农民缝纫得整饬的田野,经过陌生的村落,穿过隧道,路过一条大河。美好短暂的假期就要结束了,罗晓蝶忽然感到伤感,她看着窗外那些远去的景物,就像看到童年的红蜻蜓,飞过小溪流,落在对面的草地上,她只能眺望和叹息。幼小的她在逼仄的车厢里忽然哇哇大哭,引得众人侧目,妈妈觉得尴尬而无奈,耐心拍哄她。

对座的年轻女孩拿出书包里的棒棒糖,她也不为所动,妈妈失去耐心,厉声吓唬她:"再哭,一会儿火车停下就把你扔下去,不要回家了。"

她哭得更凶了。

最后,爸爸温柔地抱起了她,说:"晓蝶不哭,爸爸给你讲故事。"

她瞬间安静下来。小小女童,坐在爸爸的膝头,如同乖顺的猫咪。她最喜欢听爸爸讲故事。

那天的故事很好听。时隔数十年她依然记得。爸爸的声音像静谧的湖水,他讲了一个巨人的故事。

有一座漂亮的大花园,长满一蓬蓬的草和星辰般繁盛的花,还有十二棵美丽的桃树,孩子们都喜欢放学后去那里玩耍,春天总是最先光顾那里。一天,花园的主人从远方回来,他是一个脾气暴躁且自私的巨人,他赶走了那些孩子。随着孩子们的离开,春天也渐渐遗忘了这座花园……

"后来呢?后来呢?"她仰起头追问。

爸爸却并没有接着讲下去,他忽然表情扭曲,皱了皱眉,将孩子交给妻子,称吃坏了肚子要上洗手间,就起身匆匆走开了。

妈妈对生活的积怨,就是从那个时候开始的。她抱过女儿,就开始和身边刚刚结识的妇人抱怨火车上差劲的餐食、脏乱的车厢、夜行时陌生人的鼾声,以及令人堪忧的治安。她喋喋不休,邻座妇人敷衍附和几句,转头去看窗外风景,而罗晓蝶在火车的颠簸和失去耐心的等待中,陷入一个短暂的睡眠。

"噗",一声闷闷的停顿,列车在一个无名小镇停靠。有人下车,有人上车,妈妈却渐渐慌了。她把熟睡的孩子托付给邻座的妇人,去列车洗手间找丈夫,房门长时间反锁,里面却无人应答。情急之下她叫来乘警。厕所门打开那一刻,一具沉重的尸体重重地朝前倾倒过来,众人惊诧,列车内的乘客顿时慌作一团。

但那个人不是罗晓蝶的爸爸。

他就这样凭空消失了。并成为一起杀人抢劫案的最大嫌疑人。

她醒来时,在一间陌生的房子,被一个穿制服的女人抱着。妈妈在接受了一轮轮问讯后,疲倦地从另一间房内走出,抱起女儿,柔声说:"走!我们回家。"

"爸爸呢?"她扑闪着眼睛问道。

妈妈没有回答她的话,而是有些凶相地重复道:"走!我们回家。"

她不敢再问,怯生生地将头靠在妈妈的肩上,抱紧了妈妈。

回到家的时候已是黄昏。罗晓蝶饿了。妈妈将她放在沙发上,进厨房煮了一碗面放在她面前。

没有鸡蛋,没有青菜,只放了一点酱油和葱花的面。不足五岁的她使用筷子并不熟练,艰难地挑起一根面放进嘴里,味道差强人意,她的眼泪唰地流下来。她抬起眼睛,想从妈妈那里寻求一点儿安慰,可妈妈与她四目相对时,先是本能地凝住,然后又迅速移开,妈妈独自坐在沙发另一角,眉尖蹙着,眼神黯淡地看着脚下,又似乎什么也没看。

电话铃声忽然大作,妈妈迅速接起电话,对方不知说了什么,她放下电话,眉心舒展,脸上带着淡淡的笑,像是终于想起来回答一个小时前女儿发出的提问,她语气轻盈地说:"爸爸说,他最晚十点半回家。"

那碗面因为这个答案而变得美味,罗晓蝶很快吃完,还打了一个散发着酱油味的饱嗝儿,然后安静地坐回自己的小椅子,看一本小人书。

入夜忽然下起雨,夏季的雨急而迅猛,猛烈敲击玻璃,发出可怕声响,但屋内的母女沉静端然,灯光温暖。她看到一滴雨落在窗玻璃上,她看到吊扇的叶子在这个夏日的夜晚,慢慢从墙上划过的影子,她还看到一只濒死的蝴蝶在窗户的玻璃上拍打潮湿的翅膀,她听到自己失望的叹息。

墙上的钟表指向十点半。

"哐啷!"妈妈红着眼,顺手拿起桌上的碗向墙上掷去。一声尖锐的脆响穿透风声雨气,让那个夜晚变得曲折漫长。

他没有如约归来。

他留给罗晓蝶一段不完美的旅程,一个没讲完的故事,一个无法兑现的诺言。

多年来,罗家的水果铺坚持十点半打烊。门口的灯执着地亮着,花浔巷清一色的仿古红灯笼,只剩孤零零一盏,风里望去,它有些颤抖,仿佛被跌跌撞撞的孩子提着。小时候正月十五打灯笼,一阵突然的风,常常让孩子手里的灯笼燃起来——情感也是这样,如此经不起吹拂。

罗晓蝶最开始还会问:"爸爸去哪里了?什么时候回来?"妈妈心情好的时候,会编美丽的谎言骗她,说爸爸去了一个遥远的外星球,成为那里的永久居民,后来妈妈越来越凶,她就不敢问了。

花浔巷的人都在迂回而隐秘地传说,罗平在火车上见财起意,谋财害命,畏罪潜逃。虽然这个说法有诸多漏洞,但那依然是寡淡的生活中人们最津津乐道的话题。

"孩子们再也不能到花园里去玩,春天也遗忘了这里。后来呢?后来怎么样了呢?"她在童年的睡梦里,常常会这样问。

这座小小的城市有一条河,它窄小,细长,但古有盛名。罗晓蝶喜欢一个人在河畔坐着,听水流潺潺,假装自己和一个健谈的人聊天。夜晚如同一只温柔的大鸟扇动着翅膀,不疾不徐,站在水边,可以看到灯影漂浮在水波上,金黄橘红的光波,有一种别样的美。

有一天,她在小河的支流尽头,发现一处荒凉的圣地。那里是一处荒宅的后墙外，被高大灌木和细密藤萝遮挡，杂草丛生，却竟有桃树和繁花夹杂其中。那一刻，她以为找到了巨人的花园，决定独占山头，自立为王。她偷来各色花卉装点这座花园，给它起名仙人掌花园，仙人掌花园不能没有仙人掌啊！于是她趁月黑风高，把刘家窗台上的仙人掌连盆端走，只是还没来得及移植到花园，就被文凤娇发现了。

罗晓蝶抱着仙人掌，蹑手蹑脚地下了楼，然后从后门出，走在僻静的后街上。下楼的时候文凤娇用余光看到了她，脸上露出一丝不易觉察的欣慰的笑。

罗晓蝶也笑了，她笑文凤娇可笑。她当然不是去归还赃物。仙人掌花园不能没有仙人掌啊！

夜已经很深了，漆黑的夜幕坚硬地伏在头顶，让人压抑。大约十分钟后，她来到了自己的秘密基地。

遥远的灯火凄冷地浮在草木上，那棵桃树因为天生天养，无人打理，长得奇形怪状，如同坚硬的尸体，张牙舞爪地向天空伸展四肢。她因为爱看乱七八糟的闲书而有些视力不好，此时没有风，她在眨眼的瞬间，总觉得那树的黑色轮廓在抖动。

气氛莫名有些森然。

她摇摇头定定神，开始挖坑，打算将仙人掌种在土里。这时，一小股阴风不知从哪个方向吹过来，她的手微微一抖，不自觉地加快了动作，她想起白天夏杨说过的话。

白天和夏杨一起从大宅院前经过时，他很八卦地说："这家宅子以前闹鬼，走快点吧！据说他们祖上丢失了镇宅的宝贝后，家里就开始莫名其妙地死人，唉！大概冤魂太多了吧！"

"你鬼故事看多了吧？"罗晓蝶不满地敲他的头。

"哎？你不觉得这房子现在住的那爷孙俩——哦，不对，也许是父子俩，那两个人看起来也怪怪的吗？"

"哪里怪了？又没有多长一只眼睛。"

……

夏杨是隔壁理发店夫妻俩的儿子，混世魔王，和罗晓蝶一样爬墙上树的主儿，两人臭味相投一拍即合。虽然两家大人在两年前就因为门口摆摊时占地出界的问题而吵翻了，他们时常被耳提面命不许和对方一起玩，但这丝毫不影响两人的友谊。在罗晓蝶学电视里的情节组织了"青草帮"的第一天，夏杨就投拜门下，甘当左护法，鞍前马后忠心耿耿。但是罗晓蝶不是很待见他，夏杨太胆小，一点小事就缩头，难当大任。她喜欢的男生，要坚强勇敢，又谦谦君子，像大雨后的光芒万丈，有光，有力量。像梦中的爸爸。

夏杨的八卦让向来胆大的罗晓蝶心里有些发毛，她使劲摇摇头提提神让自己不要乱想，咬着牙，哆哆嗦嗦地把仙人掌埋到了挖好的坑里。

草丛里有小虫子窸窸窣窣地叫着，天气闷热，一丝风也无，她很快出了汗，汗滴落在小腿上缓缓流下去，痒痒的，她以为是小虫子爬上了腿，连忙伸手去摸，不小心却碰到仙人掌，她一惊，吃痛地尖叫了一声。

尖锐的叫声在深夜里格外清晰骇人，更显四周森然恐怖，有藏在树丛中的黑色大鸟被惊起，扑棱棱地蹿上青色夜幕很快消失不见。罗晓蝶被惊出一身冷汗。

"该死的夏杨，讲鬼故事吓我，今日友情尽了。"她暗暗咒骂着夏杨，深深地吸一口气，抬脚准备原路返回。

"沙沙沙！"

突然，她听到身后的草丛中传来异样的声音。

她马上停下脚步，警觉地环望四周……

"沙沙沙……"

异样的声音再次响起来，不是她的脚步，也没有风。

她握紧了手里的一柄小铲子，耳根仔细辨别声源，然后迅速回头，只见桃树后的灌木丛后迅速闪过一个黑影，遁入另一片茂密的树丛后消失不见。

"啊！"她凄厉地尖叫着拔腿就跑，心脏仿佛被一只大手骤然攥紧提到了嗓子眼，惊出一身冷汗。一阵恐惧的电流一波波顺着脊背往下窜，她的腿都软了，却还是强迫自己用力朝前跑去。

黑暗在身后渐渐远去，花浔巷的点点灯光渐渐在眼前闪现，柔和而温暖。她一口气跑到家门口,抚了抚胸口,长长地喘了一口气。

"最让你觉得恐惧的事是什么呢?"她想起有一次夏杨这样问她。

她像个小大人一样回答:"孤独啊!"

夏杨漫不经心地反问:"孤独是什么啊?"

仙人掌花园·睡前故事

欢迎来到仙人掌花园。月亮出来了,我要开始讲故事了。

你知道吗?你所认为人生中那些重要的夜晚,和此刻并没有什么不同。

那天夜里,就像现在一样,星光在头顶波动,声声蛩鸣,野薄荷在月色和露水的浸润下疯长,风送来栀子微甘的气味,这样美好的夜晚,仙人掌花园的成员小金鱼想荡秋千了。它吧嗒吧嗒地飞过来,坐在了秋千上,秋千悠悠地荡起,"吱——哦!吱——哦!"多么好听的声音啊!像极了花浮巷水井上石碌辘动绳索的声音。

小幽灵也想荡秋千了,它呼啦啦从树梢飞落,说:"小金鱼,带我一起玩吧!"于是小幽灵也坐在秋千上,秋千悠悠地荡起,"吱——哦——吱——哦!"多么好听的声音啊!夜很深了,秋千还在"吱——哦,吱——哦"地叫,咦!爱玩的仙人掌没来凑热闹,仙人掌去哪里了?

仙人掌正撑着秋千卖力地摇,他说:"你们能来陪我玩,真是太好了。"

"这听起来是一个很悲伤的故事。"他说。

02

　　文凤娇的"果然美"水果店因为老板娘脾气不太好,生意不是很好,自从巷子口开了一家超市后,她的生意愈发难做了。有些水果没有及时卖掉难以保存,就难逃腐烂扔掉的厄运。面对难题,每个生意人都有一套诀窍。文凤娇将那些快要烂掉的水果去皮、切好,然后用塑料托盘、保鲜膜封好,再贴上产自泰国、新西兰、越南等地的标签,这种水果倒是很受学生和年轻人的喜爱,既尝了鲜,又省事。

　　这种水果拼盘也受罗晓蝶的喜爱。

　　夏末傍晚的空气筛过尘土,清亮而沁凉,她笑嘻嘻地下楼来,给妈妈倒了一杯茶放在手边的小几上。文凤娇正在削水果,抬眼瞥她一眼,低声问:"东西还回去了吗?"

　　"早还回去了。"她拿起一个苹果,"咔嚓"咬起来,然后,顺手拿起一盒切好的水果,口中含混不清地说,"我去上英语课了。"尽管罗晓蝶不情愿,文凤娇还是给她报了暑期英语补习班。

　　文凤娇按住她的手,冷言讽刺:"这个放下,又拿去孝敬谁啊?我就说嘛!好心给我倒茶。猪在吃饭前总要哼哼两声。"

　　罗晓蝶气结:"你!哪有当妈的说女儿是猪的?就你这裸奔水果,还真适合喂喂猪,也好意思卖给顾客?明明都烂掉了,切了皮卖得比原来更贵,真黑!嘿嘿!你闺女数学虽然学得不怎样,这点账还是算得清的。"

　　文凤娇环顾四周,恨不得马上捂住她的嘴,压低声音呵斥道:"你个吃里爬外的坏坯子,赶紧滚。"

　　"裸奔水果"确实不是罗晓蝶自己吃的。快开学了,罗晓蝶的"青草帮"要召开大会,人家梁山好汉聚义厅议事还有酒肉伺候,作为一个没有保护费收入,又不打家劫舍的帮派,开一次会只摆上这么点廉价的水果,作为大姐大,她觉得很羞愧。

来到聚会的地方,小弟们已经到齐了。面对这点招待水果,小弟们一点儿也没客气,吃完还会怨声载道。

"火龙果不甜。"

"哈密瓜味道不太对,酸酸的。"

"老大,下次能不能多带点啊?太少了。"

罗晓蝶很无奈。左护法发了飙:"吃!吃!吃!就知道吃,我们青草帮的政治目标、革命理想都忘了吗?毕业前各分舵的任务都完成了吗?"

几个小弟面面相觑。

所谓"青草帮",聚集的都是一些后进分子,有倒数第一,有迟到大王,有瘦弱的小娘炮,有不爱说话的闷葫芦。罗晓蝶最初成立青草帮的口号也是"替天行道",后来就变成了"我去炸学校,老师不知道"这样的豪情壮志,所以,分给每个分舵的任务都很奇葩。

夏杨依然一副凶相训话:"你们说说看,我分给你们的任务,有没有保质保量地完成?师太杯底涂辣椒,学霸书包放鞭炮,校长车胎爆一爆,试卷撒满林荫道。都完成了吗?"

成绩最差的阿呆一脸茫然,小心翼翼地问:"咱们学校有林荫道吗?"

夏杨生气地用一根柳树枝抽了抽阿呆:"你是猪啊!这不就是个比喻吗?行了,你也不用给师太杯底涂辣椒了,你应该感谢她呀!啥也不懂,她就让你毕业了。能不能有点追求,做个有文化的古惑仔啊?"

夏杨故作姿态地挑挑额头的头发,头一仰,恬不知耻地说:"就像我这样。"

几个人都绷不住"哧哧哧"地笑起来。

罗晓蝶清清嗓子,摆出大姐大的姿态,正色道:"好了,好了,过去的事不提了,我说两句啊!"

她略停顿了一下,以便众小弟准备好敬仰的眼神膜拜她。受夏杨影响，罗晓蝶也是一个有文化的大姐大，她说："马上就要开学了，我们就要成为一名依然不受待见的高中生，新学年里，我们的目标和口号是'莫把光阴浪费，混到视死如归'，能不能做到？"

"能！"大家异口同声，小弟们热烈地鼓起掌来。

那些童真的过往，风中的歌唱，匮乏的梦想，在齐声宣誓中，被遗忘了，永久遗忘了。人们一直在遗忘中生活，并且会很快乐。瞧！这一刻，罗晓蝶就很快乐。

长长的巷子里，罗晓蝶的单车骑得飞快，秋天的风卷起校裙的裙摆，她的短发在风中支棱着，像一面招摇的旗子。依然是桀骜不驯的女生。

夏杨在后面徒步追赶，气喘吁吁地大喊："等下我啊！"

她回头喊："要迟到了。"

"砰！"车子直直撞上一辆黑色的轿车。她身子摇晃着，朝一边倒去，着地的那一刻，一只脚机警地找到了重心，斜斜地撑住地面，才不至摔倒。

定睛一看，自行车头在崭新锃亮的车身上划出长长一道划痕。车门打开，一位中年男子下了车，绕过来查看。

罗晓蝶认得他。暑假里，他和那个少年一起搬进那座没有人住的宅院。少年不过十五六岁的样子，男子头发花白，不算年轻了，可做少年的父亲，似乎嫌老，若论爷孙，又显得年轻。那少年不常出门，只见男子时常出门采买，或驾车外出办事，待人很和气，却自有一份疏离，和本地粗鄙的男人决然不同。大家都称他"谢伯"。

尽管罗晓蝶蹭花了车心里很不安——她听夏杨说这个牌子的车很贵，若是对方让她赔，她肯定赔不起——她仍是佯装镇定地抬起头，目光挑衅地迎上去。

未料到，对方并没有看车上的划痕，反而用那种温和的外乡口音问道："小妹妹，你没事吧？"

这种态度是罗晓蝶始料未及的，她有点无所适从："没……没事。"

"那快上学吧！"男子拍拍她的肩，以示他原谅她的鲁莽，然后又回到了车上。

她如遇大赦，赶紧扶正车子，一脚蹬上车，依然若无其事地吹起口哨来。那辆车也徐徐开动，从她身边驶过，经过的刹那，从余光里，她恍惚看到右车窗摇下来，她看到了那少年。她从那束目光里，看到了冰冷和漠然。那时她哪会想到，那冰冷的目光背后，隐藏着一个爱的天才。

但只是匆匆一瞬，车窗又关上了。

她和那少年竟被分到一个班。他叫谢嘉年。

新学期，新环境，大家都忙着结识新同学，第一天，课堂上都是一些发放课本新生教诲这样的琐事，教室里喧哗吵闹。大家都在谈笑风生追跑打闹的时候，她看到那少年独自沉默寡言地坐在那里。那个蓝色的身影，在下课时走在没有灰尘的阳光里，像一个孤单的小星球。她忽然觉得，他一定也很孤独。

花浔一中不大，但是享有盛名的百年名校，前身建校于晚清，出过一些学者，有不少名家题词。学校是翻新修葺的仿古建筑，影壁上写着"博容笃雅"的校训。绿化很好，一些古木还被围挡起来，挂着名牌，俨然进了植物园一般。学校高才生云集，出过高考状元，家长们挤破头想把孩子送进来，罗晓蝶的成绩本来是不够格的，幸运的是按照相关政策她生在学区内，于是顺理成章地升入了花浔一中高中部。

"能不能别整天打打杀杀，把心思稍微用在学习上啊？到时连个二本都考不上，你的丢人学位就算修到博士后了。"文凤娇骂人总是别出心裁。

她的意思罗晓蝶懂，大学是要靠自己考的。

鉴于文凤娇说得有几分道理，和校园优美的环境，罗晓蝶也有点动心，她很想给妈妈长长脸。

开学前，挑染的彩色头发已经被她悄悄染回了黑短顺，黑指甲油洗掉了，可是，那个打架逃课交白卷的女孩，那个任性顽劣、飞扬跋扈的女孩，真的会像文凤娇期待的那样，长成一棵挺拔笔直没有分叉的小树吗？她知道，改变很难，但可以试试看。

然而罗晓蝶对新校园的好印象，很快被摧毁了。

作为百年名校，也有一项优良传统，那就是新学期拔草。虽然学校的绿化和花圃有专人打理，但每隔一个暑期，操场的边角和围墙下就会长满蒿草，绿化工人人手不足，要打理场面上的花草树木，这些野莽杂草就留给了学生们。班会课后，班主任给大家分配了拔草区域，并且给罗晓蝶安了一个小官——拔草小分队队长。

她感到了深深的耻辱和恶意。老师的这点小伎俩她懂，给后进生安一顶高帽子，无异于孙悟空的紧箍咒、牲口的笼嘴套，希望她严于律己而已。上初中的时候，她也当过纪律小组长，自习课上不到十分钟，她带领组员们开起了故事会，并且将他们全部发展为青草帮的小弟，老师气急叫家长，回家后，免不了被文凤娇一顿扫把头伺候。

"老师，这个队长我当不了。"她站起来，一本正经地说。

年轻的女教师微笑着："为什么？"她自然是查看了每个学生的报告册，才做出这种自以为聪明的举动的。

罗晓蝶想了想，学樱桃小丸子的语气，俏皮地说："我才不做会流汗的事情耶！"

全班哄笑。

老师定定神，依然微笑："流汗很有益身心的，你们这一代人，就是太缺乏锻炼了。乖！去吧！"

虽然不情愿，还是无奈地接受了这份差事，带着她的队员们来到阵地。夏杨和谢嘉年都被分到她的小组。

夏杨屁颠屁颠地跟在她身后，谄媚地说："老大，别怕，等会儿把分舵的人都调过来，这点事，小意思。"

罗晓蝶不置可否，她看到谢嘉年的脸上，露出一个不易觉察的略带嘲讽的笑。

围墙根的蒿草长得足有一米高，蚊虫滋生，闷热无比。她刚拔两根草，胳膊就被蚊子叮了几个包，于是装腔作势地拔了两下之后，就跑到大榕树下歇凉去了。

夏杨去搬救兵，草地里就剩下谢嘉年一个人在认真地拔草。

她漫不经心地打量着他。干净健康的皮肤，漂亮的鼻子和眼睛，像个英俊的混血儿。看他坐的车，应该出身优渥，没想到，他干起活来毫不逊色，手被草划伤了也毫不在意。

她忽然觉得自己坐在这里有点可耻，于是站起来走过去。

谢嘉年和旁边二班的男生不知为何忽然吵起来。

对方是罗晓蝶的小学同学刘巍巍，和她是死对头，也不是省油的灯。刘巍巍和自己的同学没拔完自己区域的草，对谢嘉年说了句"剩下的都是你们班的"，就准备走掉。

"你站住。"谢嘉年的声音不怒而威，带着不容置疑的力量。

"想打架啊？"对方向前逼近一步，身后的几个男生也围上来，一副要打架的架势。

罗晓蝶坐不住了，抄起脚下一个矿泉水瓶子扔了过去，径直砸在刘巍巍的脑门上。被一个矿泉水瓶砸到，并没有多痛，刘巍巍却夸张地"嗷嗷"叫起来，一手捂着额头，一手指着罗晓蝶："你过来，我保证不打死你。"他身边的另一个男生，已经抄起了一根粗粗的树枝。

罗晓蝶心里并不是不害怕，小时候她和刘巍巍打过架，他体格健壮，她根本不是他的对手，那次她被打得头破血流，在诊所缝了四针。文凤娇因此和刘巍巍家长大吵一架，两家从此不相往来。

谢嘉年一把夺过男生的棍子，扔到了围墙外。对方立刻跳脚，这时，夏杨从远处跑过来："怎么了？怎么了？"

没有"裸奔水果"的贿赂，那些分舵主不买他的账，他不仅没搬到救兵，这边反而燃起了战火。

了解了事情的原委，夏杨做起了和事佬，还转起了文："大动干戈只为草，让他三尺好不好？刘胖子，这三尺都是你的了，记住啊！"

"你小子废话最多，滚一边去。"刘巍巍霸道地推了一把夏杨，夏杨没提防，趔趄一下，坐在了地上。

罗晓蝶见状，想也没想就抡拳上去，砸在刘巍巍的胸口。刘巍巍哪肯吃亏，一把抓住了她的手腕，凶相毕露。

谢嘉年原本在冷冷观望，就在这时，他冷静地伸出手，抓住刘巍巍的手，眼神与他对峙，用一种不容置疑的力量，将他扯开，并且拉到了墙根下。

然而并没有想象中的打斗发生。他不知对刘巍巍说了什么，刘巍巍再回来时，一脸奸笑，对他的同学耳语了几句，他们竟很快一字排开，井然有序地开始拔草，不仅拔自己地盘上的，还包括罗晓蝶他们的。

谢嘉年甩甩被草割破的手，一身轻松地走到大榕树下坐下，抬头看秋日的青空里羊群一般的白云。

虽然矛盾解除，可罗晓蝶并不感激他。她知道，刘巍巍家境贫寒，除了钱，没有什么能打动他。在崇尚暴力做着女侠梦的罗晓蝶眼里，无论是以德服人、以理服人，还是以武服人，都比金钱收买来得高尚。

她走过去，讽刺道："使钱收买，也不是很高明啊！"

谢嘉年淡然一笑，抬头看天，说："虽然不是很高明，但是很值得啊！大好的光阴，不能浪费在拔草那种俗事上，要做一些更有意义的事才不算虚度。"

"什么？"

"看云啊！"

她抬头看天，一团云正在头顶飞渡，云朵层次分明，如绽开的白色月季散发香气，天空辽远，这个午后的空气有了慵懒的味道，四周嘈杂声音自动屏蔽，真不失为一个美好的下午。十五岁的少女格外敏感，对那些纤细微小的美好可以过目不忘，一片绿叶仿佛就可以给她整个春天。

夏杨走过来坐到了两人中间，霸道地挤了挤谢嘉年："往那边去点！给我们老大腾点地方。"

谢嘉年哑然失笑，嘴角浮现一个似有似无的微笑："老大？呵呵！"

罗晓蝶瞬间被他不屑的语气激怒了，一跃而起，剑拔弩张道："怎么了？你的呵呵是几个意思。"

他并不做解释，目光凝住，看着她的眼睛，平静地说："为什么要假装勇敢和强大，掩饰内心的胆怯和弱小，为什么要逞强？做真实的自己不好吗？"

说完，他站起身轻轻掸掸衣上的灰尘，撇撇嘴走开了。

仿佛一尾鱼被人生生掀去了坚硬的鳞，扔在干涸的地面上。她感到愤怒，然后是微微的痛楚，就像一块镜子的碎片落到她心里，不经意间在那一点光亮里瞥见了自己，真实的自己。

她不得不承认，他说得很对，她不勇敢，也不强大。所以，她讨厌他。

所有的花朵在秋天开始溃不成军，她的仙人掌花园也是，在几场秋雨过后，有了衰败的迹象。而仙人掌因为雨水丰沛，导致根部溃烂，接近濒死的状态。

她不喜欢秋天，总有一种伤感在心头细细灼烧。她的仙人掌病入膏肓，她无力回天，只好打算在花卉市场买一株来填补。

花浔巷有全城最大的花卉市场。一个胖胖的老板给她介绍了一种叫"月之沙漠"的品种，据说最高可以长到八九米。八九米，有两层楼那么高吧！想想就很拉风。

她爽快地付了钱，抱着目前还只有八九寸的仙人掌走出花卉市场。深秋的天，又下起了雨。她非常恼火，只好抱着花站在一家小商店门口避雨。

一个蓝色身影从不远处跑过来，站到了她身旁。他也抱着一盆花，是一盆精致的兰花。她不自觉地转头看了他一眼，他的头发被淋湿了，一小缕一小缕地竖着，像小刺猬，鼻尖上落了一滴水，看上去有些傻气。他温和地对她笑了笑，但笑容瞬间僵在脸上，因为罗晓蝶面无表情地转过了脸。

开学一个多月了，除了第一天的拔草事件，她和他再无交集。在开学第一次摸底考试中，他就拿下了全年级第一的成绩，除了语文差强人意，数理化全是单科第一，老师们对他交口称赞，同学们也艳羡不已。关于他的身世，也成了一个谜。大家都知道他不是本地人，但没有人知道他来自哪里，连老师们也不清楚，只知道他出身豪门世家，据说他之前的学籍档案是一片空白，他的父母给学校捐赠了一间图书馆，他得以顺利入学。至于那个和他同住的男子，只是一个倚重的管家而已。

罗晓蝶知道，他和她不会是同一路人。

他忽然开口说话："我们同路，等会儿雨停了一起走吧！"

她翻翻眼皮："我和你不同路。"

他略显尴尬地笑了笑，又饶有兴趣地问："你喜欢仙人掌啊？有什么好看的？"

她斜眼打量了一下他，觉得很意外。这小子平日在班里，冷漠寡言，除了课堂上回答问题，很少听见他和同学交流。

她揶揄他："原来你是个话痨啊？"

"我只是不和乏味的人讲话。"

言下之意，罗晓蝶不是乏味的人咯！她心里窃喜，说："好吧！就当你是赞美我了。有一点我和你是一样的，我也不喜欢和乏味的人讲话。"说完，她转过头，不再看他。

他并不恼，依然好脾气地笑了笑："你还没有回答我，你为什么喜欢仙人掌啊？"

她被问得不耐烦，龇牙做了一个凶脸，举着花盆在他眼前晃了晃："因为我觉得我和仙人掌很搭啊！我会扎人哦！离我远点。"

这一招果然凑效，他往旁边躲了躲，无奈地撇了撇嘴。

雨越下越大，似乎没有停的意思，天地灰青一片，有没带伞的人在雨中奔跑。罗晓蝶忽然玩心大起，想整整他，于是转头笑嘻嘻地说："你说得对，我们同路，不如一起回家吧！"

他犹疑地望望天："可是，还在下雨。"

"下雨有什么要紧，你看雨里不是有奔跑的人吗？大好的光阴，不能用在躲雨这种无用的事上。为什么要躲雨呢？它会很伤心的。走吧！奔跑吧！少年！跑完我告诉你，我为什么喜欢仙人掌。"

她不由分说，拉起他的手就跑进雨里。

雨点迅疾而猛烈，带着力量，砸在脸上有点疼，车灯和街边霓虹幻化成一团团彩色的水雾，罗晓蝶视线模糊，什么都看不清，可她还是拉着他，无所顾忌地往前跑。

奔跑终于在他家门口停下来。他将她拉入门廊里，有些生气："罗晓蝶，你是故意的吧？"他将手里那盆兰花放到地上，花已经被雨水折损得不剩几朵，细长秀气的枝叶也耷拉着，毫无生气。

罗晓蝶无所顾忌地大声笑起来，正色道："这就是你好奇的下场。"

她跑入雨幕中，仿佛一滴水融入大海中，在他眼前消失。

仙人掌花园·亲密小诗

世间有千万种味道
而爱的味道,只有寥寥

妈妈给你的蚊子包上涂的花露水的味道
她在不发脾气的早晨
给你准备的早餐的味道
爸爸留在家里外套的味道
我们初次邂逅时躲雨的味道
擦肩时,你目光里的味道

03

跑回家时,她浑身已经湿透。噼里啪啦跑进屋里,在地上留下一串泥脚印。

一场大雨猝不及防,文凤娇刚刚手忙脚乱地将屋外摊点的水果搬到屋内,正坐在椅子上休息,看到自己刚刚清扫干净的地板上那一串脚印,顿时火冒三丈。

"又跑哪儿野去了?没良心的坏坯子,礼拜天也不知道在家帮我干干活,我累死累活为什么啊?你跑什么啊?赶去投胎啊?"

罗晓蝶停下来,忍不住反驳:"没带伞的人,下雨不都在跑吗?"

文凤娇讲了像那个著名的笑话一样的台词:"跑有用吗?前面不是还在下雨?你还不是被淋湿了?地板踩脏了你扫啊?你瞎眼了吗?我整天这么辛苦你看不到啊?"

阴雨天气令人压抑,文凤娇的话也总有一种魔力,轻易地找到她心里的燃点。罗晓蝶心里,仿佛被扔进一大把刺藤,她幽幽地回一句:"是啊!跑也没用,做什么都没用,掉在泥潭里就等死算了!"

"是啊,你怎么不去死呢?和你爸一样死得远远的,我眼不见心不烦,别拖累老娘。"

"你怎么不去死呢?你怎么不去死呢?"那几个字像魔咒一样,每当文凤娇词穷的时候,就像复读机一样蹦出来,仿佛带着不共戴天的世仇。

罗晓蝶在心里回答:"死就死,有什么了不起。"但她什么也没说,她知道那只是气话,但胸口的愤懑擂鼓鸣金,她像一个奓毛的小母鸡,狠狠地踢翻了脚边的一个水桶,仇怨地瞪了文凤娇一眼,冒着大雨又跑了出去。

仙人掌花园里一派秋的颓败。枯叶铺满一地，在雨水的浸泡中散发着腐朽的气息，空气中浮动着树木清香和腐臭的味道。秋蝉将金色的蝉蜕留在树干上。

她坐在花园里的一块石板上，抱着仙人掌，也不哭，目光直直地投向远处，仿佛在思考什么，又仿佛什么也没想。

雨渐渐停了。

一只鸟从头顶低低地飞过，发出一声尖锐凄厉的哀鸣，仿佛打破了凝滞的空气。她换了一个姿势，又开始发呆。

风吹散云朵。有人在远处唱歌。

像文凤娇的声音。然而不是唱歌，是在唱戏。据说她唱的是昆曲，咿咿呀呀，"伯劳东去雁西飞，未曾登程我先问归期"，罗晓蝶听不懂，但她觉得很好听。只有在这种时候，文凤娇才是安静的，褪去戾气，没有棱角，和生活握手言和的姿态，才是美的。

但是那样的时光很少。

她在家里悠然自得地唱着戏，也不会来找她。因为不管过多久，罗晓蝶都会自己回去的。

白昼渐渐变短，加上阴天的关系，天很快黑了。罗晓蝶想起上次在这里遇到的黑影，有些后怕。她想回家，但一想到文凤娇胜利般的冷笑，又觉得还是晚点回去比较好。

就在这时，身后的草丛果然又响起窸窸窣窣的声音。她马上警觉地站起来，转头回望，竟看到谢嘉年。他已换去了被淋湿的衣服，干净柔软的棉质衬衣看上去温暖舒适，他一定也洗过酣畅的热水澡了，沐浴液是果香味还是花香味呢？

这让罗晓蝶忽然无端地羡慕，想到这里，她忽然愤怒了。她猝不及防地大声咆哮起来："谁允许你到我的领地来的？这是我的秘密基地，我的地盘，私自闯入者格杀勿论。"

说这番话的罗晓蝶，活像舞台剧里认真说台词的女主。谢嘉年哑然失笑。他惯会这样无声地笑，像清晨的栀子绽放，无声却温柔迷人。

"格杀勿论？你要杀了我？杀人可是犯法的。"他笑嘻嘻地说。

罗晓蝶依然认真地背台词用以掩饰自己的尴尬："死罪可免，活罪难逃。"

"那是发配边疆，还是贬黜官职？可是女王啊！我还不是你的臣民啊！你没有权力处罚我。"他调侃的语气更让她生气了。

"我不管，反正闯入了我的仙人掌花园，就不行。你自己说吧！该怎么办？"

他想了想，很认真地说："也对，如果我触犯了你的天条，确实应该受到惩戒。不如这样吧！我愿加入你的青草帮，鞍前马后，为你效力。你觉得怎么样？"

她微微一怔，以为自己幻听。他是淋雨感冒发烧说胡话？一定不是认真的吧？目空一切的富家子，骄傲的优等生，愿意放下身段，和她这样一个打着耳洞考试不及格的不良少女混在一起？她一定是听错了。

"你没听错。"他仿佛听到了她心里的话，重复了一遍，"我想加入你的帮派，做你的小弟。"

这一次，她确信自己听清楚了。她忽然夸张地大笑起来。在这些被习题和说教包围的日子里，她忽然觉得活泼有趣起来。笑够了，她板起脸，端起大姐大的威严来，说："你以为投拜到我的门下，是你随便说说就可以的吗？国有国法，行有行规，我们帮派是有讲究的，要经过重重考验才能过关，你行吗？"

天已完全放晴，一轮明净的白月挂在靛蓝的天空，仿佛刚才的大雨滂沱只是一个谎言，他背光而立，如同一个不真实的幻影。他语态轻松地说："没问题啊！什么考验？下山杀个人，还是写个投名状申请书？"

没想到他连"下山杀个人"和"投名状"之类的黑话都懂，罗晓蝶瞬间对他刮目相看了，惊诧地凝住他，忘记了接下来要说的话。

他笑了，解释道："《水浒传》里，林冲刚上梁山时，王伦就让林冲下山去杀个人，自古都是这么干的，我懂。"

"不用那么麻烦。明天，先给本帮主敬茶吧！"

"一言为定。"

烦闷的心情忽然莫名地明朗起来。她抬头望望月亮，觉得明天会是一个晴天。

他又说："那么帮主，我现在送你回家吧！毕竟天黑了，如果你又在这里被猫咪或什么影子吓到落荒而逃的话，传出去有损你的威名。"

她一愣，好心情瞬间被摧毁得灰飞烟灭，有些恼火地望着他："你什么意思？那天，那个黑影，是你？装神弄鬼很好玩吗？谢嘉年，你等着，我饶不了你。"

校门口唯一的一家奶茶店，口味很好，所以常常客满。

谢嘉年走进店里，皱了皱眉，心里暗暗叫苦。罗晓蝶要他敬茶，竟然是奶茶，而地点竟然是奶茶店。

她颐指气使地坐在那里，说："我喝巧克力奶茶，别点错了哦！"

为了树立威信，夏杨还特意把他们帮会的小头目叫来观礼。几个男生猴一样挤坐在一旁，等着看好戏。

正是放学时间，奶茶店往来者多是学生。女生们凑在一起嘻嘻哈哈，不时回头看谢嘉年。他买好了奶茶，做贼似的左右看看，像个小丫鬟一样端到罗晓蝶桌前，犹疑而为难地问："是要在这里吗？"

"当然啊！"她敲着桌子，引得众人纷纷侧目。

他压低了声音，眉毛拧在一起："是要像电视里演的那样，捧着茶跪拜吗？这里这么多人，不太好吧！"

她望着他认真的样子，玩味地看了几秒钟，忽然邪恶地笑了，接过奶茶说："我是说，就坐在店里喝！"

他大松口气，一脸无辜。

一杯奶茶，敬茶就算过关了。

"你说得没错，仙人掌和你很搭，虽然表面长满了刺，可内里是柔软的。"事后，他感恩戴德地谢她轻饶之恩，并且斗胆得寸进尺，"我可以叫你仙人掌女孩吗？"

她厉声呵斥:"不行,你只能叫我帮主,或者老大,不许没大没小。"

他笑了,嘴角仿佛有波光漫延开来,说:"所以,你已经同意我加入了?老大。"

她惊觉失言,连忙否认:"不,考验还没有结束,这只是万里长征第一步。"

"好吧!让考验来得更猛烈一些吧!下一个考验是什么?"

她神秘地笑着,招手让他附耳过来,然后对他耳语了几句。

他的笑容僵了一下,那双澄澈的眼睛里,浮现一丝犹疑,说:"可不可以换一个?"旋即压低声音道,"这不是盗窃吗?"

学校的器材室里,有一架高倍望远镜,她想要谢嘉年帮她拿出来。

"那叫拿吗?"他反问。

她不以为然:"反正我用完会还回去的。"

"你拿望远镜要看什么啊?"

"你如果拿到了,我就告诉你。你到底去不去啊?就算你不去,我也是会自己去的。"

他深吸一口气,咬咬牙,仿佛做下一个重要决定,带着一种壮士赴死般的悲壮表情,说:"好,我去。"

罗晓蝶的房间在二楼,有一扇斜拉窗,躺在床上,可以看到星空。她认识很多星座,天蝎座、小熊星座和大熊星座、仙女座。她所有的功课都不及格,独爱好天文地理,她笃信外星人的存在,她热衷关于 UFO 的所有新闻,她喜欢夜晚,对星空着迷。

爸爸失踪后,妈妈烧毁了他的所有照片,罗晓蝶也渐渐忘记了他的样子,但她想念他。到底只是一个五六岁的孩童,整日缠着妈妈问爸爸去哪儿了,那时的文凤娇温柔犹存,为安慰幼小的女儿,编了许多美丽的谎言,却都不能自圆其说,后来,被问急了,她告诉女儿,爸爸驾着宇宙飞船到了太空,登陆了外星球,成为那里的永久居民,不会再回来了。罗晓蝶相信了这种说法,她在哭了一场后,变得更加沉默寡言,她常常在夜里爬上屋顶,对着星空长久地凝视。

后来渐渐长大通人事,从邻居的非议和妈妈与人的吵架中得知,爸爸是涉案畏罪潜逃，但她的内心深处，仍执迷于那个谎言，她相信爸爸正在一颗美丽的星球上默默地注视着她。她攒钱买过一架望远镜，可是倍数太低，只能偷窥一下对街吵架的夫妻、一只没绑项圈的小狗、一个拄着拐杖的孤独老人，仅此而已。可她想看到的，不是这些。

深夜的校园静谧幽深，她和他一起翻过大铁门，潜入夜色中的教学楼。对于通往器材室的路线，她早已踩点数次，熟稔在心。

走廊幽暗、阴森，唯尽头有一盏灯，入夜的空气寒凉沁骨，仿佛有阴风不时往脖颈里蹿。她跟在他身后，缩了缩脖子，似乎是给他打气，实则为自己壮胆，佯装豪气地说："拿到了望远镜，我封你为本帮的副帮主，比夏杨还高一级。"

他在黑暗中笑笑，问："你还没告诉我，到底为什么要偷这个望远镜。据我所知，这是一架专业的高倍天文望远镜，连月球上的峰峦和陨坑都看得一清二楚。"

"我想看看外星球有没有外星人。"

他在黑暗中回头，用玩味的目光看她一眼，说："有趣的想法。"

谈话使氛围不再压抑，她又说："他们都说，你是外星球来的，是不是啊？"

他轻轻地笑了，没有回答。

说话间，两人已通过走廊到达器材室窗外的阳台上，只推开一扇未被反锁的窗，就轻易地进入了室内。

不能开灯，借助一只小手电筒的微弱光芒，他们很快找到了那架望远镜。她如获至宝，小心翼翼地扛在肩上，准备马上逃离现场，原路返回。

"砰！""哐啷！"

一声重物碎裂的巨响在宁静的夜里更显骇人。她下意识地尖叫了一声，朝他身后躲去。他借着手电筒的光一看，那只著名的大卫石膏雕像被她不小心碰倒，掉在地上摔碎了。

"谁？谁在里面？"

"打开门看看吧！"门外响起脚步声和问话声。

是值班的校警和管理员的声音。

她悔之晚矣,绝望地在黑暗中蹲下来,焦灼地问:"怎么办?怎么办?"

他也蹲下来,在她耳边悄声说:"你现在从窗户出去,我留下。"

"不行,我们江湖中人,不能这么不讲义气。"她认真地说。

说话间,一声门锁转动的声响,门被缓缓推开,光影和寒气随开合的缝隙溢进来,校警的手摸向室内灯的开关。

灯光大亮,他们暴露在灯下无处遁形。

她听到他在耳边轻声说:"别怕!"

盗窃学校重要财物的消息,像长了脚一般,很快传遍了整个花浔巷。整日乏善可陈的巷子沸腾起来,主妇们又有了新鲜的谈资和笑料。罗晓蝶走在路上,被各种声音包围着。

"就是她,罗家的小太妹,怂恿人家和她去偷学校的东西。"

"下贱坯子!听说她爸爸也是在火车上盗窃被发现,才捅死了人。"

"对了!前段时间丢的花,不定就是她偷的。"

"肯定是她没错了,花浔巷再没有这样的坏小孩。"

此起彼伏的声音,如同老鸹和麻雀的噪音,统统被她屏蔽掉了。校方通知了家长,她是被文凤娇领回来的。文凤娇走在她前面,一言不发,是火山爆发前的安静。

谢嘉年则被带到另一间办公室审问,生死未卜。罗晓蝶将所有罪责揽在自己头上,事实也是如此。

文凤娇打开家门,将钥匙狠狠地摔在桌上,在沙发上坐下来。罗晓蝶一脸无所谓,破罐子破摔的姿态,也在一把椅子上坐下来,跷起二郎腿抖起来。她下意识地瞄了瞄沙发旁的鸡毛掸子、墙角的拖把,以及挂在门后的一个衣撑子,接下来,它们都有可能成为文凤娇的武器,和罗晓蝶进行一场亲密接触。

但她并不打算抵抗。这一次是她错了。她得让文凤娇出气。

然而五秒钟后,文凤娇冷笑一声,说:"你别费工夫了。根本没有适合人类居住的外星球，也没有外星人。你爸早已经死了，不会再回来了，永远不会。我当时就是随口说了一句骗小孩的话，你已经不小了，不会还当真吧？"

坐在椅子上的罗晓蝶忽然站起来，胸口起伏着，她的眼眶红了，泪水迅速在眼中聚集，目光定定地看向妈妈，忽然大声喊道："文凤娇，你真的很讨厌，我讨厌你。"

车子在河畔缓缓停下，谢伯下了车。谢嘉年随即也下了车，一脸愧色地跟在他身后。

天阴着，河水仿佛冻僵了一般缓慢地流着。

"嘉年，我对你很失望。"

"谢伯，对不起。"

"我陪伴你回中国读书，身负重责。虽然我不知道你为何会和那女孩一起去做那种事，但是我想说，你已经长大了，要懂得甄别和辨识。我当然希望你能融入到新的校园生活中，结识新的朋友，但是，那样的女孩子，还是敬而远之比较好。"

谢嘉年提起一口气，嗫嚅了一下，却并没有说什么。谢伯虽是管家，但也是父母倚重的长者，他不想反驳使他难堪。

"这次的事情，我已和校方交代清楚，妥善处理了，如果还有下次，我只能电话告知先生和太太了。"

他语带威胁，令谢嘉年微微反感，但他并不打算解释什么，只是恭顺地说："谢伯，我知道错了，不会有下次了。"

一群鸽子从灰青的天际飞过，秋已经很深了。

夜里，他做完习题，洗漱完，躺在床上。窗外漆黑一片，少女的影子如同皎白的月光，在心头渐渐浮现。

那天夜里，校警将他们带到值班室后便出去了。他和她面面相觑。冷静几秒钟后，开始商量对策，统一口径。他问她，如果对方问为什么偷望远镜，应该说一个怎样的理由才显得冠冕堂皇。

她目光一黯，头低了一下，旋即抬眼迎上他的目光，幽幽地说："我想看爸爸，他住在一个美丽的星球上。"

值班室的炉火已经熄灭,窗户上凝了一层厚厚的水汽。她对他讲了爸爸的事。秋日的旅行,巨人的花园,以及神秘的失踪。她说:"即使不能看到他,我也希望路过的流星给他带句话,问问他,你还好吗?告诉他,我很想他。"

昏暗的灯光将她的影子削得瘦长,笼着种迷人的怅惘,让人忍不住想拥抱她。

他想起那个在仙人掌花园初遇的夜晚,怀抱仙人掌的孤独少女,像一棵满怀心事的小树,她有一双小鹿一般明亮的眼睛,她胆小、怕黑,是他的同类。

他想给她的花园亮一盏灯。

他想保护她。他在心里对自己说。

卧室门被轻轻推开,是谢伯的脚步声。谢嘉年没有睁眼,假装已经睡着。

谢伯慈爱地看了看少年熟睡的脸庞,轻轻地帮他关掉了床头灯,兀自叹息道:"真是个孩子,这么大了,还怕黑,睡觉不肯关灯。"

他的眼皮在黑暗中微微跳动了一下,翻了个身。

顾及种种,学校对盗窃事件采取冷处理,私下批评教育,谢伯赔偿了被损坏的石膏雕像,并再次为学校捐赠了一批图书,此事不了了之。

夏杨在第二天下午将罗晓蝶堵在放学路上,满腔怨言地质问她:"为什么?这么重要的任务,你为什么和那种只会数理化的书呆子去,你怎么不找我啊?"

她一头雾水:"什么任务?"

"装什么装?你们去器材室干什么?"他凑近低声问。

她脸色尴尬,否认道:"瞎说什么啊?谁去器材室了?"

"别装了,你忘了,学校校警小张是我妈的表弟,我叫小舅的,他说的。"夏杨得意扬扬,神秘兮兮地俯身说道,"你要是真需要那架望远镜,我给我小舅说说,他有钥匙,让他偷偷拿出来给你玩两天。"

"再胡说八道,小心我撸了你的左护法职务,把你逐出本帮。"

罗晓蝶恶狠狠的恐吓起了作用,夏杨噤声,不忿地撇撇嘴,可怜巴巴地吟诗:"可怜我一片丹心照汗青啊!"

她不应声,怏怏地朝前走。

她暂时不想再惹是生非了,因为,文凤娇这两天正在气头上,已和两个街坊吵过架,都是因为她。

拐进巷子,远远地,看到家门口围了一群人。她以为文凤娇又学人家超市搞促销吸引顾客,走近一看,原来是一群人围着看热闹。被围在中间的,是她的妈妈文凤娇,和一个说了句她顽皮的邻居,李奶奶和修鞋匠几个老街坊劝了几句,邻居才骂骂咧咧地走了。

人群渐渐散开。

文凤娇坐在凳子上喘气,倔强地用手背抹了一把泪水。罗晓蝶走过去,蹲下来,将钞票一张一张捡起来,轻轻地放进了妈妈水果摊收钱的鞋盒里。

她走过去,说:"妈!对不起。"

文凤娇有些惊愕地抬起头。这是女儿第一次说对不起。

罗晓蝶也定定地望着妈妈,文凤娇短发凌乱,脸上的情绪是饱满而清晰的,但五官模糊,有细微的皱纹,也有了淡斑,青春正在她脸上慢慢消散,她不年轻了。

"对不起!"她再次说。

仙人掌花园·亲密小诗

鸟在枪声中折羽
花在清晨中枯萎
流星在黎明前陨落
如何不辜负一场大雨

爱让爱人们
在寻求完美中
变得刻薄

04

盗窃事件波澜不惊地过去了。

阴冷的初冬早晨,罗晓蝶脱下彩条袜、蓬蓬裙,主动换上了秋裤。文凤娇冷笑着嘲讽:"哟!你终于不用我提醒,知道冷了。"

她瓮声瓮气地回答:"我又不是木头。"

有些事,在不经意间,悄悄地改变着。

英语课上,老师卖力地讲着过去进行时的被动语态,罗晓蝶一阵困意袭来,晚上看武侠睡得太晚,此刻昏昏欲睡,不幸被老师盯上了。

刺耳的点名声将她从浅睡中惊醒。

"罗晓蝶同学,请你翻译一下,'Let go',并用它说个例句。"

尽管文凤娇暑期的时候特意给她报了英语补习班,可她的英语依然差得一塌糊涂。

她在梦里被猛兽追赶,正拼命挣扎,迷迷糊糊醒来,脱口而出:"放开,放开我!"

大家哄堂大笑,老师的脸上刚刚露出的欣慰笑容瞬间僵掉。

夏杨正手忙脚乱地帮她翻书搜索答案,并且无声地做着口型向她传递答案,无奈离得远,她根本听不清楚。

气急败坏的老师罚她站在走廊思过。

走廊有点冷,隔着窗户,她看到谢嘉年被老师叫起来,流利地回答提问,和笑料百出的她仿佛是两个世界的人。他回答完毕,轻松地坐下,似是不经意地一回头,她分明从那目光里,看到一丝鄙夷。夏杨则用书遮挡着头，对她做鬼脸。

她低头踢踢踏踏地踩一根粉笔头，心里五味杂陈。尽管她一向对夏杨颐指气使吆五喝六横眉冷对，可他永远是一副笑模样，这就是朋友吧！记得她曾经问夏杨朋友是什么？他说，朋友就是偶尔吵架，每天一起玩耍，朋友就是课堂提问时的答案搜索机，期末考试时从天而降的纸团上写的那一道大题。罗晓蝶想，那些被上帝咬过一口的苹果在一起才不会碍眼，或许，只有夏杨才称得上是她的朋友。

不过她很快开心起来，因为下课了，老师走出来，冠冕堂皇地训了她几句后，她就自由了。

谢嘉年走出来，径直来到她身边，众目睽睽下，附耳对她悄悄地说："咱们的行动，还实施吗？"

她一时没反应过来："什么？"

"望远镜啊！"

她难以置信地看着他，居高临下地笑了笑："你就这么想做我青草帮的小弟？"

"非常想，愿意接受严峻考验。"

"既然如此，我被罚站，你刚才还嘲笑我。"她直言不讳。

他大呼冤枉："我没有啊！"

"你有。"

"你心理作用吧！"

"你真没有？"

"没有。"

"好吧！那件事先缓一缓吧！躲过了这阵风头再说。"

"最危险的时候才是最安全的时候，来一个回马枪，杀一个措手不及。"他做了一个手掌劈刀的动作，一脸江湖义气的样子看上去有些傻气。

她倒有些为难了，环顾四周后悄悄说："说真的，教学楼在夜里还真有点吓人。"

他马上主动请缨:"老大,这次我一个人去,你只要在仙人掌花园等我胜利归来的好消息就行。"

罗晓蝶眼睛亮了,她怀疑这孩子不是吃错了药,就是脑袋被驴踢了。既然主动送上门,她没有拒绝的道理,反正这个馊主意于她无害,她便欣然接受了,并且激将道:"你要是凯旋,我封你为副帮主。"

"一言为定。"

谢嘉年伸出手。

两只手掌击在一起。

"一言为定。"

长长的小巷空无一人,灰青色的破败楼群中漏出一线灰蒙蒙的天,压抑而沉闷。

这是与花浔巷相邻相交的一条小巷,罗晓蝶放学为抄近路,常常骑车走这条路。

绿苔湿滑,污水横流,小餐馆后厨的烟道排出废烟,除了近,一无是处。

罗晓蝶很后悔这天选择走这条路回家,就在她以为拐个弯马上就到达花浔巷口时,一辆红色山地车忽然从另一条小岔口冲出来,挡在了她面前。

那女生单脚撑地,宽大的校服敞开衣领,被风吹起,眼神充满杀气。罗晓蝶认识她,是高三的林培,横行校园的主儿,比罗晓蝶厉害太多的角色。可罗晓蝶就是敢在太岁头上动土。

学校有一个偌大的车棚,林培自己独占了一大片,左右延伸两米不许放别的车子,以便自己放车取车方便。大部分同学敢怒不敢言,默默遵守着这条霸王条款,唯独刚入校的罗晓蝶不信邪,她不仅大大咧咧地将自行车紧靠林培的车子,并且三番五次因为车子不小心倒掉压到了对方的车。林培警告过罗晓蝶两次,她都假装无辜天真地对她笑嘻嘻地说:"对不起啊学姐!"可第二天依然把车子停在老地方。

风硬硬地砸在脸上,罗晓蝶暗暗握了握拳头,给自己打气。她在心里迅速衡量了彼此的身高,勘察了地形,计算着自己从这里突围的概率有多大。

"罗晓蝶!怎么了?不认识学姐了?"林培挑衅地问。

罗晓蝶很快知道,自己的衡量勘察和计算全部无效,因为从林培身后的小岔道里,又突然冒出三四个骑着自行车的女孩,每一个都人高马大,如罗汉一般齐刷刷围在了林培身后。

"不知天高地厚的东西,学姐今天教教你做人的道理。"

林培将自行车一把扔掉,径直冲过来,猝不及防地劈手给了罗晓蝶一个耳光。

罗晓蝶没站稳,向后倒去。被打到的地方泛起灼热的痛。

她想站起来还击,可已经失去地形与身体的优势,被林培死死按倒在地,无法动弹。

天昏地暗,拳头和巴掌如鼓点,凌乱无章地落在身上,疼痛和寒气如飓风一般从头顶倒灌而下。

她闭上了眼睛。

……

她们什么时候离开的,她无从知晓。睁开眼睛,依然是混沌灰暗的天空。

她站起来,重重地向墙体倒去,脸贴着脏污的砖头滑向地面。鼻腔有微热的液体痒痒地流出,她伸手一摸,一手殷红。

她终于抑制不住委屈和无助,呜呜地哭起来:"爸爸!爸爸!"

这晚有很好的月光,寂寥的白给衰败的草木涂上霜色,月光让一切看起来那么虚幻,不真实,这样,隐去了脸颊的青肿和嘴角的红破,见到谢嘉年,也不会很尴尬。

可他还是在见到她的第一眼就看到了。

他小心翼翼地放下手中的东西,吃惊地问:"你怎么了?和人打架了?是谁?"他靠近她,甚至想伸手摸摸她的伤。

她下意识地躲了躲,语气不耐烦:"别大惊小怪,就是骑车子不小心摔了。"

他略显尴尬地收回了手,不再追问。

地上的望远镜崭新锃亮,罗晓蝶的眼睛亮了。

"你拿到了?你真的拿到了?好棒!你怎么做到的?没被人看到吧?"她惊喜地叫起来。

这真是一天中最快乐的事了。有了这一味安慰剂,嘴角和脸颊的伤,似乎也不那么痛了。

谢嘉年望着她的笑脸,有瞬间的恍惚,他随口总结道:"虽然险象环生,然而有惊无险。"

"不能更棒了。"她开始低头摆弄望远镜,像个拆礼物的孩童,询问道,"这个怎么用?你会吗?"

"会一点点。"他伸手帮她。

望远镜很快安好,她兴奋地探头去看。

仙人掌花园真是绝妙的观星胜地,那架高倍望远镜也棒极了。她看到了十一月的夜空。深靛蓝的天空,此时位于银河正东,在一个球状星团里,她看到了位于南方低空的心宿二,那是天蝎座明亮的主星,闪烁着红色的光,她还看到美丽的月球,起伏的峰峦,凹凸的沟壑,她看到了所有,但始终没有看到爸爸,住在外星球的老王子。她双眼酸涩,落下泪来。

"你看到了什么?"他问。

她喃喃地说:"我看到,月球上没有嫦娥和玉兔,小行星上没有小王子和玫瑰,也没有我的老王子,童话里都是骗人的。"

"我来看看。"他靠近镜片。

"你看到了什么?"她问。

"我看到了太奶奶,她已经去世很多年了,她在对我微笑,她告诉我,我们每个人,都是一颗小星星,只要彼此守候,温暖照耀,就能汇成一条璀璨的银河。"

夜空的深处,星光波动,宛如爱的眼神。

少年转过头，目光忽然凝住了，惊奇地问："是不是有星星落到了你的眼睛里？"

"什么啊？傻瓜！"

"可是，你的眼睛为什么那么亮？"他问。

是泪。她慌张地抹了一把，哽咽地说："是……是有一颗星星落到了我的眼睛里。"

他松了一口气，胸有成竹地问："我是不是通过考验了？"

她站起来，翻脸不认人："别高兴得太早。我青草帮，需要的是复合型多面手，靠的不是鸡鸣狗盗，也不是打打杀杀，我们看的是综合素质。"

"说说看，还要考什么？"他饶有兴趣。

"做我的副帮主，还得会讲故事。讲个故事吧！"

仙人掌花园·睡前故事

浑身是刺的仙人掌，想要得到一个拥抱。可害怕受伤的人们都对它敬而远之。一个善良的小男孩，想要得到仙人掌的微笑，即使浑身伤痕也愿意和它拥抱。

小男孩问仙人掌："我怎样做，你才会感觉幸福并对我微笑呢？"

仙人掌沮丧地说："我只是想被人紧紧拥抱。"

男孩喜出望外："真的吗？只要拥抱你就会感到幸福，并对我微笑吗？"说完，他紧紧地抱住了它。

仙人掌的刺扎入男孩娇嫩的皮肤里，血很快染红了衣衫。

温暖的拥抱让仙人掌感到无比幸福，可它皱起了眉头。虽然拥抱如此幸福，但带给男孩的伤害令它忧心忡忡。

小男孩想，为什么仙人掌还是不对我微笑啊？是不是我的拥抱没有让它感觉幸福？于是，小男孩更加用力地拥抱仙人掌。

在男孩的泪水和鲜血中，仙人掌终于露出一个幸福的微笑。

他对她讲了这样一个故事。

05

　　罗晓蝶的伤并没有引起文凤娇的注意。她从小像假小子一样疯疯癫癫，头破血流是常有的事，抽屉里常备着云南白药和创可贴，受伤了文凤娇就会拿出来给她贴上，并不会太在意。后来长大了一些，贴创可贴这样的事，也是罗晓蝶自己做了。文凤娇会冷冰冰地飘过来一句："又和人打架了？你是不是投错胎了啊？哪像个女孩子？"

　　夏杨看到罗晓蝶脸上的伤，虽然她支支吾吾不肯细说，他也猜出了几分，罗晓蝶和林培的过节，他一清二楚。他坐不住了，带着阿呆一行人，杀气腾腾地去找林培报仇。

　　放学后的操场上，林培和几个女生在投篮。一个反身上篮，球未中，滚到了球场边。

　　夏杨一脚踩住。

　　"喂！小子，把球扔过来。"

　　他一言不发，故作姿态地仰起头。

　　女生们围上来。

　　"小子，是不是吃错药了？"林培不耐烦地问。

　　"是不是你打了罗晓蝶？"夏杨问

　　"是，怎么了？她该打。你想怎样？"林培得知他的来意，轻蔑地打量一番，瘦麻杆一样的高一小学弟，她根本没放在眼里。

　　"我，要你，向她道歉。"夏杨虚张声势地大声喊着，其实心里已经打起了鼓——听说林培学过跆拳道，听说她在校外打趴下三个男生。

　　"出门没吃药？想打架？"林培活动活动手腕，拉开架势。

　　夏杨却忽然狡黠地笑了，故作潇洒地甩甩头发："作为一个有文化的古惑仔，打架这种低级的事，我是不做的。"

"你骂谁没文化啊？你想怎样啊？"林培像一条鱼，上钩了。

夏杨暗暗给自己打气，铿锵有力地说："咱们斗诗，对对联，你要是对不上，就得向罗晓蝶道歉，并且让她把自行车停在那里。"

女生们放肆地笑起来，笑够了，林培索性在球场上盘腿坐下来，饶有兴趣地指着夏杨，笑嘻嘻地说："来！放马过来！对对联是吗？姐姐最在行了。"

"听好了啊！学姐，给你来一句大才女的。你是爱，是暖，是希望，是人间的四月天。对下联。"夏杨说了句浪漫的现代诗，希望缓和一下气氛。

话音落下，女生们又嘻嘻哈哈地笑起来，然后集思广益，七嘴八舌地对下联。

一个女生欢快地唱起来："是他，是他，就是他，少年英雄小哪吒。哈！哈！哈！哈！"

另一个女生恬不知耻地笑："更干，更爽，更安心，我是苏菲卫生巾。"

林培则故作忧伤地说："听我的，听我的。我抽烟，我喝酒，还文身，可我就是好女孩。哈！哈！哈！哈！怎么样？对得很工整吧！"

众人哄笑。

夏杨急得跳脚："不行，不行，这都什么呀？"

林培脸色一变，杏眼一瞪："斗诗是吧！姐姐给你作一句。只有拳头才能玩命作，学弟你想得有点多。"

夏杨见势不妙，又不肯求饶，梗着脖子说："看你落落大方，其实小肚鸡肠。"

一语未落，"砰"，重重一拳，直击他的鼻梁。

血从鼻腔里冒出来。夏杨一个趔趄，险些跌倒，却被人稳稳扶住，回头一看，是罗晓蝶。

她一脸平静，对着林培说："学姐，我知道错了，以后不会再冒犯了。你大人大量，别和我们计较了。"

林培被夏杨这个活宝逗得欢乐无比，并无心恋战，听罗晓蝶态度大变,也乐于给彼此一个台阶,于是假装亲热地伸手,恶狠狠地捏了捏罗晓蝶的脸蛋,说:"真懂事!这才乖嘛!"

篮球重新回到球场上,女生们散开。

罗晓蝶转身往回走,夕阳将影子拉长,在身后铺设黄昏。夏杨沮丧地跟在她身后,嗫嚅半天,不好意思地说:"老大,对不起。"

罗晓蝶忽然回头,轻松地笑笑,对夏杨和阿呆说:"我们散了吧!"

夏杨一愣:"我回家也走这条路啊。"

"我是说,我们的青草帮,解散吧!"她说。

夏杨和阿呆面面相觑。

黄昏迅速笼罩了这座城市,夏杨背着光,看不清表情,但语气是愤懑的:"为什么?为什么?就因为一个林培吗?你罗晓蝶不是这样的人,你什么时候变成这种胆小怕事的人了?为什么?是因为我,我刚才让你觉得丢脸了吗?"

她淡淡地笑着,轻描淡写地说:"不,都不是,青草帮是属于童年的游戏,不好玩了。夏杨,无论我们愿不愿意,我们已经长大了。"

十六岁的罗晓蝶,忽然变成埋头读书循规蹈矩的乖乖女,令众人讶异,文凤娇更是喜出望外,但仍不忘刻薄地揶揄:"太阳从西边出来啦!不出去野了?别是三分钟热度吧?是不是又憋什么坏水呢?"

罗晓蝶正在做一张英语卷子,背对着妈妈,答非所问:"帮我把门带上。"

可当她真正将心思沉潜在书本上才得知,原来考出高分,并不是容易的事。"差生"的印记就像一个魔咒,她依然无法摆脱被当众批评、罚抄作业的厄运。她的文科成绩尚可,而数理化这样的科目,早已滑向不可挽救的深渊。物理课上,物理老师拿着那张令她汗颜的试卷,劈头盖脸一顿斥责:"这样的题目你都能做错?活得连个椭圆都不如,椭圆好歹还有两条对称轴,你呢,只有一条,还不一定对称。我看你不好好读书干脆去好好练习练习跑步吧!"

罗晓蝶被骂得一头雾水。老师得意扬扬地补充道:"将来摆小摊好和城管赛跑啊!"

试卷被扔在脚下,这样的待遇她已习以为常,无论敏感的心碎成了几瓣,仍佯装无所谓地俯身去捡起来。

她被勒令重做那份卷子,直到放学,教室的人快走光了,她仍在那里绞尽脑汁。谢嘉年从旁边走过,用眼睛瞄瞄,轻描淡写地说:"其实,那几道题没那么难。走吧!等会儿到仙人掌花园,我给你讲讲。"

这一刻,罗晓蝶忽然有点烦他,女孩天生的敏感害羞,让她感到一种轻视和嘲讽,她迅速与他拉开一个无形的距离,愤怒地警告他:"谁允许你可以随便去我的仙人掌花园了,你以为你是谁?"

他一怔,略显尴尬,耸耸肩:"真是狗咬吕洞宾,不识好人心。"

"你骂谁是狗,你再说一遍。"

他不再应声,无奈地走出教室。

冬季昼短夜长,她草草写完那张卷子,天色很快变黑。从学校出来,要经过一个废弃的建筑工地。草深露重,断瓦残桓,路上一个人也没有。

自己的自行车那天也被林培踩坏了,文凤娇说她是败家子,干脆以后靠"11"路吧!这些天,罗晓蝶只好步行上下学,本来是可以蹭夏杨的车后座的,可自从她宣布解散青草帮后,他一直与她赌气不理她。

她有点害怕,加快了脚步。

这时,一个岔路口忽然冒出两个流里流气的小青年,两人朝她的方向看看,然后低头嘻嘻哈哈地商量着什么,邪魅地笑着朝这边走来。直觉告诉她,这两个不是什么好人,可她堂堂青草帮老大,根本就是个纸老虎空架子,她不知道是该拔腿就跑,还是佯装无事继续前行。正在她紧张得双腿打战的时候,一个骑单车的身影从她身后缓缓骑来,行驶到她身边,放慢了速度,一只脚在地上慢慢滑着,和她保持着并肩的距离。

他粲然地笑笑:"这么巧,在这里遇到你散步。"

是谢嘉年。

她瞬间安心了许多,对他挤出一个敷衍的鬼脸。

"你还没吃晚饭吧?晚饭你妈妈一般给你做什么好吃的?"他随意

地和她聊天，看上去就像一对结伴而行的同学。

她懒洋洋地回答："蛋炒饭，蛋炒饭，蛋炒饭。"

"为什么说三遍啊？"

"因为每天都是蛋炒饭，永远是蛋炒饭。"

想起蛋炒饭，罗晓蝶的胃液就有点上涌泛酸。文凤娇为省事，每天蒸一锅米饭，中午自己凑合吃点，晚上就做成蛋炒饭。罗晓蝶吃腻了提意见，她振振有词："有蛋有饭，营养方便，挺好的啊！"

"我喜欢中餐，尤其喜欢川菜。谢伯川菜做得非常好，烧茄子、水煮肉片、回锅肉，我都爱吃，有机会你来我家，我让他做给你吃。"

罗晓蝶皮笑肉不笑："谢谢啊！"她也顺着他的话题聊开去，"那谢伯是你什么人啊？你父母呢？你到底是哪里人啊？"

他戏谑地笑笑："想知道啊？你让我正式加入青草帮，我就告诉你。"

"你有病啊！青草帮已经解散了，从此江湖上没有姐，只有姐的传说。"

他露出失望和吃惊的表情，旋即又说："那你给我一张仙人掌花园的门票，我就告诉你。"

"门票？呵呵，这种东西，如果有的话，我会考虑一下。"

在愉快而轻松的谈天中，那两个小青年已经走近，他们饶有兴趣地打量了她几眼，又犹疑地看看谢嘉年。他个子很高，每天会早起沿着花浔巷和河岸跑步，体格高大健康，一入校，就被老师选为升旗手，站在人群中，是卓尔不群拥有力量的少年。

那两人慢慢走开了。

已经走出很远，罗晓蝶回头确认那两人真的走开了才放下心来。她心有余悸，转头问他："你不是早就走了吗？"

他答非所问，露出戏谑但好看的笑容："天黑路滑，社会复杂，世界黑暗，小心浑蛋啊！"

"反正，谢谢你啊！"她声音很低，如同蚊呐。

彼此心照不宣地对视一眼，掠过的夜风已有了寒意，卷起满地落叶，月光小小一团，他们一路无语。

花浔巷的花卉失窃案在新年来临之前告破。

那一晚，五金店的女人起夜，恍惚中听到后院外有异动，并有一人影在树下动作。她惊吓不浅，旋即回屋叫起熟睡的丈夫去看。

男人带着手电筒和木棍冲到后院外，大喝一声，并劈手向黑影打去。那人大喊了一声"住手"，暴露在刺眼的光线中。

夫妻俩吃惊不小。谢伯弓着腰，手里拿着一把小型铁锹，面露窘色。他的脚下，是一个半截埋在土中的石墩子，五金店的女人在这里种了些花花草草，已被他挖得不像样子。

有了木棍和男人壮胆，女人登时大嚷起来："我竟没想到是你？您老竟有这样的爱好。"

谢伯方寸大乱，急呼让她小声点，辩解道自己只是想挖点金银花的根泡茶喝。

那女人岂会信，不管不顾地嚷起来："编这样的瞎话谁信呢？我家哪有金银花，别是看上我这养了三五年的海棠了吧！想给我连窝端。之前丢的那棵刚刚种下的桂花树，也是你挖走的吧？你们有钱人家，连这点钱也省？"

"别喊，别喊，你小声点。"谢伯一脸难堪，恨不得找地缝钻进去。

男人也帮腔："怕丢人别干这种事啊！你把我这花挖成这样，还有偷走的桂树，你怎么赔？"

声音惊动了邻里，陆续有灯光亮起。

谢伯忙不迭地道歉："我赔，我全都赔，你别喊，别声张。"说完，趁人不注意，转身灰头土脸地逃开了。

这个爆炸性的新闻很快传遍了花浔巷。衣冠楚楚温文尔雅并且身家丰厚的谢伯，竟是那个神秘的盗花贼。

大家都觉得震惊，更多人难以置信，茶余饭后议论纷纷，各种猜测都有，甚至有人揣测大约那后院下埋着不为人知的宝藏，五金店的女人便揶揄丈夫："你家有这样的先人，我就烧高香了。"

五金店的女人在第二日傍晚收到一笔不菲的赔偿金，由信封装着，出现在柜台上，但并未看到谢伯露面，她心知肚明，坦然收下。大家笑谈一阵，也就散去。不过是一个盗花贼，损的是自己的声誉，不至于伤天害理。

谢伯深居简出，见到邻里，依然只是谦逊地笑笑，身后的非议，置若罔闻。

文凤娇守着水果店，望着远远的黑漆木门里走出的谢伯，兀自诡谲地笑笑，似是自言自语："真是个怪人啊！"她在年轻的时候，看过一部外国电影，年轻貌美的银行家妻子有偷盗癖，她在宴会上盗窃客人的珠宝，她乔装歹徒去丈夫的银行抢劫，而她不过是因为寂寞。她想，谢伯大概也有不可告人的苦衷吧！口水淹没了他，他却不做任何解释与说明，但文凤娇心里清楚，他替她的女儿背了黑锅。

花浔巷的人本就排外，这件事后对谢伯更加孤立和排挤。他出门采买，常常会遭遇白眼和冷遇，无奈之下，只好开车到城中较远的超市和商场。

罗晓蝶虽然未流露出丝毫情绪，但一种莫名的压力如岩石般压在她的胸口，令她夜不能寐，即使混沌睡去，也是噩梦缠身。

她的梦里出现一只怪兽，青面獠牙，有尖利的锋爪，双目在黑沉夜色中亮如灯盏，四周幽暗却衬托出一阵肃杀升腾。它对她穷追不舍，步步紧逼。脚下，是荆棘密布的荒郊野径，她的双脚，因为长时间奔跑跋涉，已是血肉模糊，刺痛难忍，眼看猛兽就要逼近，她却忽然停下来。

眼前，出现一道深不可测的悬崖，脚下的小石块簌簌迅速坠入谷底，瞬间无踪，耳边传来呜咽的风声。她惊恐地望着眼前的一切，束手无策，怪兽在身后嘶吼着向她扑来，她绝望地闭上眼睛……

她从梦中逃出，惊出一身冷汗。

窗外，已是微蓝的天空，天快亮了。她起身到卫生间，洗了一把冷水脸，镜中的少女，眼皮浮肿，双眼无神，面容憔悴，落寞而迷茫。

前半夜焦虑失眠，后半夜噩梦缠身，导致她白天在课堂上哈欠连连，即使在老师眼皮底下，也能陷入睡眠。白日梦也不净是好梦，梦里依然是那头猛兽对她穷追不舍，她腿如灌铅，转眼被追上，利齿咬住了她的手臂，她迎着空旷的荒野大声嘶吼："放开我，放开我！"

在老师眼里，她依旧是那个劣迹斑斑令人头疼的问题女生，老师没有留一丝情面,作为惩罚,她被罚抄某英语课文十遍,而更令她崩溃的是,下课的时候,英语老师宣布,因为音乐老师和美术老师有事,接下来的两节课改为英语自习。临近期末,自习的意思就是,做不完的卷子,讲不完的试题。

她决定逃学。

从操场上溜达到学校锅炉房,旁边有一段断墙被疏忽没有修葺。她轻车熟路,很快找到机会。就在她爬上矮墙以为要成功的时候,谢嘉年忽然出现。

他像那个戴眼镜的教导主任,一本正经地说:"还有两节课才放学。"

她笑嘻嘻地引诱他:"我带你去个好地方。"

他几乎是恳求她:"明天又会被老师叫家长。"

"那里有一种鸟叫鹧鸪鸟,对,就是咱们学的词牌名《鹧鸪天》里那两个字。你见过鹧鸪鸟吗?肯定没见过,它们的叫声很好玩,'行不得也哥哥',哈哈哈,是不是很好玩,走吧!行不行呀哥哥?"

她像一个小妖魔,而他是被催眠的猎物,轻易被引诱,顺从地跟她走。

离花浔巷十公里的郊区,有本市最大的一个森林公园。那里常年开满各色杜鹃和其他花朵,还有一条会发光的彩虹瀑布,据说有仙女下凡沐浴,将项上的宝石丢在了水里,才出现这样的奇观。公园里植被丰富,湿阴的地方长满成片的酢浆草,四周多是高大的柏树、樟树和栗子树,即使是在冬天,虬枝交错宛如搭起封闭的宫殿,是比仙人掌花园更幽静的所在,她常常一个人来。她喜欢在草地上打个滚,然后仰面躺下,对着头顶树冠缝隙中露出的那一小片天空发呆。

这一天,罗晓蝶没有找到所说的那只鹧鸪鸟,却意外地发现栗子树的枝头,残余着几颗栗子在风中招摇。她不顾他的劝阻,爬上了栗子树。

他不放心,紧随其后,也爬上树,在她身旁坐下来。

罗晓蝶觉得很讶异:"像你这样的人,竟然也会爬树。"

他告诉她,他从小生活的地方,是一座美丽的岛屿,那里长满奇花异草,拥有茂密丛林,男孩爬树像走路一样自然。那里还有一种异常漂亮的蝴蝶，叫珠光凤蝶。有一次，他为了抓一只珠光凤蝶，爬上了一棵大树，不小心从树上掉下来，至今后脑勺还有一道疤。

她惊奇而兴奋地睁大眼睛，追问道："那是什么地方？中国南部？海南岛？我没去过呢！谢伯也是那里的人吗？你们为什么要到花浔来？"

提起谢伯，他的眼神黯了一下，定定地看着她，忽然说："晓蝶，谢伯从小看着我长大，是如同父亲一样的人，虽然我不知道他为什么深夜会去人家后院，但是你和我都知道，那个偷花的人，不是他。他在为你背黑锅，你难道不应该站出来澄清吗？"

"我不。"她大声喊起来，脚下忽然一滑，从树上跌下来。

……

刚下过雨的洼地湿润柔软，树下覆满腐叶，如同天然的绒垫，罗晓蝶只是受了点惊吓，并无大碍。她狠狠地揉着胳膊，怨怼地望着谢嘉年，仿佛他就是害她跌下来的罪魁祸首。

他已从树上跳下来，焦灼地询问她有没有摔伤，她答非所问，气呼呼地重复道："你休想。"

他的声音不气不恼，依然柔声问："有没有受伤？"

罗晓蝶没好气："没有啦！你很想我受伤吗？"

"起来，我带你去个地方。"他不容置疑地拉她起来，她被拖着向前走。

"去哪里啊？"

"去了你就知道了。"

少年的手掌温暖有力，她顺从地被牵着朝前走。

郊外的一片废弃厂房，断瓦残垣，落败荒芜，野草齐腰高。他在锈迹斑斑的铁栅门前站定，回头看她一眼："到了。走吧！"

她一头雾水地跟他走进去。荒凉之地隐隐传来人声，再往里走，传来肆意张狂的谈笑声。仔细辨听，是几个女生的声音。

"那小子看起来文质彬彬，敢给培姐下战书，怕是不敢来了吧？"

"敢放我鸽子，有他好看。"是林培的声音。

罗晓蝶心里一凛，抬头狐疑地看看他。他自信坦然地笑笑，径直走到那片破败厂房前的空地上,与林培面对面,冷静地说:"我来了。"

林培看到罗晓蝶,登时笑起来:"我就说嘛!这小子好端端来找我挑战,原来是猴子搬来的救兵啊!"

罗晓蝶看到林培,气不打一处来,脖子一梗,正要上前理论,被谢嘉年伸臂挡住了。

"小子,你真的会吗?到时输得找不着北,可别说我欺负你哦!说吧!怎么比?"林培不以为然地调侃道。

谢嘉年的语气依然是温和的,没有杀气,没有力量,彬彬有礼:"中国的俗话说'好男不和女斗',我认为这句话是对女性的不尊重,但是,女生和男生确实在体能上存在差别,所以,我一对五,胜五局,才算我赢。"

女生们一阵哄笑。

"但是——"他顿了顿,认真地说,"如果我赢了,你必须向罗晓蝶道歉。"

林培正色:"如果你输了,到学校操场跑一百圈,喊一百句'林培是女王'。"

女生们笑得更欢了。

罗晓蝶小声问:"你和她比什么啊?"

谢嘉年转头轻松地笑笑:"为我加油吧!"

他们如疾风般在破败厂房间跑跳穿行起来,如武侠片里的侠客飞檐走壁,灵活自如,看得罗晓蝶眼花缭乱。她这才明白,他们比的是跑酷。她在电视上看过这种比赛的视频,跑酷是时下风靡的时尚极限运动,深受年轻人热爱,但是,获得惊险刺激的体验时,也常常伴随着未知的危险,在训练和比赛中发生事故伤残和死亡的案例不在少数。眼看着谢嘉年和林培已冲上了四米多高的房顶,罗晓蝶暗暗捏了一把汗。

少年逆风而立,日暮黄昏,夕阳晚霞浸染大地,仿佛要将万物吞没。他的衣衫被风吹起,宛如大鸟展翅,忽然纵身一跃!"啊!"罗晓蝶惊叫着闭上眼睛——他从四米高的房顶上跳了下来,安然无恙。

女生们哗然。林培的脸上,划过一丝犹疑和慌乱。

谢嘉年仰着头,如同对天空演说,又像自言自语:"跑酷如同一个激活码，激活了沉睡懈怠的身体，使人拥有了饱满的精神，带来精神愉悦感，会调节情绪，心胸会更加宽广，也拥有更多的思考能力。学姐，我说得对吗？"

林培自嘲地笑了，忽然放松身体，在楼顶的边沿坐下来，耷拉着两条腿，嬉笑道："没错啊！你当我傻啊！跳下去摔断腿我奶奶要哭死了。"几个女生已跑上去，护驾一般扶了林培下房。

林培走过来，拍拍谢嘉年的肩，不羁地笑："没想到一中竟然卧虎藏龙，有你这样的跑酷高手，并且有如此高深的见解。常言说古来英雄皆寂寞，我正发愁没人陪我玩呢！你叫什么名字，做我的小弟吧！学姐罩着你。"

还不待谢嘉年回答，罗晓蝶迫不及待，脱口而出："不行，休想！他是我的小弟。"

林培转头，亲昵地捏捏罗晓蝶的脸蛋，笑说："真是个可爱的小傻瓜呢！难怪他替你出头。好了，我输了，愿赌服输。学妹，sorry 啦！下次有事，我肯定是能动口绝不动手，自行车你喜欢放就放吧！还疼不疼啊？学姐请你喝奶茶。"

"不……不用了，算了，往事不要再提。"剧情反转太快，罗晓蝶来不及准备台词，笨拙的反应又引得众女生捧腹。

林培又调侃了几句，骑着自行车和女生们离开了。

黄昏在一点点慢慢弥漫，天边的一丝绛红也悄无生息地消退，收拢……两个人都不说话，并肩朝前走，她这才发现，他走路有点瘸。

"没事吧！"

话音刚落，他忽然吃痛地叫了一声，俯身蹲下去，干脆席地而坐，痛苦地抱住了膝。

挽起裤腿，罗晓蝶被他腿上的瘀青和红破惊呆，旧伤新痕，看起来不是一日之功，刚才那一跳，牵动神经，结痂的旧伤裂开，痛感爆发。

"你逞什么强啊？"

疼痛未消，谢嘉年龇牙咧嘴地笑笑："我只是想告诉你，有时候，只要努力了，就会获得尊重。"

新春的瑞雪薄薄地落了一地，炮皮的红屑覆在其上，冰冷和灼热彼此消解，如同罗晓蝶的心被羞耻细细灼烧，被愉悦有力包围。她抱着一盆红鸾，敲开了李奶奶的门。

她的声音如蚊蚋，小得几乎只有自己可以听到："李奶奶，你的花，是我偷走的，已经被我养死了。这个还你。"

……

"青姨，这是你的铁海棠。"

……

"刘伯，是我偷挖了你的月季。"

……

大人们反倒不好意思起来。

"咳！不就是一盆花嘛！花浔最不缺的，就是花了。"

"晓蝶，来，进屋吃馃子，刚炸的。"

"爱花的孩子总归是好的。"

人们用宽厚化解了罗晓蝶的窘迫和尴尬，轻描淡写地让这件事成为新年的一个轻松插曲。罗晓蝶道完歉往回走，口袋里装满了糖果，沉甸甸的，脚步却是轻的。远远地看到谢嘉年，他站在门口高高的木架子上，正在为门头换上新的灯笼。一回头，四目相视，他悄悄地竖了个大拇指。一不小心，整个人失去重心，险些从架子上跌下来，还好被谢伯扶住。

该！挂个灯笼也三心二意。罗晓蝶幸灾乐祸地笑着，疾步回家去。

随着罗晓蝶的自首，人们对谢伯的警备也解除了。破五之后，街上家家开门营业，谢伯出门来，重新受到礼遇。早餐店的女人热情招呼他来买刚出锅的包子，肉店老板拿出新年的腊肠请他品尝，五金店的女人脸上带着讪笑拿出一包金银花送他泡茶喝，新年的空气里飘香裹蜜，每个人脸上都笑眯眯的。

春天要来了，真是一件令人开心的事啊！

水果店也开始忙碌起来，文凤娇搬水果时神情恍惚地弄撒了一地的橘子，罗晓蝶走过去，把掉在地上的橘子一个个捡起来。雪又絮絮地下起来,她忽然觉得新年的喜气荡然无存,心里一阵哀伤,非常痛楚,就像一根针从心头穿过,针尾牵着线,一牵一牵地痛。她知道文凤娇在想什么,她,也想。

夜里,她梦到了爸爸。他从一团湿冷的白雾中走来,无数墨色的小鱼在身边游弋,地面笼罩着一层奇妙的蓝色光晕,他和它们仿佛随时会消失。爸爸面容未改,依然是十年前清朗年轻的样子,她走上前,轻轻地说:"爸爸,我想你。"爸爸微笑着,并不说话,摊开掌心,一块淡绿色的蝴蝶形的石头,近乎透明,熠熠闪光。他将石头交给她,仍不说话。她将石头放在眼前,通透的石头中仿佛浮现银白色的天河,爸爸终于开口说话:"这是银河,我就住在最亮的那颗星上。"再回头,爸爸和鱼儿已消失无踪,她大声喊着:"爸爸!"但声音到她嘴边就消失了。

她从梦中醒来,天还未亮,她伸出手,掌心空无一物。

大概因为罗晓蝶自首谢伯得以沉冤得雪,为表达某种复杂的感激之情,谢伯邀请罗晓蝶到家里做客,当然,为使宴席气氛活跃,他还邀请了其他一些孩子,比如夏杨、阿呆、刘巍巍他们。

夏杨仍吓唬她:"那是鬼屋,你真要去?"

她用手撩撩额头的短发,扬扬眉,俏皮地说:"我不迷信,只迷人。"

老宅院已非常破败,几十年来沧海桑田,数易其主,房子是租的,看得出谢伯花了重金修葺,才恢复了往日青砖灰瓦玉阶丹楹的旧貌。庭院里的蜡梅正在开放,阳光很好,饭桌就设在花架下。几个孩子嘻嘻哈哈,好不热闹。

罗晓蝶第一次如同大人一般被邀请做客,一返往日大大咧咧的样子,竟有些拘谨。伙伴们一开始都有些拘谨,后来谢伯去厨房忙碌,大家就放开来,几个人聚在一起玩纸牌,打游戏,谢嘉年则如成人般招呼大家喝饮料吃东西。

谢嘉年给罗晓蝶倒了一杯颜色很淡的咖啡,说这个叫白咖啡,是他家乡的朋友寄来的。她尝了一口,奶香四溢,少了苦涩。

她望着他,第一次细细打量他。真是神奇,他的模样,像是综合了书中主角所有美好特质的一个剪影,连说话的语调、喝茶的样子,都像是古诗里的韵脚。他就像一个胸怀珠玉的宝藏,她深深好奇,忍不住问:"那么,你的家乡到底是哪里?"

他们躲过玩闹的男生们,穿过一道侧门,穿过一个静谧的跨院,来到他的房间。古朴简单的家具,雪白的窗幔,清一色的白色桌布和床品,如同中式酒店,又如曹雪芹笔下薛宝钗的蘅芜苑——"雪洞一般",是心有洁癖的少年。

书桌上有一个小小的地球仪,他指着亚洲东南地区,蓝色水域上凸起的小小岛屿,说:"拉哈鲁,一个小小的岛国,北回归线以南,赤道附近,我从小生活的地方,那里有美丽的热带雨林,生活着珠光凤蝶,盛产青芒。"

罗晓蝶依着他手指的方向,辨认了很久,才找到几个小到几乎可以忽略不计的字——拉哈鲁。

"可是,父母都说,中国是我的故乡。太爷爷是抗战中逃往拉哈鲁的难民,据说祖上也是富贾之家,来到拉哈鲁后东山再起,日益根基深厚,但毕生的心愿仍是回到祖国大陆。我出生在拉哈鲁,有四分之一的马来西亚混血和四分之一的拉哈鲁混血,但太爷爷说,我是中国人,从小请了中文老师教授中文,背古诗,用筷子,吃中餐,然后又被送回中国,到花浔巷来上学。他们说,有一天,他们也会来。可是,不知道什么时候会来。我其实很想他们,我很孤独。晓蝶,你懂吗?"

她点点头,好想抱抱他。可是,她忽然不合时宜地惊叫了一声:"呀!那是什么?你怎么还没还回去?"

在一架屏风后面,靠近窗口的位置,赫然摆放着那架高倍望远镜。对,就是他帮她偷来的那架。

他自若地笑笑,一丝狡黠的神色从脸上划过,说:"其实,我骗了你,望远镜不是偷的,是我买的。下次想看星空,不是更方便?"

罗晓蝶觉得敏感的自尊心受到了伤害,一丝感动和别扭的情绪在胸口对抗着,她阴阳怪气地揶揄道:"有钱人,好大方啊!"

他认真地说:"不,这和有钱没钱无关。你家中并不富有,可你依然很大方,待夏杨和阿呆他们,慷慨大方,又是为什么?"

"大家是朋友啊！算那么清楚多没劲。"她不以为然地说。

"所以，不是它贵，而是你配，不是舍得，而是值得，这才是朋友，对吗？"

刚刚被有钱人伤害的屈辱感顿时荡然无存，罗晓蝶笑了，觉得说这番话的他一本正经的样子真可爱，她忍不住调侃："哟！中文学得就是好哦！讲起道理来就像煎饼馃子似的，一套一套的。"

就在这时，夏杨风风火火地闯进来，声音震破天："开饭了！开饭了！吃饭不积极，脑子有问题。"

罗晓蝶连忙用黑布将望远镜盖上，和谢嘉年相视一笑，拍怕夏杨："走吧走吧！"

这次午宴无疑是丰盛而美味的，气氛也是欢悦而融洽的。而谢伯只担当了大厨和传菜员，并不出现在餐桌上，给孩子们自由。

饭毕，大家继续吵闹和游戏，谢伯支使谢嘉年去切水果，然后来到罗晓蝶身边，亲切地说："晓蝶，听嘉年说，你很喜欢养花，我有一个花房，养了很多品种，想不想看看？"

她求之不得，跟着谢伯，来到后院。她惊呆了，这是一间由普通厢房改造的玻璃房，阳光充沛，花房里春意盎然。

然而谢伯邀请罗晓蝶来，并不是看花。他漫不经心地修剪花枝，下剪稳准狠，话却是含蓄而迂回的："晓蝶活泼开朗，不拘小节，这样的性格我很喜欢。"

"嘿嘿！妈妈说我没心没肺缺心眼。"

"中国有句古话，叫近朱者赤近墨者黑，如果这样的性格影响了别人，并不是好事。晓蝶，听我说，谢伯并无意指摘你性格的瑕疵、行为的对错，我只是想告诉你，每个人，就像一辆列车，都有他要到达的终点，而你们俩的目的地，肯定不是一处。我身负教养监护嘉年的重责，我不想他这列车偏离轨道，他的轨道是单向而规律的，而你，横冲直撞，漫无目的，或是东张西望，走走停停，都与他无关。我希望你和他保持距离。"

谢伯的话直白如刀，将刚才的温情和含蓄划开。

这样的重话，罗晓蝶在老师和文凤娇那里已是司空见惯，可从这个几乎陌生的邻居口中说出，令她无端恼火。她忘记了自己上一秒还是彬彬有礼的小客人，马上耷毛："我怎么了？你什么意思啊？"

"上学期你数次引诱嘉年和你逃课，老师因为他是优等生，和顾及我的面子，没有深究，但是，还是告知了我。我不能放任自流，坐视不管。我当然希望嘉年能够拥有朋友，过得快乐，但是，他需要的，不是逃课那种低级的快乐，他的朋友，也应该……"

不待谢伯说完，罗晓蝶气愤地打断了他："我引诱他逃课，他是三岁小孩吗？你凭什么这么说我，你算老几？"

"真是个没礼貌的孩子。"谢伯失望地叹气。

从谢家离开时，她没同任何人打招呼。她眼圈红着，气鼓鼓地疾步走，虽然生气，心却无比宁静，她想起谢伯的话："每辆列车都要按照既定的轨道行驶，单向而规律。"那么自己呢！她的人生轨道的归途是哪里呢？真是"莫把光阴浪费，混到视死如归"吗？

仙人掌花园·睡前故事

小伙伴们，快起来吧！仙人掌、小金鱼、小幽灵，快醒来！

然而我并没有好故事可讲。

这样的夜晚星垂月涌，心底百转千回，多少悲欢离合，瞬间错落成憾。

多愁的夜晚啊！让我们咏诵古人的诗句："君住长江头，我住长江尾。夜夜思君不见君，共饮长江水。"

多愁的夜晚啊！让我们唱起悲伤的歌曲："风雨带走黑夜，青草滴露水，大家一起来称赞，生活多么美！我的生活和希望，总是相违背，我和你是河两岸，永隔一江水……"

多愁的夜晚啊！让我们做起惆怅的睡梦：我梦到我站在山头，你站在另一座山头，我们不说话，站在各自的山头挥挥手。

醒来吧！唱起来吧！跳起来吧！让我们活得像一个少年，那深爱后终将失去的少年，那踏着云端在天边的少年。

06

听说有一种人，身上带着光芒。它没有颜色，没有形状，却能温暖照耀到角落里不肯绽放的花蕾。

她第一次，也想做一个，有光的人。

午自习后的课间，教室里一阵喧嚣，一群男生女生围在谢嘉年身边，脸上带着诡秘的笑，表情讨好甚至谄媚，神秘地索要着什么。"试卷""二中"这样的字眼漏入罗晓蝶的耳朵。

谢嘉年惊惶无措地解释着："没有，真的不是，只是家人帮我买的一套普通的习题而已。你们想看，拿去看好了。"

有人拿到了那套习题，如获至宝地抱在怀里，正要离开，又成为同学们新的目标，被团团围住。

夏杨走过来，神秘兮兮地对罗晓蝶说："听说谢嘉年不知道怎么从二中弄了一套题，可能我们月考也会考，你不去找他要来瞄瞄？顺便也给我透露一两道大题。"

她白他一眼："没节操的家伙。"

夏杨怏怏地走开了。

话虽说得贞烈，可她免不了动了心思。作为一个千年后进生，偶尔也会心存一个小小的心愿，就是考完试之后，可以不再被数学老师或物理老师叫到办公室去单独训话。

自尊心强烈的罗晓蝶，在那天听了谢伯那番话后，并没刻意疏远谢嘉年，事后被谢嘉年问起，为什么那天提前离开，她也找了蹩脚的借口，说男生们玩纸牌吵闹且无趣，她才提前离开。

在学校里遇见，还是会自然地打招呼，她迟交作业，做课代表的谢嘉年总会有意无意地等她。放学遇上了，也会一起走，夏杨聒噪地讲笑话，阿呆呆呆地附和，谢嘉年沉默不语。春天的天地广阔无边，路边湿润的地方长满一种丝茅草，茅针藏在苞里，轻轻剥开，茅针乳白剔透，吃到口中甜甜软软，这种自然属性，和泥土相亲的成长，是水泥森林里难得的乐趣。罗晓蝶会恶作剧一般剥开一个往谢嘉年嘴里放，他落荒而逃："这怎么能吃？这怎么能吃？"大家捧腹而笑。

她没有疏远他。

只是没再逃课了。

终于挨到放学。谢嘉年跟上来。她正要厚着脸皮问试卷的事，他却主动开口："试卷的事，是真的，你想不想看？"

面对如此诱惑，她无法正义凛然地拒绝，只能假装节操全无，恬不知耻地说："真的吗？真的吗？太好了。其实，我也不贪心，只要考得比上次好一点，不要被我妈骂得那么惨就好了。"

等试卷拿到手上，罗晓蝶顿时傻眼了。即使试卷摆在眼前，可不会的题目，她依然不会啊！

仙人掌花园，成了罗晓蝶的第二课堂。那几天，每天放学后，两人先回家，各自吃完饭，然后偷偷溜进仙人掌花园。谢嘉年做老师很有一套，解题条理清晰，旁征博引，待学生又耐心，罗晓蝶脑袋本就灵光，稍稍用心，那些在课堂上的难题迎刃而解。他便会用铅笔敲敲她的脑袋："要怎么感谢我啊？"

"你说呢？"

"到奶茶店，请我喝谢师茶！"

"你报复？好小心眼哦！"

"哈！哈！哈！"

那架高倍望远镜也再次派上用场，他们一起观看了一场春夜的流星雨，是期中考的前夜，她对着流星小心翼翼地许愿："多一分浪费，少一分受罪，及格万岁万万岁。"

然而奇迹竟然发生了。期中考试成绩名次公布，她竟然考到了全年级前十名，她正好是第十名。

一个从来没有把学习当成正经事的问题少女，忽然考入全年级前十，这在八个班近四百人里，是个传奇。所有人的本能反应是，她作弊了。可是，并没有她在考场上作弊的证据可抓，于是，她被老师叫到办公室，将同样的卷子让她当面重做一遍，然而奇迹又发生了。因为谨慎，她在办公室做的卷子，反而将考场上没做对的几道小题也答出了。班主任深感欣慰，开始对罗晓蝶另眼相看，并在办公室对其他同事扬扬得意地夸谈："其实我早就发现了，罗晓蝶这孩子，脑袋瓜聪明，稍微用点功，是个好苗子。"

夏杨眼红又泛酸："是不是谢嘉年把二中那套题透露给你了，他这个骗子，给我们的根本就是假的，一道题也对不上。"

罗晓蝶心虚地否认："没有，绝对没有。"心里却是惶惶的，她心如明镜，谢嘉年给她的试卷，虽然和考场上的试题有些许出入，题目的顺序、英语阅读的人名、数学题的数字，都有变化，但题型几乎是一样的，而她竟然都会做。

唯独没有怀疑她的，竟然是文凤娇。那一天她破例没有做蛋炒饭，认真地烧了四菜一汤，脸上带着满足的笑，话很多，骂人时她花样翻新，夸人就逊色得多："我就知道，是金子总会闪光的。你小时候很聪明的，两岁就会背唐诗。"罗晓蝶觉得受之有愧，心虚地笑。

谢嘉年总跟在罗晓蝶屁股后面问："什么时候请我喝奶茶啊？谢师茶。"

罗晓蝶做贼似的看看四周，搪塞道："等等吧！等风头过去再说。"

他笑："什么风头啊？"

她压低声音："我和你得避避嫌，我要是答谢你，大家就知道了，二中的考试题是你透露给我的。"

他笑得更开怀："傻瓜！"

罗晓蝶心怀着巨大谎言，置身在被荣誉和质疑包围的怪圈里。那些只有在优等生身上发生的事，也开始发生在她身上。她当上了最得意的历史科目的课代表，也可以骄傲地仰着头收发作业了，最可笑的是，在大扫除的时候她偷懒，老师会睁一只眼闭一只眼，以前则会被狠狠批评。偶尔上学迟到，老师也只是轻描淡写地说："下去吧！下次注意点！"

从前她觉得老师很势利,现在她明白了,这只是人们对于一个好学生天然的喜爱和善意。

在走廊或厕所里,她开始听到有女生言语刻薄地议论她:"她有什么了不起,小太妹,爸爸是通缉犯,妈妈是泼妇,走路内八字,头发像刺猬。"她竟然有了嫉妒者。

但她万万没想到,最嫉妒仇恨的那个人,竟然是夏杨。

这天,她被数学老师点名回答问题。到底基础太差,她没有马上答出,老师有些失望,皱皱眉让她坐下,下面窃窃私语,有女生哧哧地笑,夏杨则笑得最大声。他被老师叫起来批评不遵守课堂纪律乱讲小话,急了,脱口而出:"我只是说,罗晓蝶是个冒牌货,她的年级前十,是作弊,谢嘉年搞了二中的考试题给她,我们都知道。"

眼前的视野忽然模糊不清,台上的老师变成影影绰绰的一团,仿佛有一枚轻型炸弹在脑中爆炸,罗晓蝶痛苦地闭上眼睛,觉得太阳穴一阵钝痛。

"罗晓蝶是个冒牌货。"

"罗晓蝶是个冒牌货。"

声声指责尖利如刀,割裂着她。她以为得到了一顶皇冠,其实是一套镣铐。人性的恶,如同数学分子公式,永远存在,无法辩驳。

她转头望向谢嘉年。他也正望向她,表情不惊不惧。

数学老师恰好是年级主任,夏杨的告密得以重视,他和几个老师开了个小会,决定彻查,认真的老头甚至打电话给二中任教的同行朋友,调取了他们的试卷进行比对。罗晓蝶眼见着谢嘉年被叫到办公室问话,内心惶惶不安。

班会课上,班级主任和年级主任同时出现在讲台上。年级主任老头拿着几份卷子,给同学们讲了一个一对一优帮差的中国好同学的故事。关于二中的试卷,根本就是一个谎言,二中和一中同天考试,分别使用市里提供的A卷和B卷,而谢嘉年给罗晓蝶的卷子,其实只是自己根据经验出的一套题,至于为何有如此高的相似度,只可以用学霸敏锐而神奇的押题能力来解释。

"谣言止于智者。罗晓蝶同学的成绩,是靠自己的努力和谢嘉年同学的帮助得来的,实至名归,当然,希望罗晓蝶继续努力。谢嘉年同学,我要说两句啊!帮助同学光明正大,说谎闹出这样的乌龙事件就不对了。最后希望咱们班的学习风气越来越好,互相帮助,共同进步。"

事后,夏杨悔之晚矣,将罗晓蝶截在放学路上道歉:"罗晓蝶,你听我说,我就是一时头脑发热,我小心眼,我觉得你以后是优等生,再也不会和我一起玩了。"

她淡然笑笑:"你说得没错啊!我就是一个冒牌货。"语气里仍有怨怼和火气,脚下使劲一蹬,骑着车子与他拉开远远一段距离。

她没有原谅他。

在年少的心里,友谊是天大的事,半点沙子一点瑕疵都无法接受。她接受所有人的质疑和非议,甚至指控,但那个人不能是夏杨。因为他是她的朋友。

她沉冤得雪,学渣变学霸的传奇在校园里成为美谈,然而更多的人相信这是昙花一现,瞎猫碰上死耗子,大家都拭目以待下一次考试的到来。

她开始变得沉默、不快乐,巨大的压力像黑色的乌云笼罩在头顶。她生活在毁誉参半的煎熬中,每天都小心翼翼,每节课都绷紧神经。作为学霸,时不时就会被当作典范叫起来提问,她必须给出一个完美答案才不会笑场,因此,她必须拼命背书、预习、做题,也必须放下自尊向谢嘉年请教。不知道为什么,她开始有点恨谢嘉年。那无忧无虑没心没肺的日子再也没有了。

一个孩子,什么时候才开始真正长大?也许是他乘车时猛然发现超过了那条一米二身高线,也许是她初次发现胸前萌出柔软蓓蕾的那个瞬间,也许是偷偷躲在厕所里点燃的第一根香烟,也许是初潮染红的那条床单。

而罗晓蝶的成长,缘于她成为学霸的这个巨大谎言。为了不让谎言穿帮,她开始变得努力,她心事重重,上课时目不斜视,像所有的书呆子一样,用最笨的方法背单词,用填鸭的方式做题,她房间的灯,常常亮到很晚,但是在这个过程中,她渐渐领教了另一种人生,那就是优等生的人生，在读书中得到快乐和成就感，在赞誉中得到尊重和虚荣感。

"罗晓蝶，这道题怎么做，给我讲讲呗！"嚆！竟然也有人开始向她请教题目。这种虚荣又诚惶诚恐的感觉，真是好奇妙啊！

树大招风，她也有了嫉妒者。放学去车棚取自行车，车胎被人用利器扎破，而这种事，已不是第一次。她气极，却不知道是谁暗下黑手。

林培吹着口哨走过来，罗晓蝶定定地看着她，准备发难。林培幸灾乐祸地看着她的车胎，无辜地笑笑："别看我，姐姐我只会光明正大地干坏事，再说，谁惹火了我，我不会跟一个物件过不去的。"

"真的不是你？"

"但是我知道是谁。咱俩做个交易吧！让你那个混血冰山王子陪我跑酷，我帮你把划车胎的人揪出来修理一顿。"林培半是认真半是戏谑。

罗晓蝶翻白眼："算了吧！什么冰山王子，我不认识，车胎的事，算我倒霉。"

她推着瘪掉车胎的车子，缓缓地走出校门，校门对面有个修自行车的师傅，这个月罗晓蝶已经第三次光顾他。师傅抬眼，将车子倒转过来，认真地检查。她就坐在一旁的小凳上候着。

夏杨骑着车划过来，脚蹬地急刹车，俯身趴在车头上："车胎被划了？谁这么缺德，叫我揪住，一顿好打。"

他企图用这番若无其事假装亲热的话恢复邦交，可罗晓蝶不吃这一套，她抬眼看看他，一个念头忽然从心头闪过。她冷冷讽刺道："向老师告密更容易解决问题哦！"

夏杨脸上讪讪的："你看你，我都道过歉了，小心眼。"

她转过头去，不再搭理他。五月里出生的孩子，倔脾气的金牛座，冷嘲热讽的水平高人一等，记仇的本领也很强大。她没找到原谅他的理由。她不原谅他，就像不原谅年少荒唐的自己一样。

夏杨自讨无趣，骑车离开了。

放学的人渐渐走尽，车胎还没有补好，一个高瘦的身影在她身边站定："反正修好还早，不如今天请我喝谢师茶吧！"

门口的奶茶店,坐满将要上晚自习的面容疲倦的高中生。他们找了一个座位坐下,一杯原味,一杯巧克力口味,他深茶色的眸子看定她,问:"你为什么不快乐?"

她若无其事嘻嘻哈哈地笑着:"没有啊!我不知道有多开心。"她压低声音俯身过来在他耳边对他说,"做好学生的感觉棒极了,我不知道有多快乐。"

"你在撒谎。"

她仿佛被戳中心窝,忽然生气了,一口气吸光了自己的奶茶,并且使杯底发出很大的声响,然后说:"你以为你很快乐吗?你告诉我快乐是什么?什么是快乐?"

他一怔,竟无言以对。

仙人掌花园·亲密小诗

你曾经问我,快乐是什么
我摇摇头,这可难倒我
魔法师的帽子
被风吹走了
你说那里面
装的是快乐

你曾经问我,快乐是什么
我摇摇头,这可难倒我
红蜻蜓的翅膀
被雨打湿了
你说那上面
停的是快乐
……

07

  转眼期末,大红光荣榜上,再次出现罗晓蝶的名字,这次依然是第十名。

  她深深地舒了口气,觉得有一块石头终于落了地。那初次误打误撞的名次带来的荣誉如脆弱的气泡,终于化作了耀眼的光圈。布告栏旁挤着几个女生,对她暗暗指点:"就是她,就是那个女生。"她终于敢勇敢地迎上那些目光。

  放暑假前,学校组织了家长会。文凤娇被邀请为家长代表到台前讲话,分享教育心得。

  她哪有什么教育心得啊?她不像年级第二名苏文文的家长那样准备充分拿了两页纸的底稿去念,也不像第三名刘爽的爸爸条理清晰夸夸而谈总结了近十条重点。她迟疑地站起来,有点手足无措,但头是仰着的,脸是笑的。她要面对的是几百个家长和十几个老师,并不是可以随意对待的买水果的顾客。罗晓蝶这么给她长脸,她可不能让女儿丢脸啊!

  可文凤娇的演讲口才和文采实在乏善可陈,事实是她对罗晓蝶的教育乏善可陈,实在没什么可说的。她只是不遗余力地笑着,像复读机一般:"我真的没做什么,我真的没做什么。我们晓蝶从小就很聪明,是一个聪明的孩子,两岁就会背唐诗,小学一年级,看图写话,她就会写'春风像小鸟一样啄我的脸'。多美的句子啊!老师用波浪线画出来,又用红笔圈出来,写了三个'好'字。如果真说有什么心得分享,作为家长,我觉得我们能做的,就是保证孩子的饮食营养。晓蝶喜欢吃炒米饭,我就变着花样给她做,青豆鸡蛋炒、酸菜肉丝炒、虾米冬瓜炒,他们正是长身体的时候,吃饱吃好,才有力气学习啊!"

  文凤娇质朴的发言引得阵阵掌声,甚至有几个妈妈现场请教起她炒米饭的窍门来。

教室窗外,闪过少女内疚的脸。文凤娇的话,让她汗颜。她没想到,关于春风的那个句子,那么久远的记忆,妈妈仍记得,她没想到,自己向来鄙薄的炒米饭,竟藏了妈妈的心机和情意。

她羞愧逃开,不小心一头撞到一个男生身上,抬头一看,是夏杨。他正怒气冲冲地看着她,口气生硬地说:"道歉!"

"道什么歉?"罗晓蝶一头雾水。

"你撞了我,向我道歉。"

罗晓蝶正想说"咱俩的关系这么点小事道什么歉",转念忽然想起,她和他已经很久不说话了,于是敷衍地说:"对不起了!"

说完疾步走开,未料到夏杨不依不饶地追上来:"你这什么态度啊?你这是道歉吗?"

"无聊!"她转身离开,将夏杨晾在那里尴尬无比。

回到家里,她第一次走进厨房。她上网搜索了菜谱,就地取材,在厨房里忙碌起来。

六点钟,文凤娇回到家,罗晓蝶的四菜一汤正好上桌。鱼香肉丝、麻婆豆腐、番茄炒蛋、青椒肉丝,看上去色香味俱全。没想到,文凤娇却有些愠怒,埋怨道:"谁让你到厨房瞎折腾的?你看看看看,这大盆小盆,摆了一河滩,让我等会儿怎么收拾啊?"

罗晓蝶失望地坐下来:"听你说句好听的,怎么就这么难?这可是我第一次下厨。"

文凤娇收起怒色,借着女儿考了好成绩的好心情,笑意浮上眉梢,在餐桌旁坐下来:"你这都做的什么啊?能吃吗?"

罗晓蝶系着围裙举起锅铲,张牙舞爪地说:"听我给您报菜名。这个是秘制微辣酸甜汁焗嫩猪柳,这个是麻辣黑胡椒精腌碎肉炖白玉豆腐,这个是法式甜酸番茄配黄油蛋粒,这个嘛!这个嘛!就叫西班牙青椒红烩意大利小牛眼肉丝。"

文凤娇笑得皱纹又深了几重,饶有兴趣地夹起一根肉丝,说:"哟!还都是西餐。不过,这是肉丝吗?这切得也太大太大粗了吧!勉强叫肉片吧！嗯，我尝尝！"她把肉丝放到嘴里尝了尝，赞道，"炒老了点，不过味道还不错。"

罗晓蝶长吁口气："让你开金口夸一句可真难。"

"怎么今天太阳从西边出来了，想起来做饭？"

她嘿嘿笑："我只是想告诉你，世上美食千千万，不是只有蛋炒饭。我就纳闷了，我哪里表现出很爱吃蛋炒饭了？"

文凤娇惊奇地瞪大眼睛，先是莫名恼火："你去学校偷听我发言，你……你安的什么心？"下一句又反问，"你不是一直爱吃炒饭吗？上初一有一天，我做了炒饭，你从学校回来，吃了整整两大碗，直呼好吃。我看你爱吃，就常做。"

罗晓蝶不说话了。母女二人都沉默吃饭，两人心里都思绪万千。文凤娇感慨自己粗枝大叶，对孩子爱得不得要领，而罗晓蝶，喝着热汤，一口一口地小啜，最后剩下碗底一点，端起来一饮而尽。热汤从喉头滚过，仿佛跌入心底，那灰扑扑的心的房子起了尘雾，激荡着，翻滚着。她完全忘记了从前某个平常的日子，她到底是因何多吃了一碗饭，可那样一个平常的小细节，却被妈妈记下了。她就像一棵树，每天都在隐秘地成长，而有一种爱，不是阳光，不是细雨，而是脚下的泥，它滋生蝼蚁蛇虫，却也传输养分能量，她毕生都会植根在那团泥土里，与之生生相惜。

文凤娇大口扒拉着夹生的米饭，低着头，声音有些颤颤的："你好好读书，这些菜，我也会做。"

"哐啷！"

突然一声重物撞击墙壁后坠落的声响，随即从隔壁墙传来男人的怒骂："你是下雨没打伞还是洗完澡没掏耳朵，脑子被水淹了吧！这成绩单也好意思拿给我看。你看人家罗晓蝶，你看人家罗晓蝶！"

一墙之隔的夏家屋内，夏杨忽然红了眼，扯着嗓子大喊："少给我提罗晓蝶！"说完跑出了房间。

墙这边，罗晓蝶心里一凛。

吃完饭天已尽黑，罗晓蝶忽然想起，白天和谢嘉年约定，今晚去仙人掌花园,他要教她认英仙座。

她步履轻松地朝仙人掌花园走去,快到的时候,听到花园里传来窸窸窣窣的声音。她暗喜,原来他早就到了。

她扒开树丛,探身进去,喊道:"谢嘉年,你来这么早。"抬眼看时,却惊呆了。夏杨正在花园里疯狂地挥舞着一根粗粗的树枝,抽打损毁那些娇弱的花,草地上,有些花被连根拔起,花枝花蔓横尸遍地,那棵桃树的一根斜枝也被生生折断,而她的仙人掌,已经被砸得稀巴烂。

夏杨看到她,终于停了手,但依然挑衅地看着她。

"啊!"罗晓蝶忽然爆发了一声恐怖的尖叫,像一头发疯的小母狮子,朝夏杨扑上去,重重的几个闷拳,将他翻扑在地,咒骂声不绝,"你有病啊?我的花儿招你惹你了?谁让你来这里的?你怎么摸到这儿的?"

夏杨坐在地上,有点被她的癫狂吓到,但依然不甘示弱,大声反驳:"花儿没招我惹我,是你,是你招惹我了。"

"我怎么了?就因为我考了好成绩?这也是错?"

"对,就是你错了,全是你错了。"夏杨失控地叫嚷,"罗晓蝶,我讨厌你。"

"我也讨厌你,你这个虚弱无力、自私自卑的讨厌鬼。我的自行车,也都是你划破的吧?"

"对,没错,是我干的。我以为你车胎破了,就会像从前一样和我一起走了,就像从前一样坐我的车子回家了,我曾经以为,我离你很近,其实,你的世界,我从来没有走进过,就像这个秘密花园,我从来没有来过。"他的声音,渐渐弱下来。

罗晓蝶默默地站在那里,望着满园狼藉,心里有满腔怒火,却咬紧嘴唇,失去了力气。迟钝许久,她说:"你来过了,现在,你可以走了。"

夏杨起身,从她身边经过,嗫嚅着,想说点什么,却又咽下,怏怏地走了。

星光满天的夜,仿佛有人在夜的胸口纵了火,她坐在破败的花园里,默默垂泪,胸口有微微的痛在灼烧。她的花儿!她的仙人掌!她的秘密花园！就这样，被一只魔爪，摧毁了。

　　沉浸在悲伤和愤怒中不知多久，她太伤心，身边响起脚步声也浑然不觉。一只手拍拍她的肩膀，她悚然地一转头，看到谢嘉年一脸惊诧的表情。

　　"这……这是怎么回事？"他望着一地狼藉问道。

　　罗晓蝶苦笑一下，没有回答。

　　谢嘉年望望花园，拍拍她的肩以示安慰，自问自答："一定是附近的熊孩子发现了这里，来搞的破坏。没关系，说真的，你一定没读过园林园艺方面的书，审美品位堪忧啊！你以前的仙人掌花园，简直就是花卉展览而已，造园也是一门艺术，瞎种乱栽一气，毫无美感。"

　　罗晓蝶刚刚遭遇花园被破坏的沉痛打击，现在又无端被谢嘉年诟病自己的审美，顿时气不打一处来，跳起来推了他一把："你什么意思？你再说一次。"

　　谢嘉年连连告饶："真是个刺头，不说了，不说了，我错了还不行吗？我的意思是说，让我们一起，重建仙人掌花园。"

　　她忽然想起来："不是说今天教我认英仙座吗？望远镜呢？"

　　他摊摊手："出了点状况，还没修好。不如，我们现在就动手，重整河山。"

　　少年的眼神亮且温柔，如月光下的湖水，让人感觉安适，仿佛也浇熄了她的怒火。她打起精神，开始收拾地上的残局，一边抬头望天，一边念叨："赶紧修好望远镜哦！这么好的星空，真是浪费了，好想知道英仙座长什么样。"

　　"不如，我先给你讲讲英仙座的故事吧！"

仙人掌花园 · 睡前故事

传说，在很久很久以前，一位英俊的青年珀尔修斯爱上了一位美丽的公主，他受神的旨意，要他设法杀死蛇魔女美杜莎，才可迎娶公主。

美杜莎头上长满毒蛇，谁看她一眼，就会变成坚硬的石头。

英勇的珀尔修斯在神的帮助下，脚穿有翅飞鞋，头戴隐形帽子，借助青铜盾的反光，避开了美杜莎的目光，最终杀死了美杜莎，并取下了她的首级献给了女神雅典娜。

珀尔修斯得偿所愿，与美丽的公主结了婚。女神兑现诺言，将珀尔修斯和公主升到天上，珀尔修斯就成为英仙座，公主就是仙女座。在浩瀚无边的星空里，英仙座和仙女座总是亲密地偎依在一起，默默相视，脉脉不语。

无论是在人间，还是天上，他一直默默守候着她，他美丽的公主。

它是属于秋天的星座。在亮且耀眼的银河，它忽明忽暗。在十一月的子夜时分，英仙座经过中天，住在地球南纬31°的人们，可以完整地看到英仙座。

……

希望有一天，我能带你去南纬31°的地方，看一次英仙座。

08

新的仙人掌花园,在暑假快要结束的时候,终于建成。他们像苦力,把花卉、石块、篱笆木,从市场、河滩里搬到花园里,又像园丁,挖坑培土,浇水施肥,修枝剪叶,仙人掌花园终于初具雏形。石头沿地势砌出台阶从草丛中蜿蜒而下,曲径通幽,除了常规的花卉,谢嘉年又买了几棵黄栌、五角枫、桂树栽上,甚至在原有的两棵高大的泡桐树间,绑了一个简易的秋千架,他说:"这样,就可以坐在秋千上看星星了。"

"那么你的望远镜到底什么时候修好哇?"她已等不及。

英仙座是秋天的星座。在夏季的夜晚,它在半夜一点左右自北偏东45°的位置慢慢升起。

入夜,她等妈妈睡着后,悄悄潜出家门,来到仙人掌花园。

谢嘉年已装好望远镜等候多时。他将她引到望远镜前,指点给她看:"你看,仙女座上部的方形,就是仙女座飞马四边形,英仙座就在它的下部。看到了吗?"

"看到了,看到了。哇!果然和仙女座离得很近。"

他说:"你听过英仙座和仙女座的故事吗?"

她正看得兴起,随口应答:"听过啊!你上次不是讲过了吗?"

"可是,我上次还没有讲完。"

她回头:"什么?那故事还有后续,那你讲讲。"

他将珀尔修斯的故事再讲了一遍。罗晓蝶听完,回头埋怨道:"完了?不是和上次讲的一样吗?"

谢嘉年忽然低头,有点无措,月光里,他的表情晦暗不明。他深深地吸一口气，一字一顿地说："它是属于秋天的星座。在亮且耀眼的银河，它忽明忽暗。在十一月的子夜时分，英仙座经过中天，住在地球南纬31°的人们，可以完整地看到英仙座。"

上一次，他的故事只讲到这里。

罗晓蝶一头雾水："南纬31°都是哪些地方啊？我地理没那么好哇！"

"罗晓蝶，希望有一天，我能带你去南纬31°的地方，看一次英仙座。"他目光笃定地说。

"嗯？什么？"

"罗晓蝶，如果我就是英仙座，你可以做我的仙女座吗？"

"什么？"她不明所以，傻乎乎地问道，"可是，怎么做仙女座，我的星座是金牛座啊！我都已经是金牛座了。"

谢嘉年气急败坏，嗔怪地骂一句："傻瓜！"然后扔下一句，"我的问题，你好好想想再回答。"说完，他起身从后面的小路回了家。

树影婆娑的花园只剩下罗晓蝶一人，深更半夜，空无一人，她声带哭腔地喊起来："谢嘉年，你搞什么啊？把我一个人扔这里算怎么回事啊？我不敢一个人回家啊！你好讨厌啊！"

不到半分钟，他又折返，回到她身边，没好气地揉揉她的头发："走啦！胆小鬼！"

暑期的最后一天，她去街上买文具，竟意外遇到她的死对头林培。林培拖着行李箱，正在路边等车。她已没有大姐大的威武神气，反而有些落寞，主动向罗晓蝶打招呼："小学妹，听说你逆袭成功，成为学霸了！恭喜了！可别像我这样，混得一塌糊涂，现在被老爸逼得去上个技校。"

罗晓蝶皮笑肉不笑地打哈哈："技校？学门技术也挺好的。"

"嘻嘻！也是哦！"林培又没心没肺地笑了笑，忽然靠近，神秘兮兮地问，"你的车胎案破了吗？我告诉你哦！是你从前那个小跟班，和我叫板斗诗那个。小子，蔫儿坏！"

罗晓蝶无所谓地笑笑："我早知道了。"

"那你知道谢嘉年喜欢你吗？"林培忽然冒出一句这样没头没脑的话来。

"什么？"

"因为我打了你，为了替你报仇，又碍于男生面子，不好直接来打我，只好和我比赛跑酷。后来我让人暗暗打听过，他以前从来没有接触过跑酷，为了赢我，自己跟着视频练习了半个月，你也看到了，那天从房顶跳下去，一不小心，小命都没了。要不是喜欢你，值得这么拼命吗？"

四周忽然安静下来，她只听到自己的心跳，在夏末的街头，清晰无比。早已立秋，天已转凉，她的脸却忽然灼烧起来，她听到自己愚蠢地发问："喜欢，哪种喜欢啊？"

林培嗤笑着白她一眼，反问："喜欢，还会有哪种喜欢？就是喜欢的那种喜欢呗！"

车来了，林培上了车。罗晓蝶站在原地，风中凌乱。

谢嘉年洗完澡走进房间，床头，放着干净的内衣、第二天要穿的衣服，桌上，是开学要用的书包和用品。谢伯对他的照顾，无微不至。

他擦擦半干的头发，走进谢伯的房间。

房间里只开了一盏台灯，谢伯正低头全神贯注地看着什么，连他进来了也未察觉。

谢嘉年兴起，想和谢伯开个玩笑，于是蹑手蹑脚地走到他身后，正要出其不意地拍他，目光却忍不住被吸引了。谢伯正拿着放大镜，仔细地观摩一块玉佩——蝶形的翡翠，通体碧绿，是行家口中的冰种满翠。

谢嘉年不懂，只觉得好看，忍不住赞道："好漂亮！"

谢伯受惊似的连忙将玉佩掩住，回头见是谢嘉年，松了口气，摇摇头叹道："唉！你懂什么啊？又是一个西贝货。国人利欲熏心，弄虚作假，真是让人气愤。"

谢嘉年忍不住将玉佩拿到灯下看了看，犹疑地问："这不是翡翠吗？我虽不懂，可看起来和母亲戴的翡翠成色相差无几，竟是假的？"

"这你就不懂了。这玩意儿确实是货真价实的老坑冰种满翠，已算珍品，却不是真品。"

他被谢伯的"珍品""真品"搞得一头雾水，谢伯笑了："以后你就懂了。"说着，从抽屉里拿出一封信来，说，"米雅公主给你来信了。"

谢嘉年皱皱眉："还是这么笨，不会写电子邮件啊？什么年代了还写信。"

"她给我抱怨说，写了电子邮件，你没回。"

"呃！功课太忙，忘记了。"谢嘉年随口搪塞。

"可是，现在是暑假。"谢伯仿佛洞察他所有心思，不给他留一丝找借口的机会。

谢嘉年撇撇嘴，沉默了。眼前闪过那遥远的故地，天空和海水一色，海平线上浮动着云彩，丛林中结满芒果和香蕉，海鸟在空中盘旋，少女站在巨石上唱歌。隔山隔水，仿佛已是上个世纪的事。

"嘉年，你和米雅不是很好的朋友吗？怎么到了新的环境，就疏远了从小长大的老朋友呢？和米雅搞好关系，对咱们谢家没坏处。"

谢嘉年忽然愠怒，提高了声音："搞关系，那是你们大人的事，不要用你们的价值观，来衡量孩子的感情。"

谢伯讳莫如深地笑了："大人？孩子？嘉年，你不小了。你以为老太爷送你来这边读书是为了什么？他想让你早点长成一个独立坚强的男人，承担起家族的责任。"

刚才走进房间想要说声"谢谢"的心情瞬间荡然无存，谢嘉年闷闷地说了声："谢伯，我回去休息了。"然后匆匆退出房间。

躺回床上，想到第二天开学，想要早点入睡，却失眠了。床头灯的橙色光线如孤岛上的一点灯火，他便是那孤岛，浮生茫茫，不知何处。

新学期分了文理班，罗晓蝶和谢嘉年都在文科班，并且成为前后座。谢嘉年一副傲然清冷的模样，待同学都不温不火，他的前面，是罗晓蝶挺拔而倔强的背影，整整一天了，一次也没有朝后面转过。她穿了一件淡黄色的针织短袖，初秋的阳光在她身上织上一层毛茸茸的光圈，使她看上去像一个温软甜美的蛋烘糕。自从那晚观看英仙座他说了那番话后，罗晓蝶就像变了一个人，见到他就绕道走，在学校里见到了也不再嬉皮笑脸地开玩笑了，礼貌，疏离，连话都很少和他说。

下午，任历史课代表的罗晓蝶到办公室抱作业本，到门口，听到以前的班主任向现在的班主任埋怨："那个谢嘉年，不知道怎么想的，一个男生,理科成绩那么好,非要上文科,怎么劝都不听。"

另一个老师轻轻笑,插话:"那匹后来杀出来的黑马罗晓蝶不是读文科吗?谢嘉年可能还想和她共同进步吧!"

"孩子们的心思你别猜!"

几个老师心领神会带着善意地笑起来。罗晓蝶站在门外,心突突突地跳,耳根烧起来。她仓皇逃离了这个令她尴尬的地方。

和夏杨闹翻,和谢嘉年疏远,接下来的很多天,罗晓蝶都过着这种独来独往自我封闭的生活,除了从前的几个小跟班阿呆他们偶尔来问几道题,她仿佛和这个世界隔绝起来,在自己孤独的小宇宙里,一个人上学,一个人吃饭,人生孤独,莫此为甚。

谢嘉年仿佛丝毫没有觉察一样,时不时戳戳罗晓蝶的背:"尺子借我用用。"

同桌的漂亮女生很热情自然地拿出自己的尺子:"用我的吧!"

他瞥了一眼说:"不用了,谢谢!"又开始矢志不渝地戳罗晓蝶的背,"尺子借我用用。"

"啪!"风一样的女子用风一样的速度转过来,将尺子拍在他的桌上,他连她的脸都没有看清。

谢嘉年的自行车技在这期间也有了突飞猛进的进步。他掌握了两种技能,一种是飞速跑,只要罗晓蝶骑车在前,他会马上风驰电掣地追上去与她平行并排;另一种是龟速挪,他的后脑勺仿佛长了天眼,只要罗晓蝶在他后面,他的自行车可以以每秒一毫米的速度几乎原地不动地行驶,一直等到罗晓蝶不得不追上他。

他还总会掐分算秒地适时出现在奶茶店,赶在罗晓蝶进店之前,把巧克力口味的全部买光,然后将奶茶摆成一排,看着扫兴的她从桌旁走过,他不动声色地笑。罗晓蝶面无表情,拿起一杯奶茶,兀自走掉。

仍是不和他说话。

他追上来,在旁边朗诵顾城的诗:"风在摇它的叶子,草在结它的种子，我们站着，不说话，就十分美好。"

罗晓蝶终于忍无可忍发了飙："谢嘉年，你什么意思啊？"

"你为什么不理我？"他神情坦然而无辜。

罗晓蝶被问得无言以对，支支吾吾了半天，鼓起勇气反问道："林培说，你喜欢我。"

没想到他坦然地回答："是啊！我喜欢你。"

她皱了皱眉，并没有被表白后的羞涩不安，也没有尴尬难堪，她望着他仿佛望着失足少年，像教导主任一样语重心长地说："干吗要喜欢我啊？你是什么品位？我有什么好。走路内八字，头发像刺猬，说话大嗓门，打架我无敌。哪有一点女孩的样子。你为什么不喜欢咱们那个班花冯雪呢！听说好多男生都喜欢她，人家，小酒窝，长睫毛，迷人得无可救药。"说着说着，她还唱了起来。

谢嘉年忍不住笑了起来："你是要做媒吗？你管我喜欢谁，我喜欢你碍你什么事了。又没说要和你谈恋爱，紧张什么？"

这一次轮到罗晓蝶尴尬无比，他说得那样超脱洒然，倒好像她是那个自作多情的人。在功课上，她开窍比较晚，在情感上，她也是个白痴。听到谢嘉年这番话，她心里的一块石头落了地，转忧为喜，哥们儿似的擂了他一拳，笑嘻嘻道："早说嘛！这样说我就明白了。吓死我了。"

谢嘉年一头雾水："你明白什么了？"

她大大咧咧地说："我明白了，你对我就是那种喜欢。走吧！小弟，允许你崇拜敬仰倾慕本帮主了。"罗晓蝶以为自己明白了，他对她是电视剧和小说里常说的那种哥们儿一样的情谊，好朋友间的彼此欣赏。

深秋的一片树叶悠悠地打着旋儿，落在了她的头上，他很自然地伸手，帮她拿掉，盯着她的脸看了几秒，无声地笑了："走路内八字，头发像刺猬。没错，我对你就是那种喜欢。"

"走吧！谢谢奶茶了。"

她脚步轻松地朝前跑去。他站在原地，望着她的背影，嘴角牵动，心里有话，只好默默地对自己说："没错，晓蝶，我喜欢你，就是喜欢的那种喜欢。"

仙人掌花园·亲密小诗

嘿! 她们说:
喜欢,是淡淡的爱,
爱,是深深的喜欢。
你到底是哪一种啊?

09

　　入秋多雨，街上行人很少，自然顾客也少。文凤娇说去银行存钱，留罗晓蝶看店。临出门的时候，罗晓蝶还打趣："咱家还挺有钱哪！"

　　文凤娇这些天心情很好，整天哼唱，说："有钱没钱，我都要存一笔钱给你上大学备用。"

　　罗晓蝶嗤之以鼻："能不能考上还不一定呢！"

　　"不会的，照你现在的成绩，考个名牌都没问题。你可别半坡上卸磨，让我空欢喜。"

　　"好了，好了，快去吧！"罗晓蝶怕妈妈唠叨，敷衍着打发她走。

　　店里无人光顾，她懒洋洋地坐在椅子上，吃着店里的香蕉片，抱着一本小说看起来。

　　故事是她童年时光里最美的梦，不单单是童话，也是对父亲最温暖的回忆。父亲是什么样子的呢？因为母亲的恼怒烧了父亲所有的照片，她现在已经连父亲的样子都记不得了啊。去找找吧，万一还有一张父亲的照片被遗漏了呢？

　　从哪里开始好呢？罗晓蝶的目光放在了她们现在的住处上。家里本是一个二进的院落，有一年冬天用电不当着了火，花浔巷的房子多是木制，后院的几间房子被烧毁搁置了起来，家里前院重新修整过，可依然显得逼仄破败。老房子的弊端显而易见，房子年久失修，遇暴雨屋顶会渗水，卫生间的抽水马桶是前几年才装的，管道没做好，经常会堵，热水器忽冷忽热，总在抽风，因为潮湿，厨房的案板下长出了蘑菇，她做梦都想住同学莫七七家一样的楼房，明亮的飘窗，光滑的地板，会唱歌的马桶，二十四小时热水，还有严冬里恒温的暖气。

大概只能在后院试试看了吧,当她真的在后院烧毁没有翻修的老屋角落里找到一张残存的照片时,罗晓蝶第一次有了被命运眷顾的感觉。照片已泛黄,并且被火烧过,是一个身材颀长的男子怀抱小小婴儿,男子面容模糊,被水渍过,被火燎过,被洇得面目全非。可就算是这样,罗晓蝶也十分满足了,她轻轻地用大拇指抚摸着照片,就像又触到爸爸硬硬的胡楂,有奇异而美妙的亲切感。

罗晓蝶回到屋里将照片妥帖地藏好,出于一种莫名的侥幸心理,妈妈真的不想父亲吗?万一能有一张可以看清楚的父亲的照片呢?她打算再在文凤娇的房里翻一翻。

房间不大,家具也很少,所有物事一览无遗。她实在想不出,还有什么地方可以藏东西。

她目光扫了扫,最后落在衣柜顶上一个被报纸杂志压着的黑色行李箱上。

她站在椅子上将箱子轻易地拿了下来。箱子看起来久已未动,落满了灰尘。她试图打开,发现竟是密码锁。

文凤娇只是去买菜,随时会回来,罗晓蝶心急如焚,随手输入了几次密码,一次是妈妈的生日,一次是自己的生日,竟用自己的生日打开了。

箱子里确实有宝贝,大约是文凤娇自认为的宝贝吧?有各种证书,罗晓蝶在小学得进步生的奖状,两张万元存单,一个金戒指,一些旧照片。里面有一张罗晓蝶三四岁的照片,她被一只大黄狗扑倒,不懂畏惧,笑得蠢萌蠢萌的。罗晓蝶对着照片,忍不住扬起嘴角。

然而并没有什么父亲的照片。

她略显失望地将自己的照片放回去,忽然发现行李箱的内壁上,还有一个不起眼的小小的侧兜。她伸手进去试了试,从里面掏出一张单子来。

一根弦仿佛系在心的两端,忽然被紧紧地拉起来。那是市医院肿瘤科的化验单和诊断书。她用自己余额不足的智商努力辨认着字迹,揣度着专业用语,最后,终于得出肯定的结论。文凤娇,生病了,而且,是很严重的病。

"右乳入侵润性导管癌 1-2 级"。一个"癌"字如刀,生生地刺入她的心尖。

　　某个她很喜欢的美丽的女演员，在领完自己人生中很重要的奖杯后，最终不敌病魔，香消玉殒。

　　文凤娇也患了和那个女演员同样的病。也就是说，她有一天，也会以那样的方式离去。不能拒绝，无法回避。

　　窗户半开着，一股冷风灌进来，刺骨的寒流从后背贯穿而下，瞬间凉到心里。她第一次意识到，她会失去她，在几乎可以预见的，不远的未来。很快。

　　这一年的冬天特别冷。天像凝固的冰压在头顶，令人压抑。罗晓蝶和文凤娇都有了秘密，她们彼此守着自己的秘密，谁也不说破。罗晓蝶偷偷观察过，原来文凤娇每天在固定的世间，要吃大量的药丸。她不敢去问她，她贪恋当前的平静和祥和，如果这一切被打破，她不知道文凤娇会作何反应，是会像韩剧里坚强的女主角一样笑笑说："没事啊！加油 go go go！"还是会信念坍塌滑向不可预知的深渊。生活像一道充满悬念的难题，日日敲打着她。

　　她上网查过资料，乳腺类疾病和长期心情郁结压力过大脱不了干系。想起自己从前吊儿郎当任性妄为的日子，真是深觉羞耻，她甚至可以想象到，文凤娇在心情较好的时候，会用假装无所谓的口气埋怨她："我会生病，还不都是被你气的。"是的，虽然没什么科学根据，可她也认为，妈妈是被她气病的。

　　怎样让文凤娇高兴呢？就是好好读书考个好大学，可罗晓蝶知道，当务之急，是劝妈妈马上去做一个手术，听说做了切除手术，再配合吃药，还会活很久很久。

　　入夜后街上少有行人，水果店更是门庭冷落，十点半，文凤娇才意兴阑珊地拉下卷闸门。

　　罗晓蝶将刚刚烧热的开水倒进脚盆，端到文凤娇的房间。

　　文凤娇一愣，嘲讽地笑了："今天不是母亲节吗？还是你们老师又布置了作文，'我为妈妈做的一件小事'。你们老师可真好笑，你们都多大了，还布置这种幼稚的题目。"

罗晓蝶没笑，将盆放在地上，水冒着热气。她幽幽地认真地说："妈，你去做手术吧！"

文凤娇循着女儿的目光，看到了放在桌上的诊断书。

"哐啷"一声巨响，盛满热水的脚盆被踢翻，半盆水溅在罗晓蝶的裤腿上。

"狗改不了吃屎。你从哪里找到的？你翻我的箱子了？你翻我的箱子做什么？是不是想偷钱？钱呢？"文凤娇一边怒骂，一边推搡撕扯着她。

骂声难听，却句句不在点上。罗晓蝶任由她厮打，身体被左右摇晃，口气却不容置疑："你要去做手术。"

"滚！"文凤娇声嘶力竭地喊。

有人喜欢电影院的黑暗。有人喜欢深夜的游泳馆。

可以放肆大笑，放肆大哭。

在自己的人生里假装坚强，假装勇敢，假装真男人，假装女汉子，都可仰仗黑暗的庇护，得到短暂的假释。

黑暗里怀抱寂寞，舔舐创口，没有灯光，无人看到你流泪的脸庞。

可罗晓蝶打破了这种黑暗，夺走了文凤娇的这种特权，揭开了她的面具。

文凤娇不打算原谅她。

学校要举行冬季运动会，罗晓蝶报了长跑。

然而长跑并不是她的强项，短跑、跳远、仰卧起坐，都不是。谁也不会想到，堂堂青草帮帮主，本应是一个崇武好勇的人，却偏偏对体育深恶痛绝，她总巴望着上体育课就下雨改为室内自由活动，也愿意体育课被勤劳的数理化老头们占用，所有的体育项目在她眼里，都是噩梦。

连她自己也没想到，她会报名参加长跑。是在看了一本某日本作家写的关于跑步的书后，决定参加长跑。她觉得日子糟透了，身体里仿佛钻进了一只慵懒的猫咪，浑浑噩噩，稀里糊涂，惶惶终日。她需要去跑步，找到一个清醒的、目标明确、生机勃勃的自己，她要与无力抗衡。

母女俩都没有再提疾病的事，都佯装无事过日子。只是文凤娇再吃药，不会故意避着罗晓蝶了，有一次被她看到，仿佛是特意解释给她听一样，淡淡地说："只是早期，吃吃药就没事了。"罗晓蝶就"嗯"一声，觉得胸口闷闷的。母女之间，仿佛隔着一个巨大的忧伤的蓝色气泡，打不破，越不过。

　　初冬，薄雾的清晨，罗晓蝶穿着黑色的套头毛衣，开始绕着花浔巷及周边的开阔地练习跑步。坚持了几天，觉得腿疼气短，几乎要放弃，后来，谢嘉年知道了，主动加入陪跑。他不是只会瞎跑，他像体育老师一样，给她讲理论知识：拉伸的重要性及步骤、正确的跑步姿势、跑后拉伸的必要性……罗晓蝶喘着粗气，惊奇地问："你的脑袋是怎么长的啊？怎么什么都知道啊？"

　　他就得意扬扬："略知一二，略知一二。"

　　广阔天地，寂静无声，晨星寥寥，汗落如雨。

　　有时候，跑步回来，会正好遇见夏杨在巷口买煎饼馃子。他们依旧谁也不理谁，心里憋着气，面子比天大。煎饼馃子特殊的香气往鼻子里窜，罗晓蝶也想吃了，就绕到旁边的摊点上买："不要葱花。"

　　"不要葱花。"几乎是异口同声，夏杨也说了同样的话。

　　他们背对着，都听到了那句相同的话，于是转过头，心情复杂地看一眼。罗晓蝶想起他们像哥儿们一样到处闯祸的日子，夏杨也和她一样，不爱吃葱花，两个人都自称"不吃葱花星人"，而那些放纵任性但不乏快乐的日子，在成长和误解中，不知不觉消弭了。

　　她接过热腾腾的煎饼馃子，转头对等在一边的谢嘉年说："走吧！"

　　举行运动会的前一天，文凤娇忽然把罗晓蝶叫到屋里。她正在收拾行李，努努嘴指了指桌上的几百块钱，说："你姑奶病了，没人照顾，我回去几天。你一个人在家，晚上关好门。要是实在害怕，就去哪个关系好的同学家住几天吧！我三五天就回来了。你行吗？"

　　文凤娇的老家在苏州，父母已去世数年，只有姑姑一个亲人了，生病了她去看看，情理之中。

　　可罗晓蝶不信。她嘴上答应着，文凤娇前脚出门，她后脚就悄悄跟了上去。

　　果然，文凤娇到达火车站后，四处张望逗留了一会儿，又重新坐上一辆车，直奔某医院。

罗晓蝶一路跟着她，看着她走进了肿瘤科，见了医生，住进了病房。她也像小侦探一样，如愿听到了文凤娇与医生的谈话。

"这不是小手术，最好让你家里人来签字。"医生冷冰冰道。

文凤娇依然不甘示弱："大夫你别想蒙我，我现在又不是昏迷不省人事，我是有完全民事能力的人，为什么不可以自己签？我丈夫死了孩子还小，没有其他亲人，你让我找谁来？"

而她小小的女儿正躲在一旁，心里在默默垂泪，脸上却不能流露半分。她听到一旁的护士和病人在议论文凤娇。

"忒可怜了！做手术身边都没有家属陪。"小护士说。

"谁说不是呢！万一出点状况，可怎么好？"一个老阿姨说。

……

声音细碎，落在心里，如一地碎玻璃，凉凉地疼。她好想冲上去抱抱她啊！可她做不到，那是只存在于电视剧里的画面、小说里的情节、别人家的母女，她们始终无法亲密，像别的女孩那样，可以搂着妈妈的脖子撒娇，自然地说出"我爱你"不觉羞耻，一起挽着手逛街。

她脚步虚软地往回走，心里有个地方在钝痛。

手术安排在第二天上午，是生是死，她都独自面对。文凤娇始终是一个倔强的女人。

长跑的发令枪响起时，她有瞬间的迟疑，愣了两秒后，才反应过来。她跑起来，跑得很快，迎面撞上冬天的风，脸微微地疼，内衣很快湿透，不知不觉，一个个选手被她抛在了身后。那种感觉真奇妙啊！耳边的喧嚣仿佛被风声吹淡，消失了，她仿佛跑入无人之境，好像有一头熊钻进了身体里，突然信心满满，身无牵绊，仿佛可以一直跑下去。

奔跑的某个瞬间，她想起文凤娇，眼前忽然一阵昏黑，她仿佛远离了繁华人间，陷入了某种彻底的孤绝中。黑暗里她看到妈妈血肉横飞千疮百孔的身体如一块冰冷的石头，跌入万丈深渊。她感受到离别的悲伤。死亡的凉意。好难过……

她并没有倒下，她甩甩脑袋，深呼吸，继续朝前跑。对于一个奔跑者来说，跑完全程就是胜利。

终点近在眼前，跑道两边的声浪越来越大，而此刻她的体力几乎耗尽，双腿灌铅，呼吸短促，在人群里寻找着。

她并没有看到谢嘉年。

她忽然想马上见到他。即使不能援溺振渴，但是此刻，她只想有一只温暖的手，轻轻握着。

挺身冲刺终点，耳边欢呼雀跃，有同学欢呼她跑了第二名，她却无心关注名次，抓住一个同学的手就问："你见谢嘉年了吗？"

那同学摇头。

她不顾身体疲倦，在嘈杂的人群里寻找他，抓住同班同学就问："你见谢嘉年了吗？"

终于有个同学告诉她："他生病请假了没来，我们组的短跑和接力跑都临时换人了。"

她听罢，头也不回地朝校门口跑去。这个普通的冬天早晨，街上行人少，她疾步向前跑，街旁的树丛残叶上覆着糖粉一般的冷霜，鞋子踩在冰碴上，发出轻微的咔嚓声。

她加快了脚步，跑回花浔巷，来到谢嘉年家门口。

敲了门，谢伯来开门，看到门外面红耳赤散发热气的少女，吓了一跳。他知道她的来意，说："嘉年感冒发烧了。"

她不由分说，径直朝谢嘉年的房间跑去，推开门，看到躺在床上发烧的少年。

她并没有关心他的病情，而是劈头就问："谢嘉年，你也会离开吗？"

"嗯？"他坐起身，一头雾水。

"有一天，你会离开这里，回到自己的故乡，回到属于自己的地方，不会再回来？是吗？"

他的眼睛，忽然笼上一层忧伤，他低下头，神情落寞："是，我不知道自己什么时候会离开，也不知道自己为什么会来。"

"你想他们吗？你的家人。"她在床边坐下来。

他叹口气，眼神遥遥地看向窗外，说："我想奶奶，她做的葡萄果酱，那真是一绝，甜甜酸酸，好想让你尝一尝。"

"爸爸管理公司的事，总在忙，妈妈是拉哈鲁最高贵优雅的美人，脾气也好，太爷爷骂人，她和奶奶总会护着我。"他嗓子干痒，喝了口水，又说，"太爷爷，他很老很老了，我都不记得他多少岁了。他很凶，大家都怕他。"

"可是，我很想他们，我很爱他们。"

屋里开着空调，空气温暖干燥，她刚刚被冷风吹过的脸开始灼热，痒痛，泪水滚滚滑过脸颊。她哭了。

他紧张地直起身，忍不住伸手轻轻抹去她腮边的泪水，疑惑不解："晓蝶，你怎么了？"

她的头忽然重重栽向他怀中，压抑地哽咽："我也很爱她，很爱她。"

正值上午下班高峰，街上拥堵不堪，谢伯开着车东奔西突，杀出一条"血"路，直奔医院。

他们坐在后排，一直紧紧地握着手，她的手心一直在出汗，他的手心也在出汗，她是因为紧张，他却是因为生病。两只黏湿的手，因为潮湿而变得冰冷，又渐渐恢复温度，变得温暖而干燥。耳边的喧嚣吵闹仿佛都消失了，她的心，像飓风经过水面，十二米巨澜从空中跌落，渐渐恢复了平静，海面上一个又大又圆的月亮升起来，风静月白，她的心静静的，仿佛忽然有了力量，什么都不怕了。

下了车，谢嘉年拉着罗晓蝶的手，跌跌撞撞地朝门诊大楼跑去。谢伯在后面担忧地喊："慢点！你还在生病。"

长长的走廊，幽暗，冰冷，她奔跑的脚步声匆忙而凌乱。问过了护士才得知，文凤娇的手术已经做完，现已转到普通病房。

隔着肿瘤科病房的玻璃窗，她看到躺在病床上的她。

谢天谢地，她还活着，并且在底气十足地骂护士："你什么态度啊？按个铃半天不来。"

小护士忍气吞声地帮文凤娇拿水。罗晓蝶推开门，接过护士手中的杯子:"我来吧!"

文凤娇看到罗晓蝶,一怔,动了动嘴唇,什么也没说,接受了女儿的好意。

同病房的老阿姨赞道:"这是你闺女啊!真懂事。"

文凤娇撇撇嘴,说:"就会惹我生气。"

"文姨,你还好吗?"谢嘉年温和而礼貌地问候。

文凤娇一怔:"没事了,没事了,一个小手术而已。"旋即转头就埋怨罗晓蝶,"你说你,自己逃学就算了,又拉着人家。"

"我……我不敢一个人来,我怕……"罗晓蝶嗫嚅着,后面的话没有说出口。

文凤娇自己补充道:"怕我死了是吗?我属猫的,有九条命,死不了。"

说话间,谢伯也进来了。他总是那样谦和有礼:"我让护士长给您换了一间单人的病房,这对身体恢复有好处。"

文凤娇心里不安,只能再次埋怨罗晓蝶:"你看这孩子,把谢伯也惊动来了,真是的。大家都忙的。"

谢伯笑着:"您别客气,大家都是街坊邻居,互相帮忙照顾是应该的。"

彼此客套了一番,文凤娇不得不接受了大家的善意,答应让罗晓蝶留下来照顾自己。

谢嘉年还在发烧,谢伯要带他回去休息。罗晓蝶送他到病房外,说:"谢谢你!"

他转过头,黑曜石般的双眸深深地看着她,说:"晓蝶,希望你人生中每一个孤独无助、虚弱无力的时候,我都能陪在你身边,当然,我更希望你的人生中永远不要有那样的时候。"

仙人掌花园·亲密小诗

孤独是没有等人下车的小车站，
孤独是被女孩遗忘在墙角的红雨伞，
孤独是打不开门的老房间，
孤独是施了蜂蜜的旧宾馆。
多年后，一个男子告诉她："人的出生和死亡，都是一个人，
孤独又有什么可怕呢？"

10

罗晓蝶向老师请了假，专门在医院照顾妈妈。

医生说，手术后配合化疗，基本可以恢复健康，与常人无异。

文凤娇在医院住了一个星期，做了两次化疗，入院时存在医疗卡里的钱已用完。化验单显示各项指标都趋于正常。她再也不肯在医院多待一分钟了。

罗晓蝶拗不过她，只好办理了出院。回家的路上，文凤娇告诉她，有个病友，介绍了一位老中医，吃他的汤药就能很好地遏制病情，她准备一试。

"反正我这基本没事了，就当巩固预防吧！"她说。

文凤娇没有了事情，罗晓蝶也重新开始上学，快要期末考了，落了一个多星期的课，她这个笨鸟，要多花许多工夫才能补回来。

到了校门口传达室，她像往常一样去看一眼有没有邮件。她订了一份天文杂志和一本画册月刊，每月会定期送，如果还没送，她会顺手捎带上同班同学的信件。

厚厚的一沓信件，她的目光落在了"谢嘉年"三个字上。是国际邮件，信封上认真地用中文和英文写了收信人地址，中文的字写得很丑，歪歪扭扭，唯独"谢嘉年"三个字端端正正，刚劲有力。她想，说不定是他的家人寄来的，帮他带回去好了。

带着信来到教室，谢嘉年早到了，正坐在座位上温书。病了一场的他，愈显清瘦，面容如刻，端然坐着，显得清冷尊贵，与周围打闹喧哗的男生形成鲜明对比。罗晓蝶心里幽幽叹口气，他到底是与她属于不同世界，就像他说的，不知为什么会来，不知何时会走。这样想着，心里忽然像一根针刺过，隐隐牵痛。

她走过去，将信放到他桌上："你的信。"

他皱皱眉，忍不住嘟囔："真是的，怎么又寄到学校了？"他随手将信塞到书包里。

她无限好奇："谁呀？是你家人？怎么不看看？"

"只是一个朋友。"他淡淡地说。

很快上课铃响，她便转过头回到座位，不再问了。

第二节课间，罗晓蝶从外面回来，看到谢嘉年的漂亮同桌和两个女生围坐在座位旁，埋着头窃窃私语，神秘兮兮地笑。她好奇，走过去探头一看，她们看的竟然就是谢嘉年收到的那封信。她正要质问她们怎么私拆偷看别人的信件，这时，一个好事的男生忽然从背后伸手，冷不丁抢走了那封信，跑到讲台上嘻嘻哈哈地念起来："哈哈哈！谁给李媛写的情书。"谢嘉年的漂亮女同桌叫李媛。

"人道海水深，不抵相思半，海水尚有涯，相思渺无畔。嚯哈哈哈，情诗啊！谁写的，这么酸。"

这时，谢嘉年也已从外面回来，还不知道发生了什么。同桌李媛看看他，再看看讲台上的男生，扶额气结，一副悔之晚矣的纠结表情。

当那男生念到落款"想你的米雅"时，教室里爆发一阵嗤笑，男生有些错愕，看到李媛正急得顿足，而谢嘉年站在教室门口，瞳孔收紧，目光冷冷地投过来。

男生见势不妙，把信顺手扔在讲台上，灰溜溜地跑开了。谢嘉年走过去，拿起信，折了几折，装进衣服口袋里，面无表情地回到自己的座位。

同桌李媛一脸无辜地解释："你的信本来就是打开的，掉地上了，都被谁踢到垃圾桶那边了，我才捡起来看看。"

他语气平和："没关系。"信是他自己打开看过了，然后随手塞进了书包，什么时候掉的，他也不知道。

接下来一整天，气氛都怪怪的，罗晓蝶一直安安静静地听课，做题，也不转过来向谢嘉年请教题目。他本就是沉默清冷的人，也冷冷地不说话。

到了放学，恰好轮到罗晓蝶和其他组员值日打扫，谢嘉年不急着走，一直趴在座位上做卷子，她扫地到他脚下，他只好站起来，跳来跨去地躲闪，样子十分滑稽。

终于打扫完毕，他的卷子也做完。两个人这天都没骑车，一前一后地走。

"米雅是和我从小长大的好朋友。"他打破沉默，像是在解释什么。

"哟！青梅竹马呀！"她撇撇嘴，语气酸溜溜的。

"我只是拿她当朋友和小妹妹。"

"我又没问你。"

他不再说话了。两个人都沉默地朝前走。又下雪了，薄薄的雪絮絮地落下，像小飞侠在脸上撞，落在鼻尖凉凉的，可她的胸口，仿佛藏了一轮太阳，温暖的、炙热的、甜蜜的，仿佛要将她燃烧起来。

这一年的冬天不疾不徐地降临。是个暖冬，院中的蜡梅早早盛开，花浔巷汪在一团似有似无的清香中。风里飘香裹蜜，春节又到了。

这个春节对罗晓蝶来说，却是郁闷而黯淡的。种种原因，她的成绩下滑，落到了前三十名之后。学校秉持尊重学生隐私激励为主的原则，除了前三十名，后面就不再排名次了。

她拿着那张乏善可陈的成绩单，被文凤娇阴阳怪气地嘲讽了："瞎猫逮着死老鼠。这下现原形了吧！"

罗晓蝶嘟囔："不就是没考好吗？我又不是妖怪，还现原形？"

不过文凤娇并没有再追究，反倒有理有据地帮她分析："你基础不好，凭借小聪明和用工，一两次还好，到了高考，要想进保险箱，仅凭小聪明哪行？"

"那还能怎样？"

"考艺术类不是文化课分数线比较低吗？我们试试。"

"您觉得我有哪方面的艺术细胞？"罗晓蝶只当妈妈讲笑话。

文凤娇却认真起来："你不是画画不错吗？我记得你小时候画那大公鸡，可真像。"

说起小时候爱画画，又勾起了一段快乐又心酸的记忆。她小时候确实很喜欢画画，也曾在写作文时立志要做一名画家。美术老师很喜欢她，经常利用课余免费教她，她也很有灵气，画出的画儿颇得老师赞赏，而那个画家梦破碎夭折，也是因文凤娇。

有天，她无意中从身份证上得知那天是妈妈的生日，想给她一个特别的惊喜。于是趁妈妈不在家，她在她卧室的白墙上作画。她画了蓝天、耀眼的白云、绿树、绿树下红屋顶的小房子、龙猫家族。可她做的这一切，并没有带给文凤娇惊喜，那天，她暴跳如雷，将罗晓蝶骂得狗血淋头。在文凤娇眼里，干净的白墙是比天赋灵气理据更重要的东西。墙上的颜料已凝固，龇牙憨笑的龙猫像一个悲伤的笑话，罗晓蝶眼泪吧嗒吧嗒掉。后来，除了应付学校的美术课，她再没有拿过画笔。

见罗晓蝶不吭声，文凤娇趁热打铁，兴致盎然："不如咱们报个美术班，现在学起来应该也来得及。"

"文化课分数线低，专业课要很专业的，临阵磨枪能行？"罗晓蝶对文凤娇这种说风就是雨的想法感到很吃惊。

"怎么不行？你这么聪明，什么东西都一学就会。试试吧！啊？"文凤娇自作主张，"那就这么决定了，过完年就给你找个美术班去上。"

罗晓蝶不想再听她无休无止地唠叨，敷衍道："随你吧！您的决策总是英明的。"

随后，她被文凤娇支使出去买酱油。

回来经过夏杨家，夏杨忽然走出来，手里提着一个食物袋，伸手递给她，口气是谦卑和气的："我妈炸了馃子，让我给你和文姨送点尝尝。"

罗晓蝶犹豫了一下，接了过来，说："谢谢了。"

两人已冷战了太久，怨恨早已随着时间慢慢消弭了，只是彼此都在寻找一个突破口，一个台阶。

"晓蝶，我爸在莫七七家那个小区买了房子，我家很快要搬走了，以后，我妈也没什么机会和文姨吵架了，你也不用总看到我这个讨厌的人了。"

花浔巷的房子年代久远，很多已成危房，越来越多的人在新开发的商品楼盘买了房子搬了出去。夏杨的口气中，却并没有要搬新家的喜悦，反而透着一丝哀伤。

罗晓蝶嘟囔道："谁讨厌你了，都是你作的。"

语气中有了一丝柔软和亲密。

夏杨嘿嘿笑了，自嘲道："是吧？不作死就不死，都是我作的。所以，晓蝶，我们和解吧！"

她傲娇地翻翻白眼："看你表现吧！"

仿佛得到免死金牌，夏杨绷不住地低头咧嘴笑，低声说了句："你等着吧！"然后跌跌撞撞地跑回屋里，心里像有爆米花活泼地溢出来。

随之而来的这个春节枯燥而无趣。谢嘉年和谢伯去了国外旅行，谢家整日大门紧锁。其间，她还收到一张他寄的明信片，是从圣保罗国际机场寄来的，明信片上写了几行字："刚刚和食人狮和杀人鲸搏杀，与语言不通的土著一起吃烧烤，吃完貘肉还要去狩猎大猩猩，真是奇妙的体验。上天揽月，下海捉鳖，都希望陪在身边的，是你。"他的口气并无炫耀，只是分享，她仿佛能看到他写好明信片投入邮筒后微微勾起的嘴角，而她只能羡慕，回头伏案做奥数，恨日子无聊，再阿Q式地安慰自己："那么危险我才不去呢！"

下一秒她又幽幽地想，也许他也会顺道回一趟拉哈鲁，见到那个写情诗的青梅竹马吧？

这样想着，罗晓蝶使劲摇摇自己的脑袋，拍拍脑门：啊喂，人家过年回家见谁，关你什么事啊？八婆！

从枯燥的数学题里抬头，窗外是钢一般青色的天空，一个寒假已接近尾声。

"噼里啪啦！"一阵清脆的鞭炮声。门外一阵人声嘈杂，其中隐约传来文凤娇的声音："有空常回来转转，看看这些街坊邻居。"

"好的好的。"是夏杨妈妈的声音。

罗晓蝶跑出去看，是夏杨家正在搬家。零七八碎的东西装了满满一车厢，夏家夫妇喜气洋洋地和邻居们挥手告别，夏叔坐在车上催促："杨杨，快点啊！"

夏杨背着黑色的大书包跑出来，上车前犹豫了一下，环顾四周，在人群中看到罗晓蝶，然后飞快地跑过来，从口袋里掏出一个小纸包，不由分说地递到她手里，说："我摧毁了你的花园，但是，我想还给你一个春天。"

父母在车上催促他，夏杨依依不舍地上车。车子载着一家人奔向新的生活。

罗晓蝶回到家里，打开纸包，看到一堆黑色的光滑的种子。她不认识是什么植物的种子，放在了厨房的窗台上，过了几日，便遗忘了。

仙人掌花园·睡前故事

秋天到了，大风将种子们吹到了空中，送它们去远方旅行。

有一颗种子好小好小，比其他种子都小。它飞得很慢，很低。最后被大风无情地抛弃在烈日下的一块荒地上。

阳光暴晒着它，雨水浇淋着它，它觉得自己是被抛弃的孤儿，孤独又自卑。

许多年过去了，有一天，一位长途跋涉的旅行者途经它身边，疲倦地坐下来，惊喜地说："太好了，终于有这样一块好地方可以歇一歇。"

种子太寂寞了，忍不住开口说话："你好！"

旅行者被吓了一跳："谁在说话？"

"我，一颗小种子。"

旅行者很吃惊："种子？不，我只看到一棵大树，一棵参天大树。"

"我是一棵树？"小种子难以置信，迟疑地问。

"是的，一棵参天大树，能给人们洒下一片阴凉的大树。大树，谢谢你！"

远方的风吹过来，它感到风的力量，微微摇晃。忽然，树枝上的果荚打开了，许多小种子弹出来，乘着风，飞向遥远的地方。

……

这是一个爱的故事。我亲爱的你啊！你可知道，有一种爱，就像一颗卑微平凡的种子，经风历雨，不经意间，早已长成了参天大树。

11

谢嘉年从国外回来，带给罗晓蝶的礼物，是一枚护身符。黑得发光的木头，刻成奇怪的神像，他说，这是旅途中一个部落土著送给他的，是当地人的守护神，可保平安。她从不信邪，但还是欢喜地戴上了："我不迷信，只迷人哦！如此特别的饰物，还是很配我的。谢谢啦！"

他对她讲起旅途的见闻。亚马逊的巨鹰臂展无限，一次可以吃十八磅的猎物；他乘坐真正的独木舟在激流中划行，数次险被漩涡吞没；他曾和土著人一起烤火唱歌，他们野蛮、狡诈、纯真，又迷人；他参观一个私人动物园，说这些动物都是从世界各地捕获来的，他亲眼见过如何捕获母貘，动物和软弱人类一般，面对命运，短暂抗争后便匍匐不起。

罗晓蝶流露羡慕的眼神，埋怨道："别说了，你这个为富不仁的家伙，对一个寒假只能听唠叨做卷子的人说这些，是不道德的。"

他便歉然地笑笑不说话。隔一会儿她又忍不住："再讲讲吧！其实我还是想听的。"

类似的灵魂属性，让彼此不自觉地靠近。在她眼中，他是那样有趣迷人，他的生活那样有趣迷人。

末了，她忍不住问："也回家了吗？见到父母了吗？也见到那个青梅竹马的朋友了吗？"

他愣了一愣，笑了，伸手揉揉她的头："想什么哪！并没有回家。"

"去那么遥远的地方旅行，为什么不顺道回家看看？"

他略带嘲讽地笑："同学，你上学期地理考试及格了吗？一个在南美，一个在东南亚，不是很顺路好吗？"

"烦人！明知道我地理学得不好。"她愠怒地捶他的肩。

嬉笑一番，他却低头叹气，说："晓蝶，你应该懂得，每个人的人生，都伴随各种各样的缺憾。无法亲近的情感，不能靠近的灵魂，得不到的玩具，不可企及的怀抱。"

她似懂非懂地点点头，若有所思地抚摸着脖颈上的护身符。

这年的春天来得特别早，花浔巷的连翘和迎春在阳光里抽枝散叶，开出耀眼的黄，春天势不可当，坐稳河山。

文凤娇雷厉风行，一开学果然给罗晓蝶报了一家美术培训班。比起数理化，学美术当然算是乐事，罗晓蝶把落满灰尘的画具从旧书堆里捡出来，顺从地学画去。

听到罗晓蝶学画，谢嘉年很意外，也特别支持，他说："未来的大画家，太好了，咱们以后可以一起切磋画艺了。"

周末的下午，他也像模像样地带了画板，约她一起去森林公园的秘密基地写生。罗晓蝶这才知道，他的画也一级棒，远山、大树、云的投影、花的纹路，他寥寥几笔，便栩栩如生。

她自愧不如，用铅笔敲他的头，连连惊叹："你这脑袋，是怎么长的啊？有什么事是你不会的吗？"

他认真地想了想，凝住眼神，说："不会的事？有啊，很多，比如……"

"比如什么？"

比如忘记你，比如讨厌你，比如疏远你，这些都是，我永远也学不会的事啊！他想了很多，最终还是咽下，戏谑地开了个玩笑，说："比如，你没心没肺地笑的样子，我永远也学不会呀！"

那真是无以伦比的好时光啊！阳光，春风，泉水，少年的眉；彩虹，云朵，小桥，你的微笑。

她和他脱掉鞋子，赤足在草地上奔跑，唱起古老的歌谣："小小少年，很少烦恼，但愿永远这样好！"

夏杨家搬走后,并没有像临走时说的那样,时常回来看看。

在学校里见到夏杨,他依然和阿呆他们混在一起,成绩不好,索性破罐破摔,坐在教室最后一排,几个人埋头聊天,老师们大都睁一只眼闭一只眼。

有一天夏杨来交历史作业,悄悄问她:"都出来了吗?"

"什么?"

"种子啊?我给你的那些种子啊?"

那包种子被罗晓蝶随手放在家里某处早已不知去向,她怕实话实说再伤害夏杨那颗敏感的自尊心,便搪塞道:"哦!还没,快了吧!"

然而这句搪塞转眼也就忘了。高中生的生活总是忙碌而紧张的。

有一天早上,独自一人上学,走出巷口,她在那个卖煎饼馃子的摊点前站定,说:"要一个煎饼馃子!"

那个胖胖的女人一边麻利地摊煎饼,一边转头说:"好久不见你来吃了。不要葱花是吧?"

罗晓蝶一愣:"你记得我?是啊,不要葱花。"

"当然了,你以前经常来吃,还有一个男孩一块儿来,也不要葱花,你们还都说,自己是不吃葱花星人。哈哈!我就知道喵星人、汪星人,不知道还有不吃葱花星人。"女人爽朗地开着玩笑,将做好的煎饼馃子递给她。

罗晓蝶捧着热乎乎的煎饼馃子,心里有点酸酸的。

在教室里遇到夏杨,他会客气地打招呼:"早上好啊!"声音里透着紧张和疏离,两个人之间仿佛隔着一道透明的玻璃墙,虽然在上次搬家后就恢复了邦交,但再也回不到从前嬉笑玩闹的亲密了。

晚上回到家,罗晓蝶终于记起来,问文凤娇:"妈,有一个纸包,包了一包种子,我好像放在厨房窗台上了,你见过吗?"

"种子?什么种子?没见过。"

第二天早上,文凤娇忽然想起来:"噢,我想起来了,前些天在窗台上放着一包种子,我也不知道是什么,就撒到院子里的墙根下了。去看看,都开花了呀!"

罗晓蝶跑到后院,被眼前的景象惊呆了。每天匆匆忙忙,她从未留意到,墙角那一大片爬藤植物,正在晨光中开花,烟紫玫红,淡蓝粉白,点缀在绿叶中宛如星辰,它们的美在夜里被黑暗遮盖,在熹微中终于散发出光芒。

她背起书包,出了家门。忽然想马上给夏杨打个电话。

她用自己那部很旧的诺基亚拨通了存在电话簿里但从没打过的号码,电话接通,夏杨的声音透着惊喜:"罗晓蝶,是你吗?"

"我是想告诉你,开花了。那些种子,已经开花了。谢谢你。"

夏杨嘿嘿笑了,说:"你知道吗?我收集了去年整个夏天和秋天,才收集到那些种子。它们都有好听的名字。"

"不是牵牛花吗?"

"不,它们有更诗情画意的名字,古都秋、蓝晨钟、蝉时雨、暗夜、月光、水月、夕颜、花吹雪、宵之月、晓之海。"

"夏杨,谢谢你送我的春天,我很喜欢。"此时正好经过巷口的煎饼摊,她说,"你还没吃早餐吧?我带煎饼馃子给你。"

"好啊!不要葱花。"

"我知道,不要葱花。"

两人几乎异口同声。

买了两份煎饼馃子带到学校,几乎和夏杨一前一后进教室,她自然地把煎饼递给他:"给,巷口你最爱的那家,很久没吃了吧?"

夏杨受宠若惊地接过去,傻兮兮地笑:"还真是想念这一口啊!谢谢啊!"

她随口答道:"瞎客气,想吃下次再带给你。"

她咬着自己的煎饼馃子走向座位,迎面与谢嘉年的目光撞上,他报以一个温和的笑,又低头一边翻书,一边吃早餐。

忽然,她的后背被人戳了戳,回头一看,谢嘉年一脸恳求的表情:"你的煎饼馃子,看起来很好吃。"

她不明所以："是啊！这家很好吃。"
"我想吃。"
她一脸困惑地看看他，又看看手里被自己咬了一半的煎饼，迟疑道："你想吃？"

话音刚落，他不由分说地将煎饼接过去，大口吃起来。
"你不是说谢伯不让你吃外面的垃圾食品吗？"
"他现在又看不到。"
"你吃了我的，我吃什么啊？等会儿早操没力气。"
他不由分说将自己刚刚吃过两口的面包递过来："吃这个。"
"啧！你俩好恶心啊！"谢嘉年的同桌忍不住叫起来。
旁边一个男生也看到，调侃道："你们知道这叫什么？这不是吃早餐，这叫花式秀恩爱。"
周围的同学都笑起来，唯独谢嘉年沉默不语，仿佛默认一般。罗晓蝶拿着半块面包，吃也不是，不吃也不是，冲那男生嚷起来："找抽啊？"
大姐大的余威还在，那男生龇牙咧嘴做个鬼脸躲开了。

谢嘉年依然气定神闲地吃着煎饼馃子，有滋有味，仿佛在品味顶级的美食，而一旁的夏杨，望着自己的煎饼馃子，忽然没了胃口。敏感早熟的少年心里，谢嘉年成为一个强大的假想敌，他的一言一行，都是迂回的较量，无声的示威。
下午的课间，夏杨在操场上等到落单的谢嘉年。他们站在大榕树下，进行一场"男人之间的谈话"。
"你喜欢罗晓蝶是吧？"夏杨问。
"是啊！那又怎样？"谢嘉年很吃惊，自己竟然这么轻松自然地回答了这个问题。
"你没有资格喜欢她。"

听到这样的结论，谢嘉年觉得好气又好笑，问："为什么？"
夏杨理直气壮："你和她，就像不同山头的放牧人，各有各的羊群，各有各的草坡，你们各有各的世界和空间，是永远不会相交的平行线。"

"是吗?那我愿意从我的草坡上走过去试试看。"

"谢嘉年,我告诉你,我不会输给你的。"

谢嘉年皱皱眉,淡漠而略带嘲讽地笑笑:"我和你从来不是对手,不需要对阵,更无所谓输赢。"

轻蔑的语气,令夏杨无比挫败。

美术培训班是一位美院的退休老教授办的,每期只收很少的学生,文凤娇是找了关系才把罗晓蝶送进来的。老教授教得很用心,罗晓蝶进步很快。他告诉学生们,那些美好的事物,如同漩涡,会让人眩晕,难以自拔,可是,那些美好的事物,值得人们去追寻。罗晓蝶第一次觉得,文凤娇终于做了一件英明的事,那就是送她来学画。那个模糊的未来在她心里越来越清晰。

培训班就开在老教授的家里。教授专注教学,一生清贫,住的是上世纪的老旧小区,房子陈旧得像浸了水的宣纸,楼道口很黑,里面深不可测,小区外的道路没有路灯,泥泞不堪。

尽管如此,她依然乐此不疲。

这天,快要开始讲课时,一个学生姗姗来迟,教授说:"今天给大家介绍一位新同学。"

罗晓蝶一抬头,看到谢嘉年站在门口,对大家温和地笑了一下。只有她,从那个笑里,看到了俏皮和狡黠的意味。

他坐在了她身边,打开了画板,孩子气地眨眨眼。

教授在前面讲形块的分割和构成,他们悄悄讲话。

"你怎么来了?"

"来陪你啊!"

"谁要你陪?"

他悄悄附耳过来,又说自己的那句名言:"天黑路滑,社会复杂。"

她绷不住直笑,被老师瞪了好几眼。心里却有微微的暗流涌动。

教授讲完课让大家临摹人物,因见罗晓蝶不遵守纪律,于是点名要她做模特,对于不安分的她来说,是一种惩罚。

她欣然接受,大方地坐在了大家眼前。

房间没有开窗，不过五月天气，她觉得闷热无比，手心微微出汗。

她用余光看到他。他拿着画笔，在空中微微比画，蹙眉看看她，画笔才犹疑地落在纸上。

她很期待他笔下的自己，趁着老师去喝水的空儿，活动了下身体，扯着脖子对他悄声喊："把我画好看点啊！"

他笑而不语。

课毕，教授让一个女生收作品，罗晓蝶抢先一步跑到谢嘉年跟前，伸手就夺："给我看看，给我看看。"

谢嘉年却死死将画掩在胸前不给她，转身交给了收作业的女孩。

罗晓蝶很生气，回去的路上，一直闷闷地不理他。

忽然，肚子里一阵翻江倒海地绞痛，她抚着小腹，大呼不妙，一定是晚餐后吃了文凤娇的裸奔水果吃坏了肚子。

白天在路旁看到有简易的公厕，她仓皇寻摸到厕所门口，把画板往他手里一塞："帮拿一下。"然后羞赧不堪地钻了进去。

公厕的后面，是大片荒地，杂草丛生，颇为荒凉，厕所没有灯，是简易的蹲位，她借着月光小心翼翼地蹲了上去。她胆小怕黑，厕所鬼故事不自觉地从脑海里冒出来。

这时，头顶闪过一道光线。是他守在外面，打开一只便携的小手电筒，唱起了歌。幼弱的光柱在漆黑的头顶闪烁，歌声温暖："云是天空的海浪／风是大树的歌唱／你是一枚刺青印在我心上……"

那歌声，像一列火车，缓缓地开进她的心里。

因为一个煎饼馃子，夏杨如同得到暗示和鼓励，打了鸡血一般，开始扬言要追罗晓蝶。他将阿呆他们聚在一起，大言不惭地宣称："花前月下跟踪到家，门口吹哨惊动她妈，给她买阿玛尼煎饼馃子、卡地亚奶茶，我就不信追不到她。"

阿呆嘿嘿笑："去吧！被文姨打断你的腿我会去医院看你的。"

刘巍巍调侃："听君一席话，胜泡十年妞。请问阿玛尼煎饼馃子哪里有？我去给我的女神整一套。"

一个星期后，当夏杨调侃地说完"枯藤老树昏鸦，你丑没事我瞎"的告白后，罗晓蝶不堪其扰，终于出离愤怒。

　　"古道西风瘦马，你二但我不傻。赶紧洗洗睡吧！"

　　"诗人不是臭流氓。请你尊重我的感情。"

　　"会作诗了不起啊？我也会做。万水千山总是情，你别追我行不行？"

　　说完，她将手里的煎饼馃子还给他，气呼呼地说："拿走，你的阿玛尼，不吃了。"

　　被拒绝的夏杨不甘心地紧追几步："怎么了？是不是不好吃？我们楼下还有一家巴宝莉包子也不错，明天我帮你买吧！"

　　罗晓蝶怒目圆睁地回头："再说我就抽你了！"

　　夏杨也有脾气，站在原地大喊："今天你对我爱答不理，明天我就找个对象气死你。"

　　小伙伴们狠狠地嘲笑了夏杨，反而激起了他的斗志，但慑于罗晓蝶的淫威，他实在不敢再造次了。他们的关系又恢复到之前的尴尬境地，罗晓蝶有时视他为仇敌，有时视他为陌路，夏杨被折磨得形容憔悴，更加无心功课，每天坐在教室后面拿一个笔记本写情诗，生生从一个古惑仔变成了文艺少年。

　　他当然没能马上就找个对象去赌气，他胸有成竹地对阿呆说："她会回心转意的。"

　　从来都腼腆的阿呆哈哈大笑。

　　夏杨急了："不信走着瞧！"

　　于是，在罗晓蝶生日那天的早晨，他满怀期待地跑到她面前，谄媚地笑着，说："我想请你看电影，晚上，七点。我有一份特别的礼物送给你。"

　　她想也没想就拒绝了："没空！"

　　初夏的傍晚升起淡淡的火烧云，预示着气温暖热，雨水丰沛，万物生长的季节即将到来。

罗晓蝶生在五月，但她从未吃过属于自己的生日蛋糕，文凤娇记性很不好，即使自己在十七年前的那个夜晚经历千辛万苦生下她，她还是常常会忘记女儿的生日。罗晓蝶对生日从不抱期望，她早已习以为常。

这一年的生日，恰逢端午，文凤娇去参加某位七姑八婆的女儿的婚礼，对于女儿的生日，一点儿表示也没有。

罗晓蝶一个人留在家里，乐得清闲。艾叶的清新气味和粽子的香味丝丝入扣，令她的肚子叫起来。她跑到厨房，翻看有无可吃的东西。就在这时，手机响起来。

是谢嘉年的短信，他问："想吃粽子吗？"

"想。"

"来。"

她很快来到他家。谢伯不在家，他一人系着围裙，正满头大汗地在厨房忙碌。

他说："家里一直遵循传统，过中国的传统节日，端午节，奶奶和妈妈会做很好吃的肉粽。我想做给你吃。"

她望着盆中用来包粽子的食材，眼神亮了，五花肉、香菇、花生米、糯米，新鲜洁净。包粽子的少年，沉默温柔，天气炎热，有汗从额头滴下来，他忍不住用手背一抹，一粒米粘在脸上，像个贪吃的淘气孩子。她就肆无忌惮地笑。

粽子包好后，放到高压锅里去煮。阀门发出紧张的"呲呲"声。他脱下围裙，和她到厨房外聊天等候。

"你成绩那么好，真的要考艺术类吗？去学画只是陪我玩吧？"

"我也不知道。或许我并没有选择。家里人希望我考金融或工商管理。"

"呵呵呵！"她略带嘲讽地轻笑起来，说，"还记得你上次说的话吗？动物和软弱人类一样，面对命运，短暂抗争后便匍匐不起。是说你自己吧？"

"不，我觉得无所谓的事情，不需要费力去抗争，但是有些事，是一定要坚持的。"他的目光深深凝望她，眼神清澈，似有千言万语。当她察觉到那眼神的危险信号，她的目光迅速逃开了。年少的爱，是带着禁忌的花朵，是被羞耻包裹的珍珠。无法轻易示人，不能坦然面对。

粽子熟了，他转身进厨房，无比紧张地打开锅盖，她也兴趣盎然地跟进去，然后看到他一脸沮丧的表情，和一锅热气腾腾的咸肉糯米饭。绳子没有系紧，粽叶四散在米饭中，一半翠绿，一半米黄。

香味丝丝缕缕，在鼻腔里窜跑。她吸吸鼻子，安慰似的说："闻起来很香啊！味道应该不错的。"

他的目光忽然亮了，狡黠一笑，将她推出厨房，神秘地说："你等等。"

一分钟后，厨房门打开，他端着一盘咸肉糯米饭走出来，面露窘色。她的目光定住，吃惊地张大嘴巴。

这盘失败的粽子，咸肉糯米饭上，插着生日蜡烛，火苗跳动，如同灼热眼神。

"生日快乐！"他说。

有小小的惊雷在心里滚过，她仰着脸睁大眼睛，努力不让眼泪落下，她又垂下眼睑别过脸，不让他看到自己慌乱的眼神。她像一头惊慌的小鹿，找不到躲藏的丛林。

"快吃吧！傻瓜！"

于是，他们一起吃完了那盘与众不同的"蛋糕"。咸肉糯米饭真是好滋味，细细糯糯，肉的咸香肥美浸润入米里，吃进去唇齿生香，这味道，她一辈子也忘不了。

吃完，她抹抹嘴巴，说："明年过生日我还要吃。"

"好！"

他和她许下诺言，像个小孩子一样拉钩。

"蛋糕"吃完，天色向晚，远远望去水果店依然关着门，谢伯也没有回来。她蠢蠢欲动，又引诱他："在五月的彩虹泉边，能看到最美的星星，仙人们到泉里洗澡，唱歌的声音方圆十里都能听到。山下的人们会上山去向仙人祈福,叫祈星节,人们夜宿山上,热闹又有趣。你要不要去看看?"

他总是轻易被她引诱。于是,两人都给家人留下字条,他带着她,带着笨重的望远镜,坐上了出租车,直奔彩虹泉。

城市喧嚣远去,白日如同一只燃尽的灯笼,渐渐熄灭。天很快黑了。

山间清凉,但人群熙攘,灯火通明,小贩们售卖假玉镯,热闹与白天无异。这是旅游胜地被过度开发与人们空虚愚昧带来的盛况。

谢嘉年不仅带了望远镜,还带了相机,像个苦命的劳工,随时侍候左右。

罗晓蝶买了一个超大的棉花糖,兴奋令她脸颊红亮,路边的灯光灌注在她的眼睛里滋滋燃烧,如同花火。他按下快门,忍不住惊叹:"晓蝶,你这样美!"

一起攀爬山路,人流拥挤,他自然地伸出手,牵住了她的。他说:"晓蝶,我那样喜欢你。"

手心微微渗出汗,仿佛有细微的电流经过,但她心里坦然,淡淡笑着,没有回答,再没有初次听到"喜欢"时的惊惶。她明白,这不是告白,更像是赞美,是抒情,是咏叹调,是十四行诗,不需回应,没有索求,只要她安之若素,静默地听着就好。

然而十分钟后,他们就失散了。她在小商贩前短暂停留,他为她买一杯热奶茶,再回头,就再也寻不到对方。

她没有带手机,在短暂惊慌后,决定只身前往彩虹泉旁的观星台后面的秘密基地与他会合,那是他们此行的目的地。

山上到处都是人,观星台也是人满为患,只有她的秘密基地,依然清幽无人。她在一块石头上坐着,静静等他。在夏木的暗香里,山中的空气非常宜人,星空被蓊郁的树冠挡住了。

过了一会儿,他果然来了。轻微的咳嗽声,在她身后响起。

她埋怨:"你怎么才来啊?比我走得还慢。"

"晓蝶!"

她吃了一惊,定睛一看,来人并不是谢嘉年,竟是夏杨。

他目光定定地看着她，劈头就问："他到底有什么好？我哪里不如他，不就是比他胖点、黑点，多了几颗青春痘吗？你们女生就是这么肤浅！"

"你怎么来了？"

"我为什么不能来？只有他能来吗？"夏杨的语气很冲，像吃了枪药一般。她并不知道，他刚才在山下就看到了他们，他们谈笑、牵手，笑得像星辰一般，他的嫉妒被点燃了，他尾随了她。

然而她并无心与夏杨讨论他关心的问题，她心里焦灼不已，担忧谢嘉年找不到她会着急，担心他对地形不熟悉会迷路，她焦灼地问："你看到谢嘉年了？你在哪儿看到他的？"

夏杨的瞳孔，在黑暗中渐渐缩紧，他愤怒了，年少的心多么易折，多么脆弱，他突然怒吼起来："罗晓蝶，你为什么不能静下心来，认真地听我说一说，世上再没有一种感情，比我们的更加美好动人。从小我就认识你，如果说成长是一棵树，我的树上，就只刻了你的名字，我们坐一辆摇摇车，为一根棒棒糖打架，在幼儿园的课桌里手拉手，砸碎玻璃被一起罚站，那么多事我们都一起做，我以为未来每个日子我们都会在一起，我以为在你十七岁生日陪你看星空的人是我……"他抓住了她的手，燥热的鼻息喷薄在她的脸上。

话未说完，罗晓蝶已失去了耐心，一把甩开了他的手，后退一步，厌恶地喊道："别拽文泛酸了，恶心不恶心？无聊！"

危险就在那一刻悄悄降临，她忽然被一块石子滑倒，身体失去平衡，一声尖叫，跌下了那道黑越越的石崖。

世界瞬间安静下来，滚滚夜色仿佛要将整个世界吞没，恐惧扼住了他的喉咙，他虚弱地朝下面喊了几声，崖底死一般寂静。

一股莫名的力量推着他，他撒腿就跑。

阳光从半开的窗帘漏进来，投在她的脸上，那张脸上，有树枝的划痕、泥土的污渍，和还未褪去的恐惧。

她沉入一个漫长而幽暗的梦里不肯醒来，眼皮沉重，耳边传来隐约的呼唤，那声音由远及近，声声焦灼。

在梦里，她伏在他的背上，仿佛做回小小婴儿，他的背温暖宽厚，如同摇篮。头顶有星光波动，如黑丝绒里散落的珠粒。他唱起来："一闪一闪亮晶晶／满天都是小星星／挂在天空放光明／好像许多小眼睛。"

竟是爸爸的声音。

她惊喜地喊道："爸爸，爸爸！你回来了？"

他转过头，眼神温柔："晓蝶，我是嘉年。"

她有些失望，紧紧地搂住他的脖子，说："嘉年，你会离开我吗？"

"不会，我会像那英仙座，永远守候你，我的仙女座，让你满足，快乐，依赖，信任。"

"可是，我是金牛座啊？"

"傻瓜！"

世界静静的，仿佛只剩下两人。她闭上眼睛，沉入梦乡。

她昏睡了两天，断断续续地醒来，渐渐能够清晰地记起那些事。她跌下石崖，右脚骨折，谢嘉年最终寻到她，将她救回。

文凤娇端着饭盒走进病房，愤然地说："那个谢嘉年，是个坏小子，害你从那么高的地方掉下去，他现在倒好，拍拍屁股走了。那个谢伯，更是个道貌岸然的伪君子，谁能想到，竟是个盗挖和走私文物的罪犯。"

罗晓蝶用一只手撑起虚弱的身体："他走了，走哪儿去了？"

"跟他的谢伯，回老家去了。有钱人就是好，犯了罪也不用坐牢，还美其名曰引渡。"

文凤娇絮絮叨叨，罗晓蝶仿佛充耳不闻，再次问道："谢嘉年回拉哈鲁了？"

"对对对，就是这个名字，我还是第一次听到这个国家名，什么鸟不拉屎的地方！"

在医院住了一个星期，在家休养了一个月后，罗晓蝶终于相信，谢嘉年真的走了。

在她那日随身的书包里，她看到一张画。白纸上寥寥几笔，线条简单，勾出少女轮廓,她辨出,是那日在老教授的课堂上,他画的她,线条粗略断续,下笔犹犹豫豫,可见涂抹擦拭的痕迹,实在是一幅失败的作品,难怪他掩住不给她看。

翻过去,画纸的背面,写着一行字:"世间无限丹青手,一片痴心画不成。"关心则乱,心烦手颤,落在纸上处处败笔。

最美的情话,常常是最大的谎言。

他消失得无影无踪,仿佛从来没有来过。是玻璃上的一抹水雾,是空气里的一团水分子,是阳光折射下的一道光彩光斑,是一瞬的光,是永不再见。

妈妈说得对啊!他是一个坏小子。

养伤期间,夏杨来看望她。他送来一盆花,绣球一般的白色花簇,养在玻璃水瓶里,底部是白色的球状白根,清水养之。

她别过脸去不理他。

他的眼中,已没有了那晚的戾气,声音也是温和怯弱的:"这是风信子,我养了很久,是送给你的生日礼物。它的花语是'不敢表露的爱'。但是,我现在已经放下了。我曾经说谢嘉年没有资格喜欢你,现在我知道了,没有资格的那个人,是我。我是个懦夫,没能保护你,也没有及时去救你,等我找了人来帮忙,也没有找到你。我甚至连一个做朋友的资格也没有。晓蝶,可我还是希望,你给我一个机会,做一个普通的朋友,或者是亲切的熟人,都好!"经历了这些事,夏杨也渐渐懂得,爱并不总是到达,那收回的手,咽下的话,也是爱的表达。

罗晓蝶懒洋洋地眯着眼看他,扯着嗓子喊文凤娇:"妈!给这个熟人倒杯水喝!"

她知道可能无法再回到最初的童真无邪两小无猜,但始终没法真正仇恨他。只有真正在意的人,微小的伤害或背叛,才会令她耿耿于怀。而他并不是。

风信子在窗台上,开在夏日的天光里,过了几日,由于疏于料理,渐渐枯萎了。仿佛是一个隐约的暗示,她和夏杨的关系,也渐渐恢复到亲切的熟人关系。

两个月后,她终于可以一瘸一拐地走出家门。她来到仙人掌花园。

眼前的仙人掌花园,早已不复往日的景象。那些以荆棘和矮灌木结成的藩篱,已被人为劈出一条路,花园里草皮翻开,植物们的根部暴露在烈日下,早已干枯死亡,那棵桃树被连根掘起,地上一个很深的大坑,如同她的心,破了一个大洞,风往里面灌。

听说这里曾是谢家大宅的后院,战乱时,谢家举家赴海外避难,将许多带不走的宝贝埋在后院的桃树下,希望有朝一日能重返家园。

听起来像是传奇?可是,这传说被谢伯佐证。表面上温文尔雅的邻居,暗里混迹古玩市场和博物馆,伙同官员,盗挖走私文物古玩。事发当晚,他正在仙人掌花园挖掘谢家的宝藏,被警方抓获。

谢伯身后的势力神通广大,他被引渡回国。

她坐在那块青石板上,再也没力气为她的花儿浇水。

世间再无仙人掌花园。

夏天过去,她已是一名高三学生。教室后的黑板上每天醒目地更换着高考倒计时,人人心里绷着一根弦,她每天埋头做题,像往日一样去老教授处学画,独自回家,经过那段漆黑的路,自己大声唱歌:"我在过马路,你人在哪里……"是一首悲伤的情歌。而她并不会觉得孤单害怕,她觉得他依然在,就像一个影子,一个薄薄的影子,跟踪她的日日夜夜,她想躲也躲不开,而她终于知道,这种迷藏一般的事情,叫作爱情。

而她终于知道,她长大了。

第二章

我有深挚心声，不能婉转歌唱

01

秋天到来的时候，罗晓蝶成为Ａ大设计系的一名新生。繁华的大都市，距离她生活的故城三个小时车程。填报志愿的时候，她犹豫了许久，将Ａ大作为第一志愿，原因是离家近。年少的时候她那么迫切地期望早日离开家，离开文凤娇，最后却选择了一个离她近的地方。只因为，文凤娇是个病人。

从夏天到秋，仿佛是跨过一条河流，现在，她已站在了河的对岸。

办完入学手续，她拖着行李和新领的被褥朝公寓楼去。公寓楼前的花坛里菖蒲花仍在开放，有男生和女生大胆地挽着手，安静地穿过操场，最常见的校园恋情。

找到自己的寝室，房门大开，寝室已住进三个女生，都友好地向她打招呼，她也回报以热情。一个萌萌的女生让她眼前一亮，看呆了去，小麦肤色，一双大眼毛茸茸，眉眼轮廓分明，瞳孔漆黑，甜美长鬈发，真是个不折不扣的美少女啊，罗晓蝶想。

"我叫米雅，服装设计专业，来自拉哈鲁。"那女孩自我介绍。

罗晓蝶眼神亮了："拉哈鲁？是'拉哈鲁'的那个'拉哈鲁'？"

米雅咯咯咯地笑起来："你们中文真逗。是这个意思不是那个意思，爱上一个人不是爱上一个人，我都被绕晕啦！'拉哈鲁'就是'拉哈鲁'啊！一个小国家，她们都不知道呢！你知道？"

她的心微微惊动，脸上却佯装平静："也不知道呢！是个什么样的地方？"

记得很久之前，她问过一个人同样的问题，那个人，是念念不忘，是永不可得，变成了思念里一抹青色的风。

然后，她在这位新同学的口中，听到了同样的答案："拉哈鲁，一个小小的岛国，北回归线以南，赤道附近，我从小生活的地方，那里有美丽的热带雨林，生活着珠光凤蝶，盛产青芒。"

罗晓蝶盯着她的眼睛定定地看了三秒，说："真好！希望有机会能去看看。"末了又补充一句，"你叫米雅？"

"是的。"

"米雅，你好！很高兴认识你。"

开学两周后，罗晓蝶才得知还有迎新会这种盛事。平凡如她，没有钢琴十级，不会跳舞，只有当观众的资格。

米雅牵着她的手，与她并排坐。她们已成为形影不离的朋友。

秃头的校长在台上发表冗长的讲话，大二的学姐们临时排出一场新疆舞，几个数学系的新生在表演蹩脚的小品，还有穿黑丝绒长裙的女生弹钢琴，你方唱罢我登场，热闹非凡。罗晓蝶昏昏欲睡，想要回寝室睡觉。

米雅却一直紧紧抓住她的手，脸上洋溢着兴奋的红光，连她要上厕所也制止："别走啊！等会儿有神秘嘉宾。"

罗晓蝶以为有哪位明星要来，提起精神："谁呀？"

米雅垂下小扇子一般的睫毛，害羞地甜笑："是我的，我的小王子。嘻嘻嘻！"

一首整齐的小合唱后，幕布拉上，后面窸窸窣窣，许久，厚重的绛红色幕布再次缓缓拉开，一团光柱里，一个男生侧身坐着，像唐诗宋词里对月的诗人，像一个薄薄的影子。他怀抱大提琴，姿态惘然。

台下响起啧啧惊叹，一阵掌声之后，释放出尖叫。

"太帅了！"

"男神！"

周围花痴女生的赞美极大地满足了米雅的虚荣心，她双手抚在胸前，做出可爱状，眼中闪着光，似是自言自语，又似乎是对罗晓蝶说："我的小王子，很厉害吧！他会拉大提琴、会弹钢琴、会画画，还会骑马，现在在我们这所大学的经济学院读金融。这么完美的人，以后会是我的爱人，想想，睡觉都要笑醒了！"

罗晓蝶嗤之以鼻："醒醒啦！花痴。快听，这曲子真好听。"

是那首著名的《卡农》，大提琴特有的低沉浑厚音色，表达着情绪的千回百转，干净清澈的曲子，柔情百转里始终带着一丝永不放弃的韧劲，一个声部始终追随另外一个声部，却永远差半步的距离，像亦步亦趋却永不可得的爱情，一个声部始终追随另一个声部，像在蜿蜒的山路上一前一后行走的两人，在最后的音符落下之前，它们糅合在同一个颤音里，宛如生死相随，终于花好月圆了的爱情。

罗晓蝶不懂音乐，却听得入了迷。

一曲终了，米雅兴奋地跑到会场外，回来时变戏法似的，手里多了一束鲜花，她拉着罗晓蝶，兴冲冲地朝后台跑去。

罗晓蝶揶揄："你买的花？很贵吧？"

米雅笑笑："不是它贵，而是他配。"

罗晓蝶有瞬间的恍惚，这熟悉的话，似乎在哪里听过。是啊！很久之前，有一个少年，也对她这样说过。看星光的夜晚，年少的誓言，风一吹，就散了。

后台忙乱，一位少年正带着大提琴走出来，米雅如追星族一般，将花束献到他眼前，又如小雀儿一般轻佻地亲了亲他的脸颊："亲爱的，真好听。"

少年推开花束，有些宠溺有些无奈地埋怨："我的公主，别这么夸张好不好？"

一抬眼，少年的脸暴露在灯光里，四目相视，两人都愣怔在那里。

万水千山，岁月渺茫，却忽然这样从梦里降落，米雅叫他王子，小王子，是啊！浑身缀满宝石的王子，仿佛被仙女的魔法棒一点，又来到了罗晓蝶身旁。

"晓蝶！是你吗？"他的声音惊喜而迟疑，旋即，旁若无人地抓住了她的手，朝有光的地方走。

米雅抱着硕大的花束，一头雾水，亦步亦趋地跟在后面。

他们终于在一棵大榕树下站定，罗晓蝶轻轻地挣脱手，淡淡笑着说："谢嘉年，你大提琴拉得真好听。"

"你还好吗？"他问。

罗晓蝶故作轻松地耸耸肩："你看，挺好啊！艺考轻松通过，高考文化课也不错，现在读面料设计专业。"

她一语轻松带过，然后带着笑意看着他。

米雅沦为这场戏的配角，喊道："你们认识啊？是你以前在中国的同学吗？"

谢嘉年的目光一直停留在罗晓蝶的脸上不曾离开，头也不回地说："米雅，你先回去吧！"

"为什么呀？说好一起去吃饭的。既然和晓蝶认识，那正好一起啊！"

他的目光依然没有离开，口气是生硬的，称谓却是宠溺的："公主殿下，请你回去吧！"

这一招特别灵验，米雅噘噘嘴，微微地跺跺脚，气呼呼地抱着花束回公寓楼去了。

大树下只剩下他们两人，秋凉的风里腌渍着不知名的花香，篮球场上有人在赤膊打球，他们的心微微起伏着，谁也不说话。

许久，他才说："无论什么原因，希望你能原谅我。"

"不，我不原谅。"她的声音高得令自己和他都吓了一大跳，心里却在悄悄告诉自己，我不原谅你，但并不代表我不想念你。谢嘉年，我想你。

心里的那句话却无法说出口，连她自己也没有想到，下一句她脱口而出问道："你为什么要叫她公主？快去叫你的小公主原谅你吧！你和别的女生讲话，她生气了。"当她这样问时，代表她生气了，吃醋了，她在思念里，丈量和甄别着自己的情意，已长成一个知世情的小妇人。

谁知他却面不改色地回答道："她就是公主。"

罗晓蝶恍然大悟，仿佛忽然想起来："哦，我知道了，米雅，米雅，她就是那个给你写信的女孩。海水尚有涯，相思渺无畔。哈！哈！哈！"

她像个神经病似的仰天长啸三声。

于是，他们的阔别重逢就这样中断了，他们的谈话就此结束了，罗晓蝶丢下一句："去找你的公主吧！"然后就跑开了。

罗晓蝶跑开后出了校门，在大街上游荡。

天很快就黑了。城市的天空看不到星星，只有无数灯光和霓虹闪烁。街边的夜市送来食物煎烧的香味，她饿了，找了座位，点了鸡翅、烤生蚝、冷锅串串、啤酒，一大堆东西，一个人狂吃海塞，自饮自酌。

食物带来抚慰，她撑得打饱嗝，心里也不那么难过了，可是，当她准备掏钱包埋单的时候，她难过了。钱包不知什么时候丢了。

老板看出她的窘境，为难地搓着手说："一碗面就算了，可是，你这，你点这么多。要不，给朋友打个电话？"

就在这时，有人用力拍了拍她的肩，声音惊喜得有些夸张："罗晓蝶，是你啊！来来来，陪姐再喝一杯。"

他乡遇故知。她竟在这里遇到了死对头林培。

林培穿着修身的职业套裙，带着残妆，拥着罗晓蝶不由分说地坐下，姿态娴熟地点了一根烟。她对罗晓蝶说，自己学了两年的文秘，现在在一家公司做销售，见人就笑，每天累成狗。

听到她比喻累成狗时，罗晓蝶终于开心地笑起来。大姐大的气派早已不再了，她终于变成了一个在底层努力生活的平凡女孩，曾与世界为敌，终于接了地气。

笑让两个人泯灭恩仇，推杯换盏喝起酒。多喝几杯，头就昏沉起来，身体却是飘的，她对林培讲了这两年发生的事，谢嘉年的离开，重逢，拉哈鲁，大提琴，小公主，今日种种。

林培愤怒地将一次性塑料杯掼在地上，酒气冲天地骂道："竟然看走了眼，谢嘉年竟是这样的浑蛋。晓蝶，忘了他吧！男人都是这样，见异思迁，喜新厌旧。况且，我告诉你，门当户对是很重要的事，真的很重要。我奶奶以前告诉我，门不当户不对的两个人，就像占据着不同山头的牧羊人，彼此有各自的草坡、羊群，他会为了你抛下自己的草坡和羊群,到你贫瘠的草坡上和你一起放羊?得了吧!醒醒吧!"

林培刚刚经历人生第一次伤筋动骨的恋爱,像个小怨妇,饮一口酒,继续帮罗晓蝶分析:"现在通讯这么发达,电子邮件、越洋电话,一张机票,想说的话就可以传达,想见的人马上就能见到。那战乱离散、绝症永别的狗血悲情故事,只有小说里才有,傻瓜,醒醒吧!"

一语惊醒梦中人,罗晓蝶心服口服,满饮一大杯。

两人喝到微醺,还好都没喝醉。末了林培豪爽地结账,还很义气地塞给罗晓蝶几百块钱,也算雪中送炭,罗晓蝶真诚地说了声:"学姐,谢谢!"

都已走出了两步,林培又回头,塞给罗晓蝶一张名片:"常联系!"

回到学校,公寓楼下的花坛旁一个单薄的身影静静坐着,一只脚百无聊赖地踢着,是米雅,仿佛是在等人。

她等的是罗晓蝶。

罗晓蝶走近,她竟略显紧张地站起来:"晓蝶,我今天一点也不'开熏'。"唉!留学生的普通话真是令人头疼啊!

罗晓蝶觉得自己已经放下了,于是学着她的口气说:"我今天也一点都不'开熏'。"

"嘉年训我了,说我待人不真诚,我不应该隐瞒身份,我应该早点告诉你们的,我没有公主病,我其实,真的是公主,拉哈鲁的公主。"

罗晓蝶像听到一个笑话,呵呵呵笑着,觉得米雅真是可爱极了。她亲昵地捏捏米雅的脸蛋,笑问:"电视剧看多了?你喜欢看清宫剧,还珠格格?你说!"

米雅见她不信,将她拉回寝室,打开电脑,搜出了和拉哈鲁皇室相关的新闻给她看。米雅身着盛装,跟随父母,接见外宾,出席公益,看望福利院的小朋友。媒体都称赞米雅是拉哈鲁王室最美丽的公主,说她是会走路会说话的洋娃娃。

罗晓蝶相信了,这个相信更令她信服了林培那个关于草坡羊群的说法。他来自另一个世界,不同的阶层,永不相交的平行线。

米雅的身份大白天下，从此声名在外，引人侧目，平民对公主无限好奇，在路上遇见了她隐秘地指点议论。有外系的女生特意跑来，隔着窗户指着米雅对同伴说："看，她就是那个岛国公主。""不过，混血就是漂亮啊！"人群散去，她在口口相传里，渐渐成为传奇。

此时夜已深沉，另外两位室友妍妍和晓紫已扯起小鼾。米雅的床尾和罗晓蝶的床头紧邻，两人都不睡，头隔着床栏，窃窃私语。

"知道我为什么要学服装设计吗？因为我将来要设计最美的婚纱给自己，嫁给最爱的那个人。

"我为什么不去巴黎学服装，而来到中国，因为我爱的那个人来了中国读书，我要跟随他。十五岁那年，他来中国读书，我们分开了一次，这一次，我不能再放开他。晓蝶，嘉年是我的王子。

"我们俩青梅竹马，我的中文都是他教的，他平时都称呼我的名字米雅，只有在生气了不想理我的时候，才会叫公主殿下。他如果不理我，我会死掉的。"

米雅一个人絮絮叨叨，自说自话，罗晓蝶静静的，偶尔插一句："哪有那么夸张？"

"真的。晓蝶，我知道，你是嘉年的朋友，也是我的朋友，你要帮我。"

她无法拒绝一个楚楚可怜的美女的恳求，她迅速将自己放在了道德的十字架上，她是米雅的朋友，爱朋友的心上人，甚至只是想一想，也是不应该的。

她违心答应了她："好的，我会帮你的。"

于是第二天三人就得以坐在一起，欢欢喜喜地吃饭。

优雅的餐厅里三人坐定，罗晓蝶开言就笑嘻嘻地佯装无事："我已经原谅你了，原谅你不辞而别了。"

坐在对面的他眉头舒展，舒心地笑了。她说不原谅那是生气，她说原谅那是大气，在他心里，她做什么都是撒娇，生气也优雅无比，她的一切，他只能全盘接受，甘之如饴。

这两人眼里的情意和暧昧米雅全然不觉，她也为他找补："那年他在你们家乡山上被蛇咬伤，自己都不知，贻误伤情，回国后中毒昏迷，差点截肢，险些丧命。你还记不记得，我让父亲找了最好的医生，我日夜陪伴着你。"

谢嘉年意味不明地笑笑，敷衍道："救命之恩，没齿难忘。"

仿佛有一道时光深渊在眼前铺开，罗晓蝶心头惊动茫然，跌入往事里。那铺满星辉的夜，他从黑暗谷底将她打捞，守着绿宝石的毒蛇用尖利的牙齿将他咬伤，他背着她在星夜狂奔，全忘却疼痛。

她坐在他对面，不足两米的距离，却仿佛隔着千山万水。她吃很少的菜，听他讲很少的话。

回去的路上三人行，米雅开心无比，没个正形，时而挽他的臂，时而跑到他前面倒退着走，脸红扑扑的，像一颗熟透的桑葚。罗晓蝶和谢嘉年有时并排，有时一前一后，他们静得不发出一点声音。她的心，像十二月的初冬，落阑珊的雪，有新凝的冰。

仙人掌花园·亲密小诗

幸好思念无声，
怕你震耳欲聋。

02

罗晓蝶捏着口袋里仅剩的一百块钱，给林培打了个电话，说："我要兼职，我要打工，我要糊口。"

林培的公司正在招学生兼职，罗晓蝶在第二天，就拥有了一份送快递的工作。

此快递非彼快递。林培就职的是一家蝴蝶养殖基地，罗晓蝶要做的工作是，把装在纸箱里的蝴蝶，送到各种需要放飞蝴蝶的庆典、开幕式、婚礼上。薪资日结，一次两百，非常可观。

这天中午，罗晓蝶抱着一个硕大的几乎高过她头顶的纸箱，里面装着几千只蝴蝶，艰难地穿过马路。她本来是可以骑自行车的，但她没有，只好用这种原始笨拙的方式。

箱子阻挡了视线，一辆黑色轿车飞速驶来，她惊得后退一步，站立不稳，一屁股坐在地上，箱子掉在马路上，盒盖竟然打开了，瞬间，几千只蝴蝶倾巢而出，那即将在某开业典礼上演的盛况，在车流不息的马路边提前上演。它们花花绿绿一片在罗晓蝶头顶一阵盘旋飞舞，行人驻足啧啧惊叹，罗晓蝶急得要哭，张手去扑，然而是徒劳，几千只蝴蝶，顷刻间飞向城市灰青的天空消失不见。

路人们惊叹完又各自赶路，没有人去留意坐在马路牙上万念俱灰的姑娘。时近中午十二点，她即将错过那个典礼，并且丢失了"道具"，无论是买家和卖家，她都无法交代。听说这一箱蝴蝶，价值千元。

她坐在路边静静发呆，只能发呆，她知道，再过十几分钟，她的电话就会追魂索命般响起，主管的经理会暴跳如雷恨不得打她一顿。

这时，一辆灰色轿车缓缓停靠在路边，车门打开，下来一位穿黑色中款风衣的墨镜男，他微微笑着，仿佛一道玫瑰金色令四周灰扑扑的色调跳开一道明亮的口子，他的声音是温和亲切的："走吧！我知道附近有个地方，可以马上买到蝴蝶来补救，如果不堵车的话，应该还能赶到。你是要送到哪里？"

罗晓蝶迟疑地抬头，做梦一般，木木地回答："金地广场。"

"走吧！"

罗晓蝶就这样迷迷糊糊不设防地站起来跟着男子上了车。上车后她才懊悔和后怕，罗晓蝶啊罗晓蝶，你的小命重要，还是那几千只蝴蝶重要。

那男子仿佛听到她心里所想，抬头看看后视镜，讳莫如深地笑笑："别害怕，我不是坏人，看你和我女儿差不多大，还在上学吧？"

"嗯！"

"人生会有许多意想不到，做什么事都不会一帆风顺的。但是，遇到困难时，学会接受别人的好意，也是一种美德。"

"嗯！"

说话间，男人说的地方已到达，他将罗晓蝶留在车上，自己进了那家公司。她忐忑不安，越想越觉得这样傻等着很像是被人卖了帮人数钱的样子，干脆心一横，拉开门准备逃走，谁知手刚落在车门上，那男子已抱着两个纸箱出来了。他将纸箱交给她，自己又回到驾驶座，沉默开车。

透过纸箱上小小的孔洞，她看到无数蝴蝶正在抖动翅膀，尝试在密闭的空间飞翔。她轻轻舒一口气，稍稍安心。

车子很快到达金地广场，开业典礼正要开始，两箱蝴蝶正好及时送到。罗晓蝶这才想起来对那人道谢。

"谢谢您！先生。"她揣摩了很久，选择了一个社交称谓"先生"，因为男子始终戴着墨镜，脸庞看上去又很年轻，声音却并不年轻了，她无法判断其年龄。她说，"我会尽快还您钱的，能不能留一个您的联系方式，我好还钱给您。"

男人并没有回答她的话，只是简单地挽留她："马上要开始了，不看看吗？刚才你太紧张，恐怕并没有感受到蝴蝶的美。"

罗晓蝶觉得拒绝这样一个正大光明的挽留实在不通情理，况且她已完成任务，下午正好没课，并不急着走。

于是在这座初秋的城市里，她和一个刚刚认识半个小时的陌生男人，并立在人群中，观看了一场蝴蝶纷飞的视觉盛宴。美丽的主持人打开箱子的那刻，五彩斑斓的蝴蝶，如会飞的花朵，翩翩飞向青空，令人眼花缭乱。

男人说："蝴蝶经历过漫长的痛苦的过程，在黑暗中挣脱束缚，破茧成蝶，蝴蝶永远朝着美好的方向前行，它们既能发现路旁的玫瑰，也能飞越沧海，寻找到美丽的彼岸花。它是幸福美好的象征。"

罗晓蝶心里有微澜起伏，她信服地点点头，说："正好，我的名字里也有一个蝶字，说不定爸妈给我起这个名字也是这个意思。我以前还觉得好俗气呢！"

"是吗？你叫什么名字？"男人扭头问她的名字，一切都那么自然。

"罗晓蝶。"她直言相告。

男人啜嚅了一下，手扶了扶墨镜，似乎想摘下来，最终却并没有。他迟疑了几秒，说："是的，这名字一点也不俗气，你父母希望你能获得幸福美好。"

连日来的阴霾心情因着这个下午而变得晴朗起来。她说："谢谢您。可是，我现在真的要回学校了。能告诉我您的贵姓和联系方式吗？我会还钱给您。"

"我姓周，周毅，这是我的电话。晓蝶，你是一个可爱的女孩。"

"再见！"

"再见！"

她和谢嘉年在校门口"狭路相逢"。

他说："我等了你一个下午。"

她径直朝前走："谁要你等？"

"你听我解释。"

"有什么好解释的啊？我们以前是朋友，现在又见面了，还是朋友，就这么简单。"

手臂却被紧紧拉住，她停下来，与他的目光对峙，那目光清凉寂寞，像十二月的深山丛林里雪层下涌出的泉。那样的眼神，怎会撒谎、背叛、游离、狠心呢？不会的。

　　在看过那样的眼神之后，她决定，接下来无论他说什么，她都选择相信。

　　"在花浔，我无时无刻不想念家乡和父母，却又那样害怕与你分离，回到家里，我又时刻想要逃离。我并不是没有机会联系你，写信、电话，都可以，可是我没有，我知道那些都没用，下雨不能为你打伞，难过时不能给你陪伴。那时我不知道自己的未来在哪里，我无法掌控自己的人生，深情无用，只好选择不去打扰你。前几天，我回了一趟花浔，也去了我们的仙人掌花园，问过从前的几个老同学，知道你在这里上学，即使我们没有在迎新会上遇见，我也会去找你。现在，我终于可以站在你面前，肯定地告诉你，我回来了，再也不离开了。"

　　罗晓蝶心里有欢喜拱动着，口中却说："你不就是个留学生？到时还是要回去。"

　　"不！毕业我会留在这里，家族资产和企业也会渐渐转向中国市场，虽然这一切依然是太爷爷的决策，但是，这正是我希望的。晓蝶，仙人掌花园虽然没有了，但是我们可以试一试，在彼此心里，重新建造一座仙人掌花园。"

　　话至此，她已沉沦不可自拔，心里的欢喜如泡发得过分的木耳，活泼地往外冒，口中却是云淡风轻的："好了好了，你回来了当然最好了，我原谅你了，原谅你了，我们还是好朋友。"

　　"好朋友？"他愣怔了几秒，想起那一年，她因为他说喜欢她，很长时间别扭不理他，于是心有顾虑，说，"好吧！我们还是好朋友。"

　　他诱惑她："晚上，我们去楼顶看星星。那架望远镜在山上被摔坏了，我又买了一架更棒的。"

　　"不去。晚上风太大，冷。"她生硬地拒绝。

　　他感到陌生和疏离。

　　两个人沉默地往学校走，经过一棵高大的松树，风轻轻吹动头顶摇曳的枝干，吱吱呀呀地响，仿佛是无话可说的两人对坐客厅里，百无聊赖地打开了电视机。可是，他们明明有那么多话要说。

她忽然转过头，打破了沉默，说："我已经不喜欢看星星了，我早就知道了，星星上没有小王子，也没有我的老王子。嘿！你知道吗？我今天看了一场超赞的蝴蝶秀，哪天，我们一起去看吧！"

他忙不迭地答"好"，一脸满溢的兴奋，追问道："什么时候？什么时候？"

话一出口她就后悔了，她不能让他知道她在打工，不能让他知道她缺钱，她是一个有自尊心的女孩，缺钱像缺德一样让她觉得可耻。于是她敷衍道："急什么？到时间我通知你。"

谢嘉年忽然想起来，问："你今天去哪儿了？我到处找你没找到，有人说你出了校门，我就一直在门口等你。"

"没干什么，大街上随便逛逛。"

"下次逛叫上我啊！还记得我给你的忠告吗？天黑路滑，社会复杂，世界黑暗，小心浑蛋。"

她就咯咯地笑起来，像一只欢快的小母鸡。过去的时光仿佛又回来了。

仙人掌花园·睡前故事

小男孩阿笨昨晚对流星许下心愿，希望明年春天，可以再见到童年时的邻居小女孩。

一颗小小的流星划过天幕，带着美好的祈愿，开始漫长的征程。

可是，可是，在它快要到达的时候，忽然狂风大作，天地昏暗，它无助地挂在了花园大树的秃枝上。

流星喂喂地哭泣：我是一颗没用的流星，我不能飞行，无法帮阿笨把心愿送达了。喂喂喂，喂喂喂！

小金鱼跑过来："小星星，你别哭，我会帮你。"

小幽灵飞过来："小星星，你别哭，我会帮你。"

仙人掌跑过来："小星星，你别哭，我会帮你。"

小金鱼扶起它，小幽灵捧着它，仙人掌托举它。

一阵风来，"呼"一声，它忽然凌空飞起。

03

罗晓蝶的兼职做得很愉快,她很快还了林培的钱,还攒了一小笔钱,然后,她打通了上次帮她的那个男人的电话。

约在他们第一次遇见的那个路口,她早早到达。过了一会儿,并没有看到意料中的那辆车,男子依然一袭黑衣,戴墨镜,步行而来。

他望着她有些疑惑的眼神,说:"步行是有益身心的运动。希望我没有迟到。"

"没有,没有。"罗晓蝶忙将一个装着钱的信封递过去,"上一次,真的太谢谢您了。"

如她所想,这个叫周毅的男人果然慷慨地推辞:"学生勤工俭学不容易,那个并没有花什么钱,是我一个朋友的。钱你留着,买买书零花吧!"

"不行,您必须收下。"

罗晓蝶语气坚决,周先生无奈收下了钱,说:"如果遇到什么困难,希望我还能帮到你。"

他们的见面就这样简洁利索地结束了。周先生离开后,正好有一辆回学校的公交车驶来,她想起他的话,步行是有益身心的运动,忽然想步行回去。

天色向晚,穿过一个过街天桥,桥上热闹非常,许多学生党在摆小摊,卖各种各样新奇的小玩意儿。她在一个卖袜子的小摊前停了下来,忽然对那种打底连体袜有了兴趣。

她想,如果自己也穿打底袜,配上小裙子,会和现在不一样吧!米雅就是这样穿。她在教学楼走廊里听到过外系的男生议论米雅,说她美,是当之无愧的系花。

从来没有人夸过罗晓蝶。

她蹲下来,挑中了那种竖条纹的连体袜,问多少钱。

"学妹真有眼光,这种袜子卖得最火。"年轻的小老板从手机游戏中抬起头,两人四目相视,在天桥上惊喜地喊出了对方的名字。

卖袜子的竟是夏杨。他高考失利,父亲花了些钱,在附近一所民办高校读销售。

他将袜子往她包里一塞,开始低头收拾打包。罗晓蝶有些紧张:"是城管要来了吗?要我帮忙不?"

话音刚落,四周的摊点早已以迅雷不及掩耳之势四散。夏杨背起包,哈哈大笑,笑够了,说:"老大,我们他乡遇故知,我要请你吃饭哪!走吧!"

气氛愉悦,罗晓蝶被自己的乌龙也逗得哈哈大笑。

两人去附近的"大四川"馆子吃饭。夏杨豪爽无比,大碟小盆点了一大堆,两眼放着精光,兴奋地讲述自己的创业史。说他军训期间卖过垫鞋的卫生巾,开学后贿赂宿管大妈流窜在女生寝室推销过小夜灯、校园手机卡,啥赚钱卖啥,他说,现在才发现,自己竟是个商业奇才。

罗晓蝶不以为然,呵呵呵地笑。

夏杨急了:"相信我,真的,老大,以后你就跟着小弟吃香的喝辣的。"

上菜的伙计适时调侃:"香的辣的来咯,请慢用。"

两人哈哈大笑。

邻桌一对小朋友被聊天的大人疏忽,百无聊赖地拿出了一盒五子棋在桌上摆起来。罗晓蝶忽然想起那些绿杨青葱的岁月里,被说教和作业压迫的日子,他们在自习课上玩过的五子棋,她扯一张作文纸,两个人一人画叉,一人画圆圈,玩一局五子棋,也能消磨一节漫长的自习。

那时的青春并不美好,只是因为永远失去而在此后的回忆里显得弥足珍贵。

夏杨忽然收紧了笑容,正色道:"晓蝶,希望过去的不愉快你都忘记了。希望你原谅我。"

她没有回答。这样热闹的餐馆，可口的饭菜，这样愉悦的气氛，想要不原谅也难。

她只是温和地笑着，像个菩萨，然后招呼着："吃菜，吃菜。"

隔几日，罗晓蝶在学校图书馆遇到谢嘉年。

他拿了一摞书放在她身旁的桌子上，故意问："这儿有人吗？我可以坐吗？"

她拿眼皮翻翻他："不能，有人了。"

他却不管不顾地坐下来，笑道："这个座位好，冬暖夏凉，冬天靠近暖气，夏天靠近空调，我喜欢。以后你来早了就帮我占上，我来早了就帮你占。"

她忍不住揶揄："您还需要暖气吗？您自己就是中央空调啊！"

这样的调侃让他一头雾水："什么意思？"

"中央空调好啊！给所有人送温暖。"

他恍然大悟地轻轻笑起来。她在吃醋，那天他安慰米雅，带她出去吃饭，她全看到了。他全都看破，可不能说破，只好意味深长地说："那好吧！我做一个热乎乎的热水袋吧！"

"无聊！"她心里甜暖得如同塞了一个棉花糖，脸上却平静如水，白了他一眼，转头继续看书。

"昨天，我在学校门口看到你，你又很晚回来，去做什么了？"他小心翼翼地问。

"哦！我在科技学院那边报了一个法语班，以后要每周上两次法语课。"

她并不是胡诌，她确实报了个法语班。那晚和夏杨吃完饭出来，她不小心撞了一个褐发蓝眼的男生，她说了对不起，谁知对方语气很坏地用外文骂了句什么，她没听懂。对方骂完扬长而去。旁边几个男生嘻嘻哈哈幸灾乐祸地笑，气得罗晓蝶几乎要跳脚打人。后来还是其中一个男生告诉她，对方是法国留学生，刚才骂了句脏话，说的是法文。罗晓蝶就在那种情形下，心血来潮去报了一个法语班。

"我看到有个男生送你回来,好像是夏杨?"

谢嘉年继续追问,令罗晓蝶有些不快起来,她愠怒:"他在科技学院上学,恰好碰到了。你什么意思?你是宿管大妈啊?管得真宽。"

谢嘉年从容地笑笑,说:"我在想,以后上法语班,我可以去接你。"

罗晓蝶转头粲然一笑:"那有劳了,无事献殷勤夫斯基。"

言出必行,第一次法语课结束,谢嘉年果然已在外面等她。他的自行车崭新,漂亮,一看就是新买的。

城市道路人多车多,他的车技较之几年前似乎有了退步,她拽着他的毛衣,生怕他一不小心把她晃下来。他歪歪扭扭地骑着,想起在花浔的日子,绿杨树下,少年心事,明媚与忧伤参半,铺满了那个夏天。

车子碾过一个小石子,一个颠簸,她骤然拢住了他的腰,心里有小小的电流经过,深秋的风割在脸上,有细细的灼烧感,霓虹虚贴过来,她在阴影里绽开一个淡淡的笑,轻轻地抚住自己的脸。

回到寝室,走廊已熄灯,女孩们也都已洗漱完准备入睡,只有米雅还抱着一本时装杂志在看。看着米雅那股拼劲儿,罗晓蝶觉得有些可笑又可爱,又有淡淡的感动,这样专注执着的女孩,并不多了。

米雅从埋头苦读中抬起头,目光陡然向罗晓蝶逼近,八卦地问:"你去哪儿了?这么晚回来?我刚才从窗户看到了,是一个男生送你回来的。又是那个夏杨?他是不是在追你?"

罗晓蝶将错就错:"我报了个法语班,没错,是夏杨送我回来的,别瞎想,他和我只是朋友,哥儿们那种。"她没有直说,送她回来的人是谢嘉年,虽然光明磊落,可在米雅面前,似乎有点背叛和偷偷摸摸的意思,毕竟,米雅已昭告天下,他是她的王子,她来中国留学,也只是为追随他。

她有瞬间的恍惚,望着米雅蔷薇花般的脸微微发怔。"海水尚有涯,相思渺无畔",她从很久很久以前就那样喜欢他了,一个少女最动人的情怀,最纯洁的心思,最深情的表白,如同花的绽放,而现在,自己和谢嘉年的亲密,就像是对那种感情的亵渎,羞耻肿胀不安地充斥着罗晓蝶的心。

米雅伸出手,在她眼前晃了晃:"怎么了?发什么愣?"

罗晓蝶回过神,意识到自己的失态,说:"我是在想,诗歌,真是人类最美的语言。"

第二次法语课,谢嘉年如约而至。罗晓蝶出了教室迎面走向他,她打算告诉他,以后不用来接她了,她在法语班结识了一个同系的女孩,以后可以结伴回去。

他骑在单车上一脚蹬地,是偶像剧里常见的镜头,只是车篮里,多了一袋糖炒栗子。

他将栗子递给她:"还热的,快吃吧!"

一袋栗子的温暖和甜蜜,并不能抵消心里的愧疚和羞耻。她咬咬嘴唇,说:"天太冷了,你以后不要来接我了,我和系里一个女孩一块儿走。"

"不可能。"他的笑僵在脸上,语气不容置疑。

这时,米雅忽然从培训班里跑出来,像一只扑棱棱的小鸟,欢快地扑进他的怀里,惊喜万状:"太好了,我正担心没有公车一个人走回去好怕,你来接我吗?太贴心了。"

"呃!"谢嘉年一愣,与罗晓蝶面面相觑。

米雅慢慢地松开他,感到他的异样,她回头,看到刚刚被自己的目光自动过滤掉的罗晓蝶,于是尴尬地笑笑:"晓蝶,你也在啊?也来这里上课?我怎么没看到你。"

"是啊!我来上法语课,坐在前面。"

"那,嘉年,你载晓蝶回去,我走回去算了。"米雅故作大度,却透着小女子心机。

三人尴尬中,一起上辅导班的一个女同学不知从哪里冒出来,热情地和米雅打招呼:"米雅,还没走啊,你要去吃那家特别好吃的糖炒栗子吗?我知道那边还有一家很美味很Q的鱼丸,鱼丸是手打的,我们可以一边走一边吃。要一起去吗?"

听到吃,米雅一秒变猫咪,两眼冒着精光,糊里糊涂地和谢嘉年二人道了别,顺从地跟着女同学走了。想想迎着凛冽的秋风,吃着Q弹的鱼丸,那真是别有一番滋味在心头。

仙人掌花园·亲密小诗

我不想安慰你,
在颤抖的枫叶上,写满春天的谎言。
————北岛

04

  背着谢嘉年，罗晓蝶又悄悄做了几份兼职，生活满满地被填充起来，发传单，做超市推销员，穿旗袍在庆典上做礼仪小姐。这一年她的个头又长高一截，穿着小高跟站在那里，像一棵被移栽的植物，努力把根深深扎入泥土里，带着不顾一切的偏执和勇气，身体里仿佛住进了一只春天的熊，满满都是力气。

  冬天到来的时候，她回过花浔巷一次，用自己赚的钱，给文凤娇买了一条红色的围巾，这是一条羊绒围巾，软黄金，比那些起静电起毛球的化纤不知好多少倍，文凤娇冬天守店，需要这个。

  花浔巷的灰砖青瓦在初冬更显破败和凄凉，热闹却不减，摊点已摆到马路中间。时代变迁，许多老住户已搬到窗明几净的楼房里，将这里的老房子租了出去。如今的花浔鱼龙混杂，路面油污，鲜少有花花草草，人人忙着挣钱，哪有心情侍弄花草。

  文凤娇坐在店门口，嗑瓜子，面容憔悴。

  她老远就骂人："你个白眼狼，还知道回来啊？"

  罗晓蝶只是嬉皮笑脸地应付着，并不反驳。

  吃饭的时候，罗晓蝶将那条羊绒围巾拿了出来，她精心准备的一段暖心的赠送感言还未出口，又遭文凤娇一通骂："买这玩意儿干什么？我挣钱容易吗？整天乱花钱。"

  罗晓蝶底气不足地回答："我打工赚的钱。"

  等待她的又是一番数落。

  "你做学生的本分是学习，没事打什么工？别以为进了大学就进了保险箱，将来到了社会上，竞争残酷着呢！怎么了？怕我供不起你吗？"

罗晓蝶只好苍白无力地解释:"只是偶尔体验下生活,这是我们毕业考核的一部分,社会实验。"

晚饭后,她回到了自己的房间。文凤娇走进来,拿着她遗落在餐桌上的手机,脸上带着一丝兴奋,又糅杂着一些愠怒,指着她屏保上的男明星问:"这个男生是谁?"

她忽然就想开个玩笑,回答道:"李光洙,我喜欢的男生。"

文凤娇果然登时叫嚷起来:"才上大学没几天,就谈恋爱啊?他是哪里人?父母是干什么的?学什么专业?光猪,这什么名儿啊?"

"妈!这才刚开始,别像查户口似的行不行?"

文凤娇把手机拿近一点又仔细看了看:"长得还不错。那先处处吧!等以后差不多了,带回来给我看看。你可长点儿心眼别被欺负了。"

"知道了,知道了。"罗晓蝶绷着笑。

文凤娇放下手机,嗫嚅着,似乎想说什么,却又转身朝外走。

罗晓蝶叫道:"妈!"

文凤娇忙转过身,灯光使她的脸色看上去发黄而憔悴,笑起来皱纹也更清晰:"什么事?晓蝶。"

"你的病?怎么样了?"

"没事了,没事了,吃着药呢!跟没事人一样。"她轻描淡写地说。

"哦!"

母女俩的谈话,又陷入尴尬的沉默中。文凤娇只好又退出门外,轻轻地带上门:"你早点睡吧!"

多少年都是如此,母女俩之间仿佛锁着桎梏,无法打破,即使后来她意外跻身优等生行列,那种融洽,始终带着疏离,那种亲密胶着的母女关系,只存在于她的想象中。可以偷偷擦妈妈的口红,可以钻进妈妈的衣柜偷穿那些只属于成人的蕾丝、绸缎、高跟鞋,可以一起挽着手逛街,可以讨论正热播的偶像剧。来了月经,胸部萌起,妈妈会亲切地教她使用卫生巾,帮她挑选纯白棉质文胸,抚慰成长的自卑和慌乱。这些,都没有。

她躺在黑暗里,独自叹息。

第二天吃完午饭,罗晓蝶准备返校。文凤娇又拿出那条红色的围巾让她装上，说："天冷了，戴上这个。"

罗晓蝶气得嚷起来："这是我买给你的，你这是什么意思？"

文凤娇有些不好意思地笑了："不是那条，这个，是我织的。"

她接过来，细看一眼，果然和自己买的那条不一样，慌乱地塞进包里，想说句谢谢，却没有说出口。文凤娇的脸暴露在阳光下，眼袋和黄褐斑清晰可见，秋风席卷过春之华荣，夏之灿烂，无尽衰败坐稳河山，无边落木萧萧下，她真的老了。

老了的文凤娇，让罗晓蝶莫名心疼，她想照顾她、保护她、给予她。

坐在回校的长途车上，看着车窗外干枯的树，伸着不规则的枝干，在风中战栗着。她从车窗伸出手去，风从指缝溜走，什么也无法捕捉。她将围巾戴上，微微闭上眼睛，想象这是温暖的旅行。想象春天正在走来。

圣诞节快到的时候，林培送给罗晓蝶两张小野丽莎演唱会的门票，她说："客户送的，我不懂这个，你拿去看吧！"

罗晓蝶笑："你哪里看出我就懂这个？"

林培惺惺相惜地眨眨眼："其实我很早就发现了，你不是普通的女生，你和她们不一样。"

罗晓蝶当这是赞美，将门票和赞美全盘接收。两张票，不知为何，谢嘉年的名字马上在脑海里冒出来。

电话挂断，她有一瞬间的懊悔，只有两张票，可是，按照米雅的个性，平安夜很可能又是三人行或四人行，想到这里，她马上给谢嘉年打了电话，试探地问："我有两张小野丽莎圣诞音乐会的门票。"

"真的吗？我正打算去买。太好了，到时我们一起去。"他毫不犹豫地答应了。

到了平安夜，女孩们都盛装打扮准备出门，妍妍、晓紫结伴去广场看烟火，米雅问罗晓蝶："晓蝶，你平安夜怎么过？"

金牛座最恨玩暧昧，罗晓蝶犹豫了一下，直言相告："去听音乐会。"

"和嘉年啊？他也叫我去，我不喜欢听那个，听音乐会会睡着的，多没劲。有朋友约我说有个地方搞圣诞美食节，那里全是好吃的，比音乐会有趣多了。"

罗晓蝶望着米雅日渐丰腴的身材，阴险地调侃一句："去吧！你保重。"

妍妍、晓紫都听懂了，"哧哧"地笑。

罗晓蝶捏着两张票出了校门，谢嘉年给她打了电话，说下午有社团活动在流浪动物救助站做义工，两人约好在音乐会门口会合。

到了音乐厅门口，时间还早，罗晓蝶站在一盏路灯下等他。

门口挂着小野丽莎的巨幅海报，有小商贩在兜售圣诞帽，有章鱼小丸子的香味隐隐飘来，情侣们相拥着走过，笑容甜蜜，融入深夜的人群里。

这时，一个戴棒球帽的少年向她走过来，低声问道："有多余的票没？"

没想到小野丽莎的音乐会竟如此一票难求，可是，她只有两张，只好如实回答："没有。"

然后侧过了身。

少年锲而不舍，又靠近她："有多余的票卖给我吧！我多加钱。你明明有两张的，卖给我一张吧！我女朋友特别喜欢小野丽莎。"

少年呼吸急促，靠得很近，有点吓人，罗晓蝶吓得后退了两步，解释道："我就两张，我等朋友来就进去了，没有多余的。"

话音刚落，少年忽然一把抢过她手里的票，狂奔而去。

曾经赫赫有名威震四方的大姐大罗晓蝶怎能咽下这口气，她一边大喊"抢劫了"，一边撒丫追了出去，恰好一辆电动助力车飞速行驶过，将她撞出几米之外，骑车的妇女落荒而逃。

四周仿佛忽然灯光全熄，罗晓蝶眼前一黑，如堕梦中。

耳边的人声忽远忽近，眼前灯光忽明忽暗。她的头仿佛有千斤重，无力地伏在宽厚温暖的肩膀上。是嘉年吗？是嘉年背着她？又好像不是。她使劲摇摇头，头发贴在额头上，头皮黏湿一片，有温温的液体缓缓流下来。

眼皮沉沉，她睁开眼，又看到光明世界。

白墙，蓝色窗帘，消毒水的味道。几张焦灼的脸。

有人不忘邀功："多亏了我这未来企业家正在附近创业，路见不平拔刀相助，可惜让那个小毛贼跑了。"

是夏杨的声音。事发的时候，他正在附近卖圣诞帽。

周先生目光柔和地看着她，口气里净是疼惜："晓蝶，头还疼吗？感觉怎么样？"

她被助力车撞伤，额头缝了四针，头上绷着纱布，因为失血，脸色苍白如纸。

"每次遇见你，我总是这样狼狈。我总是带来麻烦。"她说。

周先生拿出在马路边捡到的绿色小钱包还给她："是你的吧？对不起，因为要登记病人信息，我刚才打开看了你的身份证。"

"没关系。"

"我还看到一张照片，是你和你的父亲？你小时候很可爱。"

罗晓蝶轻轻地打开钱包，看到了塑料夹层里那张照片，小小的她被抱在怀里，水渍和岁月侵蚀，已模糊了男人的容颜，纵使相逢应不识啊！她伤口疼痛，心里伤感，说："是的，我和爸爸，可是，他离开了我和妈妈，我已经记不起他的样子了。"

周先生温柔地握住了她的手，一旁的夏杨急了，眼睛滴溜溜转，计上心来："周先生，外面有人找你。"

周先生果然松开罗晓蝶的手出去了。夏杨忧心忡忡地在床边坐下："晓蝶，这周先生是什么人？我可告诉你，现在社会复杂，什么人都有，这些中年男人，都是披着羊皮的狼，你可小心点，别被骗了。"夏杨急得涨红了脸。

罗晓蝶轻轻地笑了："我看起来像小绵羊吗？"

"可不是吗？虽说你以前做过老大威名远扬，其实大大咧咧很单纯。"

"多谢赞美。"她被夏杨逗乐了，辩解道，"周先生不是坏人。"

病房门被推开，谢嘉年姗姗来迟，一进病房，直冲到床前，一把抓住罗晓蝶的手："对不起，晓蝶，对不起！"

"干吗要说对不起？"

"我说要陪伴你保护你，可是总是在你需要我的时候不在你身边。"

话音落下，罗晓蝶还没说什么，夏杨嗤之以鼻，阴阳怪调地讽刺："行了大情圣，别抒情了，你以为你演韩剧呢？我这胃里都泛酸水了。"

谢嘉年并不恼，起身对夏杨说："谢谢你。麻烦再照顾一下晓蝶，我出去一下。"

这下罗晓蝶生气了："刚刚检讨完，这又把我撇一边了。"

夏杨连声附和："就是。这人最不地道。"

"刚才打你的手机，是救你的那个先生接的，人在外面，我要去谢谢人家。"

这一下夏杨马上和谢嘉年站在统一战线："对对对，道了谢，赶紧让他走。那人我看没安好心。"

幽暗的走廊尽头，冬夜的寒气从窗户涌进来。

周先生轻轻地摁灭了烟头。他看到身材颀长高大的少年朝他走来。

"周先生，谢谢您送晓蝶来医院。"谢嘉年沉稳淡定，彬彬有礼，一副成人的姿态。

"这是我应该做的，晓蝶是我的……是我的朋友。"

"朋友？"谢嘉年的注意力落在这个词上，他皱了皱眉，难怪夏杨刚才提起此人，一副厌恶的表情。

年轻的男孩与四十岁的男人，在这个物欲横流的世界，是天然的对立，暗地的博弈，是不可饶恕的天敌，是球衣和西装之间的"我不鸟你"。

他俩彼此目光相对。周先生坦然地说："是的，我们认识。"

谢嘉年说："还是真诚地谢谢您，也多谢您垫付了晓蝶的医药费，我还钱给您。"说着，他自如地拿出自己的钱包。

周先生目光一凝，望着这漂亮少年，戒备心起，问："你又是谁？为什么要你还钱给我？你是晓蝶的什么人？"

谢嘉年面不改色，坦然回答："我是她男朋友，我叫谢嘉年。周先生，谢谢您！"

气氛陡然变得紧张起来，周先生的眼中忽然聚起了怒火，恼火地说："谢嘉年，哼！男朋友？姓谢的，不可能。"

谢嘉年一头雾水："周先生，我有哪里冒犯您了吗？"

周先生意识到自己的失态，尴尬地笑了笑："没，没什么，那个，晓蝶没事了，我先走了。照顾好她。"

他疾步走下楼梯。

谢嘉年望着那个背影，想起那人刚才的语气、表情，一种似曾相识的感觉涌上心头，说不清，道不明。

回到病房，夏杨正在为罗晓蝶削苹果，不知他讲了什么笑话，她笑得咯咯咯，直呼头疼。

谢嘉年走过去，对夏杨说："夏杨，今天多谢你了。很晚了，你回去吧！"

夏杨梗着脖子不愿意了："嘿！你算老几啊？你让我回去我就回去？晓蝶还没发话呢！"

谢嘉年看看罗晓蝶。

夏杨忙说："不兴过河拆桥啊！"

她为难了，笑了笑，调侃道："医院就这么好，都喜欢医院，那就待着吧！"

一旁来换药的小护士直笑。

三个人各怀心事，沉默着。夏杨挑衅地看看谢嘉年，仿佛一种无声的对峙，谢嘉年则淡淡一笑了之。

罗晓蝶终于小心翼翼地发话："你们都在这儿，我怎么休息啊？夏杨，要不，你先回去吧！明天再来看我这个病号，给我带一个你们学校门口的煎饼馃子。"

话说得妥当，夏杨如闻纶音，嘻嘻笑着，做一个清宫太监垂手的手势："嗻！您都发话了，小的就告退了。敬他谢嘉年是个正人君子，这里又众目睽睽，应该不会有什么不轨行为。煎饼馃子是吧！给你带一个奢华版。"

夏杨走了。

> 病房里只剩下两人。夜深人静，连呼吸也微微可闻。
> 罗晓蝶注意到放在地上的一个纸盒子，那是谢嘉年刚才进来时带来的。
> "那是什么？"
> 一提醒，他仿佛忽然想起来，拍拍脑门，神秘地笑笑，打开了盒子。一个毛茸茸、嘟嘟脸的蒙奇奇噙着奶嘴，微笑地看着她。
> "送给你的圣诞礼物。"
> "啊！"罗晓蝶像个小女孩一样低声惊呼，"哇！好可爱。我们寝室有个女孩有一个，我也想买来着，一直不好意思。"
> "为什么不好意思？"
> "从小我妈说我是假小子，夏杨说我是女汉子，再说我现在都这么大了，还玩这么卡哇伊的玩偶，怪怪的。你怎么想起来送我这个啊？"

他俯身坐下来，情不自禁地伸手抚了抚她的额发，柔声说："晓蝶，我想让你在我面前，永远活得像个孩子，你可以任性，不讲理，孩子气，予取予求，要求得不到满足就胡闹，用眼泪当做武器，黏人，笑起来没有心事。我想给你爱，恋人的爱，兄长的爱，父亲一般的爱，都给你。这些，是我今天来的路上，准备要告诉你的话。"

罗晓蝶垂下眼睑，心跳如擂鼓，脸红得如熟透的桑葚，咬着唇，傻乎乎地问："这算是表白吧？"

他笑了："是！"

"你知道我大金牛最讨厌人暧昧了，还好你今天表白，再这样暧昧下去，我就要不理你了。"她嗔怪道。

"我刚刚说了，可以像个孩子无理取闹，任性妄为，蛮不讲理，只是不许不理我。"

"可以像个孩子，要吃糖果，不给就哭鼻子吗？嘉年，我现在想吃巧克力。"她仰着脸故作天真。

他邪魅地笑笑，坐在她身边，伸臂揽住她，说："为什么不像孩子一样，喜欢被人抱在怀里？"

温暖的怀抱，如一个被阳光晒过的暖烘烘的被窝，令人沉沦熏然，她却羞涩地挣扎起来："松开啦！刚刚还有人说敬你是个正人君子。"

"别动！只有这样抱着，才能证明我们在恋爱啊！"他用力箍住她，力气大得惊人，无论她怎样挣扎，她依然在他怀里。她便安静下来，微微闭上眼睛，觉得心里有鸟折翅，有雪落地，她老实又安静，乖顺如孩童。

第二天，夏杨带着煎饼馃子来看望罗晓蝶，在病房里，和米雅不期而遇。

煎饼馃子还热乎，散发着特有的香味。米雅吸吸鼻子，眼睛亮了，惊奇地问："这是什么啊？怎么在学校餐厅没见过？好吃吗？"

罗晓蝶笑了："你尝尝呗！中国一绝，你拉哈鲁没有。"

米雅马上毫不客气地拿过来，只是碍于夏杨在侧，犹豫了一下，轻轻地咬了一口，一双杏目睁大了，口里含混不清："嗯，好吃，好吃！"说着，也不顾形象，大快朵颐起来。

夏杨鄙夷地看着她，调侃道："你就是那什么鸟不拉屎国的公主？宫里粮食不够？从小被饿大的？"

米雅来不及回应，只是翻个白眼瞪他。

夏杨得寸进尺："瞧我大中华的美食多养人，这才几个月，您这身段，就白白胖胖，艳压玉环了。"

听到这话，米雅停了下来，看看手里剩下的半个煎饼，再看看自己的腰，犹疑地问："我，真的，很胖吗？"

罗晓蝶知道夏杨憋着坏水，米雅好意来医院探望，她可不想坏了气氛，于是轻描淡写地安慰："别听他瞎说，你一点也不胖，比我苗条多了。"

夏杨却不依不饶："胖点怕什么？胖点好啊！要是真来个大灾大难世界末日啥的，你这身材，上有安全气囊（胸部），中间有游泳圈（小腹），下有坚固的底盘（大腿），增加了多少逃生概率啊！"

这时，谢嘉年正好拿药回来，米雅找到靠山，扑上去做小鸟依人状："嘉年，他说我胖。"

谢嘉年温和地笑笑："他和你开玩笑呢！"

夏杨在罗晓蝶的怒视下，也只好见好就收。

这时，米雅忽然注意到放在床头的蒙奇奇，眼睛瞪圆了，低声惊呼着跑过去抱在怀里："哇，好可爱！好可爱！好可爱！晓蝶你怎么会有这么可爱的东西，我也想要，送给我吧！"

罗晓蝶面露难色，正想着该如何委婉地拒绝，谢嘉年忽然说："不，不行，这个不能送给你。米雅，如果你喜欢，改日我买一个新的送你。"

"为什么呀？"

"这个是我和晓蝶的定情之物，不能送你。"他口气平淡，却像投下一颗小小的炸弹，瞬间四方惊动，米雅和夏杨都被炸得晕头转向。

几秒钟后，米雅的泪水忽然决堤，她扯着嗓子哭喊道："你……你俩暗度陈仓？"

夏杨也情绪激动，指着谢嘉年，手指在发抖："你……你先下手为强。"

"再也不理你，你这负心郎。呜呜呜呜！"米雅一手捂脸，夸张地哭着。

"恋爱不找我？好歹是同乡。你你你！"夏杨也来劲，气得咬牙切齿。

谢嘉年和罗晓蝶如罪人一般，大义凛然地被审判，平静地接受他们的怨恨和指责。

米雅将蒙奇奇扔到了谢嘉年的怀里，噘嘴跺脚，愤愤然转身离去，丢下一句："我再也不要理你了。"

夏杨气结词穷，结巴半天，说："我……我我同上，我加1，加10086。"旋即也紧随其后，气呼呼地出了病房。

罗晓蝶和谢嘉年面面相觑，罗晓蝶有些担忧："米雅不会有事吧？你要不要出去看看？"

谢嘉年倒不急："放心吧！我最了解她，天大的事，吃点好吃的就没事了。再说，不是还有夏杨跟出去了吗？"

罗晓蝶抱着那只蒙奇奇，依然忧心忡忡："爱情这种难题，要真是一餐饭就能解决的，那就好了。"

住院第三天，罗晓蝶已觉得自己快要发霉了。谢嘉年不能长时间请假，回学校去了。

夏杨来接班。在楼梯口，与刚刚探望了罗晓蝶的周先生又不期而遇。

夏杨假客气："周先生，您那么忙，就不用天天过来了。我会照顾好晓蝶。"

周先生略带嘲讽地笑了："你会照顾好她？"

夏杨本在谢嘉年和罗晓蝶那里受了挫，现在又被周先生揶揄，怒火瞬间被点燃，提高了分贝："是的，我会照顾好她，你以后不要来了，不要再找她。"

望着夏杨稚气的脸，周先生严肃起来，正色道："孩子，你喜欢一个人是没有错的，可照顾一个人，是很郑重的承诺，你有资格吗？一个钱包比脸还白的学生，用着父母的钱，追求着所谓的梦想和远方，追求着姑娘，不会觉得脸红吗？"

一向能言善辩的夏杨，被周先生呛得无力反驳，结巴道："你……你有钱了不起啊？钱不是万能的，你别打歪主意了，罗晓蝶不是那样的女孩。"

轮到周先生瞠目结舌，他知道被误会了，这种误会让他觉得羞愤难堪、无地自容，他想要狠狠地臭骂眼前的小子，可夏杨说完，已气呼呼地进了病房。

病房里，弥漫着一股鸡汤的香味，一只空碗放在床头柜上，保温杯的盖打开着，热气漫溢出来，罗晓蝶一边满足地咂嘴，一边招呼夏杨："吃饭了吗？周先生刚给我带的鸡汤，要不要喝点？"

"不要。"夏杨没好气，把自己给她带的饭放在一边，闷声问，"鱼丸还吃不吃？不吃我扔了去。"

"你怎么了？吃枪药了？"罗晓蝶一头雾水。

"没怎么。"

"那你这么凶？"罗晓蝶坐起来，盯着夏杨那张阴郁的脸，试探地问，"还是因为我和谢嘉年？喂！兄弟，你不是说你已经放下了，咱们做朋友吗？这是吃哪门子的干醋啊？"

一语戳到痛处，夏杨尴尬地干咳两声，沮丧地坐下来，说："嘻嘻，这种事情谁说得清，想念就像风湿骨痛，晴天的时候以为好了，下连阴雨时还是会发作。"

情话说得像笑话，罗晓蝶也不那么尴尬，顺势开起玩笑："那阴雨天就穿厚点啊傻瓜！阴雨天喝点鸡汤暖暖身子啊！"

话音又落在鸡汤上，夏杨气不打一处来，望着那罐可恶的鸡汤，语重心长道："谢嘉年就不说了，人家是男神、王子，我望尘莫及，您是女王、大姐大，你们也算郎才女貌。那周先生是怎么回事啊？一半截入土的老头，整天来找你，算怎么回事啊？我看他没安好心，你趁早离那人远点。"

罗晓蝶惊诧地叫起来："你在说什么混账话？周先生是好人，我们是……我们是朋友。"话虽如此，她却听出自己的心虚，社会的风气、人性的复杂、男人的通病，她不是不懂，只是她无法抗拒。她内心笃定，周先生不是社会上陷身声色犬马的那一类人，他仿佛是光，是春风，温和地照拂着她，让她觉得舒适，她无法拒绝。

"就知道你会这么说。傻瓜！你好自为之吧！"夏杨见劝不了罗晓蝶，一屁股坐在椅子上，低头玩手机去了。

鸡汤渐渐凉了。

房间里气氛尴尬。夏杨偶尔抬眼看看她，赌气不说话。

许久，她打破沉默："你们学校什么时候放寒假？"

"嗯！快了，可能还有一个月吧！"

"到时一起坐车回家。"

"好啊，好好好！"夏杨的脸上，终于咧开一个饱满的笑。

一个星期后，罗晓蝶出院。谢嘉年和周先生都来接。

周先生迎上来："晓蝶，快上车吧！车里暖和。今天天气很冷。"

罗晓蝶为难了。一辆褐色的卡宴，一辆简单的自行车，双双停在路边，颇有戏剧的味道。

谢嘉年什么也没说，将自己的褐色围巾卸下来，绕在了她的脖子上，然后转身，拿出一个信封递给周先生，淡淡地说："这是您为晓蝶垫付的医药费，还给您，再次感谢您对她的帮助。谢谢！"

周先生还要拒绝，罗晓蝶开口了："周先生，您拿上吧！我希望每次见您都是坦坦荡荡，不相欠的。"

一阵寒风骤起，割在人脸上生疼，周先生长长叹息一声，无奈地接过钱，说："你并不欠我什么。"

看着这一对少男少女单纯的表情、澄澈的眼神，仿佛可以一起面对人世间无尽的风雨，周先生只觉得身后有无尽的苍老赶来，他觉得羞耻和挫败，知道罗晓蝶不会坐他的车，于是疲倦地笑笑告别："你们路上小心！"

坐在自行车的后座，谢嘉年的背如一堵墙，挡住了前方的迎面风，罗晓蝶缩缩脖子，贴在他背上，将鼻子埋在围巾里，闻到那里散发的皂香和他的味道，干燥的、温暖的、纯净的少年味道。她幽幽地说："虽不欠周先生的人情了，可你又是我的债主了哟！"

谢嘉年有些愠怒地微微转头："说什么呢？你现在是我的女朋友。"

城市里车水马龙交通混乱，谢嘉年一分神，车子扭了几下，他下了车，罗晓蝶也跟着跳下来。他转回头定定地看着她，眼神灼热而坚定，说："对于我们以后的生活，无论是金钱还是感情，我知道现在不能承诺什么，但是我可以肯定地告诉你，只要你要，只要我有。"

路边的灯影落在她的脸上，她有瞬间的愣怔。这么俊美的少年，如此动听的情话，此刻属于她，这是她近二十年潦草的人生里，得到的最好的礼物了。她恍如做梦一般，眼神恍惚地望着他，确定他是活生生、触手可及的。

"晓蝶，你怎么了？"

一阵风吹过来，她冷得一哆嗦，于是，顺势撒起了娇："你说的，只要我要，只要你有？"

"想要什么？"他像一个慈爱又慷慨的父亲。

"好冷，想要一个拥抱。"

他的脸上，瞬间绽开一个宠溺的笑，自行车丢在一边，大臂一揽，如一只大鸟张开双翅，将她拥入了怀里，在她耳边低语道："这个，取之不尽用之不竭。"

她深深地将头埋在他的胸口，如同泅入温柔的湖底，闭上眼睛，听到他起伏的心跳，如同湖底暗流的涌动，让她安适、温暖、平静。

她对爱的要求，不过是在爱的人面前，做回小小孩童，给她糖果，赐她暖怀，她就变乖。那一刻，她想，若此生都能在他面前做回小孩，永远不用长大，该有多好。然而残酷的现实最终告诉她，爱会让一个心智成熟的成人变成小孩子，而失恋，会逼迫一个幼稚的孩子瞬间长成大人。而她，就是这句真理的试验品。

伤愈出院，米雅在寝室摆了果盘以示欢迎，并且如小丫鬟般扶罗晓蝶坐下，殷勤备至，还夸张地唱起歌来："我在这儿等着你回来，等着你回来，看那桃花开……"

罗晓蝶受宠若惊，坐立不安，狐疑地问："我以为，我们会变成仇人。"

"怎么会呢？天大的事，吃顿好的，就没事了。嘉年请我吃了一顿大餐，我原谅你们了。"

罗晓蝶瞬间对米雅刮目相看，她本以为回到寝室要经历一段你死我活的宫斗，没想到如此平安无事地度过了。

"米雅，希望我们还是好朋友。"她心虚地说。

米雅说："当然。"下一秒，她却话锋一转，"但是，我不会放弃的。你不会明白的。我和他拥有一段漫长的你没有参与的成长，那些时光，对我而言，就是一笔丰饶而珍贵的宝藏，取之不尽用之不竭，我会用毕生去守护，即使到最后，我守护的东西已一无所有，变成了荒芜的草原、微弱的光芒，我还是会继续守护下去。"

米雅的眼睛亮亮的，似有泪光在闪，却并没有落下来。罗晓蝶倒吸一口气，被这一番惊心动魄的剖白感动了，这种勇气和力量，是她从来没有的。她第一次发觉，米雅并不是表面看起来那样柔弱的萝莉，她的血液里，流动的或许正是王室贵族与生俱来的强大和坚韧，不容小觑。

罗晓蝶觉得自己在那番豪言壮语面前矮了三分，她心里动容，说："希望我能有你一半的勇气。"

校园里每一对小情侣都有各自的相处模式。有些人在校外租房子买菜做饭早早体验小夫妻的日子，有的天天吵架辱骂对方闹分手，有的整学年逃课逛大街看电影，有的在食堂互相喂饭在操场摆心形蜡烛秀恩爱，而谢嘉年和罗晓蝶不一样。

他们淡淡如水，似乎到达了相敬如宾的境界，和不谈恋爱时没什么两样，和从前没什么两样。在黄昏的操场投投篮球互相打闹一下就觉得无限美好，在深夜的楼顶裹着大衣看流星雨，在图书馆互相为对方占座，然后各找一本书，一看一下午，用一个杯子喝水，不吵架。

他很快知道了她在一家蝴蝶养殖基地打工的事情。他了解她的自尊和骄傲，并不去追问什么，而是默默地记了地址，悄悄跑去应聘。

没想到，接待应聘者的主考官，是一个年轻的女孩，林培。

说是应聘主考官，其实这种简单的兼职，给谁做都没什么差别，她只是懒洋洋地坐在那里，悠闲地修指甲，有人来了，扔一张表让填一填。看到谢嘉年，她的眼睛亮了，似笑非笑地打量了半天，惊喜又迟疑："谢嘉年，真的是你啊？早就听罗晓蝶说你回来了，没想到在这里见到你。你这是？不会是来找我叙旧吧？哈！哈！哈！"她开心地笑着。

谢嘉年却警觉地看看她，开口就是质问的语气："晓蝶在这里打工，是你的关系？你没欺负她吧？"

"我可是一直遵守咱俩的赌约，愿赌服输，再也不欺负她，说到做到，今时不同往日，我和晓蝶，现在是好姐们儿。"

"那就好。"

"你不会就是来找我质问这个吧？"林培又恢复刚才的慵懒姿态，开始修指甲。

"我来应聘兼职，薪资没有要求，唯一的要求，就是和晓蝶做同样的工作。"

林培停下手里的动作，翻翻眼皮轻轻地笑了："没看出来，还真是个情种。唉！罗晓蝶到底哪里好啊？不就是和我一样的小太妹吗？"林培言语刻薄地揶揄。

他并没有接她的话茬，只是固执地追问："兼职的事，到底行不行？"

"行！怎么不行？"林培恹恹地拖长声音，从案头拿了一张表扔过去，"填一填吧！喜欢做护花使者，学姐当然成全你。"

填完表,他告辞离开,走到门口又折返,恳求林培:"希望你暂时不要告诉她。"

林培不置可否地笑。

隔几日,罗晓蝶再为某展馆送蝴蝶,发现过来帮她搬箱子的少年,竟然是谢嘉年,她觉得被窥探了隐私,意外之余,有些恼火:"你跟踪我?"

"我来工作。"

"什么?"

"我现在也是这家公司的兼职员工,是你的工作搭档,我叫谢嘉年,同学你好!你叫什么名字?"他绷着笑,一本正经地伸出手。

她愕然,迟疑了数秒,才伸出手,很配合地装作初识,莞尔一笑:"你好,我叫罗晓蝶,很高兴认识你。"

他用一个小小的玩笑,化解了她的打工秘密被识破的尴尬。

"初次见面。"她说。

"请多关照!"他说。

他们哈哈大笑,而旁人听不懂他们的言语,像看两个傻瓜一样看着他们。

他们一起搬箱子,将蝴蝶送到目的地,然后一起观看了一场蝴蝶放飞的表演。庆典结束,围观的人群散去,她才发现舞台的红地毯上,蝴蝶尸横遍野,有些仍匍匐在地上跃跃振翅。她觉得很心痛,跑上台捡起一只蝴蝶,托起它,希望它能飞起,最终只是徒劳,她仍不甘心,将那些将死未死的蝴蝶捉到一个袋子里,想要带回蝴蝶养殖基地去。她以前都是完成任务匆匆离去,或者远远观看,从来不知道这样一场蝴蝶秀,要付出怎样的代价。

谢嘉年一直试图阻止她,劝解道:"走吧!它们已经完成使命了。"

"一只蝴蝶不能飞,怎么能算完成使命,那和毛毛虫还有什么区别?"

最后,她被工作人员当捣乱的闲杂人赶了下来。那个工作人员的高跟鞋踩在蝴蝶的身上,迸出绿色的浆液。

她觉得一阵恶心，胃液上涌，忍不住俯身干呕起来。

他轻轻地拍她的背。

她觉得很难过，说："周先生告诉我，蝴蝶的一生，都是在等待和希冀中度过的，它们的一生，仅仅有一天是以蝴蝶的形态存在的。它必须在一天里找到共度余生的爱人，相爱，繁衍，然后死去。多么凄美，多么残忍！所以，它们以这种方式死去，多么令人心痛和绝望。"

他望着她苍白如纸的脸，那眼睛因干呕而溢出了泪水。他拥着她，目光深深如湖水，动情地说："晓蝶，你的偏执、浓烈、脆弱、敏感，让我如此心疼，又如此着迷。"

她仰着脸望着他："米雅上次帮我看手相，说我的指纹，代表不完美的人生，其实我很害怕，你就像一个短暂的梦，而我就像这匍匐在地的蝴蝶，还没飞到彼岸，梦就碎了。"

他静静地注视着她，轻轻地笑了，调侃道："我记得你有一句名言，叫不迷信，只迷人。迷人的罗晓蝶，什么时候变得迷信，开始相信那些鬼话了？你要相信，我们有长长的一辈子。"他语态轻松，心里却是疼痛的，他当然知道，她会忽然如此多愁善感，源自心底那份安全感的缺失，而他只能用更多的爱去填满。

她意识到自己的失态，回头看了看那些濒死的蝴蝶，深深地吸口气，梳理了下心情，重新扬起一张轻松的笑脸，玩笑道："喂！同学，我们今天刚刚认识，谁和你有长长的一辈子？"

他心领神会地笑开来，继续和她玩起这个重新认识的游戏，说："对。罗晓蝶同学，午餐时间到了，我能不能邀请你共进午餐？"

"好哇！吃什么？"

"听说有一家牛肉面不错，我带你去吃。"

这个下午，他带她吃了牛肉面，买了冰激凌，坐了旋转木马，看了一场电影，然后披着星光回校。像所有情侣约会的模式，怀揣着悸动、喜悦、羞涩，但又亲近、自然、舒适。她深知，他是完美好情人，英俊、温柔、内敛、宽容、大气，从不猜忌，没有争吵，几乎所有美好的形容词都给他也不够，这样想着，她主动牵住了他的手，他热烈地回应，紧紧地握住，不忘玩笑："好害羞，初次见面，就牵手啊？"

她却依然坦坦荡荡地握着。

他更加用力地握住她的手，不再松开。他愿给她这样的爱，没有猜忌，没有争吵，没有伤害，但是，内心深处，仍会有淡淡的隐忧。一天之中，罗晓蝶会在不自觉中数次提起周先生，"周先生说，周先生说"，周先生在不知不觉中，已潜移默化地影响了她。虽然在医院，她闲聊时说起过和周先生的相识相遇，并坦言他是一个美好而正直的人。她毫不吝啬地对周先生用了"美好"这样的字眼，但谢嘉年深知，她特殊的成长、残缺的家庭、离席的父亲，是她人生里一个巨大的缺口，就像一个有缺口的圆，那缺失的一角，最终会有一个人来填满。他见过周先生两次，和同龄人相比，那是一个很清爽干净的男子，并且沉稳内敛，富有慷慨，但是，他还是从他的双眼里，看到一丝中年男子固有的世故和狡黠，那双眼，是一口深不可测的枯井。

他不想她受到伤害，他要像那英仙座，永远守护仙女座。

不知不觉，已回到公寓楼下。

罗晓蝶对初次相识的游戏依然意犹未尽，调侃道："谢嘉年同学，我到了，谢谢你送我回来。"

他也陪她继续演："期待下次与你相见哦！早点休息。"

她神秘地笑笑："今晚我还不能早点休息，我还要写一首诗。"

"我也是，我也不能早点休息，我还要持续思念一个人。"

仙人掌花园·亲密小诗

我恨自己没出息，
强忍思念太不易。
我愿重新认识你，
从你问我的名字那刻开始。

05

临近寒假,谢嘉年接到家里的电话,声称奶奶生病,他只好提前买了机票回拉哈鲁。但这次和上一次不告而别杳无音信完全不同,他回家后每天电话报平安,晚上和罗晓蝶视频聊两句道晚安,甜蜜非常,令米雅嫉妒得翻白眼。

冬已经很深了,期末考完,夏杨如约打来电话:"我们已经放假了,说好一起坐车回家,我去你们学校等你,还是在车站?"

罗晓蝶想想还有一些琐事,于是约定下午五点在车站集合。

刚刚挂断电话,周先生的电话打进来。她很快接起电话,那头却传来有气无力的声音:"晓蝶,能不能,帮我买点胃药送过来?"

她吓了一跳。那声音苍老、虚弱,令人担忧,她正要仔细询问买哪一种药,电话已响起挂断的忙音。

那一刻,她来不及思考太多。她冲下楼,在学校门口的药店,将各类胃药各买了一盒,到街上拦了一辆出租,说了一个地址,催司机开快点。

那家星级酒店,她只是聊天时听周先生提起过,听说是一家豪华的连锁品牌酒店,仅住一晚就价格不菲,不知周先生为何常年住在那里。有钱人的世界真是无法理解。

下了车,进了酒店大厅,她还是被富丽典雅的装潢小小地震惊了一下。来到周先生所住的508房,她小心翼翼地敲了敲门,周先生表情痛苦佝偻着腰来开了门。她连忙扶他到床上躺下,手忙脚乱地倒水拿药给他吃。

吃过了药,他的眉头渐渐舒展,缓缓地舒了口气。

她心里的一块石头落了地,关切地问:"要不要去医院看看?我陪您去。"

周先生摇摇头:"不用了。常年在外,四处为家,吃饭没个定点,落下的老毛病。"

她这时才偷眼看了看所处的环境。这间套房,足有近两百平方米,装潢奢华又富艺术气息,咖啡机、酒柜一应俱全,窗口有跑步机,一个家应有的一切,这里都有,可奢华中透着一股瘆人的冷清。静下心来想一想,她才恍然大悟,这样豪华的酒店,只消打一个电话到前台,什么贴心的服务都会提供,何况一盒胃药。这个孤独的男子,他要的,只是陪伴而已。

她忍不住问:"我们要放假了。快过春节了,您不和家人团聚吗?"

周先生摇了摇头,长叹口气:"每逢佳节倍思亲啊!只是我现在手头有很多事没处理完,还不能回家。"

"有什么比家人团聚更重要的事呢?"她实在想不通。也许,唯一的解释就是,这个男人是个工作狂。

"别说我了,说说你吧!"周先生转移了话题,问道,"学校的饭吃腻了吧!过年回家,妈妈会给你做很多好吃的吧?"

她想了想:"妈妈会做的好吃的,还真是有限。不过您这么一说,忽然觉得还真是想念她的蛋炒饭啊!"

周先生爽朗地笑起来:"这个懒惰的笨女人!"

这肆无忌惮的形容词,令她一怔,周先生意识到失态,连忙解释:"我是说,无论是笨妈妈、懒妈妈,都有一道拿手的美食,让离家在外的孩子回味。说起来真是巧,我老婆做的蛋炒饭,那也是一绝,米粒颗颗分明,没有黏糊口感,那真是回味无穷啊!只是很久没吃了。"

一番声情并茂的描述,仿佛一盆喷香的蛋炒饭就宛然眼前。周先生和罗晓蝶几乎不约而同地咽了咽口水。

"吃过了药,胃舒服多了,还真是有点饿了。你等等!"周先生自顾自拿起床头柜上的电话,给酒店前台打电话,让做两份蛋炒饭送上来。

两人对视一眼,会心一笑。

不一会儿,服务员送来了饭。两份金黄的蛋炒饭,装在精美的白瓷盘里，散发着食物香气。她的胃口瞬间被激发。

于是，在这间豪华的酒店套房里，一个馋嘴的少女和一个饥饿的老男人，各自守着一盘蛋炒饭，三下五除二地把它们吃光了。饭的热气扑在脸上，让她的眼睛有些朦朦胧胧，周先生的眼睛也朦朦胧胧，他们都很感动，几乎是异口同声地说——

"嗯！味道不错，只是比我老婆做的还差点。"

"嗯！味道不错，只是比我妈妈做的还差点。"

然后他们哈哈大笑。

吃完饭，窗外的天色渐渐阴暗下来，她忽然想起和夏杨一起坐车回家的约定，起身告辞。

周先生并未挽留，而是忽然想起什么，让她等一等。

他从衣柜里，拿出一个精美的衣袋，说："那天逛商场，给女儿买了条裙子，觉得你也很适合，就多买了一条给你。晓蝶，你穿上一定会很漂亮。"

这形迹可疑的做派让她瞬间愣怔在那里，不知该如何拒绝。她知道自己不该把周先生想象成每周末在学校门口接漂亮女生的老色狼，他是谦谦君子，可这不是一个很糟糕很恶俗的开端吗？

还不待她开口拒绝，周先生已打开衣袋，抖开了那条裙子。她的眼睛亮了。

那是一条水红色带白色波点的纱裙，裙摆重重叠叠，宛如幻梦，裙子少女气质十足，领口又点缀了一排小颗的珍珠，平添几分优雅。或许是女生天生对美衣的痴迷，或许是一个未来设计师敏锐的鉴赏力，她的目光落在裙子上，就再没有移开。

"喜欢吗？"周先生轻声问。

她没有回答，伸手抚摸着裙摆，似在自言自语："雨滴落入水面激起的水纹、圆点、水珠，在日文里叫作水玉。水玉，是属于少女的图案，沉默忧伤，带着一丝内敛的俏皮。记得很小很小的时候，我们那条街上有一个女孩穿了一条水玉点点的连衣裙，我缠着妈妈要，她不肯，后来，爸爸说，等他下个月发了奖金就买给我，可是，我一直没有等到，他食言了。那年夏天，他离开了我，再也没有回来。"

"他……他去了哪里？"周先生面容平静，带着得体的微笑，嘴唇却在微微发抖。

她摇了摇头："不知道，这个问题我也问了很多年，现在已经不愿再想了。"

"对，不愉快的事情无需去想，我相信他会回来的。现在，我希望你能接受这份小小的礼物，就像一本童话书一样的小礼物，然后开开心心地回家和妈妈过新年，好吗？"

周先生说得真挚诚恳，使她再无拒绝和反驳的理由。

从酒店出来，已是四点，罗晓蝶回到学校去拿行李。米雅正拖着一个简单的行李箱，满面春风地朝外走，见到罗晓蝶，她莞尔一笑："亲爱的，祝你寒假快乐哦！我也要回去了，很快就会和嘉年团聚了。"

罗晓蝶并不在意，大度地说："恭送公主！拜拜！"

她匆匆收拾好行李，赶到车站时，老远看到夏杨坐在候车室的座椅上，低着头，百无聊赖地踢着一个空的矿泉水瓶。他一抬眼，也看到了她，忽然甩个愤怒的臭脸，起身兀自朝车站内走去。

罗晓蝶小跑几步追上来，气喘吁吁地解释："怎么了？生谁的气啊？我没迟到啊！你看，正好五点啊！"她亮出手机给他看。

夏杨不耐烦地推开，冷冷地问："你刚才去哪儿了？"

"我……我没去哪儿啊，在寝室收拾衣服和被子啊！"她将去酒店送药吃蛋炒饭这段省略了。

"你撒谎。"夏杨忽然扯着嗓子喊起来，两眼赤红，粗重的鼻息喷薄到罗晓蝶的脸上，像一头发怒的小狮子。

在夏杨面前，罗晓蝶永远是不可一世的老大，地位稳固的女王，她岂受得了他这样的无礼，气愤地反问道："我去哪儿了干什么了关你什么事啊？你凭什么管我？说好的五点，我又没迟到，你吼什么啊？"

夏杨却并没有被她大姐大的淫威吓到，反倒比她更大声："你以为我愿意管你啊？我只是不想看那个曾经单纯的罗晓蝶误入歧途，越陷越深。"

她的脸忽然红了，下意识地将手里的袋子往身后藏，声音小了，心虚地说："你跟踪我？别瞎说啊！小人之心，周先生不是你想的那种人。"

"那他是哪种人？处心积虑地接近你，施以小恩小惠，送书、送鸡汤、送名牌衣服，下一次送什么呢？这种老色狼满大街都是，专骗你这种没心没肺的无知少女。"

夏杨苦口婆心，罗晓蝶却自认坦坦荡荡，理直气壮："你……思想肮脏，你龌龊。"

"就算我没资格管你，可你不是很爱谢嘉年吗？你就不怕他伤心，你就不怕文姨知道后难过？"

听罢这话，罗晓蝶气不打一处来："我干什么了我怕这个伤心怕那个难过？夏杨，你再胡说八道无中生有，信不信我撕了你。"

看着罗晓蝶这副执迷不悟的样子，夏杨快急哭了，从开始的质问，变成软语恳求："晓蝶，别再和那个周先生来往了，他会毁了你的生活的。"

罗晓蝶不想再听，也无力反驳，气呼呼地朝售票窗口走去，小声咒骂："你有病。"

夏杨步步紧跟，低声威胁："你要是还和那个人来往，我就……我就告诉文姨。"

"啪！"一个清脆的耳光落在他的脸上，他一个趔趄，险些跌倒，脖颈上，一道细细的血痕，迅速冒出血珠。他用手一抹，吓得手直哆嗦，声带哭腔："罗晓蝶，你还戴暗器？"

那是和米雅她们逛街时买的一枚廉价的尾戒，没想到变成了流血事件的凶器。她慌了神，想上前帮他擦拭下伤口，可想到他的卑劣行径，她还是赌气不肯低头，恶狠狠地说："活该！"

两人之间突然沉默了下来，她不相信夏杨真的会那么做。

她提着行李，和那条暧昧的裙子，走进了进站口。

不知道夏杨是怎样向父母解释那道伤口的，年初五他和父母回花浔巷给亲戚拜年，他围着围巾，已完全看不出痕迹。

两个人擦肩而过，互相怨怼地白一眼，谁也不理谁。

他当然没有向文姨告密。

但是有一根刺扎在罗晓蝶的心头，那一巴掌，也令两人的关系再次冰封。

冷静下来，她也重新认真审视了自己和周先生的关系，得出的结论是，他们是纯洁的忘年之交，是如水的君子之交。只是那条美丽的裙子，她始终没有拿出来穿。北方的冬天很冷，这种轻薄的礼服裙，并没有合适的场合穿。她只是在夜里关上卧室门，悄悄地在镜前试穿。不知是太紧，还是太美，她感到微微窒息，镜子里的她，皮肤光洁，五官立体而分明，圆润的身体，已有了成熟女子的线条，裙子轻如羽翼包裹着年轻的身体，也承载着一个女孩儿对美和爱的全部期许。谁会拒绝这样一份礼物呢？

母女俩的春节，依然冷冷清清。过了初十，年味渐渐淡了，文凤娇终于懈怠下来，午饭做了蛋炒饭对付。

罗晓蝶看到蛋炒饭，眼睛亮了。她想起和周先生在酒店吃的那顿蛋炒饭，想起周先生的话，于是调侃道："你这个懒惰的笨女人。"

"在家饭来张口衣来伸手的，有得吃就不错了。你们什么时候开学啊？赶紧回学校吧！在家烦死我了。"

罗晓蝶的假期生活，终于到了被妈妈嫌弃的阶段。她嘻嘻笑着："你知道吗？我认识一个人，就特喜欢吃蛋炒饭，我看你俩能过一块儿，要不我给你介绍一下？"

文凤娇恼了，使劲敲了敲桌子："瞎说什么呢？没点正行，饭也堵不住你的嘴。"

"激动什么呀！我也就随口说说，人家肯定看不上你。"

这一激将，文凤娇更生气了："你找打是吧？你妈哪里比别人差了，凭什么就是别人看不上我？"

话题被罗晓蝶处心积虑地引入正题，她收起玩笑的表情，正色道："妈妈，还记得上初中时我们班那个莫七七吗？她父母那年离了婚，前几天我们同学聚会见到了她，才知道她妈妈又结婚了，继父人很好，现在一家人很幸福。妈妈，你为什么不可以像莫七七的妈妈那样，也寻找自己的幸福？"

正在吃饭的文凤娇忽然停了下来，罗晓蝶咬咬唇皱皱眉，等待着一番狂轰滥炸的臭骂。谁知文凤娇沉默半晌，声音低低地说："你懂什么啊？我又没和你爸离婚，他会回来的。"

罗晓蝶信心满满想劝妈妈寻找第二春的念头很快就被摁灭了，她怏怏地吃着自己的蛋炒饭，不再说话。母女俩之间的交流，仿佛总是隔着无形的屏障，无法感知，触摸，建立联系，永远不能。

文凤娇吃完了自己的饭，琢磨起刚才的话，忽然反问道："你刚才说什么？你认识一个男的，介绍给我？那就是和我年龄差不多？那人干什么的？你怎么认识的？我告诉你啊！在外面别乱交什么朋友。"

话已至此，想想还有夏杨这颗不知会何时爆炸的地雷，罗晓蝶觉得不如自己交代清楚以证清白。于是，她简单地交代了自己与周先生的相识，周先生数次慷慨解囊、出手相助，周先生的博学睿智、正直善良。

文凤娇忽然惊叫起来："你还遇到过歹徒抢劫？还受伤住院了？伤在哪儿了？你怎么不告诉我？让我看看，让我看看。"她走过来按住罗晓蝶就扒衣服撩头发，"让我看看。"

"妈！"罗晓蝶拖长声音无奈地喊了一声，轻轻地推开了她，"就是点擦伤，早好了。"

文凤娇半信半疑，非得罗晓蝶起身跑跳活动几下，证明全须全尾好手好脚才算放下心来。末了又忍不住唠叨："反正我告诉你啊！现在社会……"

还不待她说出口，罗晓蝶补充道："我知道，总而言之，就是天黑路滑，社会复杂，世界黑暗，小心浑蛋。"

"死孩子，就会贫嘴。"

文凤娇去收拾碗筷了。罗晓蝶望着门口已被风吹得七零八落的春联，听着偶尔传来的零星的鞭炮声，知道这个假期已接近尾声，而她对某人的思念，如空气一般，将她包围。夜里，躺在床上，总会胡思乱想，他在做什么？和谁在一起？有没有想她？她像一个患得患失的小妇人，整夜做一些奇幻而甜蜜的诡梦。在梦里，她变成了一尾会飞的鱼，在暗暗的夜空里游啊游，游到那陌生而遥远的国度。天渐渐亮起来，她看到了远处湛蓝的天空和海水，海平线上浮动着几缕丝絮状的云，海鸟在空中盘旋，迷雾散开，她看到远处的异国风情的屋顶，熙攘的街市，皮肤黝黑的人群。她游啊游，游啊游……

一道宽阔而悠长的走廊，通往富丽堂皇的王宫国宴厅，拉哈鲁历代王室盛大宴会都在此举行。大厅极尽奢华，以白、金相间的花纹装饰的拱形屋顶，由镀金的混凝纸浆制成，大厅的一端，是笼罩着厚重金丝绣花天鹅绒帷幔的王座华盖，另一端，是一架由世界著名大师手工制作的钢琴，十几根白色大理石柱沿墙排成一道弧线，落地高窗外，是皇家花园。

流光溢彩的巨型水晶灯下，正在举行一场盛大的晚宴舞会。觥筹交错，衣香鬓影，各界显贵名流云集，唯国王身边的老人格外引人注意。已年近九十的谢老先生，看上去红光满面，精神矍铄。他是整个谢氏家族的掌门人，是整个集团的金字塔尖，即使已垂垂暮年，依然掌控着整个财团无上的权力。谢氏企业以珠宝生意起家，旗下子公司涉及房产、煤炭、服装、食品各个领域，作为拉哈鲁最大的经济体、最大的纳税企业，谢老先生一直是王室尊贵的座上宾。

米雅公主身着华贵的曳地晚礼服，坐在母亲身边。她笑靥如花，举止优雅，整晚一直是在场媒体的焦点。

光影和乐声从敞开的宴厅大门倾泻而出，谢嘉年远远望去，见米雅正贴在太爷爷耳边，巧笑倩兮，不知说了什么，太爷爷开心地笑了起来。

他忽然觉得一切如此不真实，这繁华昌盛、荣耀富贵，仿佛只是海市蜃楼，注定会在眨眼之间消失、坍塌、崩毁，留下一片空茫。

……

笙歌散尽，客人尽兴而归。

谢家开了数辆车来，回去的时候，谢嘉年被安排和太爷爷同坐一辆车。

谢老先生双目微闭，喉咙里发出呼噜的响声，似乎睡着了。他已经很老了，长时间的社交应酬导致体力不支。

谢嘉年低声嘱咐谢伯将空调开到合适的温度，然后拿车里的毛毯轻轻地为老人盖上。

太爷爷低沉地叫了一声:"嘉年!"他并没有睡着。

"你不可以令我失望,嘉年!"他说。

"太爷爷,我哪里做错了?"他小心翼翼地问。

"你不可以令我失望。嘉年!"太爷爷再次重复道。在这个家族里,所有人都臣服顺从于他,他是严苛而无情的统治者。即使是备受宠爱的玄孙谢嘉年,在成年后,依然会常常在梦魇中惊醒。童年时,因为贪玩没能完成中文老师布置的作业,被用古老的家法惩罚,鞭痕在一个月后才痊愈;因为算错一道题目,整晚被关在漆黑的房子里,以至于后来晚上都要开灯才能睡着。在他眼里,太爷爷是神祇,也是梦魇。

"你不可以和那个中国女孩恋爱。"

谢嘉年皱眉,心里叫苦不迭。

"可是,中国不是您的故乡吗?您见到她,会觉得亲切和喜欢的。您还没有见过她,为什么要反对?"

"你只可以找门当户对的妻子。"

谢嘉年微微嘲讽:"门当户对?我并不觉得我们这样的家庭有什么好。太爷爷,您年纪大了,不能再用过去的那套标准来指导我们的生活。"

语毕,他屏息,静静等待太爷爷的火山爆发。

不料太爷爷叹口气,语调竟意外地低沉柔和:"我并没有老糊涂,我所说的门当户对,并不是钱财、权位、身份上的对等,而是文化积淀、人生观、行为方式、人际关系模式的相似。然而那些相似的文化积淀、人生观、行为方式,恰恰是经济、权位所提供的教育和成长积累而成。希望你能好好想想我的话。否则,你会为你的行为付出代价。"说完,谢老先生再次轻轻合上双目,发出微微的呼噜声。

谢嘉年恨恨地转过头,也不再反击。他与太爷爷永远无法相互理解,更不可能达成妥协。

我不知 会遇见你

仙人掌花园 · 睡前故事

小男孩感到难过时，会走进花园，拥抱一棵大桃树。

难以启齿的忧伤，无法诉说的委屈，大桃树全部都懂。

大桃树有一颗仁慈宽爱的心，像年迈的祖母。

大桃树治好了小男孩的忧伤，是妙手仁医。

小伙伴们知道了这个秘密，都来到花园求医。

小金鱼感到难过时，会走进花园，拥抱大桃树。

小幽灵感到难过时，会走进花园，拥抱大桃树。

纸飞机感到难过时，会走进花园，拥抱大桃树。

大桃树真好，大桃树是妙手仁医。

06

从一个浅寐中醒来，长途车已到达终点。早春的太阳如一枚煎蛋，热烘烘地挂在城市上空，大都会海纳百川，以包容的姿态，迎接每一个从四面八方赶来的人。

罗晓蝶起身，拖着行李箱随着人流下了车。双脚刚刚落地，一双温暖的大手忽然从身后一把接过了她的箱子，她一回头，看到一张俊朗干净的笑脸。谢嘉年竟然来接她。

他只在电话里说今天的飞机，她以为会在校园里见面，没想到，他下了飞机，直接来长途汽车站等她。

"我太想你，多等一分钟都是煎熬。"他说。

罗晓蝶心里甜得冒泡，口中却嗔怪："说情话信口拈来，谁信啊？"

"也是奇怪，自从认识你，我就有了一种特异功能，讲的话都成了情话，每一句都像作诗，说讨厌也像是赞美，平铺直叙也都文采风流，下一届诺贝尔文学奖得主非我莫属。"他俯身认真地开玩笑。

她咯咯咯地笑。她喜欢这样的他，只和她开玩笑的他，只逗她笑的他。

两人打车到了学校，他送她到公寓楼下，却并没有要回自己寝室的意思。

"我陪你上去，帮你整理下内务。平时男生都不能进女生寝室，只有开学这两天管理宽松，我可以作为你的家属，送你上去。"

她被他说服："走吧！我的家属。"

寝室里，米雅已到了，正在整理床铺，一看到谢嘉年，就埋怨道："都怪你，把我一个人丢在机场，害我被出租车司机多宰了二十多块。"再一回头发现罗晓蝶也紧随其后，米雅恍然大悟，气得跺脚，"哼啊！原来是去接她了。"

罗晓蝶心情大好，并不和米雅计较，微笑着打招呼："米雅，新年快乐！"

米雅没好气地噘嘴："我又不过你们的新年。"

罗晓蝶无奈地笑笑。

谢嘉年揶揄："多锻炼几次，就不会被骗了。我是为你好。"

"那我还得谢谢你了。"米雅整理了半天床铺，可还是不能铺平床单，为把四角掖进去还是放下来而发愁，一时心烦意乱，索性坐下来生闷气。

这边，谢嘉年已爬上了罗晓蝶的床，开始为她整理床，末了，又将被子拿下来，搭到阳台上去晾晒。中午的光线柔和地为他涂上一层光晕，宛如一幅色彩清新的油画。

米雅看得嘟嘴跺脚，大声喊起来："我也要。"

他转过头来："要什么呀？"

"铺床。我铺不好啦！"

"自己的事情自己做。"他头也不回地教训她，"你从小养尊处优，除了吃，什么都不会，也该多历练历练了。"

"你说谁只会吃啊？"米雅气得从床上跳下来，跑到阳台上抓住他的胳膊，"我不管，昨天太爷爷还嘱咐你，我是小妹妹，你应该多照顾我。"

不知为何，谢嘉年这次毫不妥协，冷漠地说："喜欢被照顾，就回国继续做你的公主。"

米雅的脸上，露出惊诧的表情，气得脸都红了，颤抖着嘴唇，胸口起伏着，说不出话来。谢嘉年从来都是那样温润如玉、谦谦有礼，即使是对陌生人，也都保持着良好的教养，从不刻薄，更加没有这样恶声恶气地对她说过话。

罗晓蝶见势不妙，忙打圆场，笑嘻嘻地踩着梯子上了米雅的床："别理他，我帮你整理吧！我铺的床最平整了。"

一腔怒火瞬间找到出口，米雅的泪水决堤，伸手狠狠地拽了罗晓蝶一把，声带哭腔："别碰我的床。谁要你整理啊！"

罗晓蝶毫无防备，从架子床的梯子上仰面摔下来，重重地跌在地板上。

米雅吓坏了，连声说着"对不起我不是故意的"，手足无措地想要扶她，不料被冲过来的谢嘉年拦住："让开！"

他扶起罗晓蝶。

所幸并无大碍。罗晓蝶觉得头脑发蒙，使劲晃了晃头，然后轻轻对谢嘉年摇摇头，示意他不要指责米雅。她再不是十五六岁那个与人一言不合就大打出手的问题少女，懂得了进退、取舍、隐忍、避让。

他柔声说："走吧！我们去吃点东西吧！"他揽着罗晓蝶出了门。

米雅沮丧地坐在地板上，先是嘤嘤地哭泣，期待他会安慰她，最后发现两人真的已离开，终于忍不住号啕大哭："我哪里比不过她？我不服。罗晓蝶，我告诉你，我不会认输的，不会！"

青春总是充满茫然、诘问，然而从来没有答案。

仙人掌花园·亲密小诗

她是妹妹，
爱吃糖的妹妹，
爱哭泣的妹妹，
会唬人的妹妹，
会告状的妹妹，
三餐不吃饭只吃巧克力的妹妹，
二十四小时要被抱在怀里的妹妹，
你真该有个妹妹，
教你去爱的妹妹。

07

回到寝室时,灯还亮着,妍妍、晓紫已上床睡了,在开"卧谈会",罗晓蝶则抱着画板在涂涂画画。

"我给你们带了关东煮,吃不吃?"米雅把装关东煮的餐盒分别在罗晓蝶和妍妍、晓紫鼻前晃了晃。

至于开学在寝室里和罗晓蝶发生的不快,早已以米雅的道歉解除冰封。

据说闻名遐迩的玛丽皇后,在即将走向刑场的断头台时,不小心踩到了刽子手的脚,她马上下意识地说了句:"对不起,先生!我不是有意的。"

这是贵族的教养。米雅在那次短暂失控的两个小时后,在校门口遇到谢嘉年和罗晓蝶,她已一脸平静,坦然地说:"我很抱歉!请原谅我!原谅我的任性,晓蝶,我不是有意的,你还好吗?真的对不起!"

谁会真正和这个嫉妒发狂任性可爱的小姑娘计较呢?罗晓蝶当即释然地笑笑:"我没事,我没事,我还担心你还在哭鼻子,正打算回寝室看看你。"

米雅不好意思地笑。

谢嘉年当然也不再计较,只是假装生气地威胁她:"女孩子爱哭会变丑的。"

她和罗晓蝶和好如初,在寝室里依然如好姐妹一般。

罗晓蝶摇摇头:"我不吃了,给她们吃吧!"

妍妍、晓紫欢喜地从床上爬起来,分食一盒关东煮。

米雅的目光落在罗晓蝶的画板上:"画的什么啊?"

"学校的设计大赛啊！今天在楼下看到比赛海报了。试试呗！你不是还说要和我比试比试吗？"

想起开学那天坐在地板上对着那两人的背影喊出的话："我到底哪里比不过你？"米雅脸红了一下，说："嘻嘻！我可是设计天才少女，未来的金牌设计师，你会输得很惨哦！"

"放马过来！"

A大的设计大赛涉及范围广泛，分为产品类、平面类、室内设计类，而这一次是一个靠枕主题比赛。作品会先通过一次本校教师组成的评审团进行海选，初选出的作品会上传校园网站和全国大学生网进行大众评选，进入决赛后，会由知名设计师组成的专家评审出奖项。听说这一届决赛终审请了数位知名人士，其中有罗晓蝶非常喜欢的日本设计师芳野弥生。她期待见到她。

然而罗晓蝶像一只无头苍蝇，每天在纸上写写画画，拉着谢嘉年在布艺市场瞎逛，却毫无头绪，就像文凤娇说过的俚语：老虎吃天，无处下爪。她根本不知道该设计点什么东西。

谢嘉年总是安慰她："别着急，你有一腔热情，还有一颗天马行空的大脑，你一定可以做到。"

他们依旧做着那份送蝴蝶快递的兼职，收工后就去参观美术馆或博物馆，或者继续在布艺市场游荡寻找灵感。累了，就在路边找地方坐下来休息。

路边的休息椅冰冷坚硬，她走得腰酸背痛，像一摊烂泥一样不顾形象地瘫在那里。谢嘉年见状，把自己手中的帽衫折几折，垫在她的腰下："听说女生来那个了会腰疼，这样会不会好一点？"

罗晓蝶惊讶地睁大眼睛："你怎么知道我来那个了？"

他凝住目光，说："我的眼睛告诉我的。"

"它还告诉你什么？"她甜蜜而玩味地笑着，帽衫做成的简易临时靠垫带着爱人的体温和心意，似乎真的缓解了她的腰酸腹坠。

"还告诉我，你饿了，该吃饭了。"

他拉起她朝路边的餐厅走去。罗晓蝶忽然神经质地一回头,警觉地看看四周,紧张地抓住了谢嘉年的手。

"怎么了?"

"我最近总觉得身后好像有人跟踪我,好像有一双眼睛在监视我。"她心有余悸地说。

"是不是最近睡眠不好?"

"是啊!总做噩梦。"

他叹口气说:"要是我们能早点毕业结婚就好了。"

"为什么?"

他邪魅地坏笑一下,手不安分地滑向她的腰,用力朝自己怀中一揽,说:"结了婚,我天天陪你睡,你就不会做噩梦了。"

这样的调情,从谢嘉年这样高贵优雅的王子一般的人口中说出来,一点也不觉猥琐,倒平添幽默与风流。一番脸红之后,罗晓蝶却伤感起来:"以后怎样谁知道呢?睡在你身边的,不知是谁。"

谢嘉年却认真起来,扳过她的肩,眼神如深深的湖水要将她淹没,他说:"不,那个人,只能是你,必须是你。"

她心里一片茫然,那缱绻甜蜜的烟火生活,像隔着玻璃,笼着水雾,是沉睡后的梦,是电影里的幻化镜头。

"好啦!快走吧!我真的饿了。"

这个甜蜜羞涩又伤感的话题,被她轻描淡写地略过。

开学后,罗晓蝶又与周先生见了几次。有两次是和谢嘉年一起,并不是特别正式的邀请,不过是临时电话随性而约的晚餐,或是巧合的相遇。周先生身上仿佛有奇妙的磁场,令谢嘉年也放下戒备,说他只是一个沉稳睿智却孤独的中年人,一个敦厚可亲的长辈罢了,以前是他误解了他。罗晓蝶听到这样的话,如同听到夸自己一样得意:"我就说嘛,他是一个很美好的人。"

谢嘉年不易觉察地撇撇嘴,忍不住有点泛酸。作为男友,她还没有这样夸赞过他呢!

然而周先生背过谢嘉年,在罗晓蝶面前给他的评价,并不是那么友好。

这天，周先生在电话里说，他找到了一本三联出版的贡布里希的《艺术的故事》，让她过去拿。

罗晓蝶便独自搭车去。

依然是那典雅大气的酒店，依然是同样的房间，还有同样的蛋炒饭。罗晓蝶会心一笑，两人一同拿起勺子，她学着日本动画片里的少女，调皮地说："我要开动了。"

蛋炒饭依然好滋味，周先生却仿佛有心事，吃了两口，又放下了，一本正经地说："晓蝶，我有话对你说。"

"什么？"

"我想以长辈的身份提醒你，你和谢嘉年并不合适。"

尽管罗晓蝶自己心里也无数次否定过她和谢嘉年的未来，迷茫于他们的感情，但是，当由旁人说出来时，她心里还是"咯噔"一下，针刺一般疼了一下，就像一个巨大的浪头，在她脆弱的自信心上猛烈一击。

"为什么？"

"爱情和婚姻，讲究门当户对。当然，我所说的门当户对，并不是钱财、权位、身份上的对等，而是文化积淀、人生观、行为方式、人际关系模式都很相似。"

就像华丽的锦缎掀开，露出森森白骨和臭虫，可怕的真相，她一直不肯面对的事实。

可她依然嘴硬地辩解："我觉得我们的人生观、行为方式很合拍啊！"

周先生笑笑："还记得上次我们一起吃饭吗？饭后服务员问喝什么咖啡，你迟疑了几秒，不知道该点什么，是他替你们点了蓝山。"

罗晓蝶不以为然地撇撇嘴："那玩意儿有什么好喝的，酸酸的。他也不喜欢喝的。"

周先生爽朗地笑起来："但是他懂。可是你，连一个烂大街的咖啡名也说不出。这就是差异，就是不同的成长轨迹带来的差异。"

这种赤裸裸的嘲笑让罗晓蝶无比受挫。她的饭噎在喉咙里，心里难过极了，觉得自己一定是瞎了眼才会一直觉得周先生是一个美好的人。他简直庸俗透了！她在心里"呸呸呸"三声，决定从这儿离开后就再也不理他。

可周先生丝毫没有意识到自己的话带给罗晓蝶的伤害，他仍在喋喋不休："你要知道，当你们对人生的基本理解越相似的时候，日常生活中就越容易理解，有冲突时，就更容易达成妥协。"

她放下勺子，沉了口气，站起来，平静地说："我吃饱了。我该回学校了。周先生，谢谢您的书，还有，蛋炒饭。"

这个女孩脸上的倔强和不忿，令周先生意识到，他们之间和谐美好的交往，被他刚才那番忠告打破了。他必须马上修复，否则他可能再也见不到她。

窗外是铁青色的天，仿佛是压在头顶的一块冷硬的冰，只是眨眼的工夫，忽然下起了瓢泼大雨。四月的暮春，雨迅疾而沁寒，从未关紧的窗飘进来，她微微打了个寒战。

周先生起身："下雨了，我开车送你回去。"

"不用，我打车。"她生硬地拒绝。

"这边打不到车，下雨天更不易。"说着，他穿上了外套，拨了个电话低声对对方说"把车开出来"，然后不容置疑地牵着罗晓蝶的手下楼。

罗晓蝶恨恨地想，开飞机送我也没用，反正以后再不理这个自以为是的人了。

出了电梯走出大厅，一辆黑褐色卡宴正缓缓开到门外，年轻的司机下了车，将钥匙交给周先生，然后自动消失。

雨越下越大，如牛绳一般抽在地上，这个春天天气变化无常，像一个脾气暴躁的问题少女。罗晓蝶看了看白花花的雨幕，并没有勇气冲进雨中。

她被周先生塞进了副驾驶。车子开动，她故意将头扭向窗外。

周先生一边沉稳干练地开车，一边娓娓道来："我女儿像你一般的年纪，也在读大学，很漂亮。你大概不能体会那种心情，做父母的一边倾尽一切想将女儿培养成一个优秀的人，希望她在人群中熠熠闪光，在人生的每段路上都引人注目，可一边又本能地抗拒所有男性的觊觎和靠近,把他们假想成坏小子,怕他们会让她受到伤害,巴不得他们离她越远越好。我从前是个爱养花的人,养一个女儿,就像精心养了一盆花,花开了,忽然被一个人端走,我怎能不焦虑、担心、失落?所以,刚才说门当户对那番话,或许让你不舒服,或许你心里在说,你算老几啊凭什么管我?晓蝶,你可以当那是朋友的关心,或者,是一个长辈的忠告,请你体谅我这种父亲一般焦虑的心情,也请你在独处的时候,能认真想一想我说的那些话。"

周先生打起了亲情牌,甚至主动拿出手机让她看自己女儿的照片,那是一个日系美少女,令罗晓蝶自惭形秽。她刚刚因反感和不适竖起的防线又迅速坍塌了,她被周先生这番动情的话感动了,若有所思,语气也柔软下来:"谢谢您,周先生,我知道,您是关心我。"

周先生松了一口气:"其实,你可以叫我周伯伯,或者周叔叔。"

"周叔叔。"她莞尔一笑。

不知不觉,雨已停了。她看到有鸟儿从暴风雨中飞过,蟹壳青的天透出有光亮的云。她重新感到欢愉。

车子在校门的对面停下来。周先生和她道别,身体松快了一下,忽然表情扭曲吃痛地叫了一声。

"怎么了?哪里不舒服?又胃痛吗?"罗晓蝶紧张起来。

只见他一手撑住腰,嘶嘶地吸了几口凉气,自嘲道:"人老了,真是浑身毛病。坐久了,就会腰疼。"

罗晓蝶目光落在他的座椅上,伸手比画比画,眼睛忽然亮了,喜形于色:"有了,有了。"

周先生一头雾水:"什么有了?"

"我有点子了。我们的设计大赛,我知道该做什么产品了。谢谢您,周先生,哦不!周叔叔。"

罗晓蝶下了车,站在路边俏皮地挥挥手。

做一个合格的设计师,并不是容易的事。罗晓蝶每天从网上下载矢量图,大脑高速运转,构图、画图,一稿不满意,揉掉重画。因为作品信息最终还要交电子版并上传网站,她又不得不学习电脑绘图。拿惯了画笔，用电脑绘图软件，觉得一点也不顺手，不仅慢，并且颜色让她不满意。有很多个瞬间，她几乎要放弃了。

最痛苦的时候，她去找林培喝酒。

林培住一套高档小区的豪华公寓，欧式风格，在这座寸土寸金的城市里，罗晓蝶很清楚，这并不是一个刚出校门学无所成的女孩靠微薄的薪水可以维持的体面。只是，林培不说，她就不问。

房间里有一个精美的酒柜，林培一看罗晓蝶双目呆滞精神萎靡的样子，并不多问，自己拿一瓶威士忌，又拿一瓶递给她。

两人像猫一样窝在沙发上，无声地碰了下酒瓶。罗晓蝶喝了一口，被辛辣的味道刺激得一阵干咳。

林培却如灌白开水一样，一瓶酒下肚，没事人一个，懒洋洋地问："还没和大情圣分手？"

"说什么呢？我们好着呢！还有长长的一辈子。"

林培借着酒劲，略带嘲讽地笑了，笑着笑着，眼泪却无声无息地滑下来。

罗晓蝶拍了拍她："没事吧你？怎么了？"

林培叹了口气，失策啊！本来是来纾解压力寻求安慰的，没想到却眼看着要做情绪垃圾桶了。

林培伸手如情人般爱抚地摸了摸罗晓蝶的脸，眼神迷离，说："皮肤真光，年轻真好啊！"

这话惹得罗晓蝶笑了："你很老了吗？"

林培答非所问："有时真羡慕你啊！可以谈那样青葱干净的恋爱，被一个光芒四射的人爱着，多好！"

这一刻，罗晓蝶终于卸下面具，放下戒备，又灌了一口酒，落寞地说："是很好啊！可是，也很累啊！学姐，你知道吗？我好累。我有时怀疑，心灵鸡汤里说的那种，为了爱的那个人，想变成更好的自己，才能获得有尊严的爱情，说爱是生命中的灵感，激励我们变成更优秀的人，可是这样好累。为了追上他的脚步，我仿佛被一条无形的鞭子追赶着，上高中时，整天背书做题，点灯熬油，争当学霸，现在，我又参加这莫名其妙的设计大赛，我怕失败，怕被人比下去，怕被他看轻，怕自己一无是处永远无法比肩他的优秀。我好累，累得内分泌失调口舌生疮失眠脱发，好想大醉一场，好好睡一觉。"

酒精带来微妙的愉悦感，仿佛飘在云端，她说罢，慵懒地翻一个身，眉头紧锁，口中犹呢喃着，已跌入一个浅浅的梦境中。

林培的话，飘在寂寥的空气里，仿佛自言自语："鸡汤有毒啊！"她随手拿起一本女性杂志，指着上面一段话拿腔拿调地念起来，"你听听这段毒鸡汤，说舒适的爱情，并不需要这样，不用你一路小跑，也不用他放慢脚步等候，和真正爱你的人在一起，不需要成为更好更优秀的人，只要做真实的自己。放屁，我一直在做真实的自己啊，为什么没有遇到一个真心爱我的人？你再听听这段，女孩成为更优秀的人，不是为了和谁站在一起让谁多看一眼，不过是为了更丰盈广阔的人生。这都写的什么玩意儿？能说点人话不？"说着，她将杂志扔到一边，仰脖喝了一口酒，忽然"呜呜"地哭起来，"其实大道理我都懂。呜呜呜！不就是说，我要是一个更优秀的女孩，就不会像个傻子似的困在这泥潭里动弹不得，像个傻子，像个傻子！呜……呜……呜……"

哭声凄厉婉转，抛向无边的深夜，悲伤没有回声。身边人已响起微微的呼吸声。

两个心有疮口的人，注定不能成为彼此的良药，只能独自疗伤。

酒精带来抚慰，泪水流给宣泄，第二天起床，两个人都已神清气爽，一个去上班，一个回校。林培说自己有车，送她一程。罗晓蝶心里暗暗吃惊，她知道，这房子和车子，便是林培的泥潭，是她的枷锁。泥潭堆锦绣，枷锁镀金边，个中滋味，不足为外人道。

出门的时候，林培忽然想起来："我那天和朋友吃饭，你猜我看到谁了？"

"谁啊？"

"你以前那个小跟班，就脸上有痘痘那个，还找我单挑给你出气来着，叫什么名字？"

"你说夏杨啊？他在干什么？"

"吃饭啊！而且是和一个超级漂亮的女孩吃饭。这小子，艳福不浅啊！对了对了，我还拍了照片。"林培八卦地拿出手机，给罗晓蝶看照片。

照片里，夏杨和女孩面对面坐着，他正在说着什么，女孩则低头吃东西。那女孩，竟是米雅。

罗晓蝶扫了一眼，并未在意，呵呵了之。夏杨和米雅这对欢喜冤家，因诗结缘，私下约饭斗嘴也很正常。自己"抢"了米雅的心上人，米雅在夏杨那里转移下注意力，也算很好的纾解失恋的方式。只是看到夏杨，心里还是微微一疼。他脖子上的伤，已经好了吧！而曾经青梅竹马的玩伴，参与了她整个青春的朋友，以这样的方式走出了她的生活，还是令她唏嘘不已。

林培开着车，将罗晓蝶送到学校门口。她下了车，忽然又转过头，像韩剧女主一般握拳，笑笑："学姐，让我们一起加油吧！不为追赶谁，不为和谁比肩，就只为，更丰盈广阔的人生。"

原来，她昨晚并没有熟睡，林培的话，她都听到了。

林培歪着头贴在方向盘上，笑着，伸出拳头，和她轻轻撞击。

仙人掌花园·亲密小诗

我的心就如同这张面孔，
一半纯白，一半阴影。
我可以选择让你看见，
也可以坚持不让你看见。
世界就像是个巨大的马戏团，
它让你兴奋，却让我惶恐，
因为我知道散场后永远是——
有限温存，无限辛酸。

——辜鹏林

08

刚走进校门,手机响起来。罗晓蝶看到一个熟悉的号码。那天和夏杨吵架后虽然一气之下删掉了他的号码,但这串数字,她记得。

她接起,听到夏杨有些胆怯的声音:"是我。"

"什么事?"

"我……我……也没什么事,就是告诉你,那个米雅,并不是表面那么单纯,你小心点。"

刚刚正在为两人闹翻感到伤感的罗晓蝶,顿时心生厌恶,冲着电话没好气:"这个老奸巨猾,那个心怀叵测,就你是好人行了吧!"她愤然地挂断了电话,不再听他解释。

回到寝室,米雅她们刚洗漱完准备去上课。米雅惊呼:"哇!罗晓蝶,你夜不归宿。"

妍妍也神秘兮兮:"我刚才看到你从一辆银灰色的车里下来,记得上次那个男人开的是一辆褐色的车啊。那男的是你什么人?"

罗晓蝶没想到,自己的一举一动,已被好事的人看在眼里。她反感极了,没好气地说:"瞎说什么啊?刚才送我回来的是以前的高中同学,女同学。"

"才多大啊就开上好车了?她是做什么的?"妍妍语气刻薄,让人生厌。

桀骜不驯的个性是藏在骨血里的锋芒,罗晓蝶莞尔一笑:"你猜?"

自讨没趣,妍妍撇撇嘴,和米雅结伴出去了,只有那个傻乎乎的晓紫,走了两步又折回来,自认推心置腹好心好意地说:"晓蝶啊!她们都在背后议论,说你认了干爹,又抢了米雅的男朋友,脚踩两只船,说得可难听了。"

人性的恶，像黑暗中的毒蛇，在毫无防备的瞬间，猝不及防地咬了她一口。她羞愤难当，面对这个笨拙的学舌者却不知如何反击，只是有气无力地说："无聊！"

她没空去理会那些流言，也不去向那些人自证清白。白如何证明自己就是白色呢？因为它就是白色。

她更用心地去学习电脑绘图，甚至又在校外报了一个电脑班。

功夫不负有心人，一个月后，她惊奇地发现，用电脑绘图越来越顺手了，电脑绘图的优势也出来了，一个款局部的变化、修改、调整，只需鼠标轻轻一点，分分钟搞定。

初版出炉，她设计的是一款水玉撞色靠枕。明朗的橙色和沉静的蓝以几何三角的形象相遇，橙色上印青色波点，是露珠落在青草上，徜徉在阳光里的温暖和舒适。

定版之后，就需要做出实物产品。服装设计系好多学生常常将自己的设计版拿到附近成衣铺或服装厂请人缝制加工，可罗晓蝶不愿那样做，即使是一个小小的抱枕，她也要亲自选布料、缝制才满意，她怕别人曲解了她的意思。

那段时间，谢嘉年他们学科在做一个社会调查，他一直跟着导师忙前忙后，两人如月亮太阳，常常三五天也无暇见面，只能短信电话互诉思念。

她想象中的水玉花纹布料，质地应该是棉麻，水玉点点应该是凸起的质感，可是，她找遍了市场，也没有找到理想的布料。最终仍是周先生帮了忙。他告诉她，离城五十公里外的某山村，老婆婆们有一种古老的织布和刺绣手艺，或许可以一试。

罗晓蝶喜出望外："快带我去，快带我去！"

已经熟稔得可以不假思索地提要求，也不管对方是不是有空。就像一个女儿对父亲的需索。

周先生驱车载她到村子，找到一个小小的作坊，说明了自己的来意和要求，花不菲的价钱，请她们为她做一匹橙底青点的布。

作坊里织机唧唧作响。罗晓蝶和周先生坐在外面等候。眼前是青山绿水，白云深处，工业城市未曾浸染的山明水秀，令人见之忘忧。听着织机声，罗晓蝶吟起了《木兰诗》："唧唧复唧唧，木兰当户织。不闻机杼声，唯闻女叹息。嘻嘻！这首诗，还是小时候爸爸教我的。现在读起来，特别有味道。"

　　周先生慈爱地笑着，和她一起背诗。那一瞬，美好得如同她梦里经常出现的场景。她忽然想起同学们的流言，深深为她们脸红，觉得她们下流又龌龊。

　　一匹织好的布，老媪用青筋饱满的手捻青色丝线，绣下波点。世间仅此一匹，足够珍贵。和她想象中的一模一样。

　　接下来面对的难题是，她不知去哪里找厂家或店铺为她加工这一件零活，当然有，可她有一百个不放心。

　　"布料裁坏了怎么办？尺寸搞错了怎么办？"她是一个偏执的完美主义者。

　　周先生不解："只是学校的一个小小比赛，值得你如此隆重对待？奖品很诱人？"

　　"不，比奖品更大的诱惑是，如果进入决赛，可以获得著名设计师芳野弥生的点评，甚至是颁奖。她是我的偶像。"罗晓蝶认真地说。

　　周先生笑起来："想见她？你难道不知道，我公司旗下有家纺和服装，下个月会开一个夏季服装新品发布会，她是我特别邀请的嘉宾，我和她是朋友。哈哈哈！你们学校能邀请到她，可能只是顺手之劳和一个顺水人情吧！我安排你和她见面。"

　　"不！我不想通过这种人情关系见她，我想通过自己的努力。"

　　"好吧！倔强的姑娘。我相信你也可以做到。"

　　隔一日。周先生请罗晓蝶到酒店去，说有惊喜给她。

　　来到酒店进门一看，她吃了一惊。桌面上，专业的缝纫机剪刀直尺一应俱全，各色线绳，连画线的画粉都有。

　　"亲爱的裁缝小姐，开始工作吧！"周先生调侃道。

　　于是，设计师罗晓蝶，在这间超大的工作室里，开始了最后一道工序。

167

两天后,她的第一件设计作品,撞色靠枕,历尽艰难,终于面世了。珍贵的布料她一点儿也没浪费,靠枕一共做了两个,一个用来参赛,一个送给周先生。

听到其中一个靠枕送给自己,周先生开心极了。他像个孩子一样抱着靠枕,不知该放在哪里。沉静的蓝色让人心绪平和,温暖的橙色仿佛是触手可及的阳光,两者带来的视觉冲击却是那样和谐舒适,真是居家良品。

"谢谢你!晓蝶!这是我收到的最好的礼物。放哪里好呢?我应该把它供起来。"

"不行。"罗晓蝶正色道,"东西是用来用的。它的设计灵感就是来自您。那天您开车送我回学校,忽然腰疼,我才想到做这个。"

这个成熟干练的中年男子,神情忽然一震,眼中有湿润的光在闪。他情不自禁地伸手抚抚她的头发,喟然:"谢谢你!"

米雅也一直没闲着,自称设计天才少女的她,扬言要夺下最佳创意奖。因为夏杨那一通电话,罗晓蝶对米雅还是有了一丝忌惮。

两个人的作品,都秘而不宣,直接交到了各自的评审组进行初评。

想一想,评审办公室即将被近千只靠枕淹没,那场面真是壮观。

隔几日,两人都得到了通过海选晋级的通知。

接下来将面对一段漫长的网上大众评审。然后那些经过重重筛选胜出的作品,会呈现在决赛评审面前,进行最后一轮角逐。

罗晓蝶每晚对着投票网页,看着不断攀升的数字,乐得冒泡,笑得合不拢嘴。如同曾经期待的那样,她的撞色靠枕,一放在网上就好评如潮。米雅的粉色公主风靠枕则难逃花边和蕾丝的窠臼,一直反应平平。

就在投票接近尾声的时候,学校网站和贴吧突然贴出一个指责罗晓蝶的靠枕设计抄袭某知名家纺品牌的爆料帖子,并且贴出了那个品牌靠枕的实物原图,以及原设计师的设计理念。对方的作品,早在四年前参加某全国性家纺设计大赛时,就获得了银奖。

一时间,网上一片讨伐声,原本支持罗晓蝶的粉丝们,纷纷倒戈,言辞刻薄地指责她。

罗晓蝶一看傻眼了。两款靠枕，几乎一模一样，颜色、款式、图案，根本看不出丝毫分别。面对指责，她欲哭无泪，连辩驳也很苍白，只是无力地说："我没有抄袭，没有，没有。"

"嘉年，我没有抄袭，我从来没有看到过那个设计师设计的那款靠枕，从来没有。"她委屈而无辜地说。

深夜的校园里，夜风微微，五月的月亮如一枚剥掉壳的龙眼，透白清甜。他的怀抱带来抚慰，鼻息拂过耳垂："我知道，我当然知道。你的脑袋里有一个奇妙国，奇妙国里有一条灵感河，你住在奇思屋，你是天才少女，你不用抄袭。"

"可是这世上竟然真的有人和我的创意一模一样？"

"据说，每隔六秒，世界上就会有两个人同时在脑海中产生相同的点子。只能说，这是两个天才设计师的灵感撞车。你不必为此自责。"

然而学校评审团的老师并不这么想。那份抄袭的证据资料和实物很快出现在大赛组委会的办公桌上。系主任在公开课上众目睽睽之下说："罗晓蝶，下课到大赛组委会的办公室来。"

她从同学们复杂的目光中走过，如同一个等待被审判的罪人，来到了评审办公室。

房间里只有系主任和副院长。副院长正在办公，看到罗晓蝶，只是推推眼镜看了看，厌烦地敲敲桌子上的一张大赛章程："自己看看，第五条，好好看看。"

她低头，委屈地看下去，第五条写着：如参赛作品出现雷同、抄袭，大赛主办方有权向作者索取创作证明，进行核查，主办方有权取消雷同作品的参赛资格。

"老师，我没有抄袭。我从来没有看过这个设计师的作品。"

系主任有心护自己的学生，帮腔道："两个人灵感撞车，这种事也是有可能的。你可以提供一下你的创作证明，比如设计初稿。"

系主任的话，就像黑暗里的一缕曙光。可是，当罗晓蝶回到寝室翻找最初的画稿时，发现怎么也找不到了，打开电脑，最早存档的绘图初稿也不见了。

她欲哭无泪，坐在那里无助地向女孩们求助："你们谁看到我的画稿了，我锁在抽屉里的画稿，为什么全都不见了？"

妍妍姑娘自上次和罗晓蝶拌嘴之后，便生了嫌隙，言语之间多有刻薄。听她那样问话，就觉心里不爽，反问道："你什么意思啊？谁见过什么破画稿啊？有没有还是两回事呢！"

抄袭事件闹得沸沸扬扬，同学间都在谈论，妍妍的话，含沙射影，瞬间点燃了罗晓蝶委屈发酵的怒火。她揭竿而起破口大骂："你放屁！"

眼看两人剑拔弩张要打起来，晓紫忙瑟瑟缩缩地拉了拉罗晓蝶，米雅也劝架："别吵，别吵。吵架有什么用呢？晓蝶，我相信你，我来帮你找。"

结果当然是什么也没找到。但罗晓蝶依然不死心，她回副院长那里继续申诉，声称她还有方法证明，她的撞色靠枕是原创，因为，有一个人，在她设计制作的过程中，全程参与陪伴着她，那个人，就是周先生。

副院长已不耐烦，回答说："同学，承认错误并没有什么可耻的，你这种百般狡辩的行为才更让人反感。"

"我会向你证明，我不是狡辩。"

她想，周先生那么爱护她，一定肯替她作证的。

赶到酒店时，罗晓蝶才发现，酒店四周竟围起了警方的警戒线，马路上围满了看热闹的人。一个老太太对旁边的人说，警察在抓一个通缉犯，这通缉犯多年前杀了人逃跑了，在外隐姓埋名多年，近日忽然露面，与家人秘密团聚，被人举报，警方在此布网，不料他挟持了人质，与警方对峙，做垂死挣扎。

"周先生会不会有危险？"她这样想时，又听旁边的人议论说，那通缉犯挟持的人质，是自己在酒店上班的妻子，那女人已有了情投意合的情人，希望丈夫归案。举报者正是她。

希望周先生待在房间不要出来，或者他正在外面办事最好现在不要回来。罗晓蝶暗暗想。

她又给周先生打了一个电话，依然是关机。

这时，人群忽然一阵骚动，发出恐怖的尖叫，只见歹徒挟持人质出现在酒店大门外，一把刀抵在女人的脖子上，可怜的女人，在厮打逃跑中掉了鞋，光着脚，像鸡仔一样被扭在怀里。

像电视剧里常演的那样，警察里有一个人底气十足地拿着喇叭对歹徒喊话，那歹徒也呜里哇啦地说着什么，听不清楚，情绪激动之下，握着刀的手一颤抖，刀子入肉三分，人质绝望凄厉地哭起来。

被血腥和暴力激奋的人们看着热闹，时不时随歹徒的动作发出惊叫。人质似乎对警方失去信心，忽然奋力挣脱，她披头散发，满脸血污，嗓子喑哑，发出干号一般的声音，歹徒即将失去手中的筹码，几乎陷入癫狂，发出野兽一般的吼叫扑向她。

"砰！"狙击手适时瞄准射击，打中了歹徒的头部。

人群发出尖叫。歹徒当场毙命。他背负着两条人命，人们都说死有余辜。

下午四点，警戒终于解除了。周先生的电话依然打不通，罗晓蝶进酒店去找他，经过大门时，看到大理石地面湿漉漉的，刚才流的血迹已擦拭干净。

她乘电梯，径直来到508房间，敲了门，无人应答。

这时，有侍应生走过，她问："请问，住在这里的周先生出去了吗？"

侍应生摇摇头。一天那么多客人，他哪里记得清。

她又跑到大厅，问一个穿制服的前台小姐："请问，住在508的周先生今天出门了吗？"

美丽的前台小姐记得周先生，也记得这个扎马尾的如中学生模样的女孩，他们共同出入过几次，也一同在酒店餐厅用过餐，年轻的女孩，依附于一个中年成功男人，各取所需，是再常见不过的事。她带着一丝不易觉察的嘲讽，微笑着说："周先生中午就退房了，听说回了美国。"

"退房？"罗晓蝶的心"咯噔"一下，难怪手机打不通，现在应该是在飞机上吧？

"怎么他没告诉你吗？"

罗晓蝶灰心丧气地摇摇头，不甘心："没说什么时候回来吗？"

前台小姐保持着甜美而淡漠的职业微笑回答了她："不清楚。"然后转头去接待别的顾客。

就像一条细细的线断掉了,她和周先生就这样失去了联系。这时她才发现,原来她对他的了解少之又少,除了他的电话号码和酒店的住址,其他一概不知,记得前些天他偶尔提起过他的公司,可她从来没问过公司在什么地方。他就这样消失于她的生活,像一滴水,像一个淡淡的指纹,像冬天清晨的窗玻璃上,俏皮的人儿在水雾上画下的笑脸,太阳出来后消失不见。

她垂头丧气地往回走,此刻她依然保有一丝幻想,期待他落地后记得打开手机。然而此后数年,那个号码再也没有开通过。

大街上车水马龙,罗晓蝶却感觉仿佛一个人走在大雾天,浓雾淹没了前方视野,整个世界仿佛只剩下她一人。她伤心极了,并不是为周先生不能为她身陷抄袭门作证,即使她要因此沦为笑柄,可她已经一点也不为这个担心了,她伤心,只是隐隐地预知,她失去了他,并且仿佛永远失去。

她虚弱无力地说:"他真的是一个美好的人。你见过就知道。"是这个人,引领她领略了一些淡淡的人生奥义,触摸到一个温暖而惆怅的灵魂,可是他,就这样消失了。

走到校门口,她与谢嘉年迎面遇上。

"你去哪儿了?我到处找你。"他一脸焦灼地把她拥入怀中。一丝深缓的鼻息,轻轻地吹在她的耳上,他仰起头,锁住她的视线,那张俊美的脸瞬间逼近,他想要吻她。夕阳照得她的脸颊红如桑葚,她痴痴地看着他,羞赧让她一把推开了他。

她向前跑去,小声嘟囔着:"我还没准备好。"

他被她孩童般天真的回应逗笑,她也站在两米开外的地方,咬着嘴笑。

嬉闹间,已不知不觉回到学校门口。谢嘉年却止步不前,在门口那一株茶花树下站定,沉一口气,双手拢住了她的肩,说:"我希望你每天都开心。即使面对误解,也能一笑了之。无论什么时候,我都站在你身边。当你需要,我可以站在你身前冲锋陷阵,也可以在你身后默默加油。"

话说得深情婉转，罗晓蝶还是听出了弦外之音，她的目光黯了一下，带一丝迟疑，问："怎么了？"

他没有回答，只是牵起了她的手："我送你回寝室吧！"

回公寓楼会经过一段长长的种满梧桐的甬道，甬道旁竖着几个布告栏，贴一些校方的公告、通知，还有学生的寻物启事、社团的活动通知，是露天的原始的贴吧，每每有新的帖子，布告栏前总围起一群人。罗晓蝶每次经过，也总要瞥上一眼。

这天，罗晓蝶在新贴的布告里，看到了自己的名字。一张大黄纸上，某个老教师的书法，来不及打印，像是临时而仓促却又愤怒的决定，原来是大赛组委会关于抄袭和雷同作品的处罚意见。措辞虽然委婉严谨，只说她的作品与某大赛作品雷同，处罚却是斩立决般无情——她被取消参赛资格。

谢嘉年就一直静静地陪她看那张布告，握着她的手。他说："即使凡·高，也曾经身陷抄袭或雷同这样的传闻，或许天才的艺术家都要经历这样的误解和非议，才会成熟。"

因为有刚刚在校门口打过的那一剂预防针，长长的铺垫，他整个下午寻她就只为陪着她安慰她，所以罗晓蝶似乎并没有太大反应，表情有些木，只是怨怼地说了句："他们怎么能这样？还没调查清楚就做这样的结论，我有证人，我有创作证明的。"转念一想，她的证人已不知人在何处，况且校方也没说抄袭，只说雷同。自此这件事成为一桩无头公案，罗晓蝶虽蒙了些冤，可有了周先生不辞而别的失落在前，这冤就显得不足挂齿了。

她释然而自嘲地笑笑："走吧！"

他将她送到公寓楼下才离开。

尚未熄灯，女生公寓楼里灯火通明，正是洗漱时间，湿湿嗒嗒，吵吵闹闹，是现代的闺阁，被脂粉和笑语氤氲着。罗晓蝶从走廊走过，有女生端着水盆回眸看她，转头与同伴私语，眼神可疑，态度诡谲。罗晓蝶坦然得很，以为她们不过是看了外面布告栏的那张处罚布告，暗里长舌议论她罢了，女生的痼疾，不必在意。

她推开寝室的门，米雅不在，晓紫在床上读小说，妍妍正在半块穿衣镜前孤芳自赏地转圈圈，美滋滋地回头问晓紫："好看吗？"猛一抬头，看到罗晓蝶站在面前。

妍妍惊慌失措："你……你怎么回来了？"

"回寝室睡觉啊！"她不明就里，一凝神，才发现，妍妍身上穿的那条裙子，那条水红色缀白色波点的蕾丝纱裙，是她的，是周先生送她的那条。娇嫩的颜色裹在妍妍身上，更衬托皮肤黯黑，落了俗套。

妍妍的脸上，难掩慌张，解释道："我以为你晚上不回来了。这衣服白天你找东西，翻出来就放在床上，我就顺手试了试。"

"脱下来。"声音不大，却含了怒气。一整天的怨气在胸口堆积着，快令她窒息了，她仿佛正在寻找一个纾解的缺口，而妍妍就撞在了她的枪口上。

妍妍讪讪的，转身去脱衣服，那裙子是后背拉链样式，她反手褪拉链，卡在半截，心里也恼火起来，嘟囔道："不就是干爹送的一件破衣服嘛！穿一穿有什么大不了？忒小气了。"

"我没有干爹。"罗晓蝶冷冷地说。

妍妍轻轻地笑起来，那笑里含了讽刺，说："别装了，谁不知道啊？"

"脱下来。"

妍妍不忿，拉拉链的力道更大了些，脱下的时候也粗手粗脚，那裙子料子娇贵，只听"刺啦"一声，从腋下扯开了一个大口子。

罗晓蝶只觉得自己心里有个地方也扯下一个大口子，那是她的心爱之物，她还一次没有穿过，就这样毁了，怎能不恼火。她拽了一把妍妍，一把夺过裙子，火冒三丈："你故意的。"

还来不及换上自己衣物的妍妍只余内衣，几乎赤裸地被拖倒在地，地板冰凉，有一大块水渍，妍妍坐在水渍上，觉得受到了莫大的侮辱，人便歇斯底里起来："故意的怎么了？不就是一条破裙子吗，你至于吗？空里来空里去，去陪一陪你干爹什么都有了。别在我面前装清高。"

妍妍站起来，在地上的裙子上狠狠地踩了几脚发泄怒气，忽然一阵头皮发麻，披散的长头发被罗晓蝶骤然抓起，拖曳着狠狠地摔在地上。

曾经劣迹斑斑戾气十足的小太妹,身体里那只蛰伏很久的野兽跑了出来。她如发疯一般,没轻没重地将拳头打在妍妍身上,口中怒骂不绝:"让你嘴贱,贱人,就是智商不够,需要挨揍。"

妍妍被她按在地上不能动弹,口中却不服输。

罗晓蝶的手,忽然停止了动作,任由那骂声在耳边回荡。她想回嘴,却失了声,她听到铺天盖地的"哧哧"笑声,隔壁寝室的女生们都拥到门口来看,她无所适从,感到有一把剑穿心而过。

罗晓蝶一时成了学校的名人,却是坏出名,带着诋毁、辱杀、折堕的名气。在古代,人们恨不得向她丢石头吐口水;在西西里小镇,她是被女人们围殴的玛莲娜。只可惜,她却没有玛莲娜的美貌,就更激起了好事者的嫉愤。常常在食堂或水房被不认识的女生背后议论,语气好奇:"她就是罗晓蝶啊?原来是这样的啊。"

大家在非议罗晓蝶的同时,也会偶尔非议起谢嘉年。爱慕他的女生们从他身边走过,语气泛酸地对同伴说:"怕是被猪油蒙了心,脑壳被门夹了吧?"

另外一个女生就附和:"白瞎了。"

谢嘉年也淡漠处之,依然和罗晓蝶出双入对,坚定地和她在一起。他们不属于那些普通的恋爱族群,有自己隐秘的快乐。她又发现了一个秘密基地。因为一次偶然无聊的探索,她发现自己寝室门的钥匙竟然可以打开一座教学楼弃用的顶楼画室的门。那里俨然是阿里巴巴的宝库,掀开蒙尘的布,展现在眼前的,是无穷无尽的财宝:成捆的画纸、各色画笔、画板、干涸的颜料桶。她只需买新的颜料去,那里便成了他们专属的画室。他们也不用说话,可以在那里画一个下午,累了,把红的黄的绿的颜料往对方衣服和脸上蹭,快乐得像两只掉入米缸的老鼠。

他们也常常一起去那个有古老布艺工艺的小村子。她把自己的想象画下来,把自己的构思说给那些老艺人听,支付不菲的价钱,制作出一两匹布,丝质、棉麻、雪纺纱,不同的质感抚摸上去,心里有奇妙的安静感觉,如同雨后沉落的灰尘。布料也不做什么,只是想象它们会做成什么,然后储存起来。给它们起不同的名字,蜀葵、朱瑾、落墨、月兰、全是记忆里的花名。她享受那种过程，觉得很快乐。

那个设计比赛，米雅获了奖，虽然不是冠军，只是好几个人分享的银奖，也算可喜可贺，对见过世面获过奖的米雅来说，不过是小事一桩，那快乐的心情，就无声无息地消化了。

到了暑假，谢嘉年决定不回拉哈鲁，米雅也就不打算回，无奈拗不过思念爱女的父王母后大人，只好回国了，临走时如灰太狼一般留下一句："我还会回来的。"

罗晓蝶回过家两次，其余时间都留在城中打工和上法语课。谢嘉年就陪她打工，接送她上下课，陪她去乡下织布。学校里虽然在暑假可以留不回家的学生住宿，可寝室陡然空了，莫名凄凉。深夜的假期寝室盛产鬼故事，夜里上完厕所穿着拖鞋在走廊里狂奔，鞋底与地面发出摩擦的细微声响起了回音，有一种四面楚歌的感觉。

谢嘉年知道她胆小，就在离学校不远的地方租了房子，两室一厅，精装的品牌社区。到底是出生优渥的富家子，平日在学校里花费不显山露水，租房子不过零花小钱。她知道他的心意，从周先生离开后，更深觉人情如烟，风一吹就散，心态就更添一层超然洒脱、珍惜当下的想法，便坦然接受，住了进去。

偶尔打工下班回来，会和林培约消夜，林培得知他们"同居"，乐得花枝乱颤，连连敬酒干杯，笑得很邪恶，临别的时候，还会意味深长地说："春宵一刻，不要辜负哦！"

谢嘉年笑而不语，罗晓蝶作势打她。晚上临睡前，罗晓蝶也会故意调侃："我会反锁门哦！我会武功哦！"

在客厅翻杂志的他抬抬眼皮，慢条斯理："放心，我是一个很传统的人，要等到结婚才可以。"罗晓蝶龇牙咧嘴地"咦"一声关上了门，心里却甜成那夜的花园，花心里的那点甜让人醉。

仙人掌花园·亲密小诗

我爱你，不仅因为你的样子，还因为，和你在一起时我的样子。
我爱你，不仅因为你为我做的事，还因为，为了你我能做的事。
我爱你，因为你能唤出，我最真的那部分。
我爱你，因为你穿越我心灵的旷野，如同阳光穿透水晶般容易。我的傻气，我的弱点，在你的目光里几乎不存在。而我心里最美丽的地方，却被你的光芒照得通亮。

别人都不肯费心走那么远，别人都觉得寻我太麻烦，所以没有人发现过我的美丽，所以没有人到过这里。

————罗伊·克里夫特

09

再开学,校园里又有了新的流言,说罗晓蝶和谢嘉年同居了云云。这次不算是流言,这两个当事人更是事不关己似的不去在意,大家都那么忙,新闻变成旧闻,流言总会被新的流言取代,同居的事很快就被大家忘记了。

只有一个人还耿耿于怀。

妒火中烧的米雅将谢嘉年堵在教学楼前,恶狠狠地说:"谢嘉年,你变坏了。"

"什么?"

"你受到了恶魔的挑唆和诱惑,你卑鄙无耻下流!"

"你在说什么?"

"你不能和那个中国女孩住在一起,在拉哈鲁,婚前性行为是不被允许的。"

谢嘉年终于听明白,笑了:"那又怎样?公主,你管得太宽了,现在并不在拉哈鲁。再说,我并没有做什么,我们只是不想暑假住无人的大寝室而已。"

"没做什么?"米雅忽然哈哈笑起来,夸张地踮脚摸了摸他的头,"那就怪了。"

"还有事吗?我要上课了。"

"还有,太爷爷让我问你,为什么不接他的电话?老先生也让我带话给你,如果你不听话,他要叫人来中国,把你绑回去。"

太阳躲进了秋日的一朵云里,谢嘉年的目光也一黯,口气却是坚定的:"我会回去的,但不是现在。"说完头也不回地进了教学楼。

米雅气得嘟嘴跺脚："叫人把你绑回去了才好呢！"

转眼又是一个秋天，天高云淡，没有心事没心没肺的样子，人心里却是风起云涌月落星垂永不停歇。十月里米雅过生日，于是小心翼翼地邀请大家去K歌。一为亲近谢嘉年，她已很少有机会见到他，二为说和罗晓蝶和妍妍，她们自吵架打架后已很久不理睬对方了，女生总会记仇很久。

为防米雅临时出状况，谢嘉年只好如人兄似的将聚会大包大揽起来。订蛋糕、订位子、刷卡埋单，米雅幸福得冒泡泡，依然是被宠的小妹妹、小公主，眉眼里全是笑，有种收复了失地的得意似的。

罗晓蝶叫来了林培做伴，她和妍妍依然是各唱各的歌，谁也不和谁讲话。

可是当真看着谢嘉年和罗晓蝶亲亲密密后，米雅的心情又沉重了起来，离开包间假装去洗手间，落寞地站在走廊中，听着一间包厢里传出天后被拙劣模仿的歌声："可是你为什么，不能爱我？像我那么深地爱你，为什么？"

久等不归，谢嘉年追了出来，米雅的幽怨铺天盖地地涌向他，她一头扎进他怀里，鼻涕泪水横飞："你为什么不能爱我？你为什么不能爱我？"

他无言以对，苍白地安慰她："米雅，你会遇到你很爱他，他也很爱你的那个人，这世上总有这样一个人在等你。"

"不，我不要别人，我就要你。"

谢嘉年知道不能和一个喝醉酒的人计较，只是像对待一个哭闹要糖吃的小孩子一般安抚她："乖！听话！我们回去。"

借着酒劲，米雅放肆起来，挂在他的脖颈上，脸紧紧贴着他的胸口，仪态全无，语气哀求："我们回拉哈鲁好不好，再也不回来，好不好？"

他便敷衍她："好！"

出来去洗手间的林培和罗晓蝶，正巧看到米雅歪歪斜斜靠着谢嘉年的样子，林培看出些端倪，便有心替罗晓蝶出头，挑衅地问："你谁啊？

没长骨头啊,你有病吧!"

"我啊!"米雅带着笑,坦然地说,"因为她抢了我的爱人,我恨她。"说完,她的酒劲儿似乎又上了头,忽然蹲地"呜呜呜"地哭起来。

米雅不知道"爱人"在中国人的字典里是配偶的代称,罗晓蝶听着,自己却脸红了。米雅爱得那么理直气壮,恨得那么理直气壮,她也拿她无可奈何了。

林培以为自己只问一句话就将人家搞哭了,有些无所适从。罗晓蝶上前挽了林培的胳膊,打算离开这是非之地。这难堪的镜头需要赶紧切换过去,为在场的所有人解围。临走的时候,她还体贴地对谢嘉年说:"你送她回去吧!"经历了这么多事,她对他的信任是雨后朗月般清明,和那些在操场上吵架闹分手的校园情侣决然不同,她信任他。

她们走了,米雅仍蹲在地上哭泣,谢嘉年扶起她,深深地叹口气:"真是个孩子!"

酒后的话,大家在一觉醒来,全当忘了,无人再提,但大家都知道那是真的。

罗晓蝶在冬天里穿一件自己制的布料缝的斗篷,没有款式,没有扣子,像雪地里走来的仙女,成仙的人,素衣惊霜雪,隔绝世间人,她不需要别人的宽待。

她还用做那件斗篷剩下的布料给谢嘉年做了一条围巾,也是没有款式,简单的一长条而已,谢嘉年围在脖子上,像古代落魄的才子,夕照里的李商隐,他俩走在一起,就成了学校的一道风景。有人跑来问罗晓蝶这情侣装在哪里买的,她要给自己和男友也买一套,罗晓蝶得意极了,说:"这是全球限量,仅此一件,买不到的。"

那女生骂罗晓蝶小气,气呼呼地跑开了。

她穿那件斗篷和戴围巾的谢嘉年约会,地点在学校图书馆里,这天的图书馆不知为何,人特别少,他们很快找到一个靠暖气片的座位。

图书馆的专业书几乎被罗晓蝶翻遍了,她百无聊赖,只好拿一本言情小说打发时间。

两个人都静静的,谢嘉年瞥了一眼,嘲讽她:"你竟然也看这种书?"

她叹口气:"是啊!这个作家写得真没劲。"

"讲的什么?"

"一个虐恋故事,你知道吗?我已经看到第二百四十九页了,他们还没有亲亲啊!"她刻薄地批判那本书,话音刚落,陡然一阵温热鼻息吹拂在她的鼻尖,她还未反应过来,他的唇捕捉到她的,热烈地吻下来。

她躲了一下,犹疑而惊恐地望望四周。虽然这天图书馆人很少,可是,并不代表没有人。

他戏谑而邪恶地坏笑了一下:"如此强烈的暗示,我不得不从啊!"说着,又吻过来。

罗晓蝶吓得站起来,撞到椅子发出很大声响,惊惶而无辜地逃跑:"我真的,只是讨论小说而已,你……你别想太多了。走开啊!这里怎么可以?"

说话间,她已被逼到一个书架的角落,他的手臂,有力地环抱住她的腰,低声问:"这里可以吗?"

她闭上眼睛,一副英勇就义的表情,却听到有人用力敲了敲书架,睁眼一看,书架另一边,站着一个戴眼镜的男生,幽怨的眼神从书架的空当送过来,咬牙切齿地说:"不许虐单身狗。"

罗晓蝶和谢嘉年面面相觑,他的热情偃旗息鼓,心却不甘,狠狠地瞪了那男生一眼,和罗晓蝶又回到了座位上,孩子气地说:"你等着。"

看着他没有得逞心有不甘的样子,她只是笑,心里却有波涌撞击着胸口一般,突突地跳。

两人又各自看书。过一会儿,她瞥见他看的书,也调侃道:"哟!还读诗集呀?"

他说:"有一首诗,特别美!"

于是,他深情地朗诵起来:"你如果,如果对我说过一句一句真纯的话,早晨起来,我便记得它,年少的岁月,简单的事情,如果你说了,那些深深浅浅,云飞雪落的话……"

她的目光静了下来,窗外不知何时应景地下起了雪,如诗一样,令人感动。她细细咀嚼诗里的词句,心里暗暗惊叹,那个"早晨起来"用得多么动人啊！让这首诗像雪一样洁净清妙，就像少年的白衣，无染的眼神，柠檬和苹果糅合的甜酸，是只属于年少的爱，若是把"早晨起来"换成"午夜梦回"，那就是成人的爱，沾了浊气落了俗套。那一刻，她多么希望这雪一直那样安静地落下去，他们一直这样爱下去，那一刻，她怎会想到，他们的爱情，终有一天，落入"午夜梦回"的深渊。

"真美！"她说。

"这是一个台湾诗人写的。"

这时，他的手机忽然响起来。他拿起来看了一眼，就烦躁地挂断了。

"怎么了？"

"没什么，陌生号码，应该是推销电话。"他不会说谎，手摸着鼻子、故作轻松的样子有点可笑。

"嘉年，我觉得你最近很不开心，而且，这种莫名其妙被你挂断的电话很多。"

"没有。真的只是推销电话，卖保险之类的。"说话间，电话又响起来，他起身，到稍远的地方去接。

她有些恼火，随手拿起他刚刚看过的那本书，赫然看到刚刚念的那首诗的后面部分，像一个不经意的提醒，强烈的暗示："关切是问，而有时，关切是，不问。"

这时，外面操场上有人大声喊着："下雪了，下雪了。"

下雪总是令人兴奋。据理科生说，是环境刺激颅内神经，导致多巴胺分泌过多，外在表现为激动亢奋。一时间，操场上出现了很多多巴胺分泌过多的同学，他们兴奋地尖叫，打雪仗，追跑，像麻雀一样开心。这时，谢嘉年也打完了电话，脸上满溢着兴奋拉起她的手："走！我们去看雪。"

雪茫茫地来，静静地落，很快满铺了大地，遮蔽了垃圾和腐败的落叶，像毫无保留的告白，又像不可诉说的隐衷。她被操场的人感染，也松开他的手奔跑起来捉雪花，他在身后追她，一回头，看到他从茫茫雪幕中走来，她突然觉得不认识他。这个俊美优雅的少年，仿佛是海市蜃楼的一隅，仿佛要融化在这雪景里，注定会消失一般。

他走过来，抓住她的手。

阴云压顶，天色如黄昏，让人有不知今夕何夕的恍惚感。有人在操场上放起了烟花，蘑菇色的天幕中突然蹿出璀璨的花朵，像骤然逼近的感情，千言万语百感交集地和盘托出，毫无保留，陨落时姿态是委委屈屈不甘不愿的。这百般滋味，只有不合时宜的文艺少女罗晓蝶才会懂，操场上其他的人都陷入欢腾，光影的热烈和冬雪的清冽交叠，像流星与蝴蝶。

这个黄昏太美。面对美，她和他都有些无所适从。

又一束烟花升空的刹那，有几对情侣欢呼着，然后拥抱在一起，热烈地吻起来。

他说："你看！"

"什么？"她循着他的目光望去，脸红了。

"法不责众。在这里，没有人再可以说不许虐单身狗了。所以，你闭上眼睛吧！"

她闭上了眼睛，有一朵雪花落在了眼皮上，一个滚烫的吻落在唇上。他从未这样吻过她，如雨如瀑般，迅疾猛烈，绵绵不绝，雨有大地承接，瀑有深潭迎纳，她也吻他，牙齿紧张得打战，咬了他。这吻，甜会记得，疼也会记得。

雪停了，操场上的人都散去了。

原来吻也是一件消耗体力的事情，她忽然觉得饿了，特别想吃粽子，那年端午他做的粽子，失败的粽子。

"肉粽？简单啊！后来我回去苦练技艺，现在已经可以做得很好了。"他满口应承。

这天是个周末，反正闲来无事，两人当下决定回"家"做饭吃。

在路上，他说起做粽子的方法，十指不沾阳春水的罗晓蝶才得知，光泡糯米就需要三个小时。她叫苦不迭："天哪！要到明天早上才可以吃到嘴里吗？"想要马上吃到某种美食的那种心情，真是百爪挠心啊！

他宠溺地笑："不会的！包小一点儿煮起来会比较节省时间。只是，现在哪里去找现成的粽叶？"

"不管，我就是想吃啊！"她也学会了撒娇。

于是，他回家泡好米腌好肉迅速下楼，和她一起满城寻找粽叶，几乎跑遍了所有的菜市场，也没有找到这种不应景的东西。两个人铩羽而归，她几乎绝望了："算了，不包了，直接上锅蒸熟得了，反正你包了也会散开。"

谢嘉年的眼睛却渐渐亮了："你看那是什么？"

顺着他手指的方向，是小区的一片荷塘，此刻是一片残荷冬韵的景象，更意外的是，荷塘的一隅，还长了一片茂密的芦苇，荷叶和芦苇叶，都是做粽叶的好材料。两个人都喜出望外，兴奋地跑过去蹲在石头上摘。

一个巡逻的保安远远地跑过来，恶狠狠地说："干什么呢？不许破坏花草树木啊！"

曾叱咤风云到处闯祸的罗晓蝶，见惯了这种被抓包的场面，谎话信口就来："没干什么，就只是看看，观察一下，我们的课外实验作业。"

小保安半信半疑，又虚张声势地警告了几句，转身走了。她对谢嘉年使个眼色，两人迅速伸出魔爪，摘了荷叶和芦苇叶，拉着手撒腿就跑。小保安一回头看到这两人果然干了坏事，追了上来："给我站住，给我站住。"

他俩一溜烟跑回自己住的那栋大楼，进了家门，像完成了一次惊险又刺激的探险旅行，乐不可支地笑。她说："今天的粽子一定特别好吃。"

他去洗粽叶包粽子。她歪在沙发上喝水看电视，饥肠辘辘，耐心地等待她的粽子大餐。

水蒸汽袅袅，从推拉门里溢出来，撩得人眼朦胧，她使劲咽咽口水，打了个哈欠，竟渐渐睡着了。

后来她常常自责。

她为什么要睡呢？她怎么会睡着呢？她应该一眨不眨地盯着他啊！他是掌心雪啊！眼看着斑驳成水；他是水中月啊！波光里的一点昏黄，眼看就月落星沉；他是一眼千年，他是浮生一梦。他是永不可得。

他是负心汉啊，他是王八蛋。

后来她常常这样在心里咒骂他。

她醒来的时候，已是第二天早上。阳光照在雪上，天地亮堂堂。餐桌上放着一盘粽子，已经凉掉，但形状完美，没有散掉。他言而有信，说到做到。

他不在房里，是去楼下跑步？还是有事回了学校？

她解开一枚粽子，一边悠闲地吃着，一边拨打他的电话。

电话关机，一遍遍播放着冰冷的机械女声：您所拨打的电话已关机。

那天的粽子真是好滋味。凉掉的口感软硬适中，清润爽口，她却被一口米噎住，剧烈地咳起来。

一种异样的感觉涌上心头。她忽然想起周先生离开的那个下午，她的心慌绝望和那天如出一辙。似乎有一种叫命运的东西又悄悄地扼住了她的喉咙。她又想起昨日读过的那首诗的后半部分，心忽然哀痛起来。

诗是咒语，一语成谶。

谢嘉年就这样凭空消失了，像周先生一样，连一声告别也无，就消失了。

后来回学校去他们寝室找他，男生们都不知他的去向，她无奈又问了米雅，米雅轻描淡写地说："哦！他太爷爷病危，谢伯来接他回去了。"

米雅什么都知道，可她这个正牌女友什么都不知道。

罗晓蝶还想追问他为什么连个再见也不说，即使再急，打个电话，发个短信也可以啊！可她没有勇气再问了。

过了不久，学期结束，放了寒假，米雅回国了。临走的时候，热烈地与大家拥抱，并且第一次大方地将自己行李箱里全新的普拉达项链、香奈儿胸针送人。妍妍、晓紫两眼冒光，激动得几乎落泪。

米雅也送了罗晓蝶一个小小的耳针，罗晓蝶没有收，借口自己没有耳洞，借花献佛给了妍妍。

这一次，米雅没有学灰太狼说："我还会回来的。"她只是淡淡地说："晓蝶，对不起啦！我会记得你们，我的朋友们！"

第二学期，米雅没有再回来，当然，谢嘉年也没有来。

大家都知道罗晓蝶失恋了，有些幸灾乐祸，又有些同情，有时言语间提起谢嘉年，总要有意无意说一些"富二代没几个好东西"这样的话替罗晓蝶出出气，但她并不会像怨妇一样加入那样的谈话，仿佛她们说的是和她无关的一个人。

她在一本书上读到一句话，说："世界结束的方式，并不是一声巨响，而是一声呜咽。"她觉得不是很对，有时是一声呜咽，有时也是无声无息呢！

林培知道了谢嘉年的事，气得骂娘，义愤填膺地说："这小子胆敢再踏上我大中华国土，看我不撕碎了他。"末了不解恨，又加一句，"男人不管老的少的，没一个好东西。"

罗晓蝶知道林培意有所指，只是自顾不暇，也无心过问。

夏杨得知谢嘉年又走了，心里暗喜，只是不便表现出来，提起米雅，倒是一阵惋惜，感慨道："少了个对手，人生真是寂寞如雪啊！"

罗晓蝶依然像从前一样，去秘密画室画画，去上法语课，找更多的兼职做，生活被满满地填充起来，像一棵植物，努力把根须深深地扎入泥土，带着不顾一切的偏执和一腔孤勇，想让自己快点有力气站起来，想让自己忙得飞起来，想让自己忘记他。

后来学校还举办过几场大大小小的赛事，因为被那一次比赛扫了兴，她都没有再参加，但她设计布料制布这件事，坚持了下来。那是隐秘的爱好，人生的一点儿精气神，妙不可言的乐趣。

她想，她会忘记他，在未来的某个时候。

仙人掌花园·亲密小诗

倘若一无消息，
如沉船后的静静的海面，
其实也是，
静静地记得。

————琼虹

第 三 章

你是所有美丽的遇见里,最伟大的不平凡

01

这是平平常常的一天。

早上醒来,罗晓蝶发现家里停水了,于是不能用热水洗漱,没法洗头,不能给花浇水,她草草收拾了一下就出了门。

刚走进电梯,邻居那个胖女人养的从不拴狗绳的小狗一下子冲进来扑住她,上周刚买的白色长裙马上出现两个黑黑的爪印。

坐地铁的时候,早高峰太拥挤,她被一个穿细高跟的女人踩了脚,虽然疼得想骂人,可她还是忍住了,一个穿细高跟坐地铁的人,想来也是赶时间上班的可怜人,和她计较什么。

到了公司,紧赶慢赶,还是晚了两分钟,被罚五十。

她懊恼地坐回自己的座位,望着裙子上那两个爪印发愁。

部门主管走过来,两眼放着精光,像雷达一样在她身上扫描了一遍,赞许道:"小罗这条裙子很漂亮,衬你皮肤白。"

李经理是个身材臃肿满脸油光的中年人,整天一副笑呵呵的样子。他虽然任设计部主管,可对设计并不怎么懂,对管理和营销很有一套,是人常说的那种笑面虎,平常对大家都和颜悦色,一旦谁犯事到他手上,马上翻脸不认人。大家都很讨厌他,又有些害怕他。

唯独罗晓蝶不怕,她偏不接他的话茬。男人殷勤的用心她怎么会不懂,只是她还不够圆滑,不知道该怎么应对,于是只是木然地看看他,又低头看裙角的爪印。

李经理有些尴尬,也不恼,只好自说自话地解嘲:"晓蝶就是这么有性格。"然后端着水杯向茶水间走去。

格子间的同事们都哧哧地笑,同时又很嫉妒罗晓蝶,嫉妒她有这份不畏强权的精神,而他们没有。

李经理走后,宋总监一个电话将罗晓蝶召到办公室,扔给她一份报表,面无表情:"把这个复印五份。"

罗晓蝶拿起那张报表,面无表情地朝打印机走去。想来有些伤心,工作一年了,她还在做这些打杂的工作,端茶倒水复印资料,也不清闲,她倒不怕忙,只怕忙得没有价值。职场新鲜人最可怜,穷、存在感弱、没有话语权,又常常会沦为上层斗争的炮灰。想当初自己被招进公司,也是风光一时,传为美谈的。只拿着一张毕业证和一摞布料就来应聘的她,没有工作经验,没有获过奖项,但当主考官听到眼前这些布料都是她设计的之后,眼睛亮了,当即决定录用她。可是,不知哪里出了岔子,她入职后并没有得到什么特别的关照和妥善的安排,明明应聘的是面料花纹设计师,可不知为何沦落为可有可无的透明人。

她心烦意乱,越想越气,一分神,竟然不小心把报表和废纸一起放进碎纸机里破坏了。完了完了,宋总监这个老女人,不知要用怎样恶毒的话来辱骂她。她捧着那些"尸首",欲哭无泪,想死的心都有了。

这时,李经理又端着茶杯慢悠悠地踱过来,看到她一脸无助懊恼,便关切地问:"怎么了?"

她叹口气:"资料碎了。"

李经理愣了愣,忽然唱起来:"知了睡了,安静地睡了,在我心里面,宁静的夏天……"

虽然是如此冷的笑话,罗晓蝶还是绷不住笑了,她当然不是笑李经理幽默,只是笑他滑稽可笑罢了。

李经理将这笑当做赞美和奖赏,愉快地说:"别担心,这报表我办公室还有一份,你跟我去拿,再来复印了交给她。"

能得经理如此爱护,任是哪个新鲜人都该感激涕零了,可罗晓蝶偏不,她宁愿去向宋总监坦白被臭骂一顿,也不想落李经理一个人情。世间人情最贵,她拿什么去还?

"不用了。宋总监那里应该还有。"她沉了口气说。

李经理碰了一鼻子灰，依然笑呵呵的，望着她走开的背影，感慨道："真是个傻孩子。"

果然，罗晓蝶一进总监室说明原委，就被宋总监劈头盖脸臭骂了一顿。她静静地听着，一言不发。

在公司里，宋总监宋辛是个别扭的人，年近四十没有结婚，也只好称其为一个姑娘，用世俗的恶毒叫法就是"老姑娘"。这个老姑娘其实并不显老，因为她不漂亮，不漂亮的人老了也不显老。这个老姑娘当然也不是姑娘，在中国人的词典里姑娘也有处女的意思，宋辛是有过男朋友的，当年两人留学法国，也曾郎情妾意，后来男友签了知名设计公司交了法国女友，从此萧郎是路人。宋辛一人回了祖国怀抱，发誓要做出一番事业。她当然有这资本，几年就在业界声名鹊起，也获过几次国际大奖，众人都对她刮目相看，男人却都敬而远之。下属们被骂了常常私下骂她是又老又凶的巫婆，她当然知道，也曾在会上愤然反击："没错，年轻貌美绝对是凌驾于一切天赋之上的最高天赋，可是，财富可以积累，阅历可以沉淀，而唯独年轻貌美，只会逐年贬值。不知道你们有什么好骄傲的。"

不知为何，罗晓蝶竟暗暗崇拜她，虽然她对罗晓蝶更刻薄。

现在，她又无意瞥见了罗晓蝶裙子上的爪印，登时尖锐地叫起来："你这裙子怎么回事？下午有一个产品介绍会，会后有一个晚宴，你就打算穿这个出席？"

罗晓蝶这才想起产品会和晚宴的事，她一阵头大，迟疑地问："我……我也要去吗？我就坐角落，没人注意我。"

"笑话，你要做产品解说，怎么可能坐角落？"

"这种事不是都由丽莎做的吗？"

"她请假了，今天你做。"宋总监口气强硬，一边收拾桌上的资料，一边说，"行了，报表的事你不用管了，去看看产品介绍的资料吧！"

这种露脸的美差，罗晓蝶做梦也没想到会落在自己头上，现在竟然让她捡到了，她连忙一口答应。

宋总监头也不抬："你的裙子，看着办。"

到了午餐时间，宋总监在餐厅看到罗晓蝶，见她依然穿着那件印着脏爪印的裙子，又一阵恼火："还没换掉啊？"

罗晓蝶不急不躁地回答："知道了，知道了。"

到了下午出发去酒店开产品介绍会，罗晓蝶焕然一新，白裙子上的爪印不见了，被几朵水波蓝的蕾丝花覆盖，那几朵花是她从公司仓库找来的小零件。这小心机，是旧时代母亲们都会的手艺，更是一个设计师最浅显的入门。

宋总监总算满意，没再说什么。同行的李经理大概忘了自己早上刚刚赞美过这条裙子，于是又说："晓蝶这条裙子很漂亮啊！"

这一次，她没有给李经理冷脸，微笑着答道："是啊！我也很喜欢呢！经理你也很有眼光呢！"

产品介绍会进行得很顺利，公司展示的是几款新科技提花面料的床上用品。对方是一家法国的公司，当即签下订单合约，皆大欢喜。罗晓蝶年轻气盛，自然会产生一种错觉，以为这天的顺利签约也有自己的一份功劳——她在介绍的时候，明知对方带有中文翻译，但还是颇有心机地使用了法语。她曾学过四年。想起上法语课的日子，仿佛还历历在目，那些夜课结束后的时光，和那段回校的路途，仿佛有一种特殊的记忆密码，一种混杂着夜市嘈杂和清凉月色的辛辣与清森的味道，瞬间涌上心头。

签约后是一个小小的行业联谊酒会，安排在酒店的顶层大厅，布置得低调典雅，有穿黑丝绒礼服的女生在弹钢琴，来客里除了刚才法国公司的客人，又多了许多其他的宾客。人们在酒会中结交四方，联络感情，寻求上升或攀附的契机，虚与委蛇和真心实意难辨，都说杯酒情深。公司里通人事的女孩已懂得酒会的重要，攒钱买珠宝和礼服，谓之战袍，每有宴会，盛装出席，情场如战场，以期遇见王子。

罗晓蝶的长裙竟然没露出马脚，反而平添几分清水出芙蓉的味道，时有人频频侧目。她这才注意到，宋总监穿了一件素色的款式简单的小礼服裙，也很典雅。虽然年近四十，但没生过孩子，身材曲线窈窕，在这特定的气氛和灯光下，显得女人味十足。

宋总监端着酒杯，和法国老板轻松自如地用法语交谈，罗晓蝶这才恍然记起，宋总监本来就留学法国精通法语啊！她完全可以自己做那场产品说明。罗晓蝶这一刻才明白，是宋总监有意提携她。

她有些感动，端了酒杯想向她敬杯酒，她知道自己这个样子看上去又笨拙又世俗，可她不知道还可以怎样做。

宋总监看到罗晓蝶想敬酒又犹豫的样子，主动走过来拢了拢她的肩，和她碰了碰杯，心情愉悦地开了个玩笑："法语说得不错，不过，别骄傲哦！错了一个小小的语法。"

宋总监的川字眉头舒展开来，灯光柔柔地打在她脸上，使她看上去年轻了几分。

回到家里，水已经来了，她却没心情洗漱，无力地摊在床上，心想，这真是疲惫的一天。

她很快跌入一个梦里。她梦到天空在下雨，她走在一条幽静的路上，两旁是开满洁白粉红的花朵的花树，她走到一个木栅门前，敲门，一个陌生女人来开门，那女人很美，也很冷漠，她说，你要找的人不在，他不在。她就站在门口，彷徨徘徊，她不知道自己该往哪里去，也不知道自己在找谁。她不知道梦里找的那个人，是他，还是他？

一个很忧伤的梦。

八卦是长了飞毛腿的，不到一个早上，罗晓蝶夜宴成功的事就在公司传开了。发现宋总监的助理丽莎正在通知几个设计师去开会，议题是关于夏季床品面料的开发设计。可是，这一次，宋总监还是将她遗漏了，明明昨天已向她抛出橄榄枝，今早见她却又是一脸冰霜。

看到连晚她几个月入职的琳达都被通知开会，罗晓蝶气不打一处来，闯进了宋总监的办公室。

"为什么？我当初应聘的是面料设计师的工作，就算新人要多磨炼，可我在这里都打杂一年多了，为什么开会不叫我？"

宋总监一反昨晚的亲切友好，神色严肃道："沉得下心，才能做得好事。你现在是什么态度？"

罗晓蝶提起一口气，双目喷火，却在看到宋总监严厉的目光后，瞬间熄了火。她恹恹地咽了口气，眼看着他们走进了会议室。她努力说服自己，不是说好了吗？不是早说好了吗？不要再为不属于自己的东西做无谓的争取，是自己的逃不掉，不是自己的要不来。

可是，为什么总是心有不甘呢？

百无聊赖地挨到下班，格子间的人似乎已走光了，宋总监忽然从办公室出来，抱着一大摞资料，径直走向她，将资料重重地放在她桌上，面无表情："想参加这一季的设计项目吗？"

罗晓蝶的神经瞬间绷紧，一脸狐疑："什么意思？"

"想的话，就今天帮我把这些文件处理一下，我电脑里的电子版备份遗失了，你把这些重新录入，整理出来。"

罗晓蝶仿佛瞬间打了鸡血，激动地站起来："什么时候要？"

"明天早上。"

她又瞬间被击倒："怎么可能？这么短时间。"

宋总监淡淡笑笑："能不能做到，只是看筹码高不高。"她用手轻轻地按了按文件，慢条斯理道："新项目我亲自带你。"

罗晓蝶倒吸一口凉气，鸡血又被重新注入，她忙不迭地回答："没问题，这点工作，小意思。"

童话故事里，灰姑娘被恶毒的后母安排许多繁重的工作设置了重重阻碍，最终排除万难才得以参加舞会见到王子。

古老的童话在现实生活中依然有积极的指导意义。

天渐渐黑了。华灯初上，写字楼人去楼空，如一只巨大的灯笼，渐渐熄了，偶尔有一两扇窗户的灯光亮着，如同灯笼里的余烬，不遗余力地闪着光。

每一栋大楼里都有这样的光，这是一座城市的精神，不甘心不服输的精神，只争朝夕的精神，俗称"加班"。

罗晓蝶伸伸懒腰，喝了一口凉掉的咖啡，继续盯着电脑屏幕，十指翻飞。

电话忽然响起来，在空寂的格子间显得格外刺耳。她连忙接起。

电话里传来文凤娇关切的声音:"晓蝶,吃饭了吗?在做什么啊?"

她一一作答:"吃了,刚刚和同事聚餐回来。现在刚刚洗完澡,躺在床上看电视。"其实刚刚吃了泡面,对着电脑输入一堆枯燥的表格。

"工作怎么样?还顺心吧?跟同事处得怎么样?你的暴脾气,可得收敛。"已经一年多了,文凤娇对她关心的提问句式,依旧是这老三样。

她继续扯谎:"最近设计新产品,很忙,但是领导很看重我的设计,所以我要多努力才对。"

"忙点好,忙点好,能者多劳嘛!"

罗晓蝶能想象到此刻文凤娇在电话那头欣慰的微笑、蹙起的鱼尾纹,和抱着电话的寂寞。文凤娇老了,真的老了,连骂人都骂不动了,所以已经很少骂人了,言语间渐渐有了老太太般的慈悲和絮叨。

罗晓蝶安慰她:"你乖啊!等我升了职加了薪买一个房子,就接你一起来住。现在住在林培的房子里,总是不方便的。"

林培在罗晓蝶毕业那年,彻底和自己的情人,也就是那家蝴蝶养殖公司的老板闹翻。老板的老婆在街上撞见林培和自己老公挽着手,上前厮打,曾经叱咤风云的林培岂能容她。林培奋力还击,不料男人在两难关头站在了老婆身边,出手打了林培。据说当时围观的人纷纷叫好,浪子回头夫妻和好感人肺腑,林培狼狈不堪千夫所指。几年青春就落下一套房子,角落旮旯全是伤心记忆,她伤心南下去了广州,房子就留给罗晓蝶住,倒是免了罗晓蝶毕业就加入城中村蚁族的行列。罗晓蝶常常晚上躺在床上望着房间唏嘘,她的月薪,连半平方米也买不起,难道文凤娇注定要在那个案板长蘑菇的房子里老死?

文凤娇倒是超脱得很,说:"你管好自己就行了,好不容易摆脱了你,我才不要和你一起住!"

罗晓蝶敷衍着,母女俩又互相叮嘱了几句,挂了电话。

桌上的资料堆积如山,还有大半工作没有完成,罗晓蝶用力甩甩头,重新投入战斗。

这座城市还有一些地方,灯光彻夜亮着,那是一些寂寞的灵魂取暖的火,那也是这座城市的精气神,是靡靡之音,是醉生梦死,是断香残酒,是微醺里的迷失,是清醒后的遗忘,是回甘里的记得。

夏杨习惯在酒吧里只点一杯酒,就静静地坐着,有时他会替一些失恋买醉的女孩算命,说一些文绉绉的话引起她们的好感,比如"向来爱是不坚牢,彩虹易散琉璃脆"。女孩们觉得他是有文化的人,很愿意把心事和他讲一讲,如此漫漫长夜里,听故事的人和讲故事的人,就都不寂寞了。偶尔也会有女孩和他回家,他也谈过一两段短短的恋爱,但都不长久,所以他依然经常来酒吧坐一坐。

酒吧里常常会出现打架斗殴的事情,而这天,夏杨竟然在这里,和人打了一架。

当他正在对失恋的长发美女灌输"向来爱是不坚牢,彩虹易散琉璃脆"时,有人多嘴打断了他。那人说:"真正的爱,不是彩虹,也不是琉璃,不会瞬间消散,也不会轻易破碎。"

如果这人是个陌生人,夏杨倒很有兴趣和他辩驳一番,可当他看清那人的脸,听完他的高论,他的第一反应是,这个人欠揍。于是他不由分说地抡起了拳头,骂声不绝:"去你大爷,你也配说爱。你又跑回来干什么?想祸害她是不是?我告诉你,今天我就打折了你,让你小子断了这念想。"

没错,那人正是谢嘉年。谢嘉年已喝得酩酊大醉,根本没有招架之力,浑浑噩噩如面袋子一般被夏杨拳打脚踢。起先有人来拉,夏杨却红了眼,像一头发疯的狮子,后来,有人报了警。

他们被带到了派出所。谢嘉年挂了彩,嘴角和眼窝都肿起来,眼睛布满血丝,没有光彩,衬衫也破了,像一个流浪汉,和流浪汉不同的是,他是一个优雅帅气的流浪汉。

夏杨依然骂声不绝:"瞧你那副尿样,转什么啊?"

谢嘉年似乎根本不认识夏杨,对他的叫骂充耳不闻,只是淡漠地看一眼,又将脸转过去。

"我告诉你,现在你和我在罗晓蝶眼里是一样的,你就是站在她面前,她也不会多看一眼,哦不,她会多看你一眼,她会撕碎你的。她恨你。"

听到"罗晓蝶"三个字,谢嘉年木然的双目亮了一下,像火,又很快熄灭了。他认同夏杨的观点，沙哑着嗓音说："她还好吗？"

"她好不好关你屁事啊？别在这里装大情圣了。"

谢嘉年沉默不语。

办案的民警大约见惯了这样的场面，懒洋洋地打个哈欠，心领神会地笑笑："为女人打架啊？出息！呵呵！姓名、年龄、性别？"

面对这种案件，况且双方相识，民警一般是和稀泥式地简单调解几句，谢嘉年也无意让夏杨赔偿医药费，民警便让他们签了字走人。

两人都意兴阑珊地往外走，忽然听到隔壁房间一阵嘈杂，一阵熟悉的女孩儿怒气冲冲的声音："警察同志，你们一定要严厉教育这个小偷，怎么能偷东西呢，好手好脚的做点什么不好！"

夏杨探头看看，另一间屋里，蹲着一个胡子拉碴一脸狼狈的男人，罗晓蝶正义正词严地指着一个小偷和民警说话。

天赐良机，给夏杨一次表现的机会，他怎能不抓住。他挺身而出，上前冲罗晓蝶狡黠地笑笑，帮忙去填表，她也无暇顾及太多，劳累一夜凌晨才回家眯一会儿，公车上都能遇到小偷也是倒霉，她现在只想赶紧录完口供填完表回公司继续加班。

两人走在逐渐喧嚣起来的大街上，罗晓蝶这才想起追问夏杨为何会出现在派出所。夏杨趾高气扬，一副邀功的姿态："今天我可是做了两件好事，当然，替你填表就不提了，我还干了件大事，替你报仇了，把那个负心汉狠狠地揍了一顿。咦！人呢？"

哪里还有谢嘉年的踪影，夏杨也一激灵醒过来，惊觉自己说漏了嘴，暗忖不能让晓蝶知道谢嘉年回国了，绝对不能。

罗晓蝶加了一夜班头昏脑涨，又被这些事叨扰得心烦意乱，根本无心听夏杨吹牛，也并没有太留意他的话，只是疲倦地说："派出所可不是什么好地方，没事少来。"

天边晨光熹微，夜色消弭，城市浸泡在薄薄的晨雾中，夏杨心里仍不踏实，小心翼翼地问道："你说，如果，我是说如果，谢嘉年忽然回来了，求你原谅，想要和你重修旧好，你会不会原谅他？"这是长久以来一直困扰他的一个问题，他依然天真地以为，如果没有谢嘉年，他这个青梅竹马，还是有机会从她身边那些追求者中突围的。

罗晓蝶忽然脸色一沉，眼神像要杀人一般，声音如万年寒冰："我说过了，谁要是再提那个名字，别怪我对他不客气。"说着，一记飞脚朝夏杨踢去。

夏杨反应够快，仓皇逃窜，有洒水车经过，他被淋得湿透。

她面无表情地走进公司大楼里，夏杨湿淋淋地站在路边，夸张地大喊："罗晓蝶，你这个狠心的女人。"

尽管累得头昏脑涨老眼昏花，罗晓蝶还是赶在九点上班前，将宋总监交给她的工作完成了。宋总监有些意外，又有些愧意，但不好表现出来，只是淡淡地说一句："辛苦了！"

罗晓蝶的心情瞬间落入谷底，半条小命快挂掉了，只换来一句没有感情色彩的"辛苦了"？那一刻，她忽然想放弃了，她不知道自己留在这座城市有什么意义，还不如听文凤娇的话，回花浔算了。

就在她万念俱灰甚至打算写辞职报告的时候，丽莎又出来通知开会，并且特意单独通知她："宋总监让我通知你去开会，说你这次跟她一个创意小组。"

四周马上投来艳羡的目光，谁都知道被宋总监收入麾下意味着什么。罗晓蝶松下一口气，又提起一口气，跟丽莎走进会议室。

接下来的半个月过得无比顺遂，罗晓蝶的奇思妙想总能得到宋总监的认可，她们配合默契，李经理也安分了许多。李经理向来对宋总监忌惮三分，如今罗晓蝶是宋总监的人，他没理由再纠缠。

这天，罗晓蝶陪宋总监一起去厂子里看样品，回来的路上，经过一家酒店，她的心一紧，一阵心烦意乱，于是对宋总监撒了个小谎："宋总监，我有点私事要办，就在这里下车吧！"

是周先生曾住过的那家酒店，三年来城市的每个角落都在变迁，四周的店铺和景物都有改变，唯独这家酒店依然保持原貌。不知为何，她有一种强烈的预感，觉得周先生仍住在里面，冥冥中，那座气势恢宏的酒店仿佛有一种魔力吸引着她，仿佛有一种莫名的力量在身后推举着她，一切仿佛和三年前无异，她是心思单纯的女生，来这里会一位忘年的朋友，还一本书，或者吃一盘蛋炒饭，又或者只是谈谈天。

她沿着悠长的走廊，茫然地寻找，终于在508前站定，举起手，又放下了。

罗晓蝶啊罗晓蝶！你这是做什么？你是只迷人不迷信啊，预感是什么玩意儿？别傻了！

她说服了自己，也渐渐压制住心头那莫名其妙的预感。

服务员从旁边经过，狐疑地看一眼，礼貌地问："小姐，需要帮忙吗？"

她失神地摇摇头，朝电梯间走去。

电梯缓缓下行，"叮"一声，门缓缓打开，有人进来。

她沉浸在心事里，莫名地，忽然觉得四周有些异样，目光循着那双皮鞋向上游走，她的身体忽然僵住。

是他。

依然是清爽的休闲衣裤，却难掩骨子里的英气和优雅，但他的眼神是落寞清凉的。他也认出了她，两人的目光撞上，他的眼神瞬间恢复灼人的温度，略一迟疑，他反应过来，一把抓住她的手："晓蝶！"

她反应过来，忽然如蝎蜇一般后退一步，缩回了手："放开我。"

电梯停靠，门适时打开，她头也不回地跑出来，他也迅速追出来，再次用力抓住她的手臂，声音急促恳切，甚至带着一丝哀求："晓蝶，别走！让我好好看看你，我，好想你。"

他没有说"听我解释"，没有说"一切都怪我"，在分别三年之后，他开口就说"我想你"，情话是发自内心还是随意，她已无从分辨。他总是这样，无情又似深情，那三个字如同电击一般，搅动凌虐得她的心一阵绞痛。她的泪水瞬间夺眶而出，目光无声而哀恸，她用力挣脱了他，迅速逃开了。

她不想再见到他，永远也不想。他什么时候回来，回来做什么，都和她没有半点关系，她会忘记他，干干净净，永永远远。连名字也不再记起。

谢嘉年！

仙人掌花园·亲密小诗

亲爱的名字，
刻在心上的蓑字，
鼹面的一点桃花，

烈焰焚烧
余烬里的一声呐喊。

02

早上连开两场会议，午饭陪宋总监与客户吃的，根本没吃几口，下午又去厂里盯着，回到公司已到下班时间，想起布料厂出的一批货并不满意，脑子里有了新的点子，又在电脑里的设计图上修改。

再抬头时，已是华灯初上。

罗晓蝶拖着疲倦的身体，踩着高跟鞋，走出大楼，准备赶最后一班地铁。

从什么时候开始，罗晓蝶变成了这样一个工作狂，马不停蹄，不知疲倦。她站在路边眯着眼想了想，好像是从遇到谢嘉年的那天开始，她生生将自己推入一个连轴转的工作状态。忙一点儿，再忙一点儿，把每一分钟填满，把思绪的每一个缝隙填满，把辛苦注入身体的每一个细胞，回家后倒头就睡，就什么都不用想，连一个梦也不做。

用这种粗暴的方法，将谢嘉年的气息驱逐出境，不留一丝痕迹。她做到了。

心被填满，身体却被掏空了。过马路的时候，眼前忽然一片漆黑，身体仿佛急速坠入一个深渊，世界暗下来。

恍惚中，她听到耳边焦灼的呼唤："晓蝶，晓蝶，我的孩子，你醒醒。"

温柔的大手，宽厚的臂膀，舒适的怀抱，如同一个黑暗中安适的梦境。

醒来在医院的病床上，身体虚弱无力，手臂注入冰凉的液体。

门外隐隐传来一个沉稳的男声："医生，她没事吧？"

"不过是压力过大，没有按时吃饭，有点低血糖，没什么大碍，休息两天就好。"

她狐疑地环顾四周，住的这间似乎是医院的高级病房，宽敞温馨，救她的人，会是谁呢？

门被缓缓推开，一个高大的身影在她眼前站定，她的心骤然被攥紧，她想坐起来，却浑身无力。

"别动！你这个小迷糊，每次遇见你，总是在出状况。"

"是您吗？周先生，真的是您，真的是您。"她像复读机一样重复着。

"是我。"周先生在床边坐下来，疼惜地凝望着她。

三年了，他的鬓角有了白发，眼角添了皱纹，目光沉淀了忧郁。他微笑着望着她。

她眼中的惊喜却忽然熄灭了。最记仇的金牛座，忽然想起了他的不辞而别，想起了他的杳无音信，她垂眸，口气疏离地说："谢谢您，周先生。"

"我们不是说好了吗？叫我周叔叔。"

"可以吗？也许我们只是比陌生人稍微熟悉一些。"她语含怨怼。

周先生脸上的笑消失了，浮现一丝愧意，正色道："晓蝶，人生有太多的身不由己。"

"什么身不由己，即使是普通的朋友，分开的时候，打个招呼总是可以的吧？您知道当初……"话说一半，她停下来。时过境迁，她知道再说那些已毫无意义。

"那时我突发心脏病，被送到医院抢救，脱离危险后又送回美国治疗，在西雅图的乡村疗养，过着与世隔绝的日子。当初没有来得及和我的小朋友辞别，不知怎样才肯原谅？其实我一直在关注你，你现在在的公司我也是知道的。"周先生眉头一皱，眼中掠过一丝复杂的神色，说不清，道不明，言辞认真地解释，真诚恳切，不由得她不信。

她忽然想起公司谣传已久的那个关于神秘大"Boss"的传闻，不禁好奇心起："那么，您现在身体怎样了？那个从不露面的神秘大'Boss'，其实就是你？"

周先生点点头。

她困惑不已："为什么？为什么要这样藏于幕后？"

"也许只是觉得自己的长相差强人意,也许是有社交恐惧症,我比较怕见人。"周先生半是认真半是调侃。

她惊呼:"怎么会?你是一个老帅哥好不好?社交恐惧症,怕见人?我不是人?"

周先生宽容地笑笑:"你是例外。"

夏杨打着来给罗晓蝶还钱的旗号约她共进午餐。

本着"经常亮个相,增加好印象"的原则,他时不时会以青梅竹马的身份出现在她的公司,每次来都不空手,不是带刚出炉的蛋挞,就是珍珠奶茶,人人有份,像外卖小哥一样讨人喜欢,有好几个女孩成了他淘宝小店的忠实客户。她们告诉他罗晓蝶住院了。

"好好的怎么会病了?还住院这么严重?前几天见她还活蹦乱跳的。"

有坚实的群众基础,格子间的女孩们对他言无不尽。

"谁知道啊?有一天从外面回来,整个人就魔怔了一样,要么就坐电脑前发呆,要么就发疯一样工作,好几天都没怎么吃饭,要成仙了,能不病倒吗?"

"她家里是不是出什么事了?受什么刺激了?"一个女孩八卦。

夏杨白一眼:"说什么呢?你才受刺激了。拜了,回见。"

他飞奔下楼,一边打车,一边给罗晓蝶打电话:"你怎么把自己作到医院去了?你看看你,都瘦成女鬼了。等着啊,我马上到。"

一辆出租车正好停下,夏杨正要上车,忽然被人一把拉住,回头一看,又是谢嘉年。

"谁住院了?谁病了?是不是晓蝶?"

夏杨气不打一处来:"怎么哪儿都有你?你还有脸问。我问你,是不是你见她了?不然谁还能有这么大能量,让她疯魔成病。你最好离她越远越好。"

有哀恸在他眼底一闪而过,谢嘉年再次抓住夏杨:"带我去见她,我只去看看,看一眼就走。"

司机开始催促,夏杨狠狠瞪一眼,两人上了车。

一路上，夏杨恶狠狠地命令："我告诉你，绝对不可以进去，看看就行了啊！她可是恨你恨到骨头里去了，那天我就提了一下你的名字，就被她暴打一顿。也难怪，要是我，杀你的心都有了。昨天还情深深雨濛濛的那个人，一觉醒来就不告而别，像水蒸气一样蒸发了，谁受得了？她那么骄傲，那么脆弱，却不肯在人前流露半分。她的世界，我从来没有走进过，但我知道，她很痛苦，她拼命工作，下班早的话，就一个人在楼下跑圈，直到累成狗才回到房间。我遇见过好几次，她说，那样就可以一觉睡到天亮，不会做梦。"

谢嘉年只是说："她应该恨我，只是，我……"

话未说完，夏杨粗暴地打断："身不由己、一言难尽这些话，不用给我说。谁不知道啊？不就是门不当户不对家里人反对嘛！有钱还想有权，娶公主锦上添花，活该灰姑娘变成笑话。你这个自私冷漠无情的家伙。"

谢嘉年无力反驳，只好沉默不语。

到了医院，夏杨自顾自进了病房。谢嘉年沉默地跟在身后，在病房门外站定，踟蹰半晌，最终脚还是没有迈出。

隔着玻璃望去，她脸色苍白如纸，人单薄得像一片叶子。

夏杨进门就婆婆妈妈地絮叨："你竟然会低血糖，想想小时候，壮得像头牛，上课偷吃我的面包，去莫七七家做客，女孩子家家，饺子能吃二十个。看看你现在，吃个饭像喂蚊子，能不病吗？"

罗晓蝶虚弱地笑笑："我就是减肥。"

夏杨口无遮拦："骗鬼吧！你减肥？你这是自虐。你就像那掉在河里的人，到现在也没爬上来。"

"瞎说什么呢？"

"我是说，你见到谢嘉年了，你可以骂他、抽他，可你别跟自己过不去，自己折磨自己算什么女侠？"

夏杨以为自己小小幽默一下能调剂一下气氛，未料到罗晓蝶眼中迅速燃起火焰，她忽然抄起床头柜上的一把水果刀，直指夏杨，双目喷火，像发怒的母狮子嘶吼："我说过了，谁再提那个名字，我对他不客气。

那三个字,早已是我生活之外的事,我不想听见那个名字,也不想再见到那个人。你再说,别怪我翻脸。"

夏杨吓得举双手做投降状,连连道歉,说了好多软话,她才平静,将刀子扔到一旁,恼火地躺下,用力一拉被子:"你走吧!我累了,要休息了。"

夏杨自知说错话,也不敢再造次,瑟瑟缩缩地指指桌上的水果:"记得吃啊!那我走了。"然后落荒而逃。出门一看,那个跟他一同来的人,早已不见了踪影。

罗晓蝶的声音回荡在耳边,像魔咒挥之不去,像利刃,寸寸割裂着谢嘉年的心。

他知道她恨他,却不知道这恨这么深。她愤懑的眼神、绝情的语气,充斥着每一寸空气,丝丝缕缕,累累坠坠,像厚重凝滞的阴云,压得他喘不过气来。

六月天气无常,忽然下起雨来。雨像青色的水晶珠子往下砸,他没带伞,被淋得湿透。

小酒吧冷冷清清,他躲了进去。酒带来温度,身体暖和起来。寒冷的人贪恋温暖,那温暖轻易将人带入幻境,如同卖火柴的女孩手中的火柴,一根一根点燃,一幕一幕温暖的幻境开始出现。

是歌里唱的那样,那个永恒的夜晚,他与她第一次在望远镜里观赏夏夜的星空。他们与星空对望,如同窥探到宇宙秘密的心脏,看到老王子和小王子,看到谪仙人,看到穿纱衣的仙女,在星空下萃滤了尘埃杂质的内心满足而感动,月下的少女花明照眼。

他们走过的长街,风从遥远的地方吹来,不肯停歇,花香自洽,种子落入泥土。春天的水泽盛产白茅,她骗他吃掉那清香软糯的内芯,然后看他狼狈的样子,哈哈大笑。粗鄙朴素的乐趣,他到现在还记得。

他曾许下誓言:"我愿是那英仙座,永远守护仙女座。罗晓蝶,你愿做我的仙女座吗?"

"有一天,我要带你到南纬31°的地方看一看。"年少的誓言像蒲公英,风一吹就散了,他却知道,那小小的花伞带走种子,落入泥土,早已生根发芽。

他想起那个吻。雪地里的吻,比雪更洁白,她像幼兽一样泅进他的怀里,带给他温暖。

然而温暖并不会停留,火柴一根一根燃尽,幻象中的温暖戛然而止。身边是一张张陌生木然的脸,他的影子虚贴在雨水斑驳的窗玻璃上,一束霓虹投射过来,影子便碎了。雨越下越大,他觉得彻骨地冷。

他眼前朦胧起来,仿佛又置身那间冰冷的病房。他亲爱的祖母,那会做果酱唱歌谣的祖母,陷入重度昏迷,全身插满仪器的管子,静静地躺着,如死去了一般。

走廊里儿女们默默垂泪。

祖母将面临一场手术。医生说,做了手术,她还可以活很久。

父亲拿着笔,表情凝重,在手术知情书上签字。

他也侍立一旁,焦灼地等待。在被软禁三个月之后,因为祖母这次恶疾,他得以自由,来医院探望陪伴。

耳边忽然响起一个苍老低沉的声音:"不要签了。"

太爷爷坐在轮椅上,被家人推着,出现在众人面前。

"为什么?"父亲不解。

"不做手术,放弃治疗。"

"为什么?"儿女们惊诧。

不做手术,随时有生命危险。祖母不过古稀之年,在医学昌明的现代,并不算长寿。她也是出身良好的大家闺秀,嫁给祖父生了一男两女三个孩子,丈夫却英年早逝,她未曾改嫁,在这豪门大院里侍奉公婆,敦睦妯娌,教养子女,慈悲而善良,到头来,却在沉疴在床时,被富可敌国的公公宣布死刑。

儿孙们向来对太爷爷的言行敢怒不敢言,这一次,却都不愿沉默了。

"明明可以治好,医生说虽然手术有风险,但只是千万分之一。"姑母说。

"不,不做手术,拔掉氧气,放弃治疗。"太爷爷斩钉截铁地说。

"为什么？"父亲怒吼着，红了眼。

"你母亲是信佛之人，我相信她如果清醒着，这也是她的意愿和选择，佛教徒相信因果关系，她相信大道自然的法则定律，所以，顺其自然吧！"

这套理论，在谢嘉年这里完全行不通，他不能眼睁睁地看着祖母就这样被病痛折磨着离世，他童年的第一首歌谣，是祖母教的，他爱吃的桂花酒酿，谁也做不出祖母的味道。他贪恋祖母衣襟上樟脑与茉莉的一缕香，在花浔的那些日子，他常常在梦里听到祖母的声声呼唤："嘉年，我的嘉年哟！"

他双目如剑，死死地盯着太爷爷，这个冷酷自私的老人。

"不行，马上手术，要最好的医生，用最好的药。"他不容置疑地说。

"放弃治疗，顺其自然。"太爷爷依然冷冷地说。

儿女们齐齐在他面前跪下，泫然泪下，苦苦哀求。

"这个家我说了算。"太爷爷的声音不怒自威。

谢嘉年忽然失控，在众目睽睽下大喊起来："你到底想怎样？你要折磨我到什么时候？你现在就杀了我。怎么才能让你放弃你冷酷无情愚蠢可笑的想法？她做错了什么？你凭什么可以决定一个人的生死？你是个魔鬼，没有人性的魔鬼！"

所有人都愣住了。从来没有人敢挑战老爷子的权威，更不敢如此明目张胆地辱骂他。大家都屏息，紧张地望着老太爷，又望望谢嘉年，心想这孩子八成是被关出毛病了。四个月前，他被老太爷派人从中国用非常手段"绑"回来，软禁在家族的马场里，没收了所有电子设备，断绝了一切外界联系，骑马成为他每天唯一的活动，疯狂地绕着跑马场驰骋，飞一般，以为自己是自由的。而他不知道那时的她，同样陷入无人挽救的深渊，每天绕着操场跑步，在四周充满恶意的流言和目光里，孤独而茫然地跑，像痛苦一样，没有终点。

母亲忙护在他身前，代他赔罪，谢嘉年却并没有因此而惧怕退缩，挣脱母亲，站在了太爷爷眼前，声色俱厉："我很清楚我在说什么，我说得不对吗？你要惩罚我，现在就杀了我，可是奶奶做错了什么？我要她接受最好的治疗，我要她健康地活着，尽了人事，才可以听天命，你听到了没有？"

太爷爷充耳不闻，气定神闲地对医生说："就照我说的做吧！"

"不可以。"谢嘉年忽然在太爷爷面前跪下来，泪无声地流下，声音虚弱无力，"你到底要怎样？你到底想怎样？"

太爷爷的脸上，露出一丝诡谲的笑。他用这种绝情的方式，摧毁了谢嘉年心里那道坚牢的壁垒。

就在那天，他在祖母的重症监护室外，写下了一份最屈辱的保证书。他答应不再见她。

三个月后，祖母病愈，他被安排去美国读书，谢伯陪读，是陪伴，也是监视。他像一只落入蛛网的飞虫，无法挣脱，无力自拔，那场重症监护室外的抉择，像一个噩梦，常常在午夜扼紧他的喉咙。思念如同炼狱，炮烙着他的心。他却不能再见她。

两年后，祖母的肿瘤再次复发，无力回天，终于撒手人寰，他回国奔丧，内心哀恸而释然。太爷爷知道已失去要挟嘉年的筹码，但以为三年的时间够长，他早已将那个中国女孩忘却，便放松了警惕。一个月后，他独自回到美国，学业也已结束，办理完手续，他马上买了机票，迫不及待地回到了中国。

三年时间，废墟上盖起高楼，城市间修建了高铁，小苗长成了大树，少女们变成了格子间里的职场丽人，她们穿着高跟鞋，戴着工牌，化着精致的妆。一切都变了。

……

他端起酒杯，一饮而尽，冰凉的液体下肚，带来欢愉，眼皮重重地压下，他累了，任性地倒地而眠。

晚安！晓蝶。

想念的人，会在梦里相见。

一夜宿醉。

醒来时，发现夏杨正坐在沙发上，悠闲地喝着咖啡。

谢嘉年闻到满屋酒气，皱皱眉："你怎么在这儿？"

夏杨不满地嚷起来:"哎?有没有良心?你喝高了躺酒吧地上了,我学雷锋做好事送你回来的。"

"哦!谢谢你。"谢嘉年淡淡的,顿了顿,又说,"只是,你怎么还没回去?"

夏杨轻啜一口咖啡,苦得皱起眉,酸溜溜地说:"住这么好的酒店,住这么大的房间,不愧是豪门公子,真奢侈啊!我本来是要回去的,一想到你一个人住这么大的房子太浪费了,要物尽其用啊!回去打车还得再花二十,太不划算了,我就干脆在沙发上凑合了一晚,不用觉得招待不周啊!沙发挺舒服的。"

谢嘉年哭笑不得,见他没有要走的意思,只好做个顺水人情:"一起吃早餐?"

夏杨的眼睛亮了:"行啊!听说这家酒店的早餐不错的。"

酒店的早餐品种丰富,口味一流,夏杨一边满足地享用美食,一边随意聊天:"你回来多久了?"

"一个多星期。"

"啧啧!我查了,这家酒店你住那间房一晚上一千多,一个星期,七八千了,你有病啊?反正家里有钱,可劲造吧!"

谢嘉年脸上一窘,说:"我正在找工作。"

夏杨差点喷饭:"找工作?别说你是个名校毕业的海归,现在的就业行情,差点四五千,撑死也就六七千,住一个星期酒店就没了。游玩几天散散心,就乖乖地回去吧!继续做你的豪门公子财阀二世,这里不适合你。"

一层淡淡的忧郁浮在眼底,谢嘉年叹气:"我也正在找房子。那个家,我不会再回去了,也回不去了。"

"少来,你这种人,心口不一,最虚伪了。你舍得抛下那么大的家业?不然当初也不会走得那么干净,人间蒸发了一样。"

"不是的,你不懂。"夏杨的话,又勾起那段伤心的回忆。谢嘉年无法当夏杨是知心的朋友,无法告诉他,自己那日是怎样被谢伯骗下楼,喝过一杯水之后,便昏昏沉沉,被"挟持"上飞机,再醒来时,已隔山隔海,隔了天涯。

"是啊！你们有钱人的世界我不懂，也不想懂。"夏杨忽然诡异地笑笑，贱兮兮地问，"对了，你都来了，你那个跟屁虫公主没来？说真的，没有人和我斗嘴斗诗了，人生真是寂寞如雪啊！"

"她在巴黎读书，我也很久没见她了。"他顿了顿，正色道，"夏杨，我下午有个面试。麻烦你帮我留意一下合适的房子。"

夏杨臭拽地大嚼大咽，嘟囔着："我和你是情敌，我怎么会帮你。笑话！祝你在这里住到山穷水尽弹尽粮绝。"

"嘿！我亲爱的朋友们！我回来了。"

一个清脆欢快的声音在耳边响起。

两人侧目。

两米开外，一位装扮入时的混血美女站定，脚下是一只卡哇伊的粉色行李箱。她俏皮地摆了个"pose"，冲两人眨眨眼睛："没错，是我，就是我。"

是米雅。

她欢快地跑过来，在谢嘉年脸颊上亲了一口，他木然地躲了一下，没躲开，便无奈地接受了，接着，她转头与夏杨兴奋地击掌，两人异口同声："说曹操曹操就到。"

欢乐指数瞬间上升。

夏杨借花献佛地倒一杯饮料给米雅，她落座，喘一口气，认真地问："谁要去面试？"

"我。"谢嘉年闷闷地说。

"不可以。嘉年，你如此优秀的人才，去和那些平庸的毕业生竞争一个工作机会，抢人家饭碗，那是不道德的。"

夏杨在一旁暗暗竖拇指，悄悄地怂恿米雅："说得对极了，赶紧劝他和你回去吧！此地不宜久留。"

米雅却并没有理会夏杨，自顾自说道："你是做大事的人，你不远千里来到中国，不应该做那种抢人饭碗的损人不利己的事，你要为大家排忧解难，创造劳动机会，如果能顺便解决一下我这个巴黎高级时装学院的高才生的就业问题，那就再好不过了。"

谢嘉年自然听懂了米雅的意思，苦笑一下："创业？你一定已经回过拉哈鲁了，想必已经知道了，家里不会给我资金投入，我已和太爷爷决裂。"

"所以更要做一番事业给他看看啊！资金，不是问题。"米雅掏出一张银行卡晃了晃，"快叫我小仙女。"

"你哪儿来的钱？"谢嘉年问。

"本公主让母后大人特别申请的，每一位公主出嫁时，王室都会有一笔款项作为陪嫁，我提前预支了。"

"不知公主身价几何？"夏杨调侃。

强烈的暗示意味，让谢嘉年感到很有压力。三年了，她离开中国后，并没有像以前一样追随他而去，而是选择去了法国读书，偶尔联系，淡淡交往，他以为她长大了，放下了，现在，却又以这种方式出现在他面前。他沉一口气："我不能用你的钱，而且，我也无意做一个商人。"

夏杨嬉皮笑脸："米雅，投我，投资给我，咱俩办一个国学馆，我明天就给你写一份详尽的企划书。"

"听起来倒不错，好哇！写一份企划书，咱俩分析一下可行性。不过呢！我更想做一个婚纱设计师。"米雅见谢嘉年意兴阑珊，自己便也有些扫兴。

夏杨谄媚地笑："好说好说，咱俩慢慢商量，不带他玩，让他一个人坐吃山空弹尽粮绝滚回拉哈鲁去。"

谢嘉年喝一口咖啡，目光投向窗外，不置可否。

仙人掌花园·睡前故事

小男孩在花园的一片空地上，捡到了一个神灯，它长得很奇怪，像一个大茶壶，小男孩很喜欢它，觉得它就是神灯，他时常对着神灯许愿。

每晚临睡前，小男孩会对着神灯许愿："希望明天上学会遇到那个穿白裙子的女孩，希望她会对我笑，希望能和她成为好朋友。"

有一天，穿白裙子的女孩对他笑了，他的愿望实现了。

每晚临睡前，小男孩会对神灯许下三个愿望："希望明天上学不要迟到，如果迟到，希望不要被老师罚站门口，如果被罚站门口，希望不会被隔壁班的白裙子女孩看到。"

你问他为什么会许这样的愿望？因为他是迟到大王啊！

小男孩的愿望实现了。白裙子女孩每天早上在男孩家门口叫他起床，他再也不迟到了。

他觉得神灯真灵验。

现在，他依然会对着神灯许下愿望：希望他在窗玻璃上写下的"sorry"，女孩看到了；希望女孩看到后原谅他，希望原谅他的她，依然是他的好朋友。

虽然他知道神灯并不灵验，神灯只是一个大茶壶，可他依然愿意这样想一想。

03

周先生来接罗晓蝶出院。她恢复得不错,只是脸色还有些苍白。

周先生说:"忘记一个人只需要两种东西,时间和新欢。有人选择了时间,有人选择了新欢。"他转过头,意味深长地笑笑。

她低头不语,不置可否。

晚上,林培打来电话,语气里兴奋满溢:"晓蝶,亲爱的,告诉你个好消息,姐们儿我又恋爱了,姐们儿有新欢了。"

罗晓蝶淡淡地说:"哦!那恭喜你咯!"

林培属于腿长胸大的美女,去广州后,机缘巧合地拍了几次平面广告,机缘巧合地签约了一家经纪公司,人生忽然顺遂起来。这样的电话,每个月总有那么两三通。有时是深夜买醉后的胡言乱语,有时是闺密间的情感倾吐。罗晓蝶就静静听着,甘当一个情绪垃圾桶。

一天之中,连续两天听到"新欢"二字,罗晓蝶心里微微一动。

晚上去酒吧小酌一杯,不知怎么后来变成了大酌,她渐渐微醺,忽然好像刚刚发现对面坐了一个人似的发问:"哎,你叫什么名字?"

一个高大的身影出现在她朦胧的视线里,她还没有看清,就被猝不及防地拉入一个怀抱里。谢嘉年紧紧地箍住她的双臂,深深地凝望她的脸,用命令式的语气道:"你不可以再喝了。"

曾以为是恨深似海,为什么看到他,依然忍不住想靠近?但残存的一点理智让她用力挣脱:"放开我,你管不着。"

谢嘉年再次用力抓住她的手臂,目光逼近,声音喑哑,语气中却带了悲伤和恳求:"晓蝶,你听我解释。"

她忽然嘲讽般恣意大笑起来:"解释,你不觉得现在解释什么太晚了吗？你以为你是谁，想来就来，想走就走。我不会再那么傻，一次次相信你，一次次被你戏弄，不会，再也不会了。你家世好，我是灰姑娘一个，高攀不起。"

他动作一滞，垂眸道："别提什么家世，我已经……我不会再受他控制，不会再回去了。"

"那太可惜了，本姑娘当年就是看上你家世好想高攀嫁入豪门啊！你如今还有什么光环？和大街上那些毕业就失业的人有什么区别？我还不稀罕多看你一眼呢！"她冷笑着，轻轻地挣脱了他。她不知道为什么要说这些违心的伤人的话，看到他难过，她一点也没感到报复的快感。

他的脸上露出骇然而痛苦的表情，声音低沉苦涩："晓蝶，不要这样说自己，也请尊重我们曾经的那份感情。"

"曾经，呵！对，已经是曾经了。"她的脸上，露出淡淡的讥笑。

谢嘉年一阵沉默，他深邃的眼眸中骤然闪过一丝狼狈和恼火，他冷冷地说："罗晓蝶，没想到你也是这种爱慕虚荣的女人。"

话音刚落，一个重重的巴掌落在他的脸上。他愕然。隐隐的灼烧和刺痛感从耳根传来，他下意识一摸，一道细细的血痕，血珠迅速冒出。

哪个女孩不曾留长长的漂亮指甲？而她的指甲，变成了武器。周遭的世界忽然安静了，她惊愕地望着自己的手，吓坏了，犹豫地向前一步，又退回，自尊让她无法流露出丝毫关心和不舍。她咬牙切齿地说："是的，我一直是这样的女人。你走吧！我永远不想再看见你。"

他收回灼人的视线，眼中只留绝望和悲伤，一颗心渐渐下沉。闭上眼，一阵钝痛在心头蔓延滚过，转身，脚步沉重地走出了她的视线。

哀莫大于心死。

夏杨看到谢嘉年耳根下那道细细的伤疤后，明白了一切，明白他明明已经应聘了一份旅游杂志摄影师的工作，却在入职不到三天就放弃了。他放弃了理想，终于还是回到家里为他铺设的商界精英的人生轨迹上，接受了自己的命中注定，成为一名商人。

夏杨在镜中扯着脖子观摩自己耳根上那道伤疤，对谢嘉年说："黥面之刑，永世不得翻身了。兄弟，同病相怜，认命吧！"

一方婚纱会馆开张剪彩，鲜花簇拥，礼炮齐鸣，米雅最开心。能和喜欢的人共事，能做自己喜欢的工作，她已经无比满足了。她已不奢望他能爱她，没有自尊的爱让她变成自己讨厌的样子，现在，她只想安安静静地做一点儿自己喜欢的事。她给谢嘉年吃了一颗定心丸："放心吧！就当我是股东，或者债主都行，我堂堂公主，这点嫁妆钱怎么行？帮我多赚点，我看好你哦！"只是她的心底，藏了一个小小的秘密没告诉他，那笔钱，其实是谢嘉年母亲托她带来的，谢母在家中人微言轻，目睹儿子背负着沉重的人生枷锁和家族包袱离开，她心疼他，只希望从小生活富足的他有金钱傍身，进退裕如。

夏杨也终于摆脱了小淘宝店主的命运，成为一方婚纱的小小股东，每天衣着光鲜志得意满迎来送往，大有登上人生巅峰之感。而他多年练摊经验和网店店主的素养，以及深厚的"文化"底蕴，令他如鱼得水，连米雅也不得不称赞，他确实是一个营销人才。

谢嘉年基因里的商业细胞，开始淋漓尽致地展露。从会馆最初的选址落成，到产品开发，营运管理，他都能敏锐清晰地决策，显示出卓越的管理才能。他亲自给人力资源部上培训课，那些深奥的经济学原理，从他口中说出，变得浅显易懂，夏杨会不甘心地在一旁插嘴："没错没错，什么叫鲶鱼效应，什么叫合理化烟幕，懂了吗？夏经理我已经将这些理论完美地结合在实践中了。"众人都笑。

最让夏杨折服的是，曾经目下无尘倨傲清高的谢嘉年，在工作中不得不面对形形色色的人，政府官员、难缠客户、竞争对手，他也能放下身段，周旋交往。看着他举手投足沉着自信，连夏杨也忍不住调侃："难怪她们前赴后继的。"

而米雅在工作中，仿佛认识了一个完全陌生的谢嘉年。米雅自己除了服装设计，生意方面的事一窍不通，而他除了在自己的专业领域游刃有余，其他方面几乎是个全才，偶尔米雅灵感枯竭，他会适时给出巧妙合理的想法，摄影师请假，他可以亲自上阵，甚至于会馆的装潢，都是他亲自设计，会馆的名字，也是他起的。

说起"一方"这个名字，三人曾商量了很久。夏杨仗着熟读诗书，起了许多千奇百怪文绉绉的名字，都被否决，最后，谢嘉年提议叫"一方"，夏杨为反对而反对，坚决不同意："有什么特别啊？不如叫四方，名动四方嘛！"

　　米雅也凑热闹："那也可以叫八方吧？八方来贺，八方支援，哈哈，哈！"自己也觉得好笑似的笑起来。

　　当谢嘉年说明了"一方"的寓意，那两人都信服了。

　　他说："我们的店名，既要是'logo'，也要是'slogan'。没有进行市场分析、竞品分析、目标客群分析、产品价值梳理、卖点提炼，就随便抛出一个名字，是不负责任的表现。'在水一方'，具备香草美人的美学意义，又有爱情里可遇不可求的唯一性和神秘感，更有为了所爱不惧艰难险阻上下追求的象征意义，你们觉得怎样？"

　　一方婚纱会馆很快在业界声名鹊起。米雅有名校科班出身的扎实功底，也有她从小生活的故乡美丽自然风光的创意源泉，更有王室贵族的气度底蕴，她的婚纱和礼服设计里，不乏丛林、阳光、海浪、飞鸟这些自然元素，也有绝色倾城、华丽优雅的风格。她的婚纱，成为这座城市诸多中产人士结婚的新宠，令"一方"声名远播。

　　而谢嘉年深谙市场规则和资本运作，他的所有时间被工作填满。四个月后，一方婚纱会馆在这座城市开了第一家分店，一年后，一方婚纱已在这座城市开了六家分店，年利润额超千万，成为业界的一个传奇。此是后话。

　　后来很长时间，他没有再见过她。可他的心，像一座四面漏风飘雨的房子，风灌进来，雨飘进来，全是思念，他不知道何时阴天雨天台风天，他无力阻挡，防不胜防。

　　公司的新品发布会上，宋总监送了罗晓蝶一份大礼。

　　这一次夏季新品，共四个主题，荷塘、竹影、紫薇、蝉雨。罗晓蝶独挑大梁，从面料、花型、配色、织纹、风格，甚至到文案诠释，她全程参与，虽然按照惯例，设计产品的署名权最终一般只会属于总设计师，但能让自己的创意面世并且上市，她已十分满足。万里长征终于迈出第一步。

　　发布会上订货商和媒体云集，宋总监上台致辞："我们海纳家纺公司之所以能在行业中独树一帜，最大的优势是，我们的面料，是独家设计，我们有自己的设计团队。而这一期新品的主设计师，是设计师罗晓蝶。"

众人哗然。记者们的镜头在人群中搜索着。

罗晓蝶毫无准备地被推至台前。宋总监笑意盈盈地揽过她，向众人介绍："众所周知，时尚总是轮回变化的，我每一期做新产品研发，都会到公司的档案库里去回顾历史，寻找灵感。可是，眼前这位新人，她的脑子里，就有一个档案库，不仅有一个档案库，还有一个奇思国、妙想屋。我已经向公司和人事部推荐，由罗晓蝶来任设计部总监一职。"

仿佛在人群中扔下了一枚微型炸弹，大家都交头接耳议论纷纷。

罗晓蝶愕然，迟疑地小声问道："那你呢？"

宋总监的脸上，绽开一个少有的粲然的笑："我已经向公司递了辞呈，我要结婚了。"

一石激起千层浪。

发布会后，宋辛真的没有再来上班。而人事部的任命很快公布，罗晓蝶任设计部总监，"杜拉拉"升职了。

对于罗晓蝶升职，李经理倒是很开心，让人将自己养了数年的绿植送到她的办公室以示友好和祝贺，一本正经地握手："希望我们以后合作愉快，做一对黄金搭档。"话从他口中说出来总有些滑稽，但罗晓蝶绷着没笑，她真的希望可以合作愉快。

对于宋辛结婚，部门里也是褒贬不一。罗晓蝶在洗手间听到有女孩不屑地议论：

"都快四十岁的老姑娘了，能找到什么样的男人？不是丧偶就是老头。"

"也不一定啊！宋总监有钱啊！有那种想吃软饭的小白脸呢！嘿嘿嘿！"

升职了，大家嚷着让罗晓蝶请客，她便顺从民意，在大家常去的餐厅订了桌。

自然也邀请了宋辛。

堵车，宋辛姗姗来迟，但是，当她挽着未婚夫出现在众人面前时，大家都愣住了。

眼前的男子，不老，不丑，四十左右，与宋辛年龄相当，而且高大挺拔，十分有型，落座后言谈举止稳重大方，又不乏风趣幽默。女孩们羡慕得只差翻白眼。

饭吃到一半,一个女孩忽然拍案,做恍然大悟状:"我想起来了,您上过财经杂志,是个海归,外企亚洲区总裁,4C级钻石王老五啊!"

经她这一提醒,大家都认出来,对方也微笑默认了。

女孩们不免在心里又翻一个白眼,妒色冲冲地看着宋辛那平庸的脸,心里暗驳一句:"凭什么啊?"

大家眼底的妒意,宋辛全不在意。她整晚偎依在未婚夫身边,小鸟依人,轻言细语,脸上褪去职场女人的剑拔弩张,生出了安宁,看上去,也好看了几分。

饭毕,宋辛向大家分发结婚请帖。大家又沸腾了。

浪漫唯美的户外花园婚礼,星级酒店的婚宴和"party",每个女孩都梦寐以求,更让人气愤的是,大家听到,她邀罗晓蝶陪她去试婚纱,高级私人定制的婚纱,是时下新娘热捧的一方婚纱。

"晓蝶,明天下午,一方婚纱会馆,别忘记了。"

一个女生对另一个窃窃私语:

"一方婚纱,知道吗?私人定制,纯手工,最普通的一件就好几万。"

"喊!人老珠黄,穿什么也白搭。"

罗晓蝶微笑应答:"放心,一定按时到。"

一方婚纱会馆坐落在市中心繁华地段,装潢典雅大方,因是周末,客人比平时稍多,展示架上挂着顾客定制的婚纱,裙摆层层叠叠,宛如梦幻。

接待小姐笑意盈盈,为她们端来水果和饮料,请她们稍等片刻,便去里间拿婚纱。

刚刚落座,宋辛忽然脸色讪讪的,说自己忽然来"事"了,去洗手间处理一下,便匆匆离开了。

罗晓蝶一人坐在沙发上,翻一本杂志,目光落在一篇人物专访上,不过是那种"婚纱革命,业界传奇"之类的套话,只是专访人物的照片,她太熟悉了,即使已三年不见,那毛茸茸如芭比一般的眉眼,那举手投足间的气韵,她怎会认不出?她这才明白,原来这家婚纱会馆的设计师是米雅。虽然曾是情敌,可时过境迁,再看到她,心里竟然并没有恨,只记起寝室里那些闺阁时光,只记起那些笑声。

另一个门市小姐拿来了宋辛的婚纱,误以为罗晓蝶就是准新娘,在她面前站定,微笑道:"宋小姐,您的婚纱,随我进来试穿吧!如果有不满意的地方,我们设计师可以随时修改。"

罗晓蝶愕然,正要解释,一个阴郁而愤怒的声音忽然在耳边响起:"试婚纱?就这么迫不及待了?你看上哪个金龟婿了?你和他认识多长时间了?你了解他吗?"

一抬眼,谢嘉年站在面前,脸色阴沉冰冷,周围的空气仿佛被冻住般压抑凝滞。她本能地想解释一句,她甚至想为上次的一巴掌道歉,可恍惚听到身边那门市小姐刚才毕恭毕敬地称他为"谢总",她明白了,原来这家店是他开的。她登时冷笑起来,将杂志扔在桌上,挑衅地望着他:"原来开的是夫妻店啊?谢总,祝你生意兴隆财源滚滚哦!你织布来我耕田,你设计来我开店,夫唱妇随啊!"

这样的讽刺,他充耳不闻,脸上的怒色加深,他靠近一步,急促的鼻息喷薄在她的脸上,他说:"我很清楚我在做什么,我希望你搞清楚你在做什么!婚姻不是儿戏,结婚是一辈子的事……"

一旁的门市小姐屏息,暗暗吐舌头,没想到一向冷静理智的谢总也有如此不冷静理智的时候。

"结婚?"她悲凉地笑了笑。

宋辛适时从洗手间回来,一眼就看到接待小姐手上的婚纱,眼前一亮:"这是我的婚纱吧?"

"宋……宋小姐?"接待小姐这才知道搞了一出乌龙,暗暗吐了吐舌头。

原来是一场误会。

谢嘉年的脸上掠过一丝复杂的表情,有尴尬,有被捉弄后的嗔怒,又有一丝释然。原来,新娘并不是她。

罗晓蝶只觉得满心茫然,他这是什么意思?他这么紧张,依然在乎她?这一点儿在乎,为什么会让她觉得悲哀、心痛。

"你们，认识？"宋辛的疑问将两人从恍惚和失态中拉回来。

罗晓蝶讷讷地回答："是啊！一个……一个朋友。"

宋辛面露喜色，不明就里地开了个玩笑："那是不是可以打个折啊？"

罗晓蝶木然："也许，我的面子没那么大吧？"

谢嘉年终于恢复到沉稳干练的正常状态，对宋辛微微颔首致意，转头对身边的助理耳语了几句。小助理马上绽开一个甜美笑容："宋小姐可享受金钻级VIP会员折扣，并且我们一方会所提供终身维护和清洗。宋小姐，请跟我到这边试穿吧！"

宋辛连声道谢，谢嘉年礼貌地告辞："我还有事，再见！"

那脚步几乎是落荒而逃。他逃出了她的视线，为自己刚才的失态感到深深的羞耻。他以为那一巴掌已让他足够清醒理智，可面对她时，依然无法平静，漏洞百出。

婚纱很美，罗晓蝶却意兴阑珊，无心欣赏。

回去的路上，宋辛开车，罗晓蝶心事重重地坐在副驾驶。

"前男友？还是，你爱的人？"宋辛问。

罗晓蝶眼神飘忽地望着窗外，许久，才幽幽地说："曾经爱过的人，很爱，很爱的人。"

宋辛在四十岁将自己风光嫁掉，成为一个邓文迪式的传奇。

阳光下唯美的花园婚礼，曳地重工婚纱，克拉美钻，让女孩们羡慕不已。就连宋辛手中的捧花，也是由著名的花艺师设计，以百合、铃兰、美洲石竹搭配而成，从香港空运而来。

台下有女客小声训导女儿："看到了吧！干得好不如嫁得好。"

被训导的女生倒是聪慧，不满母亲的说法："错，是干得好才能嫁得好，表姐若不是那么能干，会认识现在的姐夫吗？"

……

新娘扔花球的时候，女孩们都想沾沾她的喜气和运气，唯独罗晓蝶不甚在意，花球反而不偏不倚地落在了她的手上。

据说接到捧花的人，就会成为下一位幸福新娘。女孩们都打趣她："下一个就是你咯！抓紧点哦！"

她仰起头，阳光刺眼，心里一片茫然，婚礼于她，是多么遥远的事情，爱一个永不可得的人，连幻想都缺少勇气。她只好戏谑地将花推给身边的一个女孩，说："给你吧！不然我浪费这个名额了。"

大家嬉闹一番，女孩把花又推到了她的怀里，摄影师招呼去拍照才作罢。

婚礼结束，宋辛让罗晓蝶陪同去室内换礼服。化妆镜前，罗晓蝶替宋辛拆下头纱整理妆容，竟发现她已有了细纹，脂粉也遮不住。一时心里感慨，青春是如此脆弱。

宋辛却嫣然一笑，说："我知道，她们背后都怎样议论我，说，干得好不如嫁得好，女人那么拼有什么用。希望我的经历没有给你这种糟糕的暗示，得出这样的结论。"

罗晓蝶摇摇头。

"她们只看到了表面，没有看到的是，我嫁得好，首先是因为我干得好。我正是因为站在一个足够高的高度，才认识了他。想嫁得好，嫁得对，也要很拼才行。多少一见钟情，其实是机关算尽，步步为营。女人在事业上强大一些，才可以在感情中进退裕如。"

罗晓蝶笑了："宋总监，你就像一个宝藏。"

"什么？"宋辛没有听懂。

"你教会我太多，你给我的，是取之不尽用之不竭的宝贝。"

宋辛淡淡笑了："没那么夸张，只是一些人生感悟罢了。"她的目光落在那团洁白的捧花上，也调侃道，"下一个该你了。"

"你刚刚对我说女人要干得好，要有事业，现在又说这个，怎么可能那么快？"

"婚纱馆的那个男人，看得出，你们很相爱，那天我其实看到了，你们正在吵架怄气。"女人八卦起来，真是堪比街道办大妈。

罗晓蝶垂眸，心里一黯，淡淡地说："已经是过去的事了，不要再提了。"

女人在婚礼上，难免会触景生情，想起那些久远的初恋、消失的爱人，宋辛一时心下感伤，也想起了自己的初恋，说："最初的感情，毕竟最单纯动人，成人的感情里，经验大过心动，技巧代替笨拙，就算是花好月圆，却再也找不到当初的感觉。"

罗晓蝶惶然，不知如何回答。

"你一定也在办公室听过一些我的故事，她们说我被初恋男友抛弃，伤了心，把自己耽误成了老姑娘。其实不是那样。那时都年轻气盛，既会在爱里犯傻，也会在爱里犯浑，明明是很小的一件事，也能吵得昏天暗地，赌气冷战，谁也不理谁，最后竟演变成分手，连好好的道别也没有。如果当时我能低一低头，如果我能静下心来听他解释，也许，一切都会不一样了。现在想来，到底是一大憾事，意难平啊！"触到伤心事，她眼底泛起泪光。

罗晓蝶递给她一张面纸："后来，你们再没有见过？"

宋辛摇头。

"真可惜。"

门外新郎声声催促，两人才从这场往事中回过神来，罗晓蝶匆匆帮宋辛换好衣服，又回到热闹的人群中。

爱是犯傻。你还要犯傻吗？你还有勇气再犯傻吗？

罗晓蝶在心里轻轻地问自己。

新上任的罗总监很忙。她这才明白，干得好，并不是那么容易的事，应付上司，周旋客户，带领团队，开不完的会，出不完的差，工作不是游乐场，不是花园，是厮杀的战场。

再见到谢嘉年，距那次会馆误会已过去两个月。

她去参加一次面料订货会，在一家欧洲厂商的展台前，她伸手去触摸一匹雪纺纱，不经意触碰到一只陌生的手，抬头一看，是他。

经过了几次争吵纠缠、互相中伤，两人都倦了，又有宋辛那番话，她再看他，目光也柔和了许多。

沉默无言，他的目光定定地锁住她，许久，才开口说："你也喜欢这个？"

"嗯！一些少女风的家纺用品会用到，但只是配饰，所以用量很少，公司的工厂不生产，而且，这种工艺，只有欧洲的一些供应商才做得出，国内的工艺，还是有一定差距。"

他眼神惘然地打量着她："晓蝶，你变了。"他指的是她这种干练专业的职业女性的工作状态。

"是吗？"她低头淡淡地回应，说，"每个人都在变。"

展台里的导购小姐见这两人都对这匹雪纺纱感兴趣，如数家珍地介绍道："小姐和这位先生很有眼光，这款叫珠光雪纺纱，在灯光和阳光下，会有一种银粉银沙般梦幻的感觉，是今年的新品，因为工艺复杂，所以出货量很少，但是因为价格昂贵，一般商家起订量也很少。"

谢嘉年怔了怔："我要得不多，两百米就够用。"这款珠光雪纺纱是米雅特别交代要买到的。

罗晓蝶也说："我们需要的也不多，三四百米就行。"

导购小姐面露难色，因为，她的珠光雪纺纱，只剩两百米。

两个人竟当着导购小姐的面互相谦让起来。

"给你吧！"

"你拿吧！"

几个回合下来，罗晓蝶败下阵来，接受了他的谦让。他为表放弃，淡淡地说句"我再去前面看看"，便走开了。

她苦笑一下，也许他并不是谦让，只是不想再多一分钟纠缠吧！这样想着，便更觉受之无愧。

订完货，在订货会上再四处看了看，订购了一些其他的面料。所有的订单会在订货会结束后，由供应商统一发货。她下意识地四处看了看，早已不见他的踪影。

从展馆出来，才发现外面下起了瓢泼大雨。牛绳一般的雨抽打着干燥的地面，白雾一般迷了眼，雨声浩荡，双耳如失聪一般，只可听到远处街面传来堵车的鸣笛声。这座城市一下雨就交通瘫痪，似乎已成了定理。她茫然地站在展馆门口，不知何去何从。从这里到街上打车，还有一段距离要走,肯定会淋个湿透,而且,有很大概率打不到车。

这时,一辆黑色的 BMW 缓缓停在她跟前,车窗打开,她听到一个熟悉的声音:"上车!"

此刻她没有理由拒绝他这番好意,没有多想,就打开车门上了车。

他认真地看着前方路况,问她:"住哪里?"

她说了自己的住址。

一路上两人再无交流。气氛尴尬,他打开了音乐。

一阵沮丧涌上她的心头。物是人非,曾经深爱的两个人,原来已经到了这种无话可说的地步。

开着车走一条路况较好的便道,很快到达她住的楼下。

雨已经停了,一轮皎月挂在中天。

她疏离地说了声:"谢谢!"打开车门欲下车。

他忽然问她:"你住几楼?"

"嗯?"她愣了一下,什么意思?他要上去吗?可他坐着没动,并没有要下车的意思。她还是迟疑地回答了,"五楼。"

"再见!"他说。

这个楼盘在几年前尚属高档,现在却已显出老旧来。楼道里一盏声控灯坏了,物业也没有来及时修理,总有一些不自觉的业主带宠物随地小便,角落里散发着不洁气味,也有人将助力车停在楼道里。她绕过它们进了电梯,到了家门口,一摸包,发现家门钥匙怎么也找不到了。或许掉在了他的车上?她想。

于是疾奔下楼,到了刚才下车的地方,发现他还没有走,车窗开着,他在抽烟。他竟也学会了抽烟。

看到她,他一怔:"怎么了?"

"我的钥匙,也许掉在你的车上了。"

他低头在车座和四周寻找一番,抬头:"没有。"

她有点慌了,再次低头在包里翻找,问道:"你为什么还没走?"

"我想等五楼房间的灯亮了再走,楼道这么暗,是我送你回来,应该保证你的安全。"

为什么会觉得忽然心头一热,她怔在原地,手伸在包里收不回——她的手在那硕大邋遢的包里已碰到了钥匙,可是,为什么她不想告诉他?

　　美国有一位精神病科医生,在自己的著作里声称,月亮会影响人的情绪,当满月涨潮的时候,迈阿密市的精神病人发作更加频繁,社会治安问题更多。

　　一定是这晚雨后月色太好的缘故吧?她一定是发疯了吧!她心虚地撒谎:"也许,丢在展馆那边了。"她拍拍脑袋,露出自责的表情。

　　"上车!"他说。

　　沉默像一堵墙,依然隔着彼此。

　　雨后空气清新,他打开车窗,沁凉的空气涌进来,让发热的头脑渐渐清醒,她一阵懊恼,这是干什么?她这是在做什么?她要和他去哪里?

　　"我……我们,去哪儿?"她问。

　　他凝神望着前方,拐弯,在一家酒店门前停下来,解开安全带,面不改色地说:"开房。"

　　"开房?"她吃惊,脸霎时滚烫起来,空气变得暧昧起来。

　　他大步流星,她就这样呆滞地跟着他朝酒店走去。

　　他很快在前台办好了手续拿到房卡,泰然自若地对她说:"走吧!"

　　她低着头跟在他身后,一边在心里犹豫着临阵脱逃还是将错就错,一边又幽幽地怨怼,他如此脸不红心不跳,一定是经常和姑娘开房!他怎么可以这样?他变了,他真的变了。

　　胡思乱想中,房间到了,他打开房门,站在门口,淡淡地说:"进去吧!早点休息!"

　　她竟没有反应过来,傻乎乎地问一句:"你呢?"

　　"你是要邀我同住吗?我对自己女朋友以外的女人不感兴趣。"他冷冷地扔下一句,转身离开。

　　房内的她恨不得马上找个地缝钻进去。罗晓蝶啊罗晓蝶,你在想什么呢?人家只是学雷锋做好事帮你找个住处,你在想什么?不是已经告诫了自己无数次,要和这个人一刀两断,怎么会有那种可笑的幻想?他做的一切，不过是周到礼貌的人情，是一个谦谦君子的道德律令，早已无关爱情。

她觉得恼火极了，有一种被戏弄的丧气感。

一个枕头被狠狠地扔出去，她倒头，一抬眼看到窗外的月亮，气急败坏地下床拉上了窗帘。

都是月亮惹的祸。

一方婚纱的生意很快迎来一个瓶颈期。虽然新一季度的业绩显示，一方的市场份额在本市几乎完胜所有同行竞争者，但谢嘉年和米雅都不满意。

"我们的目标市场不能只限于本市，我们不是巷口的裁缝铺，不是小作坊，我们需要更大的市场。"谢嘉年在会议上，翻看着报表，又轻轻合上，抬头望着参会的众人。

米雅也嘟嘴埋怨："是啊！我是要做拉哈鲁国的 Vera Wang，一方要成为国际时尚界的一场革命，不能只守着这一亩三分地啊！"

夏杨倒不以为然："不要挣到钱了就尾巴翘到天上去。先坐稳江山，别急着扩张阵地。"

米雅暗暗挥拳头。

"如果加大广告投入呢？"有人提出建议。

米雅第一个反对："那要花多少钱啊？我的作品用那种狂轰滥炸填鸭式的方法做广告，有失水准。"

谢嘉年沉吟，认同米雅的想法："是的，加大广告力度，费用就会增长，即使销售额增长，盈利不一定提高。而且，我们的定位是高级定制，并不是要吸纳所有阶层的客户，迎合大众品位。"

营销部的一个副经理想了想说："说起 Vera Wang，我们可以效仿她啊！据说，开始她也籍籍无名，不舍得花钱做广告，大明星莎朗斯通在奥斯卡颁奖礼上穿了她设计的礼服，从此她才一炮走红。"

夏杨翻白眼："你认识大明星吗？你认识吗？说得轻巧！"

副经理也是个年轻女孩，噘噘嘴，冲夏杨吐吐舌头。除了谢嘉年太严肃，办公室的工作氛围总是很好。

"大明星请不起，我们可以找小明星啊！你们认识那个叫林雨珊的演员吗？对，就前段时间特火那个婆媳大战的电视剧，演那个小三的。听说她是本市的，这几天要来参加一个活动。夏经理，您舌灿莲花，又这样帅，去试试呗！乡里乡亲的，好说话。"

"什么林雨珊？没听过。"

这时有人适时拿出一份杂志来，找到花花绿绿的一版，指着上面一个搔首弄姿的女明星说："就这个。"

大家的目光落在杂志上。夏杨眼睛一亮。谢嘉年若有所思。

"像不像一个人？"夏杨问。

"不像一个人难道像个鬼啊？"副经理反驳。

只有谢嘉年听懂了夏杨的话，点点头："确实像。"

"又有点不像。"

"像。"

夏杨对谢嘉年扬扬眉："你去。"

"你去。"

"你去。"

众人一头雾水，不知这两人葫芦里卖的什么药。

两天后，谢嘉年费尽力气，约到了传说中的林雨珊。

长鬈发，巴掌脸，红唇，红裙，明星范儿十足。大墨镜缓缓摘下，露出一双细细的丹凤眼，纤纤玉指轻轻地夹住递过来的名片，扫了一眼，慢条斯理地念道："一方婚纱。哈哈，果然是你。"

"林培，好久不见。"

"别套近乎，我叫林雨珊。"林培正正色，一副拒人于千里之外的样子，并不打算给老朋友面子。

谢嘉年也只好恢复客气的状态："林小姐，我的来意，已在电话里说清楚了，不知您考虑得怎样？"

"帮你们拍一组宣传海报，对不起，我没有档期，至于我在韩国电影节的礼服，不好意思，已经有赞助商了。"

谢嘉年当然知道，林培和罗晓蝶姐妹情深，她这是为罗晓蝶抱不平，憋着气呢！可他和罗晓蝶尚且剪不断理还乱，那些事对她这个外人如何说得清。

"那好，如果你已经考虑好了，我也不能强求。希望有机会再合作。"他起身欲走。

林培忽然激动起来，问道："那时候为什么不辞而别？为什么离开晓蝶？你知道那段日子她有多伤心吗？你见过她哭得像个傻子一样却用被子埋着不让我看到的那种痛苦吗？她那么骄傲，上学时被我欺负，一群人追着她打，她都没掉一滴眼泪。"

听到这些，他的心一阵绞痛，声音凝滞："我……这件事，一句话说不清楚。我有苦衷。"

"一句话说不清楚，你就用两句话说清楚，两句话说不清楚，你就用三句话、四句话、十句话、一百句话。你就看着她继续痛苦下去吗？昨天回来我已经见到她了，她又瘦了一圈。既然已经分开，你为什么又回到中国？为什么又来招惹她？你还要折磨她到什么时候？"

他的眉头皱起，露出心神俱裂的痛苦表情，声音涩涩的："你让我说什么？你让我怎么说？说了又有什么用？她已经不爱我了。"

林培一怔："你又是怎么知道的呢？"

"我也希望不要是真的。"他垂眸，眼神落寞，又无力地坐下来。

林培本打算好好羞辱他一番为好朋友出气，现在看到他这般痛苦，也不忍再说什么，只是淡淡地问："既然这样，你为什么还留在中国，为什么还不回去？让彼此都彻底放下，真正重新开始，对你，对她，都好。"

"我也不知道为什么留下来。也许，只是为了兑现年少时的一个诺言吧！英仙座会永远守护着仙女座。无论世事怎样改变，但有些东西，是永存的。"

林培心里动容，沉默良久，说："我们合作的事，我再回去考虑一下给你答复。"

闺密相聚，回到住处，免不了对罗晓蝶一番拷问。

"你对谢嘉年说不爱他了？不是真的吧？是气他的吧？"林培抛出一连串问题。

罗晓蝶没有正面回答，只是反问道："不是你说的吗？治疗失恋的最好办法，就是时间。"

林培若有所思，嘴角含笑："这么说，是真的了？真的不爱他了？真的不想重温旧梦吗？"

"总不能重蹈覆辙吧……"罗晓蝶有些敷衍地说。

"真的打算放下那个人了？"

"不放下又能怎样呢？我再没有力气去爱一个随时可能会消失的人，再没有信心去经营一份随时会幻灭的感情，我不能在同样的地方摔倒两次，哦不，已经摔倒两次了，那种世界末日一般绝望的感觉，那种静静的浩劫，我无力再承受。"

她想起小时候看过的那些神话故事。

西绪福斯被众神放逐到地狱，每日的工作是把巨石推上山，而那块巨石每次被推到途中，就会再次滚落到原地，就这样周而复始，日复一日。

普罗米修斯偷盗火种受到宙斯的惩罚，被锁在一块巨石上，一只饿鹰每天啄食他的心脏，而他的心脏又总是重新长出来，如此痛苦，要持续三万年。

类似的痛苦和绝望，她无法以平凡之躯对抗，心伤一次，梦死一次，她不知还有多少残余的力气去承受。

她将杯中酒一饮而尽，仰头闭上眼睛，泪静静地淌下来。

本来打算将谢嘉年那番关于守护和永存的话告诉她，现在看来，也没有必要了。林培叹口气，很义气地说："也好，那我也不必看情面帮他们做宣传了。"她自恋地在镜前照了照，"我可是未来的国际巨星，要爱惜羽翼，不能什么小广告都接。"

"别呀！你们不也是不打不相识的朋友吗？该帮就帮，别拿我说事。米雅设计的礼服，我在他们店里看过，那真是漂亮。"

这时，门铃忽然响了，林培起身去开门。

夏杨不约而至，脸上带着谄媚的笑，手里捧着一个精美的盒子。

他开门见山："为免夜长梦多，公司特派我出马，将你拿下。"

关上门，大明星光圈全无，依然是少年意气的江湖少女一般，冲夏杨就是一个栗暴："你这个叛徒，忘了你是谁的小弟了？有没有觉悟？是不是干部？节操还能捡起来吗？怎么站到别人的队伍里了？"

夏杨大呼冤枉："天地良心，我可是爱憎分明的，不信你问晓蝶，那次我一见到谢嘉年，哦不，一见到那家伙，就把他暴打一顿，狠狠地替晓蝶出了一口恶气。"

"那怎么替人家来办事啊？"

"姐，你现在都是大明星了，豪宅名车，珠光宝气的。我这也是脱贫心切，跟着他，挣点儿钱。"

一副做小伏低嬉皮笑脸的好态度，林培也拿他没辙，罗晓蝶也替他说话："好了，大热天的，人家夏经理大老远亲自送过来，看看吧！"

夏杨讪笑："又拿话挤对我。"

盒子打开，是一件酒红色拖尾缎面礼服，华贵大气。夏杨解释米雅的设计理念："设计师说了，她看了你的照片，你是比较黑的肤色，呃……别打我啊！"

"说谁黑呢？谁黑！你会不会说话？你会卖东西吗？"

林培怒了，罗晓蝶乐得直笑。

夏杨连忙找补："我是说，你是比较健康阳光的小麦肤色，而这种酒红色，是暖色系，在皮肤黑的人……"他忽然吃痛地怪叫了几声，"啊啊，不对，在您这种健康阳光的小麦肤色上一出现，会有一种酒红灯暖的感觉。"

在两人的劝说下，林培最终换上了礼服。

年华原来是在女人照镜子时流逝的。林培穿着华服，望着镜子中的自己，一时无限感伤，那飞扬跋扈的青春，仿佛已是上辈子的事情。

"还记得吗？那时你来找我，给晓蝶报仇，打又不敢打我，和我斗诗，哈哈，笑死人了。"

夏杨站起来，搔首弄姿，学那一年十七岁的林培的样子："我抽烟，我喝酒，我文身，我是好女孩。哈哈哈哈！"

"找打啊！"

三人大笑。

"后来谢嘉年也来找我报仇，比跑酷，不要命，从那么高的楼顶往下跳。那时我认输了，不是我退缩了害怕了，只是当时感动了。罗晓蝶你知道我有多嫉妒你吗？被那样不要命地爱过，才算是青春无悔了。"

一抬眼，夏杨正冲她挤眉弄眼，做了一个抹脖子的动作，低声说："别说了。"

回头一看，罗晓蝶泪流满面，正怨怨地看着她。

罗晓蝶始终不明白，他拉住她的手，竭尽全力，花光勇气，为什么放开她时，连一个轻轻撒手的动作都嫌多余。

在一份感情里，怎样的状态最令人感到舒适，她一直很迷茫。有人每天和爱人吵架，互相咒骂对方，上一秒互掐，下一秒拥抱；有些人二十四小时黏在一起，一个盆里吃饭，上厕所也恨不得一起；有些人在微博QQ里秀着恩爱，晚上抱一个同床异梦的爱人。这些，都不是她想要的。她曾以为和谢嘉年的感情状态是最舒适的了，恬淡平和，静水流深，却未料到那暗涌竟是激流洪水，猝不及防地摧毁了她的信心和勇气。这些，都不是她想要的。

一个月后，传说中的韩国某某电影节开幕，但并没有看到林培穿着那件礼服的曼妙身影，因为，就在开幕式前两天，网上忽然爆出她当年未成名前被人包养甘当小三的事。已是旧事，再翻出却是群众喜闻乐见的新闻，新闻说得有鼻子有眼，指名道姓，甚至连当年她在街上被暴打路人拍下的照片都有。网上群情荡漾，带着窥私的热情等待着后续，恨不能连她的内裤都扒下来看个究竟，记者们敬业地在她家门口蹲守。不过是刚刚走红的新人，这样的负面新闻，几乎是致命的，电影节不再出席，新片的投资方与她解约，经纪公司将她雪藏，星途急转直下，如同她走红一样莫名其妙不明所以。

罗晓蝶在网上看到新闻，打电话给林培，她倒满不在意地笑笑；问她接下来准备怎么办，她洒然地说一句："姐姐去云游四方，要什么浮名？此处不留爷，自有留爷处，是时候来一场说走就走的旅行了。"

宋朝的大词人柳永在词中鄙薄功名，被皇帝批示："且去浅酌低唱，何要浮名？"柳永从此与功名无缘，自诩"奉旨填词"。林培有了和古人一样的失望。

电话那端，传来机场嘈杂的声响。

谢嘉年的婚纱公司因此并没有走上一炮打响的国际市场，他却在这时，做了一个错误的决策，将所有的流动资金，投入建造了一座面料加工厂。开面料加工厂的初衷很简单。米雅对面料是一个精益求精的设计师，她常说，面料和设计师的关系，就像食材和厨师的关系，食材好，做出的菜肴才能色香味俱全，有时为达到米雅的要求，他不得不一周内飞欧洲的数个国家，与面料供应商接洽沟通，订购合适的面料。如此几番，劳民伤财，他便萌生了在中国开自己的面料加工厂的想法，做自己的面料供应商。想法在会议上得到大家的认可，他很快付诸行动，选址，装修，从欧洲购入先进设备，培训工人，等一切就绪，舌灿莲花的夏杨也为工厂拉来了第一个订单。

第一批产品顺利完工，并且送货交付到买家手中，谁知第二天，那个浙江服装厂商就称，经过第三方检测机构，检测出他们的面料甲醛严重超标，并且使用了国家禁止使用的可分解芳香胺致癌染料。按照合同，他们要求全部退货并赔偿。

而这时另外两家买家听闻风声，也要求退订并归还定金。已经下厂生产的布料不要了，一时间，厂子陷入瘫痪，面临的赔偿和损失，数百万计，而此时，第六家婚纱会馆正在装修。

夏杨忍不住埋怨："早给你说了，船小好掉头，这下好了吧！"

谢嘉年愁眉紧锁，沉默不语。

那浙江厂商声称，如果不按照合同赔偿，要诉诸法律，此时又是一年之末，恰逢年关，一些原材料商都开始追讨货款，年少风发，谢嘉年第一次面对如此经济困境，一筹莫展。

回到厂里彻查，才得知那可分解芳香胺致癌染料，是一个姓路的车间经理批准使用的。出事后，人已经跑路了。谢嘉年又到人事部查了那人的履历，得知那个路经理之前是一家布料加工厂的技术员，本来刚刚升职加薪，却忽然辞职，应聘到一方婚纱的面料加工厂，行径可疑。

他上网查了查，那家布料加工厂，是一家叫海纳的家纺公司旗下的。

会是谁？是行业竞争对手指使？还是路经理暗箱操作节省成本中饱私囊的个人行为？一切不得而知。仿佛有一股暗流，正将他拖向一个不可预测的漩涡。

"谢总，装修公司的人来了，要求结清余款。"
"还有棉纱厂也打来电话，要求结清上季度的货款。"
"谢总，浙江的谢总发来律师函。"
各种声音充斥在耳边，他深深地蹙眉，淡淡地说："知道了。"
而他知道了什么？知道他必须咬紧牙，走出这困境。

合力集团，上世纪八十年代，以橡胶和塑料生意赚下第一桶金，其老板张传奇，成为行业的领军人物，几十年来，他的资本不断积累，在金钱帝国里呼风唤雨。近年来，张传奇将目光转到风险投资上来，成功投资运作了几家上市公司，获得了惊人的利润回报，是一个名副其实的传奇。

向他借五百万，只是九牛一毛，并且，张传奇早年在拉哈鲁和谢家有生意往来，和谢嘉年的父亲成为不错的朋友。谢嘉年初到中国上大学，谢父曾托张传奇对儿子多多照顾，张传奇受人之托，百忙之中真的抽时间来学校看谢嘉年一次，在校门口的餐厅吃了一餐饭。只是一个在校学生，又是男生，并无什么事需要照拂，从此再无什么交集。

谢嘉年这时候想起张传奇，也是穷途末路的无奈之举。让一个出身高贵的富家公子开口借钱，他已做好了将尊严装进口袋踩在脚下的打算。

听说乔布斯在创业之初，为筹集资金，忍痛卖掉了自己的车。想来要成大事，总是要吃些苦头。这样想着，谢嘉年坦然了许多。他定定神，走入合力大厦。

合力大厦位于市中心黄金地段，张传奇的办公室位于顶层，室内大而宽敞，学人附庸风雅，门口种了竹子，修假山，造出曲水流觞之势，本人穿一件棉麻茶人服，倒真的有几分修禅的况味。

听完谢嘉年自报家门和说明来意，张传奇并没有马上表态。他自顾自斟茶，手法娴熟，悠然自得，微笑着招呼他喝。

谢嘉年不懂茶，常喝的是咖啡和白水，他尝一口，甚苦。

张传奇哈哈大笑："苦吧！不吃点苦，怎么知道什么是甜。"
一语双关。

谢嘉年淡淡笑笑。有求于人，听几句训导忠告算得了什么。

张传奇却并不入正题，而是心情大好地唠起了家常，询问谢父身体如何，谢家公司经营怎样，并对谢父赞誉有加："你父亲是真正的儒商啊！那风度气韵，我再修炼八百年也学不像啊！"

谢嘉年心里微微着急，看不透张传奇到底在想什么，忍不住叫道："张伯父？"

张传奇呵呵笑起来，指着谢嘉年说："你看你呀，总是这么心急，做生意也是。其实受你父亲之托，我对你一直有所关注，你的生意做得不错，稳扎稳打就好，为什么急于扩张孤注一掷，连一点儿流动资金也无？到底想要证明什么？这做派，我真怀疑，你竟是读金融出身。"

这批评落地有声，让谢嘉年一阵脸红。张传奇说得对，连他自己也不清楚，他一个深谙经济规则投资理论的高才生，为什么会做出孤注一掷的投资行为？他太想证明自己了，向她、向太爷爷、向自己，他以为将自己逼到无路可退，便只有硬着头皮往前走。

"于情，我当然应该借你这笔钱渡过难关，于理，我没办法说服自己。你知道，我做风投，每天收到无数创业企划书，你呢？你能给我个理由吗？"

这是借债人最不愿面对的一幕了。所有的借债人都希望诉求说出口后可以速战速决，被拒绝，尚可以保留一份尊严，可这种被考验、被拷问、被折辱，却不说 Yes 或 No，最令人煎熬。

他看不透张传奇，他心里自然有一千个"你应该放心借钱给我"的理由，可他不知道那是不是对方想要的答案。

这时，办公室的门被人推开，一个穿蓬蓬纱裙的女孩跑进来，像蝴蝶一样，扑到张传奇怀里，娇滴滴地拢住了他的脖子："爸爸！我饿了，想吃冰激凌。"

那女孩十八九岁的年纪，皮肤瓷白，洋娃娃一般，可脸上的表情和说话的语气，有完全不符年龄的稚气。

张传奇宠溺地拍拍女孩："乖！马上带你去吃。"转头向谢嘉年介绍，"这是我女儿婷婷。"

婷婷回头，戒备地扫一眼，看到眼前这俊美男子，忽然嫣然一笑。他报以微笑，心头一紧，婷婷似乎与正常女孩不一样。

这时，桌上的电话响了，张传奇接完电话，匆匆起身，将婷婷带到谢嘉年身边，说："我有一个紧急会议，你带她到楼下餐厅吃点东西，等会儿回来我给你答复。"

不容他拒绝或接受，张传奇便匆匆离开了。

"嘿！你叫什么名字？我叫张婷婷。"婷婷扑闪着一双大眼打量他。

"谢嘉年。你好！"

"他们都说我有病。我告诉你哦，我其实没有病，我只是不喜欢读书，很小的时候，我就发现，如果生病了，就可以不用去上学，于是我就开始装病。我是不是很聪明啊？"

天才和白痴，原来只有一步之遥。

谢嘉年宽容地笑笑："走吧！我带你去吃饭。"

婷婷欢喜地贴过来挽住他的胳膊，脸色天真无邪，没有羞涩。

二楼是餐厅，他为她点了一份冰激凌火锅，却嘱咐道："寒凉的东西要少吃，对肠胃不好。"

婷婷咯咯咯地笑："你像我爸爸。"

"嗯？"

"他每次点好大份冰激凌，却告诉我少吃点。是不是很傻？你们都很傻！"

自闭症孩子都有一双空洞的眼睛，如果不认真注视，那里面的敏感多情不会被发觉。在落座十分钟后，谢嘉年确定，婷婷是一个自闭症患者。

她那双秀美的杏目黑白分明,却并不专注,总是长时间望着窗外,冰激凌吃了几口就不吃了,一直用一根手指抠餐桌木纹上一个小小的孔洞,并且嘀咕重复着刚才的话:"你们都很傻!很傻!"

过一会儿,婷婷忽然转过头说:"婷婷不开心,要吃开心果。"

于是他又点了一份开心果,她却迟迟不动手,只是盯着看,重复道:"婷婷不开心,要吃开心果。"

同情是一种美德。

他便亲自剥开心果给她,婷婷视线投向窗外并不看他,却张开了嘴巴,像一个邀宠的孩子。

咖啡馆里客人不多,开放的空间,一双怨怼的目光从十米开外的角落投来。

罗晓蝶偶然在街头碰到当年班里一个广东籍女同学,毕竟同窗四年,便相约咖啡馆小坐叙旧,没想到在这里遇到他。

"人参和醋不相逢啊!"那女生惊喜地用不标准的发音感慨着她们的相遇。

她心里黯然。是啊,人生何处不相逢,他们的每次相逢,他总是令她难过。那女孩真美,娇俏可爱,他的神情里,净是宠溺和疼惜,而这份宠溺和疼惜,曾经只属于她,现在,却将那份深情他付。

她和广东女生的这场叙旧很无趣,在回忆了校园往事交换了彼此近况表达了别后思念相约下次见面后,就再无话可说,于是彼此找个合适的理由,匆匆作别。

她几乎是逃也似的离开了咖啡馆,下楼的时候,差点儿摔了一跤。

仙人掌花园·睡前故事

今天的故事很悲伤，你们忍住泪水不要哭。

小金鱼在练习跳水的时候，不小心摔伤了，医生给它包扎伤口，缠满绷带，它成为一条绷带鱼。

啊喂！不许笑！

是的，朋友们都嘲笑它。只有一只尖尖嘴绿羽毛的小小鸟陪伴它。小鸟每天给它唱歌、讲故事，使它很快乐。

树上的叶子渐渐开始枯黄，飘落，秋天快要来了。小鸟说："当最后一片叶子落下时，我就要离开这里了。"

小金鱼不忍与小鸟分离，它冥思苦想，终于想出一个办法。

它解下绷带，努力将整棵树包裹起来，以为这样，叶子就不会一片片落光了。

解下绷带，小金鱼的伤早已长好了。

秋风从遥远的地方吹来，最后一片叶子落下，小鸟还是无可奈何地飞走了。

再也没有人叫它绷带鱼了，可它还是不快乐，它每天守在树下，悄悄地告诉自己：春天到来的时候，小小鸟还会回来的。

04

再去上班的时候,办公桌上已堆满要处理的文件,职场中的女人是第三种性别,她沉一口气,打开了电脑。

李经理敲门进来,笑眯眯道:"晚上方大鳄在丽华酒店有个年终酒会,你和我一块儿去。"

"不去,忙着。"她头也不抬。

"可是老方点名叫你去的。去吧!可能会有许多业内设计师,互相交流嘛!"李经理撂下这句话就走了。

"方大鳄"只是戏称,此人是纺织业巨头,口碑甚好,罗晓蝶想了想,人在江湖飘,不好不给他面子。

到了晚上,酒会索然无味,李经理早到了,拉着她四处与人打招呼,她不胜厌烦,敷衍了一圈,便找了个借口躲一边休息。

这时,听到身边有几位花痴女客忽然低声发出惊叹。

"快看!那个就是一方婚纱的谢嘉年。"

"啧!这才叫青年才俊,好帅啊!"

"不知道有没有女朋友?"

……

她抬头,发现他的目光也朝这边扫来,但很快漠然地移开了。竟已陌生至此,连一个打招呼的交情也没有了。

一整晚,谢嘉年几乎成了整个酒会的焦点,女人们的目光如追光灯一般专注而热情,矜持是无用的东西,都找机会与他攀谈,而谢嘉年真的给了几位女士攀谈的机会,谈笑风生的样子也令人着迷。他举手投足大方得体，沉着自信，根本不像是一个被官司和债务缠身的人。

罗晓蝶落寞地坐在角落，觉得自己应该开心一点儿，于是，当李经理来和她碰杯的时候，她没有拒绝，并且露出了笑脸。

李经理以为自己的劝酒奏了效，更加殷勤起来，并提议现在转场，去酒吧再喝一杯。自顾自说着，他便扶起了微醺的她。

一抬眼，谢嘉年忽然出现在眼前，他的眼神如同要杀人一般，一把将她拥在怀中，语气生硬冰冷："我送她回去。"

"哎，你谁呀？人家认识你吗？"

李经理犹在身后急得跳脚，谢嘉年已带着她在众目睽睽中离开酒会现场。

深冬的街上天寒地冻，冷风一吹，她便清醒了。她又何时糊涂过，不过是酒不醉人人想醉罢了。

她又变成了一个坚硬的石头，努力挣脱他的束缚，身体仿佛长了刺，有了棱角，每一个动作，都让他疼。世间女子，只有在爱里才会变得柔软如水，他看在眼里，嫉妒得快要发狂。

车就停在路边。他打开车门，一脸怒意地准备塞她进去。

"你放开我。"她口气强硬，转身欲走。

他再次用力将她拉回，死死地按倒在车门上。脸色乌青，双目充血，声音哀痛而嘶哑："不，我再也不会放开了。"

还来不及反应，她的唇猝不及防地被一个吻压住，压抑的情欲如山洪与雪崩，热烈和冰冷交错，瞬间意乱情迷，他的唇舌肆虐霸道，仿佛要将她吞噬淹没。

她在那个吻里安静下来，想起往日种种，气息起伏，哀痛地叫了声："嘉年！"

他急促地喘息着，紧紧地抱着她，头无力地伏在她的颈间，在她耳边声音涩哑痛苦地恳求："原谅我，我们重新开始好吗？"

她一怔，泪无声地流下来。

"告诉我，你还爱我。"他声音低沉，但字字清晰，似是恳求，又似是命令。

她闭上眼睛，泪水肆虐，心如刀绞一般疼。他在说爱，他还配说爱吗？

风吹硬了皮肤，也吹硬了心。她咬咬牙，努力平缓了情绪，淡淡地说："不，我不爱你了，你不配。"

这简单的回答仿佛瞬间激怒了他，他忽然松开她，站定，将手伸向她颈间，轻轻地捧起她一直佩戴的那个乌木护身符，一字一顿地问："你不爱我了，这是什么？为什么一直戴着？"

那个护身符，他在十七岁的春节旅行中，从遥远的部落带回，送给了心爱的女孩。七年来，她一直戴在身上。

一直戴着，就像他一直陪在身旁。

可理智告诉她不可以这样回答。她淡漠地笑了一下："别自作多情了。不是说可以带来好运吗？我其实很迷信的。不过一点儿也不灵验，我运气总是很差。"她忽然将护身符取下来，伸手递给他，脸色平静而决绝，"谢谢你提醒，我现在确实不适合再戴着它。"

护身符在空气中摆荡着，他没有去接，难以置信地望着她，那冰冷如水的月光，像一个悲伤的暗示。

她轻轻地松手，转身，走出他的视线。

夜像一只燃烧的灯笼，光影照着他痛苦不堪的脸，风从前方吹来，吹冷了心。

李经理请病假了。

整个部门都在传，那晚酒会结束后，李经理独自到地下一层取车，被几个忽然出现的墨镜蒙面人拖到暗处暴打了一顿，并放下了狠话，如果再骚扰某女，绝不轻饶。而那个某女，就是罗晓蝶。

这大快人心的消息很快传遍了公司的每个角落，大家在大呼解恨的同时，又对罗晓蝶隐隐嫉妒，嫉妒她有那么给力的护花使者，而她们的男友面对女友在办公室被性骚扰只能暗地里放大话。

有自认与她相熟的女孩逮着机会八卦地探问她："昨晚那个拉你出

去的帅哥好'man'啊,快说,那个帅哥是谁啊?是不是他干的?快点老实交代啊,帅爆了好吗?霸道总裁啊有没有?这件事一定是他干的对不对?"

罗晓蝶斜睨一眼,想起此女昨晚也参加了酒会,无奈地敷衍了一句:"别八卦了,快去工作吧!"

不知为何,转过身,心里却泛起淡淡的甜蜜。他真的,依然这么在乎她?或许,不辞而别真的是身不由己?她使劲摇摇头,心里暗暗告诫自己,罗晓蝶啊罗晓蝶,时过境迁,物是人非,想这么多又有何用?

隔两天,李经理来上班,眼窝瘀青,额头还裹着纱布,下属们不怀好意地调侃:"李经理真是敬业啊!轻伤不下火线啊!"

李经理便故作凶相:"去去去,干你的活儿去!"

快下班的时候,李经理敲开罗晓蝶办公室的门,一副可怜巴巴低声下气的样子,进门就说:"姑奶奶,您大人不记小人过,原谅我吧!我有眼不识泰山,我瞎了狗眼,我……"

她不耐烦地打断了他,面无表情:"李经理,你被打这件事和我没关系,但你若因此而做一个正人君子,我替你感到欣慰,也为部门的女同胞们感到开心。"

李经理还要解释,这时,桌上的电话响起来,她拿起来,皱皱眉,示意他出去,他才诚惶诚恐千恩万谢地走了。

电话那端,是一个久违的熟悉的声音:"晓蝶,是窝。"

这口音曾引发的趣事,带来的欢乐,真是三天三夜也说不完。

罗晓蝶定定神,说:"你好,米雅。"

五分钟后,米雅出现在她工作的大楼下,她开着谢嘉年的那辆车,没有下车,冷冷地说:"上车。"

来者不善。

罗晓蝶上了车,看到米雅一脸怒意,并无叙旧和友好的意思,便先发制人:"你还是要将我当情敌?大可不必,若是找我叙同窗旧情,我会很乐意的。"

"叙旧？你倒有心情叙旧。他都快死了，我才没心情和你叙旧。"米雅声带哽咽，快要哭出来。

罗晓蝶心一紧，努力佯装平静，声音却是颤抖的："他……怎么了？"

原来那晚和她争吵分别后，郁愤难耐的他又独自一人跑到酒吧痛饮，喝到酒精中毒被送到医院。

"酒精中毒，不就是喝醉了吗？哪个男人没喝醉过几次？"

米雅忽然怒目圆睁，停下车子，愤怒地拍打着方向盘，愤然地说："到底怎样的铁石心肠才能说出这种冷漠的话？你就这么恨他？即使他真的做错了什么，他也受到了惩罚——他现在依然躺在病床上昏迷不醒。"

米雅说着，流下泪来。

罗晓蝶一把抓住了她的手，目光焦灼，语气急切："他在哪儿？带我去看他。"

正值下班高峰，一路拥堵，车子寸步难行。罗晓蝶心急如焚，忽然发飙，下车与米雅换了座位，自己开车，掉头左突右奔，成功突围。这座城市她已太过于熟悉。

到了病房门口，米雅却不肯让她进去，一定要她听完自己要说的话。隔着玻璃，看到那高大健康的身躯如抽掉了所有水分的魂灵，奄奄一息，她的心，仿佛被一根线细细地牵起，剧烈地绞痛起来。嘉年，你不要有事，你不会有事。她隔着玻璃落下泪来。

米雅无力地在病房外的椅子上坐下来，双目空茫："我是在他住院后才从夏杨那里知道，工厂那边出了状况，他现在债务和官司缠身，他们为了让我专注设计，没有告诉我。但是我知道，以他的个性，不会被这些事击倒，能击倒他的，除了你，还会有谁？"

她想起那日在咖啡馆见到的与他一起的年轻女孩，心里黯然，幽幽地说："也许，能左右他喜怒哀乐的人，早已不是我。他不是已经有女朋友了吗？"

"女朋友？"米雅愕然，旋即恍然大悟，"你是说那个婷婷，她是合力集团董事长的女儿，昨天我和夏杨已经见过了，她只是一个……一个天真烂漫、可怜的自闭症患者。你一定是误会了什么。"

"是误会又能怎样呢？米雅，我和他经历这么多，已经回不去了。我的心，再也经受不了那样的打击，我再没有力气和勇气去爱他。"罗晓蝶无力地垂下头。

"你只想到你的心，你有没有想到，他的心，曾经历了怎样的煎熬和苦痛？不是那样的，晓蝶，他一直是爱你的。你听我说。"

米雅目光惘然，一副追忆的神态，说起那年他如何被谢伯和两位帮手挟上飞机带回国，又在跑马场度过了暗无天日的一段时日，所有电子设备被没收，与外界隔绝，连她也不得见他。他在好友的帮助下逃走，又被抓回去，后来又面临祖母重病，太爷爷以祖母性命相威胁，击溃了他心里最后一点儿坚持和固守，他签下一份屈辱的保证书，远赴海外读书。

罗晓蝶骇然而狐疑地转头，被这种只会出现在旧时代封建家庭的狗血情节惊呆，迟疑半晌，她说："以我对他的了解，这种家族秘事，他不会对别人说的，他甚至羞于向我解释。"

"是的，那些细节，都是我派人查到的。"米雅咬着嘴，低下了头。

罗晓蝶怔怔的，想到今时今日这世间依然有古诗文里那"一生一代一双人"的悲剧，想到那段黑暗的岁月彼此被思念碾压的痛苦，她的心自责不已，窒息一般痛。嘉年，嘉年，我竟不知，你身上的枷锁，这般重。

米雅顿了顿，苦笑："你不信我？我给你看一样东西。这是今天临时紧急给客户发一份文件，无奈之下，找人破解了他邮箱的密码，我才无意中看到的。"

米雅打开随身的电脑，登录了一个邮箱，打开，近百封邮件，静静地躺在草稿箱里，像整装待发的邮轮，又像没入深海无人认领的失物。每一封邮件，开头都写："晓蝶，我很想你。"

永不发出，永不删除的草稿邮件，记录了他绝望中残存的一丝眷恋。

罗晓蝶一封封看过去，泪水泫然不绝，视线模糊，后面的邮件渐渐看不清了。她索性合上电脑，烦躁地抱头，低声问："为什么？你为什么告诉我这些，你不是最希望我和他分开吗？"

米雅哀伤地笑笑："后来我去了法国读书，有一个优雅的法国女人告诉我，女人最重要的气质，是优雅，无论是在灶台间，还是在爱情里，都应该保持优雅。我以前，爱得太不优雅了。那时候，我已经想通了。"

病房里传来微微的咳嗽声，谢嘉年醒了。

米雅看看她，起身，淡淡地说："我下午约了客人。再见。"

推开门，他转头，看到罗晓蝶，目光一亮，旋即又如星光熄灭，转过头去。

她沉默地走上前久久地凝望他，他脸色暗沉，嘴唇干燥，双目空茫地投向窗外，一双剑眉依然难掩英气。她在床边坐下，轻轻地伏在他的胸前，紧紧地贴着他的胸口，微微闭上眼睛。

他的身体一僵，手骤然抓紧床单，冷漠地问："你什么意思？"

"你说话算数吗？"她幽幽地问。

"什么？"

"我们重新开始。"她仰起头，定定地看着他。

他的心内翻江倒海，擂鼓鸣金，脸上却不动声色，轻轻地推开她，平静地说："对不起，那天晚上我太冲动了。你找到好的归宿，我应该祝福你。"

"那么，也祝福你吧！"她又轻轻将头贴在他的胸口，累极了的样子，语气淡淡，"嘉年，我好累，我们不要再互相伤害了。"

他蓦然一阵心酸，一把抓住她的手，咬牙切齿地质问："你不是喜欢有钱人吗？"

她轻轻地抽离那只手，轻轻握住他的，坦然地迎着他的目光："那件事，我可以解释。而现在，我也愿意听你的解释。"

四目相视，他犹疑而迟钝："晓蝶，你真的肯原谅我了？"

"傻瓜！"她微笑着，泪水泫然。

重又被拢入那依然温暖的怀抱，他长长叹息，下巴抵在她的发顶，百感交集地亲吻厮磨，声声低呼："晓蝶，我想你，想得快要发疯了。"

还不及反应，他忽然一翻身，将她压在身下，猝不及防地吻下去，滚烫热烈的吻，让她瞬间沉沦深陷，她也热烈地回吻他，像岩石与激流的碰撞，像大地与暴雨的交融。她快要窒息了，用一丝残存的意识微微挣扎，一抬眼，忽然发现他手背还连着吊瓶的管子，吓得低喘惊呼："快松开我，你的手，你还在生病啊！"

他微微欠身看一眼，腾出手来一把扯掉针头，再次深深地吻下，将头埋在她颈间，声音苦涩："你是我的病，也是我的药。"

深夜，她伏在已熟睡的他身边，轻轻地问自己："罗晓蝶，第三次，在困难和容易之间，为什么，你又选择了困难？"

仙人掌花园·亲密小诗

我的心曾悲伤七次。

第一次，
当它本可进取之时，
却故作谦卑。
第二次，
当它在空虚的时候，
用爱欲来填充。
第三次。
在困难和容易之间，
它选择了容易……

————纪伯伦

05

两天后，周先生只身来住处找她。

她没想到这么快，她还没想好该怎么面对他。

打开门，周先生已凝起一脸怒气。

她请他坐，淡淡地与他对峙，并不打算斟茶或倒水招待他。

"晓蝶，你不应该这么任性，你不应该和他在一起。"他语重心长。

"你了解他？你又了解自己几分呢？"她反问。

周先生一惊，骤然觉出罗晓蝶对他态度的转变。充满敌意的讥诮和挑衅，以前从来没有。他们的关系，如同瓷器一般，被用心供养，不容一丝残与裂、陋与缺。

"你怎么了？是不是有什么不开心的事？是不是办公室的那个男人又骚扰你？挨打还没有受到教训。要不我通知底下人事部开除他？"

她忽然冷笑："竟然是你。"目光直直逼近，"周先生，你为什么对我这么好，为什么这么关心我？"

周先生在这一刻感到莫名心虚，他目光躲闪，说："我以为，我们是很好的朋友，亲人一般的朋友。"

"不，在我这里，亲人就是亲人，朋友就是朋友，没有中间状态。"她声音忽然提高，把自己也吓了一跳。

周先生忽然也态度强硬起来，脸色沉郁："无论如何，这一次，你必须听我的。我可以为你安排好一切，你以后可以定居法国，把你妈妈也接去同住，一切费用和手续都由我来安排。"

一切都不言而喻，证实她的预感不是空穴来风。

"我为什么要听你的？你是我什么人？"她追问不休，想要他亲口说出，又希望他亲口否认。

"你必须听我的，晓蝶，我是为你好。"他忽然情绪激动，大声嚷起来。

"给我一个理由，我为什么要听你的？"她也声色俱厉。

两人忽然陷入一段尴尬的沉默。

周先生眉心紧蹙，良久，声音苦涩地说："晓蝶，你这么聪明，我想你已经猜出来了，我是你父亲，亲生父亲，我是爸爸，罗平。"

也许那个铺垫已经足够漫长，当这个答案亲口从他嘴里说出，她并没有太多惊讶，只是淡淡地望着他："为什么离开我们？为什么不回来？因为有了新的女人和孩子？我记得你给我看过你女儿的照片，她和我几乎一般大！难道你早已背叛妈妈，一切只是你离开我们的一个借口？"

他摇头，苦笑："那女孩照片不过是我从网上随便找的一张图片，当时只是为了让你信任我。我从来没有背叛你妈妈。"

"那你为什么不回来？你真的杀了人吗？"

他微微闭上眼睛，仿佛陷入一片回忆之海，在那里尽情悲伤。

时光很长，但他的故事很短，短到几句话就可以概括。

那一年，他在火车上偶然发现了遗失多年的家传宝贝蝴蝶石的下落，为寻回蝴蝶石，他跟踪那个携带蝴蝶石的人，与那人起了争执，失手打死了他，从此走上了逃亡之路。多年来他隐姓埋名，花重金办了足以以假乱真的假身份，逐渐积累财富做出了一番事业，在财富的帝国里翻云覆雨，可是，真实的罗平背负着人命，是警方的通缉犯。花浔，是他再也回不去的地方。

"什么蝴蝶石，比你的妻儿还要重要？"她冷冷地质问他。

"真正的蝴蝶翡翠，我从未见过，只在我父亲给的照片里见过。只是瞬间的执念，命运让我用自己的一生做了抵偿。"

十岁那年，他听父亲讲了蝴蝶翡翠的渊源。

花浔巷在上世纪三十年代，曾富甲一方，是远近闻名的花市和珠宝商街。那时，花浔有两家大户，罗家是商贾之家，世代经营珠玉宝石生意，是行业翘楚，而谢家是簪缨门第，祖上曾在朝廷做官，那枚蝴蝶翡翠，本是朝廷御赐给谢家祖上的宝物,已传世数代。罗家和谢家世代交好。那一年,谢家家主和罗家家主一同外出行猎,遇土匪抢劫,罗家家主拼死救下谢家家主,但对方不幸中枪,在奔逃中命丧黄泉,弥留之际,他将祖传的稀世珍宝蝴蝶翡翠赠与罗家主人,临终托孤,称谢家人丁单薄,希望他日后对谢家照拂扶持。

谢家主人罹难,只剩下孤儿寡母和众仆。那小儿年幼,听信恶奴逸言,以为父亲是被罗家主人杀害并抢走了翡翠,于是一直怀恨,罗家家主有心将翡翠归还,又怕孤儿寡母不敌虎视眈眈的族中长辈,便一直隐忍不发,默默承受误解。不久罗家主人忽然身患急症,一夜毙命,而那枚蝴蝶翡翠也不翼而飞。罗家也怀疑家主的死和谢家有关,却苦于没有证据,两家的仇恨,渐渐加深。不久,战争爆发,谢家为避难,举家坐船逃往东南亚一带,而罗家也渐渐家道中落,但那段隔世的家族仇恨和翡翠的传说,却一代代流传下来。

传家宝带着光阴的烙痕、财富的神秘暗示,让人人心向往之,这枚蝴蝶翡翠,在一个安静的午后,在少年罗平的心里轻轻飞过,悄悄留下一撮蝶翼的鳞粉,再也挥之不去。翡翠是地质作用下形成的石质多晶集合体,古人认为是天上的石头,能带来好运,象征纯洁、太阳、公正、勇气、和谐,而蝴蝶象征着自由和美好。他想重新获得它,拥有它,因此而付出了代价。

他轻轻地握着女儿的手,她感到一丝暖意,毛皮般暖,砂纸般粗粝的掌心。

她落下泪来,目光涣散,好像看到了那间灯光昏黄的水果店,看到了妈妈日日年年蜷缩的身影,她淡淡地说:"十点半的时候回家,水果店不到晚上十点半不会打烊,她一直一直守着那句话,从满头青丝到眼角爬满了细纹,一直在等着你。"

他的脸上忽然浮现一种哀苦的表情,声音也哽咽起来:"我竟一无所知。晓蝶,我对不起你们。"顿了顿,他又说,"我也只是被命运捉弄,也曾挣扎求救,苦渡无岸。"

这辩解让她无端生厌,她忽然站起来,目光如剑,手指向大门:"你走吧!我不想再看到你。"

"晓蝶，你不应该恨我，我也是一个可怜的受害者，我们应该恨的，是谢家。多年来，谢家后人也从未放弃对翡翠的追踪，他们以为翡翠已落在我的手上，也查到了我的真实身份，处处与我为敌，若不是我多年谨慎，早已遭遇不测。"

"那是你的事，与我无关。我只知道，我的父亲，是一个仁慈宽爱的人，我只记得，他给我讲过的故事。他告诉我，唤来冬天的，是一颗任性冷酷的心，而只有爱，才能将春天留住。而他，再也回不来了，再也回不来了。"她无力地跌坐在沙发上，情绪激动，掩面痛哭。

他并不安慰她，也提高了分贝："这不是我一个人的事。你以为天下姓谢的很多吗？你以为谢嘉年是谁，他离你而去，就只是家里嫌弃你出身平庸吗？不，仅仅因为你是我的女儿，你是罗家的女儿，就是这么简单。这世界不是童话，残酷和丑恶才是它的本质。我实话告诉你，谢嘉年公司的困境和危机，是我找人暗中操作的，你以为他还能撑多久？到时他依然会回到他那个家里，放弃你这个傻瓜。晓蝶，醒醒吧！听我的话，和谢嘉年断了，我已经为你安排好了一切。"

她惊愕地在泪眼朦胧中抬起头，难以置信地望着眼前这个男人，这个口口声声称是自己父亲的男人，此刻用自我毁灭的方式，颠覆着她心里神祇一般的父亲形象。她感到陌生、恐惧和深深的厌恶。

她抹一把眼泪，深深沉一口气，目光坚定地望着他，一字一顿："周先生，我不会放弃对爱情的期待和信仰。我的人生，只能自己来安排。"

这个叫罗平而现在被称为周先生的男人，气急败坏，却拿他的女儿一点儿办法也没有。

没有父女相认的抱头痛哭，没有亲人重聚的温馨场面。他们的谈话，就这样不欢而散。他走的时候，无奈地说："晓蝶，有一天，你会了解我的苦心的。"

门重重地关上，她无力地慢慢滑下，背靠着门，默默流泪。

第二天，罗晓蝶以最快的速度从海纳家纺公司辞职，距离她升职仅仅四个月。众人哗然。

半个小时后，她出现在一方婚纱会馆的会议室。

"我来应聘。"

当着夏杨、米雅,和几个部门经理的面,她把自己的简历放在桌上。

人事部经理不明所以,拒绝道:"我们公司最近没有招聘计划……"

话未说完,被夏杨伸手示意打断。他一头雾水,起身拉罗晓蝶到一边低声问道:"你搞什么啊?我知道你才华横溢能力出众,你要来上班,让谢嘉年直接宣布任命一下不就行了,他人呢?"

"他还在医院,我请了护工。这些事,我必须在他出院前做好。那么,夏总,你能做主吗?你直接宣布任命不行吗?"

夏杨略一思索,转身和米雅耳语了几句,米雅悄悄做一个OK的手势,冲罗晓蝶甜甜一笑。

夏杨自信地笑笑:"什么岗位?薪资要求?说。"

"一方的面料加工厂,面料设计总监。"

众人交头接耳,议论纷纷。一个知道一点内情的员工对另一位悄悄耳语:"未来老板娘。"

另一位小小地惊讶:"原来不是米雅。"

半个小时后,罗晓蝶正式成为一方婚纱旗下面料加工厂的员工,又半个小时后,她由夏杨陪同,来到合力大厦的楼下。

"你在这儿等我。"她下车,对夏杨说。

夏杨探出头:"真不用我陪你上去?那个张传奇,听说老奸巨猾,很难缠的,明明已经答应了的事,又和谢家是老熟人,故意这样拖着,悬而不决,不知道是什么意思。"

"放心吧!我知道怎么做。"

到了前台说明来意,前台小姐听说是一方婚纱的人,便亲自带罗晓蝶到张传奇的办公室等候。

张传奇去开会了,办公室的大班椅上,只坐了一个粉雕玉琢的人儿,那人儿见有人来,也视若无睹,不理不睬,一直全神贯注地在电脑上玩游戏。罗晓蝶认识她。

她走过去坐在旁边看了一会儿。原来婷婷并不是在玩游戏,而是在用一种绘图软件画画，看起来虽然没有章法，但细观之下，竟很有趣味。最后，婷婷终于失去耐心，转过头，对她说："婷婷不开心，要吃开心果。"

罗晓蝶果然从包里拿出一包开心果递给她。婷婷眼睛一亮，接过来打开就吃，问道："你怎么知道我喜欢吃开心果？你是谁啊？"

"是你的嘉年哥哥告诉我的，他让我带给你的。"

"你是谁啊？"

"我是他女朋友，叫罗晓蝶。"

"他为什么不来找我玩？"婷婷生气地嘟嘴。

"他要工作啊！但是他让我给婷婷带来了礼物。"

一听到礼物，婷婷的眼睛亮了。

罗晓蝶打开一个盒子，拿出一条真丝印花丝巾，亲手给她戴上。真丝双绉的面料，可爱的小鸟印花，洋气迷人的红色，很衬婷婷白皙的肤色，俏皮的小鸟图案，更显年轻女孩的俏皮活泼。婷婷喜欢得不得了，马上掏出一面小镜子左看右看，转头对她说："谢谢嘉年哥哥。"

罗晓蝶故作愠色："可是，这么可爱的小鸟图案，是姐姐设计的哦！"

婷婷又把丝巾取下来，左右端详："好漂亮哦！姐姐好棒哦！婷婷也想做一个像姐姐一样很棒的女生。"

"婷婷一定可以的。"

说话间，张传奇已开完会回来。见到罗晓蝶，有些惊讶："我还以为又是谢嘉年。你是谁啊？这小子，给我使这一套，回去告诉他，美人计在我这里行不通。不过钱的事让他别着急，我答应的事，一定会办的，已经通知财务去办了。"

罗晓蝶淡淡一笑："张先生，如果你想用这种方式来考验谢嘉年的耐心，大可不必，据我所知，他已经筹措到那笔款了。"

张传奇打发婷婷到一边去玩，饶有兴趣地问："这么说，你今天不是来借钱的？"

"不是。"

说着，她将一张履历表和一版布料小样放在他的桌上，目光自信沉着："我现在是一方婚纱旗下面料厂的设计总监，这是我的作品和履历表。"

张传奇不以为然地扫了一眼，眼睛慢慢亮了。整张纸上，只画了一个俏皮的卡通女娃娃，穿一件图案美丽的裙子，手执一把气球，脚穿一双已破损的鞋，身后留下无数脚印。气球上，写着"梦想"，脚下写着"坚持"，脑袋上写着"奇思妙想"，胸口画一颗心，写着"创意之心"。整张履历表简洁大方，没有一句废话，甚至连十个字都不到，却让人对她的特质一目了然，并且印象鲜明。再看看那些布料小样，无论是花纹、配色、质地，都不像市面上常见的普通之物。

婷婷凑过来，撒娇道："爸爸，看我的丝巾漂亮吗？"

张传奇看看罗晓蝶的目光，一切了然于心，赞道："不错，我喜欢你这种做事利索不拖泥带水的风格，也很欣赏你的才华。所以呢？你想做什么？"

"听说张先生现在做风投，我想，一个有眼光的投资者，可以看出高档面料开发的商机。中国从一个丝绸大国，沦落为到处充斥着改良产品和仿制产品的山寨大国，设计师人心浮躁，老板们急功近利，实在是一种悲哀。张先生可能不知道，服装设计师们为寻求完美理想的新面料，常常需要到一些欧洲国家采购，因为我们市面上没有。我想，一方的面料厂建立的初衷，也是为解决这个问题吧！我国在丝织品方面有五千年的历史，川地的蜀锦、南京的云锦，可说是享誉全球，为什么现在不能再创造这样的辉煌。我们不是缺少设计师，而是缺少支撑梦想的一个平台。张先生，我相信，我带领的设计团队，以及你的资金注入，一定会给一方带来活力，我们的目标市场，不会局限在中国，而是全球。这对彼此，都是双赢的事情。"

听完罗晓蝶的长篇大论，张传奇心悦诚服，是服气她把借钱说得理直气壮。他爽朗地笑笑，调侃道："你这个小姑娘，还是说借钱贷款的事嘛！我都答应的事儿，回去等吧！"

她正色："不，不是借钱，不是贷款。是风险投资。"

张传奇的脸色沉郁下来，沉默了数秒，打量着这个目光笃定的女孩。

这时，她又补充了一句："张先生，你应该相信自己的眼光，也应该相信我的才华和实力，并且，我可以向你透露一点，我的创作团队组建后，我要带的第一个设计师小徒弟，是婷婷。"

婷婷也不知听懂了没有，开心得像只小麻雀："太好了，姐姐带婷婷玩，带婷婷玩。"

"我刚刚才发现，婷婷在绘画方面很有天赋，她画的图案很有趣味。"

张传奇忽然感到有些恼火，站起来，生硬地回绝："你以为带上婷婷我就会答应你？婷婷不需要工作，不需要别人的照顾，我不需要她去经历人生的挫折、职场的打击、同事的白眼，她有我为她创造的财富，在我的庇护下，可以养尊处优地过几辈子。她喜欢画画，我就让她随心所欲地画好了，她不需要成为画家、设计师，她什么都不用做。"

罗晓蝶针锋相对："张先生，你是一个不负责任的父亲。一个好父亲，并不是按照自己的意愿为孩子铺设人生之路，而是认真地问问孩子想做什么。你能庇护的，只是她的身体，你能照拂的，只是她的吃喝拉撒衣食住行，你能庇护她的灵魂和思想吗？你有认真地探照过她的心吗？她虽然和别的孩子不太一样，可她也是有心的，看到漂亮的丝巾会眼睛发亮，知道红与绿怎样搭配是美。"

婷婷仿佛被两人剑拔弩张的气势吓到了，睁大眼睛一言不发。

张传奇似乎是被说服了，无力地坐回椅子上，慈爱地望着婷婷，长久地沉默着。婷婷一出生就粉嫩漂亮惹人心疼，长到两岁左右，夫妻俩渐渐发现她有些异样，后来去医院检查，得知是先天自闭症，求医多年，但疗效几乎没有。那几年正值张传奇创业最艰难的时候，妻子渐渐对这看不到尽头的日子失去信心，态度坚决地与他离婚，奔自己的幸福去了。张传奇独自带着婷婷长大，婷婷也十分依恋他，在自闭症学校度过一段时日后，发现女儿会被那些奇奇怪怪的孩子欺负，就再也没有让她离开自己身边。有时候，他在开会，婷婷也跟着，在旁边安安静静地写写画画，等到会毕，发现合同被画花了，他拿她没办法，只是宠溺地笑。他以为，这就是爱。

良久，罗晓蝶轻轻地唤了声："张先生……"

张传奇没有回头，轻轻地挥了挥手："你先回去吧！"

仙人掌花园·亲密小诗

你的儿女，其实不是你的儿女，
他们是对生命自身渴望而诞生的孩子。
他们借助你来到这世界，却并非因你而来。

他们在你身边，却并不属于你。
你可以给予他们的是你的爱，却不是你的想法，
　　　　因为他们有自己的思想。
你可以庇护的是他们的身体，却不是他们的灵魂，
他们的灵魂属于明天，属于你做梦也无法到达的明天。
　　　　　　　　　　　　　　　……
　　　　　　　　　　　——纪伯伦

06

一切忽然变得顺遂起来。

谢嘉年出院了,张传奇的资金到位,赔偿和债务解决,工厂和公司正常运转,罗晓蝶设计开发的一种真丝提花新品投入生产,夏杨拉来大笔订单,更可喜的是,宋辛给婚纱会馆介绍了几个客户。一方婚纱口碑相传,美名远播,一个香港的当红明星结婚,定制了一方的婚纱,一时令米雅和一方婚纱声名大噪,许多名媛慕名前来。

恰逢元旦,喜气洋洋的新年,公司放假,大家决定外出聚餐庆祝。

出发的时候,米雅小妹妹脾气又发作,非要坐谢嘉年的车,无奈他的车上已坐了罗晓蝶和另外两名同事,夏杨在后面喊她:"我这车还有座,来吧!"

米雅撇撇嘴:"我是公主,怎么能坐你那小破车?"

夏杨委屈地看看自己刚刚买的凯美瑞,愤然道:"你这个……你这个爱慕虚荣……"话说半截,话锋一转,鄙夷地讥诮,"我知道,你们女人总是善良的,喜欢各种动物,路虎啊,悍马啊,捷豹啊,宝马啊,哦!对了,还有天猫!"

一旁的女同事笑成一团,谢嘉年笑着补充道:"米雅还喜欢夏天的羔羊。"

米雅一听,气得跳脚,辩解道:"胡说,我还喜欢猪头呢!"

说"猪头"的时候,她的眼光下意识地朝夏杨一瞥,夏杨心花怒放:"我是猪头我是猪头。"

众人又一番捧腹大笑。

聚餐的地方是一家川菜馆"小四川",就在他们当年的大学门口,米雅点名要来的。回到中国一年多,米雅在法国饿瘦的身材又如吹气球一般丰腴起来。

乌木刻字的门匾,古朴典雅的装潢,热情幽默的伙计,一切都没有变,甚至人物关系也没有变,兜兜转转,他们仿佛一头扎入往日的旧梦里。

米雅不顾形象地嗅闻着大厅里各式菜肴飘来的香味,迅速找了个座位坐下,叫道:"服务员,点菜点菜,水煮肉片、麻婆豆腐、宫保鸡丁。快点上啊!你们还要吃什么?随便点啊!谢总请客。"

夏杨抗议:"姐们儿,咱现在有钱了,能不能吃点好的?龙虾啊鱼翅啊鲍鱼啊什么的。"

米雅抬头问服务员:"好吧!来个老干妈炒鱼翅、郫县豆瓣蒸龙虾、麻婆鲍鱼。有吗?"

服务员一脸茫然:"有,呃,没有。"

夏杨朗声大笑:"有还是没有啊?"

"有这几样东西,可是没这几种吃法啊!"服务员如实相告。

大家已笑翻了。罗晓蝶打趣:"行了你俩!春节还没到,这就演上小品了。"

大家落座,点的菜陆续上桌。桌上有一盘白灼虾,谢嘉年很自然地夹过来亲手剥开虾壳,放到罗晓蝶的小盘里,而她也坦然地吃掉。又有一盘板栗炒鸡上桌,她举筷去夹,不料夹到一块鸡肉,她皱了皱眉——板栗鸡,她从来只吃里面的板栗,他见状,主动要求:"给我吧!"于是,她泰然自若地把那块鸡肉放到了他的口中。

大家暗暗侧目。餐桌上忽然安静得诡异,只剩下杯盘和筷子碰撞的声音。大家不敢相信自己的眼睛,整日不苟言笑沉稳有余而浪漫不足的谢总,一旦坠入爱情,原来也是这样的超级大暖男。

婷婷忽然稚气地说:"嘉年哥哥,姐姐的筷子上有她的口水哦!"

大家都哧哧地笑起来。罗晓蝶气得挥拳,谢嘉年无奈地看着婷婷,耸了耸肩。

米雅一直在埋头大快朵颐,忽然抬头,恨恨地说道:"我刚刚学到一句中国成语,秀恩爱,嗯嗯嗯——"她忽然意识到接下来的话不妥,情急之下，改口道，"秀恩爱，老得快！"

罗晓蝶知道米雅没有恶意，便顺势开起玩笑："老得快好哇！一不小心就白了头。"

说话间，不觉谢嘉年已去了一趟洗手间回来，他有些窘迫地清清嗓子："嗯，那个，我有话说。"

夏杨调侃："怎么了谢总，开会训话不是一直口若悬河沉稳自信嘛！这怎么结巴起来了？"

只见谢嘉年拿出一个精致的丝绒首饰盒，打开，里面是一枚璀璨的钻戒。纯金托底，蓝宝戒面，如深蓝夜空，两颗钻石一大一小镶嵌其中，闪耀如星光。美醉了。

四周发出一阵啧啧的惊叹。

"我愿像那英仙座，永远守护我的仙女座。晓蝶，我们结婚吧！"他将戒指轻轻拿出，戴在她的指上。

然而并没有想象中的喜极而泣和深情相拥出现。罗晓蝶低头看一眼戒指，又哭又笑，忽然用力捶他的肩："讨厌，都说了我是金牛座啦！"

他用力将她拉进怀里："傻瓜！快答应我。"

她依然在他怀里挣扎捶打："一点儿都不浪漫啊！干吗在油腻腻的中餐馆求婚？"

他歉然而宠溺地笑了，在她耳边解释："我本来策划了一场浪漫的求婚，下星期有一场流星雨，我本来是想带你回花浔，到我们的仙人掌花园看流星雨求婚的，可是，现在天气太冷了，我怕没浪漫成反而把你冻感冒了。"

人群又发出一阵惊叹，和一阵惋惜。

她这才微微觉得有些安慰："我不怕感冒。"

他沉一口气，说："好吧！我等不到下星期了，我等不及了。我要你现在就答应我。"

在座的女孩都小声起哄："快答应，快答应。"

罗晓蝶深深地低着头，又鼓起勇气抬起，那依然清湛的眼眸里聚满泪水，声音颤颤："我愿意。"

只听见一声"咔嚓"，米雅适时拿起手机按下快门。

夏杨假装气急败坏地大叫:"谁把韩剧打开了,关了,关了。"说着还拿起手机假装遥控器对着那两人乱按一通,完了还不解气,又拿起手机打电话,"喂!是动物保护协会吗?我举报,这里有人不爱护小动物,没事在这儿虐狗,对,专虐单身狗,你们管不管?"

众人捧腹,笑够了,齐齐举杯,向他们送上祝福。

一杯酒饮下,谢嘉年却并不坐下,而是拉起罗晓蝶那只戴着戒指的手,一边向众人展示,一边说:"也许我的求婚不够浪漫,但这枚戒指,是我亲手设计,英仙座永远守护仙女座,这是我对晓蝶的承诺,我为这枚戒指,起名叫守护,世间仅此一枚。"

"哇!"众人又是一番惊叹。这一晚,几乎所有的感叹词,要被这些女孩用尽了。

他已恢复了往日的干练自信,顿了顿,说:"我们一方明年的投资计划,会放到婚戒与珠宝高级定制上。婚纱是一个女人的梦想,难道一枚独一无二的婚戒不是吗?米雅和晓蝶,你们尽快挑选一些人,组建起一个设计团队来。"说着,又回头摸摸婷婷的头,"小姑娘,你什么时候出师啊?"

夏杨马上挑衅:"看看,看看,罗晓蝶,你找了个什么玩意儿,这就开始使唤你了。谢嘉年,说好了,今天吃饭,不提工作的,你怎么又提,罚酒,罚酒。"

谢嘉年抱歉地笑笑,端起酒杯:"抱歉,抱歉!各位,新年快乐!"

窗外,有人在广场放烟花,婷婷大叫着:"放烟花了,快来看啊!"

女孩们都拥到窗边去看,气氛愉悦。

望着蹿到空中的璀璨花火,罗晓蝶倚在谢嘉年身边,心中一时感慨万千,五味杂陈,低头看看戒指,胸中满溢着幸福,遮掩了那丝丝酸楚。

毕竟,新的一年开始了。

这时,手机忽然响起来,她接起,幸福洋溢的脸渐渐阴沉下来。

一路披星戴月,回到花浔中心医院时已是晚上十二点。

电话是街坊李奶奶打来的,文凤娇在家门口与拆迁队起了冲突,突发脑溢血,被送进了医院。

到了病房门口,谢嘉年正要陪她进去,她却犹豫了一下:"你,还是先别进去了,妈妈病了,万一见到你再生气……"

他心领神会:"好吧!你先进去看看。有什么事叫我。咱俩的事,我以后会向阿姨解释清楚。"

李奶奶年迈体力不支,已回去了,留下她儿媳在病房陪护。那女人细眉细目,微微笑着,温和良善的样子。见到罗晓蝶回来,还带着一个高大男子,她长舒了一口气:"你回来我就放心了。"

"芳姨,奶奶在电话里没说清楚,我妈到底怎么回事?医生说严重吗?"罗晓蝶焦急地拉住了女子的手。

回头再看看病床上的文凤娇,昏暗灯光下,一张脸蜡黄憔悴,头发凌乱地耷着,沉沉地睡着。

那女人轻"嘘"一声,低声对罗晓蝶说:"就是高血压犯了晕过去了,医生说没什么大碍,刚睡着。让她睡吧!"

"到底发生了什么事?"

女人叹口气:"花浔巷要拆迁了。"

原来,春天的时候,花浔巷就盛传要拆迁的事,说有神秘地产商买了这里的地皮,要在这里建一座大厦和广场。不久后,拆迁工作队进驻,花浔贴满拆迁改造的条幅和标语。拆迁补偿不尽如人心,但大多数人知道胳膊扭不过大腿,又被早签约有奖励的条件诱惑,都签了字,只留下文凤娇和李奶奶少数几家,成为态度强硬的钉子户。谁知,拆迁队竟然切断了水和电,文凤娇去和拆迁队理论,气性大眼前一黑就昏了过去。

……

罗晓蝶听得咬牙切齿,忍不住低声怨骂:"畜生!"

芳姨疲倦地起身告辞,罗晓蝶送她出门:"我开车送你回去,顺便取点换洗衣服。"

芳姨脸上却闪过一丝不安的神色,拒绝道:"不,不用了,我打车回去,你好好陪陪你妈。"说完,不容商榷地离开了。

罗晓蝶叹口气,只好作罢。

冬夜温度奇低,走廊冰冷幽暗,谢嘉年站在走廊尽头,怅然而立。

罗晓蝶走过去,轻轻地在他怀中偎一偎,也不说话。他双臂用力拢住她:"别怕!有我在。"

"你去找一家酒店住下吧!这里有我就行了。"她说。

"不用说了,我就在这儿陪着你。有什么事叫我。"他口气强硬。

她知道拗不过他,只好叹口气只身回到病房。

病房里共住了两个人,临床还有一个陪护的家属,两人都发出夸张的鼾声。

她毫无睡意,伏在文凤娇床边,久久地凝望她,心里忽然生出很多心疼。年少时莽撞,常常与她顶撞,又不肯用心学业,她一定伤透了心。那时文凤娇在她眼中,只是一个粗鄙平庸的妇女,她哪里懂得,文凤娇的坚韧和勇敢,就像她掌舵着一艘黑夜里独行的大船,黑暗大海,永远令人绝望,而她不乖的女儿,是船桅上唯一的、小小的,一盏微光。

文凤娇忽然皱眉,在梦中急促地低呼:"罗平,平,罗平!"她的身体微微抽搐,大约是在梦中做着追赶奔跑的动作。罗晓蝶心里哀痛,她还是想念父亲的,她轻轻地握住了她的手,她便重新跌入沉沉睡眠,不动了。

无法睡去的夜无限漫长,黎明时分,她终于迷糊睡去,听到走廊里人们走动和说话的零言碎语,她又蒙眬醒转。早上七点,护士来查房,文凤娇也已醒来,脸上有了清新的气色,看到女儿在床侧,也感到欣慰,露出笑容,握住女儿的手。

在走廊长椅上一夜未睡的他,在水房冰冷的水龙头下,洗了一把脸,然后下楼买来早餐。他忘了她的叮嘱,自顾自进了病房,并贴心问候:"文姨,您好点了吗?我给你们买了早餐。"

文凤娇看到那张疲倦中依然难掩英气的俊颜,脸上的笑登时僵住。"哐啷!"床头一个杯子被她狠狠打翻在地,发出骇人的声响,她指着他,手指颤抖,说不出话来。

"罗晓蝶你是不是脑袋被门挤了,别人在一个地方跌倒两次,你是在一个地方跌倒两次吃同一摊屎,这屎就这么好吃吗?"

"你们罗家的人就是基因突变,脑萎缩,大写的傻子。"

文凤娇在愣怔三秒后,将所有恶毒的话都倒了出来。

罗晓蝶生怕她被气得血压再升高,扑上去紧张地为她抚胸捶背,忙不迭地道歉:"妈,你别生气,我错了,我错了,你别生气。"转头焦急地哀求他,"嘉年,快出去,快啊!"

谢嘉年面露讪色,却并没有马上离开,他定定神,诚恳地说:"阿姨,我怎样做,您才可以原谅我?"

桌上的一个水杯又被狠狠地砸过来,文凤娇发疯一般:"原谅你,你给我马不停蹄地滚了,我就原谅你了。"

那样倨傲清高的人,默默垂立,忍受着这样的折辱,一言不发。

"妈!"罗晓蝶忽然跪地,泪流满面地恳求,"难道你不懂吗?那等待和思念的心情,守着绝望也要等下去,终于迎来一线生机,你不会死死抓住吗?即使依旧会落空,即使依然会痛苦。"

一语戳中文凤娇心里的隐秘之地,那是她的痛处,也是她心里的一块柔软。她的泪簌簌落下,沉默了,无力地躺回床上。

谢嘉年站在原处,定定神,声音笃定:"阿姨,我知道那栋房子对您的意义,如果,我能帮您保住它,您可以原谅我吗?"

罗晓蝶诧然,难以置信地看着他,文凤娇也惊讶万分,精神大振:"你……你是说真的?真的可以吗?"

他胸有成竹地点点头,回头嘱咐罗晓蝶:"你在这儿陪着妈妈,我现在就去,刚刚约了人,应该快到了。"

文凤娇却推开女儿,连连催促:"我没事,我没事了。你快去,跟着,看有什么事能帮上忙。记得打电话给我汇报。快去,快去!"

一路上畅通无阻,罗晓蝶坐在副驾驶按捺不住:"你到底有什么办法啊?要是把我妈妈忽悠了,她会杀人的。"

他沉着自若地笑笑:"花浔是具有建筑美学和历史文物价值的古建筑群落,只是缺少修缮和保护,而且,花浔还有近百棵树龄超百年的古树,这些都是具有历史文化价值的宝贝,不能眼看着被毁于一旦。"

说了半天,他依然没有说他到底有什么办法。

车子到达花浔的时候,拆迁队的第一辆挖掘机也开了进来,一个妙龄女记者挡在挖掘机前面,手持话筒,在摄像机的拍摄下,镇定自若地进行报道:"花浔古建筑群,已有数百年历史,其中有明代建筑一处、清代建筑二十二处、民国建筑十五处,具有浓郁的北方民居特色,其精美的砖雕、木雕、照壁以及悬挂的各类匾额和楹联,无不体现了北方人民粗犷中可见细腻的审美,具有很高的历史文化价值。在谢家祠堂,有一棵百年古柏巍然屹立,使整个祠堂显得庄严古朴,而像这样的古树,花浔还有很多,它们应该被保护起来,而不是被摧毁。"

说话间,女记者看到谢嘉年,于是停下来。

他大步流星走近,女记者仰起脸,很亲密地叫:"嘉年,你来了。"

看到罗晓蝶,女记者微一犹疑,颔首笑了笑。

"蒋小姐,怎样了?"他顾不得寒暄太多,焦灼地问。

蒋记者一反工作的稳重风格,俏皮地眨了眨眼睛:"放心,一切尽在掌握之中。只是,现在必须拖一拖争取一些时间。"

保卫家园,罗晓蝶挺身而出,气定神闲地说:"放心,这里交给我。"

说话间,两个五大三粗的男人冲上来就对那摄影师和蒋小姐推搡,凶神恶煞:"干什么的?你哪个电视台?有证吗?我看看。"说着,伸手向蒋小姐胸口的工作牌摸去。

谢嘉年横身挡在前面,那男人怒而挥拳,两人就厮打在一起。那男子虽看起来更加健壮凶狠,但谢嘉年有跆拳道的功底,又常健身,那彪悍男根本不是对手,但对方有两人合力围攻,渐渐又跑过来几个人加入,谢嘉年渐渐处了下风。

蒋小姐做记者多年,也算见惯场面,不惊不惧,重新打开话筒,进入"战斗"状态。挖掘机得到指示,又突突地开起来,有人来抢摄像机,罗晓蝶抄起一根树枝抢过去,女侠一般挡住挖掘机,朝四周围观的人群大喊:"街坊邻居们,你们就忍心看着自己的家被这些强盗摧毁吗?"

有人举义旗打响第一枪,马上有人呼应,花浔的男人和女人都聚过来，挡在挖掘机前面，有人也加入了谢嘉年的阵营，大家胸中压抑多日的愤懑喷薄而出，充满江湖热血的勇气。

"我来也！"只听到人群中一声大叫，一个精瘦的男子脱掉外套，露出如蜘蛛侠一般的紧身衣，摩拳擦掌，准备加入战斗。

罗晓蝶抬眼一看，那不是夏杨吗？他带着公司和工厂为数不多的几个男人，准备加入保卫家园的战斗。

罗晓蝶大喊："你怎么来了？"

"我纵横乡里多年的古惑仔，岂能容这些流氓在我的地盘上撒野。老大，我们青草帮，今日干一票大的。"

说着，他冲入打斗的人群，使用他抓挠撕咬的十八般武艺，将"敌人"打得落花流水。

蒋小姐忙令摄像机转向夏杨。

半小时后，那段视频上传网络，点击率迅速冲上榜首。那意味着，这件事得到了关注。

后来，警笛声响起来。警方及时赶到，制伏了那几个寻衅滋事的拆迁队"工作人员"，不过，夏杨因为奇装异服太醒目，也在混乱中被怀疑是坏分子而带走。被抓走的时候，还朝着罗晓蝶大喊："老大，记得捞我啊！"

沸腾的人群终于安静下来。

从一辆黑色的轿车里，下来一位头发花白戴眼镜的长者。蒋小姐一见，一反职业女性的严肃，娇嗔地迎上去扶住他："爸爸，你怎么才来呢？再晚来一步，这里就要被夷为平地了。"

老人望着眼前的灰砖青瓦，断壁残垣，一步步走近，抚摸着一家院子的墙壁，一阵唏嘘："罪过啊罪过，没想到这风雅花浔，竟被摧残成这副模样。我确实是来晚了，来晚了啊！"

原来这蒋小姐，因给谢嘉年做过一期专访而相识，早上他打电话给她本意只是想通过她的报道引起舆论关注，对保住花浔古巷并没有十足把握，聊过之后才得知，原来她的父亲，正是省文物保护局的局长，是国内古建筑研究方面举足轻重的泰斗级人物。

花浔的街坊邻居们，见这老人气度不凡，猜想应该是一位大人物，纷纷请愿，希望能保住自己的家园。

老人义愤填膺，指着挖掘机的手在颤抖："你们，可不要做历史的罪人啊！"又转头对街坊们保证，"大家放心，我不仅让大家能保住家园，这里还要被修缮，保护起来。"

一个拆迁工作队领导模样的人走过来，面露难色又带着一丝谄媚地说："老先生，我们公司资质健全，手续完整，这个项目是市里审批通过的。"

老人面色冷峻，拿出自己的工作证件，然后傲然转过脸，不再说话，朝大院里走去。那人讪讪地跑回原处，向一个穿黑风衣的男人说着什么，只见那黑风衣男子身影一闪，上了一辆轿车。谢嘉年心生狐疑，紧走几步追上去，却只看请了车牌号——竟然是张传奇的车。

他怎么会在这儿？难道这件事和他有关？

有一种打架高手，可谓"刀剑丛中过，片伤不留身"，谢嘉年正是那种。他除了衣衫稍稍凌乱，脸上一丝伤也无。罗晓蝶一脸崇拜地看着他，像那些花痴女生一样啧啧叹道："你打架的样子真帅！我还从来没见过呢！"

他回头微微得意一笑，调侃："一直很期待？"

她点头。

"放心，你想要的一切，我都会满足你。"他嘴角带着一丝戏谑的笑。

车子行至医院门口，他并不下车："你先上去吧！"

她一脸狐疑："你不上去？别怕了，你现在是大功臣，我妈不会再那样对你了。走吧！"

拆迁工作队撤出，文物保护局工作人员进驻，市长秘书和国土资源部的领导亲临现场安抚百姓。大家都以为这场家园保卫战获得了胜利，只有他不这么认为。

"不，事情并不是那么简单，我还要去找个人。我答应的事，必须办到了，才有自信站在阿姨面前。"他面沉如水，口吻坚定。

她却迟迟不动,闷闷地问:"你去找谁?是不是,那个美丽的女记者?"

"你在吃醋?"他转过头,玩味地看着她。

她移开目光,嘴硬地说:"哪有啊?再说,人家是帮我办事,我感激还来不及,就当是让我老公牺牲下色相,我也认了。"

话音刚落,她已悔之晚矣,一只温热有力的臂膀忽然从她的脖颈后伸过来将她拢住,他侧身,霸道急躁地吻过来。车内暖气太足令人胸闷,那吻长而缠绵令人窒息,她微微不适,想推开他,可那干净迷人的男性味道又令她深深沉醉。忽然,她的脖颈间感到一阵凉意,他的手扯开了她的领子,吻蔓延探寻。

她惊惶局促地挣扎,低呼着:"你疯了吗?这是在车里。"

他急喘着,口中含混不清:"我已经迫不及待想要行使做老公的权利了。"

她羞赧不堪,用力推开了他,气息不稳,低声骂道:"禽兽!"

被拒绝的他定定神,也对自己的禽兽行为感到羞愧,他坐回驾驶座,正正衣领,一本正经地辩解:"不许再说那种话诱惑我,虽然那个称谓我很喜欢。"

她绯红了脸,飞快地在他脸上亲了一口,悄悄说一声:"其实你禽兽的样子我也很喜欢。"

又在诱惑。他还欲吻她,她已飞快地打开车门逃走了。

一个人脚步轻快地走到门诊大楼,一个红蓝相间的身影忽然从树后跳出来,吓了她一大跳。定睛一看,原来是夏杨。她又气又好笑,狠狠地捶他一拳:"怎么出来了?我正要去捞你呢!"

"我是正面人物,问清楚就放我出来了呗!"他脸上洋溢着追忆和怀念的表情,"今天我这么牛的一幕,不凡的身手,又让我想起了当年我们横行霸道的古惑仔生涯。"

她笑翻,揶揄他:"你当年牛过吗?"说着将手上的外套扔给他,"我给你捡回来了,赶紧换上吧!穿那紧身衣,也不嫌难受。"

夏杨嘿嘿笑:"你不懂吧!衣紧,衣紧,我这叫衣锦还乡。"

她又被逗乐。

隆冬的街道寒风凛冽,谢嘉年裹紧风衣,走进酒店大厅。

大厅里灯火通明,这是花浔古巷附近最高档的酒店,一楼即是酒店的餐厅,他落座,拿出手机打了一个电话。

十分钟后,张传奇穿着随意地走过来,一坐下就爽朗地笑:"白天我没看错人,果然是你小子。跟踪我啊!怎么知道我住这儿?"

谢嘉年语气平淡:"花浔附近只有这一家高档酒店,这边的事还未见分晓,你肯定不会马上回省城。"

"这么晚了,找我什么事?对了,我的宝贝闺女在你的公司做得怎么样?"张传奇喝一口茶,漫不经心地问。

谢嘉年蹙蹙眉,说:"婷婷很好,但我今天来找你,不是来谈婷婷的事。"

"那是什么?"

"希望你马上停止花浔的项目。"

张传奇仿佛听到一个笑话,不屑地笑起来:"大侄子,你要投资我也给你投了,还给你的厂子介绍了大单,我这也是仁至义尽了。你这手伸得也太长了,还管起我做什么生意来。我是个商人,只要不违法乱纪,有什么不能做的。"

"张叔叔,花浔是我太爷爷的故乡,是他心心念念要落叶归根的地方,而且,我在这里也生活过两年,有很深的感情,当然,这些和你无关。可最重要的是,花浔是一道独特的文化色彩,是具历史价值和艺术价值的文物,如果这样被毁掉了,岂不是太可惜。据我所知,中国在1982年就已建立古城古建筑保护机制,为什么现在还会面临被强拆的这种命运?一定是你们官商勾结,违法操作。"

张传奇玩味地看着眼前这年轻人,如同看一个怪物,鄙夷地说:"嘉年,你大学毕业几年了?怎么还一副书生气?我是一个商人,我最怕的是什么,赔钱,我最开心的是什么,赚钱。"

"张叔叔……"他还欲说服对方。

"你放心,这是市政府批准的一个保护改造项目,这些破房子拆除之后，还会再修建仿古建筑，布局酒店等项目，开发旅游产业，基本的格局和风貌还在。"

谢嘉年忽然愤然地站起来，额头青筋暴突，语调生硬愤懑："可笑，真是可笑！为什么要干这种本末倒置的事？房子也是有精气神的，那些即将被推倒的古树，也是有灵魂的。你们这些可悲可笑利欲熏心的商人，就配住在一堆钢筋水泥里。这真是中国的文化之殇，你们拆的，不是一座古建筑，是自己的历史和文脉。"

大厅里的人纷纷侧目，张传奇颜面难堪，不耐烦地摆摆手："行了行了！别跟我在这里讲大道理了。实话告诉你，这项目的幕后大财团，是你们谢家，这事最初是你家老爷子提起的。两亿多的项目，我不是拿不下，只是今年股市大跌，房地产也难做。我一向讲究稳中求财，这个项目，我并不看好，周围的商业和旅游都没发展起来，铺这么大摊子，风险大于收益。我犯不着孤身犯险，我只是个操作者、执行官，说白了，我现在只是你家老爷子的一杆枪、一个棋子。有什么话，问你家老爷子去。"

语罢，张传奇气急败坏地拂袖而去。

谢嘉年木然地站在原地，久久无法回神。他的脸上，忧色重重。白天这么一闹，蒋老先生和城市规划局的官员一出现，他本以为此事已稳操胜券，现在看来，有了张传奇这个老奸巨猾的主儿，又有太爷爷幕后坐镇，事情会难办得多。太爷爷一生纵横商场，无往不利，他要做的事，几乎从未失过手。谢嘉年太了解他。

犹豫许久，谢嘉年还是拨通了电话。

爷孙俩没有太多的寒暄，谢嘉年直奔主题，说明了自己的疑问和看法，太爷爷也语调平和，但态度是坚决的："这个项目，我是志在必得的。别和我谈什么历史，那是一段令我痛苦屈辱的历史，杀父之仇、兵燹之灾、战乱之苦，我都经历过了，我就是要清洗那段历史，重建一个家园，做一件光耀门楣的事，也别和我谈什么文化价值，建筑之美，我会让张传奇请最顶尖的建筑师来设计规划，只会比过去更风雅、更大气。我们要向前看。"

九十多岁的老人，声音洪亮有力，更难得有这样的心态和胸襟，谢嘉年一时恍惚，似乎心有所动，迟疑了一下，说："一切向前看。太爷爷，那么，我和晓蝶……"他依然期望能得到他的认可和祝福。

太爷爷的声音异常温和亲切："嘉年，回来吧！和她，断了吧！"

刚刚燃起希望的一颗心，在那句没有温度的话里迅速冷下来。那苍老的声音从遥远的地方传来，如砂纸一般："房子倒了，可以重建，树砍伐了，可以再种一棵，可是仇恨啊！那是刻在血肉里的刀疤，只会随着时间的增长而变得更加明显、深刻。"

谢嘉年一阵灰心，知道多说无益，淡淡地说："太爷爷，您保重身体，我要挂了。再见！"

老人忽然语速飞快，情绪激动起来，声色俱厉："你以为你可以置身事外吗？愚蠢！放下你无可救药的浪漫、不切实际的爱情幻想吧！若不是我派人暗中周全，你以为你现在还能站在那里和我说话吗？你工厂的那个官司，那笔巨额赔偿，就是罗晓蝶的父亲暗中使力做的局，那女孩为什么忽然离开原来的公司，和你重修旧好，我看也是一场阴谋，受她父亲指使。你好好想想吧！"

"你是说，那个周先生，晓蝶和周先生相认了？"

"什么周先生，几年前我已经告诉你了，那是个通缉犯，叫罗平，罗平。"

说罢，却是太爷爷愤然挂断了电话。

谢嘉年心烦意乱，挫败感如夜风一样冷冷地割裂着，吹拂着。

夜色深沉，他没有开车，独自在街上走了很久，不知要走到哪里去。苍灰天地，寒流压境，远处有夜行的列车传来呜呜，仿佛是在试探这世界有多宽广多荒凉。

再回到医院，母女俩还没有休息，正闲闲地聊天，文凤娇一脸喜色，看上去心情大好，对谢嘉年虽没有完全接受，但态度已和缓了许多。

"晓蝶，让他坐。"文凤娇说。

罗晓蝶忙搬一把椅子让他坐。

他却局促不安，声音涩涩："阿姨，如果房子保不住，我在省城的好地段买一套新房给您住好吗？我会一辈子爱护晓蝶，我会和她一起好好孝敬您。"

文凤娇坐起，眉头一皱："怎么？刚才听晓蝶和夏杨说，这事八九不离十了，文物局和市上都来人了。怎么了？"

他脸露愧色，苦笑："您也说了，八九不离十，可是，即使那十分之一的因素，也会改变事态的发展。钱权勾结，官商操控，有些事，不是我们能左右的。"

文凤娇隐隐露出一丝忧色，若有所思，但谢嘉年说得模棱两可，她以为他只是为自己白天夸下的海口找退路，于是也没太放在心上，反倒宽慰他，也是宽慰自己："顺其自然吧！等等看！"

事实证明，谢嘉年的担忧多余了，谢氏企业在拉哈鲁虽翻雨覆云，可在中国，并不能翻起波澜。几天后，上头正式发文件，项目被叫停，而蒋老先生当日在众人面前答应的事也兑现了，花浔古街被列为重点文物保护单位，文物局拨款千万，对花浔的建筑进行修缮。

短短几天，事态发生翻天覆地的转变，令人欢喜。文凤娇神清气爽，闹着要提前出院。只是房屋修缮的工作已展开，有家暂时不能回，罗晓蝶索性让她在医院多住两日，待一切事情办好和她一起回城。

罗晓蝶安顿好她，出了住院部，打算和谢嘉年道谢。刚走出医院大门，就与他迎面遇上。

"我正要找你。"她说。

他站定，眉心舒展，神清气爽，说："陪我去仙人掌花园走走。"

"好！"她答应了。

说话间，他们所谓的仙人掌花园已到了。可看到眼前的景象，两人都大吃一惊。除了那棵大桃树仍在茁壮生长，他们的那些花儿早已不知所终。他们走过去，脚下干枯的草茎发出唰唰的声响。他有些沮丧，一言不发。这里记录了他们多少青春的欢笑和泪水，现在，却成了一座荒园。

世间再无仙人掌花园！

她轻轻地握了握他的手，也有些感伤："早已荒芜了的，平时我也很少回来。"

世间再无仙人掌花园！

唯独月亮啊！月亮是永恒的，星星是永恒的。

天空如巨大的透明酒杯，将一弯明月的清辉洒向大地，如一杯清酒般冷冽醉人，浓浓的阴影里，草螽鸣叫着，他宽慰彼此："还好，今晚星星挺好，可以看看。"

她一抬头，被惊住了。这晚的星星又大又亮，仿佛要滴水一般闪闪坠坠。她词语匮乏，只好呆呆地说："真的挺好。"

那块青石板也在，他们坐下来，隆冬深夜，出奇地冷，他将她揽在怀里，静静地说："我一直，欠你一个解释，你想不想听？"

她点点头。

然而他要说的，都是她已知道的。家族仇恨，不共戴天，父辈相杀，不许通婚。她全知道。

娓娓道来，他终于放下心里的一块石头，释然地说："他是不是很可笑，已过去了那么多年，隔山隔海隔了世纪，还死抱仇恨不放。佛说，这叫执念，病理学说，这叫强迫症。"

她轻轻地笑起来："不要这样说老人家。其实，我早知道了。爸爸告诉我的。你还不知道吧？周先生就是我爸爸，只是我现在还不想叫他爸爸，因为我还不能原谅他。他是不是很可笑，他连仇人的面都没见过，就要寻仇。佛说，这叫执念，病理学说，这叫强迫症。"她学他的口吻，又轻轻笑起来。

"我本来不打算告诉你，不想你背负太多压力，只是不久前才知道，你也背负着同样的压力。所以，说出来，按照负负得正的理论，也许我们就可以一身轻松地在一起。"

她抬眼望他，嘻嘻笑着："是的学霸，负负得正，我们可以开心地看星星啦！"

"还记得吗？那时我为了接近你，要加入你的青草帮，你整天强迫我讲故事，害我不能用心念书，每晚通宵看童话书。"他双目微眯，想起遥远的往事，仿佛坠入一片记忆之海。

她将头靠在他肩上，娇嗔道："也不枉费啊！一千零一夜，就可收服暴君，你还没讲够一千零一夜吧！就抱得美人归了。"

"今晚，我有好故事，想不想听？"

我不知会遇见你

仙人掌花园·睡前故事

有一天，仙人掌觉得很不开心，天气不好空气污浊心情糟糕，它很想去死一死。

它告诉小幽灵："我心情不好，很想去死。"

小幽灵不负责任地回答："死就死呗！找一个有星星的夜，从这里跳下去，粉身碎骨。"

仙人掌感到绝望，第二天夜里，果然从窗台跳了下去。

但是，它没死，只是摔伤了躺在了医院里。

小金鱼来看它了，小幽灵也来了，它自责不已："傻成！我不是真的让你跳啊！我只是想让你看看头顶的星星，十二月的星空，真的很美。"

仙人掌泪流满面："跳下去之后，我就后悔了。天哪！我看到好大好亮好多的星星，如海水一般要涌进我的眼睛里，如钻石一般滴进我怀里。群星为我闪烁，我不想死，我一点儿也不想死了。"

总是在最绝望的时候，看到最美的星星。

那来自遥远夜空的、寂寥、温暖的慰藉。

07

花浔古巷大面积修缮，暂时无法居住，文凤娇随罗晓蝶暂时回了省城居住。

有一天，母女俩去超市采购，经过一家酒店时，文凤娇忽然停下来，眯着眼遥遥地望着，问罗晓蝶："那个周先生，后来还回过中国吗？你们还有联系吗？"

"没有！"罗晓蝶的心仿佛被锥子狠狠地凿了一下，一阵尖锐地痛。这么多年了，她还是忘不了他，她还要等他。真是个傻女人。

年关将近，加上在花浔耽误了时日，公司积下很多工作，大家显得比平时更加忙碌，常常加班到很晚。每天下班，谢嘉年会送她到楼下，看她上楼后再离去。文凤娇在家里煮了红枣银耳羹或冰糖梨汁等她回来喝。曾经千疮百孔脆弱如纸的亲情，经年之后，终于彼此得到宽宥和谅解，岁月褪去了她们的软弱，打磨着她们粗粝的心，终于可以以柔软温和的方式接纳彼此。

年三十的时候，文凤娇包了饺子。饺子下锅的时候，罗晓蝶下意识地小声嘀咕了一句："不知道嘉年今天吃什么。"

文凤娇诧异："他过年不回家？"

罗晓蝶摇摇头。

"为什么？"

"因为我。"

文凤娇一怔，似乎明白了。将最后一个饺子包好放上竹苇，犹豫了一下，说："叫他来吧！"

罗晓蝶仿佛就在等这句话，连忙擦擦手，飞快地跑去找手机打电话。

一朵烟花在漆黑的天空宛宛盛开,她的心也绽开一小簇一小簇的花。这真是太美好的节日。

半小时后他来了,带了酒和水果。

似乎特殊的节日赋予了这个晚餐特殊的意义,他平时的泰然自若沉着自信一扫而光,坐在沙发上显得有些局促。自花浔回来,文凤娇对他俩的关系已是默认,但这样正式邀请他来吃饭,还是头一次。

热腾腾的饺子上了桌,文凤娇也终于忙碌完毕落座,见他有些拘谨迟迟没有动筷子,脸色和悦了一些,说:"别客气,快吃吧!"

他机械地夹起一个饺子放到嘴里,馅料鲜美,汤汁滚烫,不由得想起在拉哈鲁的家里过年的情形。拉哈鲁不过春节,只有一些老派的华裔在家里过,祖母也包饺子,那样的美味在别处吃不到,他每次能一口气吃三四十个,而现在,那滋味只堪在记忆中回味了。

文凤娇见他心事重重,便微微一笑:"想家了吧?"

他喟然点点头。

"其实啊!我是从来不相信什么门当户对的。我和晓蝶的爸爸,也不算门当户对,他是书香世家,受人尊敬的人民教师,我呢,就是剧团唱戏的小演员,可是我俩有话说。什么叫门当户对,门当户对就是两个人对路,有话说。所以我从来不会自轻自贱认为我们晓蝶配不上你,但我们也不是要巴巴地贴上你,我认可你们,不是因为你出头为我保住了房子,不是代表你三番五次伤害晓蝶我就原谅了你,我只是为了晓蝶。因为我知道,如果我不支持她理解她,她就再也找不到一点儿可以支撑的力量了。从小到大,她闯了祸,我被老师叫去训斥,我给被打的孩子家长赔礼,我回家打骂她出气,她犟得不理我,赌气跑出去,可我还是会做了饭,留着门,等她回来。因为我知道,我是她最后一点儿依靠,如果我抽掉了她那点力气,她或许就真的坚持不下去了。"

话音落下,窗外爆竹喧嚣更显得屋里静得出奇,罗晓蝶已泪流满面,娇嗔地戳戳文凤娇的胳膊:"讨厌啊!煽什么情?"

他拿纸巾给她,仿佛吃了一颗定心丸,自信笃定地保证:"阿姨,您放心,我知道该怎么做,也谢谢您给了我和晓蝶信心。"

饭毕，三人坐在沙发上看电视，气氛愉悦，他才斗胆将早早准备好的一沓海报宣传页拿出来给母女俩看。文凤娇扫了一眼，全是楼盘广告。

"阿姨，您和晓蝶看看，有您喜欢的，最近就去看看，定下来我们就买下来。"

文凤娇不为所动，扫了一眼就放下了，说："如果是你们要为将来结婚买房子，那你们自己去看，我是不住的，等花浔的房子修好了，我还是要回去住的。"

罗晓蝶听说她还要回花浔去住，马上反对："那儿的房子，还能住人吗？就算修好了，也就是保持它的风貌和特色。早说让你搬来和我住了，就是不肯。"

谢嘉年也帮言："晓蝶说得对，这次回去我也看了，老房子木质老化劈裂，墙体风化，屋顶瓦件松动，有很多安全隐患，就算修葺，我想也是美观大于实用。您就听我们的吧！"

"别说了，再说我明天就回去。"文凤娇忽然生气地站起来，说，"你们懂什么？你们什么都不懂。你爸回来找不到家，找不到我怎么办？等他回来再说吧！"

说得好像明天马上就会回来似的。

这两人面面相觑，再不敢劝她。

等待，已变成了习惯，变成了她生活里不可分割的一部分。

罗晓蝶想到那个叫周毅的男人，心酸痛，他坐拥财富，翻搅风云，却眼看着一个女人，在等待中，热情被耗尽，思念被掏空，从红颜少妇，变成一个心病成魔的病人。

过完年不久，罗晓蝶就上班了。一个平常的下午，文凤娇自己悄悄乘长途车回去了。桌上留了字条，在一碗温热的银耳羹下压着。打电话过去，文凤娇已到家，她说："房子已经修好啦！你不要担心啦！"

一方面料厂因打破了山寨雷同和批量仿制的模式，在行业里竖起了一面鲜明的旗帜。从某种意义上说，有罗晓蝶做创意的面料工厂，也是面料行业的高级定制企业，除了自家的一方婚纱，她也为其他的服装师提供独家设计,然后由该服装商独家买断该面料,虽然价格昂贵,但追求品质和品牌效应的服装品牌乐意为此埋单。这期间,夏杨悄悄把她的一件面料作品拿去参加了一个国内的面料设计大赛,竟一举拿下冠军,从此,罗晓蝶在业界声名鹊起,成为国内一线金牌设计师。

由婷婷担纲设计的婚戒定制也开始打开市场。为推广宣传,谢嘉年和夏杨特意为春季新品安排了一次发布会。张传奇请了很多媒体和朋友去捧场,看着女儿在台上思路清晰地展示自己的作品,他觉得欣慰无比,比自己人生里签约大单、公司上市、事业巅峰都让他更觉欢喜。因此,他对谢嘉年和罗晓蝶更多了一份感激,明里暗里帮助他们。

米雅参加了一个国际婚纱设计大赛,也通过了中国区的选拔,正在准备设计新的婚纱参加在巴黎举行的决赛。她自信满满,志在必得。

不久,夏杨为面料厂接来第一单欧洲厂商的订单。罗晓蝶的面料高级定制,终于走出了国门。

三喜临门,大家都摩拳擦掌,夏杨每天得意扬扬,在公司宣称:"难道说我就要升职加薪,当上CEO,迎娶白富美,走上人生巅峰了?"

米雅就会打趣他:"连女朋友都没有的人,还迎娶白富美,最多就是走上单身狗的狗生巅峰吧?"

两人免不了一番斗嘴。

然而百密一疏,这天,就在罗晓蝶准备把设计好的面料图案给欧洲厂商发过去做最后确认时,电脑忽然黑屏了,再开机,桌面上出现一个奇怪的骷髅头像,然后是满屏乱码。她心下一沉,完了完了,中病毒了。

还好,U盘里有备份,她连忙到随身的包里去翻找,这才大惊失色,大约是早晨坐地铁遭遇了小偷,包包的侧面被划了一道口子,几百块钱不翼而飞,而那只小巧的黑色U盘,也不见了踪影。整整一天,她一直在电脑前忙碌,竟然没有发现。

祸不单行,此刻,她想死的心都有了。

公司并没有网络技术部门,大家都一筹莫展。

罗晓蝶趴在办公桌上,快要急疯了。谢嘉年在电脑上试了试,表示对这种专业的黑客病毒也完全没有办法。他安慰她:"事缓则圆,总会有办法的。"

她烦躁地捏捏眉心，丧气地说："能有什么办法啊？那边等着呢！"

就在大家一筹莫展之际，楼下响起一个清脆快乐的声音："喂！喂！喂！罗晓蝶，本宫回来了，还不接驾。"

一听这声音，非林培莫属。这家伙，终于云游归来了。

沮丧的罗晓蝶，暂时忘记了眼前的困境，飞快地下楼迎林培，两人快乐地拥抱在一起的时候，她才注意到她身后跟着的男人。

她骤然松开她，连珠炮一样发问："你们一起来的？你俩这是怎么回事？什么时候认识的？"

林培身后的男人，只是憨厚朴素地笑着。林培得意扬扬地说着自己的恋爱史，自己的男朋友耿旭是某软件公司水平高超的电脑安全专家，在全球顶级的某黑客大赛拿过大奖，前途无量啊！罗晓蝶忽然兴奋地大叫起来，松开林培，拉起她身后的男人就往楼上走，一路喋喋不休："一点儿小忙肯定会帮吧！你不会不帮我吧！你肯定会帮我吧！"

林培在后面拖着行李箱，一头雾水："喂！那是我男朋友。"

罗晓蝶把耿旭拖到自己的电脑前，长长地松了一口气："交给你了，拜托拜托，赶紧干活。"

林培也叫嚷着："我姐们儿的事就是我的事，赶紧的。"一副悍妇的语气。

耿旭定定神，对林培宠溺地笑笑，目光回到电脑上。

忽然天降神将，虽然还不知最后的结果，但大家都看到了希望，心里都轻松了许多。

在自己的专业领域，耿旭如入无人之境。听说他最擅长渗透和反击攻击，这点状况，应该难不倒他。

这时，罗晓蝶的手机响起来，为了不打扰耿旭专心工作，她悄悄到楼下去接。

待谢嘉年回头找她，才发现她正焦急地出门去。

他不放心，悄悄跟了出去。

远远望去，她正站在马路边和一个外籍男子说话。

他推开门跟了出去，发现她已经上了那个男子的车。

他忘了会馆里还有一群员工，没有多想就开车跟了上去。只是晚高峰还没有过去，刚起步就被堵在路上，他打电话给她，心急不已："罗晓蝶，你去哪里？马上给我下车。"仔细听辨，才发现电话根本没有打通，她关机了。

陷入爱里，他也是那样无能为力惊慌失措漏洞百出的男子，和那些平庸的男人并没有什么区别。

车子跟丢了，他将车停下来，摇下车窗，吹了吹料峭的夜风，抽了一根烟，终于冷静下来。想起会馆那边还有一个烂摊子等待处理，他定定神，掉转车头。

"晓蝶，我是周先生的私人医生，我要为他负责。他有很严重的冠心病，现在情况很糟糕，需要尽快手术，可是周先生根本不听劝，他是个工作狂你知道吗？空中飞人，每周飞拉哈鲁、马来、泰国，日夜颠倒，身体严重透支，已经病发两次了，如果不是抢救及时，后果不堪设想。我想，赚钱固然重要，可是，你们中国人不是说，身体是革命的本钱吗？"

"周先生的事，我知道一些，你是他的女儿，他很爱你，他会听你的。"

她焦灼地盯着前方的路况，催促道："拜托，开快点！"

医院很快到达。医生领她进去，便识趣地出去了。周先生住在一个宽敞的高级单间病房，醒着，手臂上仍在吊水。

见到她，周先生眼睛一亮，惊喜万状："晓蝶！晓蝶！你来看我？"

明明一路担忧，可见到他，她不得不摆出一副冷淡的样子："顺路。"

即使是顺路，这份心意也足够让周先生喜出望外，他以为血浓于水，女儿终究还是关心他，对她说："我没什么大病，别听医生瞎说。"

她冷若冰霜，并不问询他的病，反而质问道："你去拉哈鲁做什么？"

他的一腔热情被浇灭，脸色一讪，语气也淡下来："一点儿生意上的事。"

她的脸忽然逼近："如果我没有记错，你上次说，你要报复谢家整垮他们。"

见女儿待自己如敌人一般，周先生的心也凉了半截，收起了慈父的样子，正色道："没错，是我说的，我也是这么做的。我去拉哈鲁，就是去做这些事。谢家现在就是一个岌岌可危地挂在树梢的鸟巢，随时有被摧毁的可能。而我，马上就要做到了。"

她怒极，难以置信地质问他："我在公司的电脑被病毒攻击，不会也是你干的吧？"

"晓蝶，你是我的女儿，你喜欢做的事业，我怎么会阻挠，我怎么会做伤害你的事，即使我不是你的父亲，只是周先生，在你眼里，我就是这样的卑劣小人？"周先生忽然急促地喘着粗气，面色苍白，抚着胸，露出痛苦的表情。

在这样一个疾病缠身的人面前，她失去了内心的抵抗，产生了令自己羞耻的怜悯。她上前扶住他，拍了拍他的后背，拿水给他喝，并且焦灼而关切地询问道："您没事吧？要不要叫医生？"

气氛陡然融洽，仿佛回到了从前他还只是周先生的日子。

他摆摆手说："没事，没事！"

"你的私人医生说，你应该尽快做手术。"她说。

周先生心里，涌起淡淡的感动，语调也温和了许多："我知道，会尽快的。"

她却不依不饶："什么时候？"

"等办完手头的事。"他实话实说。

心里刚刚平息的怒火又被点燃。她失望地看着这个冥顽不化的男人，已经失去了和他辩驳争吵的力气，只是淡淡地无力地说："等你报完仇再去手术，是吗？周先生，你真的有病，你这里有病。"她指了指自己的胸口。

"晓蝶，你不可以这样说我。"他声音涩哑哀痛。

"你知不知道，有一个人，一直在等你，每晚十点半，无论春夏秋冬，风雨无阻，她会一直等到老，等到死。你忍心，让你们之间，留下永远无法弥补的遗憾吗？"

这话说得多么晓之以理动之以情啊！罗晓蝶连自己都感动了，她不信他是铁石心肠。

果然,周先生垂下目光,深深地叹了口气,脸上带着忏悔的神色:"我对不起她。"可是,可是,他又补充了后面那句话,说,"你提醒了我。晓蝶,我们暂时也不要见面了。"

空气仿佛被冻住了,她呼吸轻微,吸一口气都觉得心在绞痛,她忽然意识到自己抛下工作大晚上跑到这里来是一个天大的笑话。她愣住,木然地说:"哦!你好好养病。"

你有病!人人都有病,全有病!她在路上狠狠地啐口水。

心木木的,脚步是软的。夜空墨蓝,有几朵铅色的积雨云在头顶慢慢飘移,她感到悲伤,但这悲伤在她到达一方婚纱会馆门前就戛然而止。她这才意识到自己多荒唐,竟然抛下工作不顾一切去见一个抛妻弃女的老浑蛋。这才是她的生活,她可以紧握在手中的生活。

会馆漆黑一片,已没有了人声喧嚣,人已走光了。她贴着玻璃看了看,发现二楼仍有一盏灯亮着。

推开门,摸黑上楼,发现谢嘉年仍坐在刚才的长会议桌前,背对着她,指间燃了一根烟,烟灰缸和地上,落满烟头和烟灰。他明明听到响动,却没有回头,也没有开口说话。

气氛压抑。

她自知理亏,走上前将手轻轻放在他肩上,故作轻松:"他们呢?耿旭把电脑修好了吗?"

"去哪儿了?手机为什么关机?"他声音沉郁,压抑着怒火。

罗晓蝶连忙将手机拿出来一看,发现已关机了。

"大概没电了。"

"我问你去哪儿了?"他忽然站起来,一把抓住她的手。

她正一腔委屈想找人倾诉,却被他这样声色俱厉地质问,顿时怒起,狠狠甩开他的手,偏偏赌气不向他解释,一脸挑衅:"我去什么地方都要向你汇报啊?凭什么啊?你每次离开我的时候,向我汇报过吗?"

一阵刺痛袭上心头,他的眼睛里闪过一丝愤懑,往后退了一步:"这么说，你打算离开我？"

意识到口不择言，她口气软下来："周先生病了，我去看了看。他毕竟……毕竟是我父亲。"

他的身体仿佛忽然放松下来，略显尴尬，问："哦！他没事吧？"

她想说"可是你家也许会有事"，可此情此景，不知该如何提起，只好简单地回答："没事。"

"走吧！"他拿起椅背上的衣服，拉她下楼，关好了会馆的门，径直朝门口的车走去。

上了车，她又忍不住问起："电脑弄好了吗？"

"耿旭是这方面的专家，那点小问题手到擒来，文件已发过去了。"

一颗悬着的心终于放下。她忽然发现，车子并不是朝她回家的方向行驶。

"这不是回家的路啊？"

他淡淡解释："林培和耿旭回你那边去住了，你回去恐怕不太方便。"

"去你那里？"

"我和米雅夏杨住一起，不方便。"

"那去哪儿？"

"开房。"

"啊？哦！"她的脸色倏忽一变，想起上一次开房的事，登时有些尴尬，便一路沉默，不再说话。

到了就近的一家酒店，他开好房间，两人一起上了楼，打开门，看到松软的大床那一刻，她紧绷的神经放松下来，瞬间感觉累了，一回头，发现他也跟了进来，胸口起伏着，呼吸似乎也急促起来。

"咦！你怎么不走？"记得上次她问他为什么不留下来还被羞辱了一番，这一次，她想当然地以为他还是那样正人君子。

"我为什么要走？"他将外套扔向一边，一把箍住她的肩，狠狠地吻住她，两人重心不稳，双双跌到床上，他重重地压在她身上，一边粗暴地撕扯她的衣服，一边激烈地亲吻着。新生的胡楂在她娇嫩的皮肤上留下一片片红印，燃烧着情欲的吻，如烙铁般，在脖颈间留下清晰的吻痕,宛如桃花。她觉得刺痛,微微挣扎,这挣扎却激起他的热情和欲望,他牢牢地控制着她,目光灼热地望着身下的她,恍惚间,两人的衣物已尽数褪去,她恍然明白了,他想要做什么。他为什么要这样做?

她低低地喘息,不合时宜地解释:"嘉年,你误会了,那个人只是周先生的私人医生,只是通知我……"

话未说完,就被另一个吻淹没。温热的手掌在她身上游走,女性的幽香胴体,带着禁忌的神秘城池,在他粗暴有力的注视下展露无遗,骨骼与肌肉结构完美的男性身体,带着原始的欲望和力量,征伐与给予,攻掠和到达。

他疲倦地将头埋在她的颈窝,说:"我要拥有你,完全,彻底。"
繁花盛开,春水春波,他要她所有的热情和妖娆,都属于他,只属于他。
一轮轮月明净地升起来,像万象归宗,像圆满了的爱情。

她将脸埋在他的臂弯里,不肯抬头,嗔怪道:"你说过,新婚之夜才可以的。"
他低沉而清晰地说:"明天我们就去民政局。"
"什么?"
"登记啊!"
她伏在他胸口,像个事儿妈一样筹划起来:"你可是'歪果仁'啊!可能会比较麻烦,要身份证、护照、大使馆的证明,还有……"说话的时候,手指在他的胸口一点一点。
不安分的手,忽然被他抓住,他低呼:"不要勾引我。"
滚烫的唇再次侵袭了她。他重又覆上她的身体,如一艘船,载着她,在那个陌生的世界里起伏探索……

他们在清晨刺耳的手机铃声中醒来。
他睁开惺忪睡眼,看一眼来电显示,接起,懒洋洋地应答:"嘿!亲爱的朋友。"
电话那端,他的挚友说着罗晓蝶完全听不懂的拉哈鲁语。

还未听完,他的脸色,渐渐变得阴沉下来。

挂断电话,他惊坐而起,开始穿衣服,匆匆忙忙地下床,在随身的包里翻找身份证和护照。看到他拿证件,她又懒懒地躺回被窝:"今天是星期天,恐怕民政局上不班。"

他一愣,一边收拾东西,一边向她解释:"我要马上回一趟拉哈鲁。"

她马上跳下床,赤脚跑过来:"不许去。"

"太爷爷病危。"

她不信,不管不顾地拉住他:"谢嘉年,这一次,你休想从我身边逃走。"心里的恐慌像潮水一样突突地在血液里流着,不知怎样才能挽留,她开始胡搅蛮缠,"我不管,你昨晚……昨晚已经……已经那样了,你要对我负责。"

他放下了手中的东西,眼中升腾起一丝歉然和疼惜,温柔地抱住了她,柔声说:"是的,我会全权负责。只是,再相信我一次好吗?他毕竟是我的亲人,人之将死,我不能置人伦不顾。"

"带我一起去。"

可他想也没想就生硬地拒绝了:"不行!"

她这时才恍然想起周先生昨晚说过的那番话,迟疑了一下问道:"是不是,家里还出了别的事。我……"她欲言又止。

"别瞎想了。下次再带你去吧!你和我都走了,公司和工厂的事怎么办?米雅只懂设计完全不理俗务,那么多事,夏杨一个人应付不来。"他解释。

话说得有理有据,她也无法反驳。心却凉凉的,只能由他去。

两人在酒店门口告别。临别的时候,她又忍不住心虚地问:"是不是你家里和公司也出了什么问题?"

他摇头否定,潦草地摸摸她的头发:"没有。"

他一边订机票一边往机场赶,中途给夏杨和米雅打电话说明情况。四个小时后,他从机舱中走出,已站在了拉哈鲁碧蓝如洗的天空下。

她走在大街上,神情萧瑟,阳光穿透空气,落在她的皮肤上,她却觉得那样凉。她想起宋人的词:"东风恶,欢情薄,一怀愁绪,几年离索。"

离别是爱情的魔咒，他们的爱情，被施了法，中了魔。

他没有直接回家，在街头的咖啡馆见到了自己的挚友。

英俊腼腆的拉哈鲁青年，出身贵族，供职拉哈鲁最大的律师事务所。谢氏集团的经济案，是他接手的第一件大案。

是的，谢嘉年对所有人说了谎，他回国，并不是太爷爷病危那么简单，他面临的，是整个家族的困境。

"谢氏集团股权关系混乱，高层纷争已久，集团下各公司去年业绩和利润下滑，国内经济萎靡，很多人失去信心，去年下半年多位高层董事请辞，谢老先生年迈，很多事交由心腹去做，因此埋下很多隐患，高层疯狂辞职减持套现，股价抬高，股民失去信心，也大量抛售，如此恶性循环，导致股市崩盘。而伯父，也涉嫌非法减持股票被调查。"

"怎么会？父亲是最淡泊名利看轻财富的人，他也只是持有股份挂一个名，不愿参与管理。"他的脸上，浮现深深的忧色，蹙起了眉头，"他要那么多钱做什么？"

"十亿，被转入瑞士银行的户头。你知道的，无从查起。而他否认做过的一切，可是，所有的文件都有他的签字。"

谢嘉年起身，拍拍挚友的肩："谢谢你，朋友！我想，我应该先回家看看。"

山地别墅，向来是富商的聚集地，而谢家的房子，占据了拉哈鲁琅山半壁，山上奇石突崛，清泉蜿蜒，植被丰富，遍植花木果树，是养生佳地。当年，太爷爷为出入方便，斥巨资修建了数公里的私家公路，道路两旁亭亭如盖，曲径通幽，尽头直通谢家大门。

他按门铃很久，才有用人来开。

甬道旁的花草长得恣意，已好久无人打理。他也无心留意这些，径直走向室内。

偌大的客厅里，母亲和两位姑母对坐，沉默无语。山里刚下过雨，涌进一股潮湿腐朽的泥土气息，不知是谁开了一排昏暗的射灯，照在黑胡桃色的家具和墨绿色丝绒帷幔上，富丽堂皇的房子显出旧色来。

一见到他，母亲的泪马上流下来："嘉年，你可回来了。太爷爷和你爸爸，他们……"话未说完，她已泣不成声。谢母出身名门，与父亲结婚后伉俪情深，一生荣华富贵，从未吃过苦，面对这大厦倾倒般的局势，顿时六神无主。现在，儿子是她唯一的倚靠了。

他像哄孩童一般抱住母亲拍拍她的背："别担心，有我在。"

转头又与两位姑母打招呼，姑母们也忧心忡忡，说："先去看看太爷爷吧！"

他依言上楼。

太爷爷年事已高，患肾功能衰竭症已久，多年前换肾成功后一直靠药物维持，现在，病魔和压力在体内并力齐发，终于击倒了他。他不愿在医院再做无谓的抢救，过度医疗，坚持要回家。他一生独裁专制，谁也拗不过他。

推开门，一位家庭护士刚刚为太爷爷量过体温，向谢嘉年汇报："血压体温一切正常。"说完颔首出去了。

太爷爷红光满面，雨后阳光从窗户流泻进来，落在他的脸上，使他看上去容光焕发，一点儿也不像个病人。

他走过去，闷闷地叫了声："太爷爷！我回来了。"

老人目光矍铄，转头望着他，带着一丝笑意，甚至是一丝难得的宠溺口气说："你这个逆子啊！终于回来了。"

"原谅我，太爷爷，有些事，我必须听自己的。"

"你啊！从小看起来听话、顺从，骨子里最叛逆。"

"您不也是吗？小时候，被父亲逼迫练习书法，您不愿写，把墨汁倒进鱼缸里，被父亲一顿暴打。"

"哈！哈！哈！其实那天我只是想看看它们能不能变成墨斗鱼。"

爷孙俩都笑起来。

他发现，太爷爷笑起来，也是一位很可爱的老人，一时心里哀伤："太爷爷，您怕死吗？您会死吗？"

"傻孩子，人人都会死，有什么可怕的？"

"小时候，做错事被您关在黑屋子里，夜里又怕又饿，发起高烧，以为自己要死了，那种感觉，我至今清晰记得，后来睡觉都不关灯，我怕那种黑暗。死亡，就像那无边无际的冰冷的黑暗。"

"人是有灵魂的，灵魂是永生的，所以，死没什么可怕的。"太爷爷顿了顿，示意他拿桌上的水给他，喝了一口，又说，"灵魂是存在的，而且是永生不灭的。人死后，灵魂和身体分离，灵魂不再依附身体上，死的时候，灵魂要经过很长一段黑暗通道，直到看见光的存在，飘到永生里，就像人降生到这个世界上那般一样。"

"灵魂还记得前世那些仇恨吗？"

"不记得了，不记得了。"太爷爷长长地舒一口气，仿佛僵硬的身体通畅起来，眯着眼睛望向窗外，"记得仇恨的，是恶灵，不能再投胎做人的。"

太爷爷招手示意他坐近一点儿，然后，颤颤巍巍地从枕头下拿出一个方形的黑丝绒盒子交给他。他迟疑地打开，一枚精美的蝴蝶形翡翠配饰呈现在眼前，在阳光下，晶莹剔透，清亮似冰，闪着温润的光，是极为名贵的老坑冰种翡翠。太爷爷提起过。

"翡翠，是大地造物的精华，带着与生俱来的自然灵气和生命奥秘，这枚翡翠蝴蝶，是宫中御制，雕工精美，成色绝佳，已流传数代，多年辗转，终于又回到我们谢家。现在，它身价逾三亿，绝世稀有，嘉年，你一定要好好保存，它是上天的石头，会带来好运，保佑谢家家宅祥瑞，福寿绵长。"

谢嘉年轻轻地合上盖子，说："我记住了。"

"你出去吧！我累了，要休息了。"老人轻轻地合上双目。

谢嘉年轻轻退出，至门口，又忍不住转身。心里千头万绪，只有太爷爷在此刻，能给他指引和解答。他问："太爷爷，公司和父亲的事，我应该做些什么？"

太爷爷鼻息微弱，仿佛睡着了一般，良久，他说："大道至简，顺其自然。大道至简,顺其自然啊!"

声音微弱,但字字如玉。

他静静地入睡,走得很安详,脸上无欲无染,走向那不灭的永生里去了。

谢嘉年亲自操办了太爷爷的后事。法外开恩,谢父得到片刻自由,回家参加葬礼。

葬礼低调庄严,来的都是至亲。谢父一身黑衣,神情凝重。

父子俩步行至墓地附近的凉亭。两名警察远远跟着。

父亲对他说起案情,和挚友对自己所言几乎没有出入。

"你是否向什么人泄漏过什么账号?或密码?"谢嘉年问。

父亲蹙眉,良久,忽然记起:"很久了,几年前,我和你妈妈在欧洲旅行,在一次珠宝拍卖会,她拍下了一件价值千万的首饰,当时手上没有那么多现金,而那时又是和你妈妈结婚二十周年纪念,我很想满足她的愿望,所以打电话给巴颂,告诉了他账号和密码,让他帮我办理了那笔款项。"

事情不言而喻。巴颂正是太爷爷手下除谢伯外第一心腹,而现在,他已减持套现脱身,早在半年前就办好了移民,不知去向了。

父亲再次被带走。母亲紧紧拉着他的衣袖,无能为力,只能默默流泪。

偌大的谢家大宅,冷清凄凉。树倒猢狲散,家中花匠、厨娘、司机已有半数辞职,人少屋空,入夜后更显阴森恐怖。谢伯安排人做了夜宵,谢母一口没吃,已回屋去睡。连日来累极,睡中却不安稳,时时发出梦魇。谢嘉年进屋柔声安抚她,陪伴许久,她觉得心里安定,又沉沉睡去。

出门来,谢伯独自坐在茶几前喝一杯茶。谢嘉年坐下来,两人闲闲地聊了几句,谢伯忽然想起似的,掏出一张名片放到茶几上,说:"这是我侄子的名片,他在一家证券公司做操盘手,股市的事我不懂,但是,我想,也许他可以帮帮你。"

谢嘉年拿起来,心里感慨万千,说:"谢伯,谢谢您!"

谢伯拍拍他的肩,带着疲倦而慈爱的笑道:"嘉年,我依然是谢伯,我一直在的。去睡吧！"

两人互道晚安，谢嘉年依言上楼，躺在自己少年时的房间里。回到拉哈鲁数日，晚上和罗晓蝶通电话，成为每天的睡前仪式。前几日，他只是潦草几句，报个平安，说句晚安，而这晚，他有了倾诉的欲望。太爷爷去世，于他，亦是一种解脱，这世上再无人对他横加干预，他和晓蝶的情感，即使没有来自家族的祝福，但至少不会再有阻力。

他感到释然，又感到未知的压力在他体内充涨，像大地上缓缓压境的阴云。给她打一个电话，成为唯一的纾解。

电话接通。
"办好了？"她低声问。
"办好了。"
"嘉年，节哀！"面对这个她从未见过的老人的死讯，她能做的，也仅仅是这些，末了，又忍不住问，"你什么时候回来？"
他犹豫了一下："还得等几天，有一些事要处理，很快。"
她有些迟疑，小声问："什么事？"
他答非所问："晓蝶，等我，等我回去，我们马上结婚。你现在要做的，就是和米雅设计一款最美的婚纱，做最美的新娘。"他虚无而真诚地说着承诺，描绘美好蓝图，像是给疲倦迷茫的自己打了一针强心剂。

电话那端的她也被感染，一脸甜蜜地傻笑："嘻嘻！必须的。那我等你啊！"她轻轻地对着屏幕亲了一口。
"晚安！"
"安！"

窗外一弦月，在一团树影里穿行，隐入一团灰色的云里，又消失不见。

闺密的深宵，林培绘声绘色地对罗晓蝶讲她和耿旭的相识。
失意的人在云游途中，终于，也面临了弹尽粮绝的命运。有一天，她在德国的一家国际青年旅舍，凄惶地打开最后一杯泡面，去厨房接满热水，然后坐在椅子上，抽一根劣质烟，等待泡面变软。一个戴眼镜的中国男生端着一碗泡面坐下来，浓郁特殊的香味飘过来，直窜鼻腔，她忍不住瞥了一眼——为什么？他的泡面像广告里的那样，有卤蛋，有火腿，有大份脱水蔬菜，甚至，有一块肥美香嫩的牛肉，这不公平。

男生拿着叉子，看着她的眼神，犹豫了一下，这一犹豫，给了她鼓励，她鼓起勇气恬不知耻地说："你的泡面看起来很好吃，什么牌子的？"

"旭日牌。"他很认真地回答。

"没听说过。"

"你尝尝吧！这个牌子的泡面真的很好吃。"他大方地将碗推给了她。

像不像一个恶俗的泡面广告？可他们就这样认识了。这个叫耿旭的中国男生，在吃完她那碗泡面后，神采飞扬地给她讲了十几种让泡面好吃的方法，并声称，自己掌握一百种煮泡面好吃的方法，他的理想是，开一家深夜食堂，只煮泡面。泡面代表粗粝贫瘠的生活，而他，就是那种能让粗粝变得精致、让贫瘠变得富有、让死寂变得沸腾的人。她被他奇特远大的理想感动了，一晚上毫不吝啬地对他傻笑。有人说，世间所有的相遇，都是久别重逢，但他们早已记不起，他们其实在几年前，是有过一面之缘的，甚至有过共同的朋友。他们相遇了，在后来的行程中结伴而行，她蹭他泡面，回报以笑，并且被他的泡面人生观深深地打动了，觉得重新找回了面对生活的勇气和力量。他们一同去爬十二月的梅里雪山，在途中，经历了一次猝不及防的小小雪崩，雪层压顶的那一刻，他紧紧地抱住了她。爱情像雪崩一样，来得猝不及防。经历了生死的恋人，终于倦了，结束了旅程。一场旅行让他们明白彼此才是最适合自己的那个人，他们决定马上结婚。

罗晓蝶想着远在天边的谢嘉年，此刻对林培只剩羡慕嫉妒恨，故意给她添堵："哎，你的耿旭王子以前就没对别人……"

话未说完，就被林培打断："打住，我们说好了，不问过去，一切向前看。"

一切向前看！罗晓蝶翻一个身，想起答应米雅的面料还没设计出，一时心烦意乱。

米雅的婚纱图稿已初具雏形,只待出图打版了,可婚纱的外层罩纱,她迟迟没有选到合适的用料。米雅是一个对每一个细节都非常苛求的设计师,她常说,一个有追求有原则的设计师,是不会容忍廉价而不合适的面料来糟蹋自己的作品的。

第二日,设计室里,两人大眼瞪小眼。罗晓蝶做仰天长啸状:"我的公主啊!你到底想要怎样的面料,你得说具体一点儿,我才好按照你的要求设计啊!"

"必须是高档的车骨蕾丝纱,要有如烟如雾的梦幻感,还要有浪漫奔放的自然气息,蕾丝图案不要用一些普通的花花草草,太俗。"

罗晓蝶一筹莫展,发过去很多图稿已经被米雅否决了,她几乎要崩溃了。此刻被虐得头昏脑涨,只想马上逃开这个"女魔头",她整理图稿,准备开溜:"下午我还要去一趟合力集团,谈谈婷婷下一季婚戒新品发布会的问题。关于婚纱面料,我会交出一份让你满意的作品,但你得给我时间。亲爱的,再见!"

临走又偷看一眼米雅的婚纱设计稿,想象着穿上婚纱和嘉年携手的那天,心里又忍不住美得冒泡。

外面艳阳高照,天空有几丝云不经意相遇,拼出一个笑脸的形状,她一抬头看到了,心里莫名地又欢欣起来。

到了合力集团,她径直上楼,被助理领进办公室,张传奇正在接电话,示意她稍等。

"你说什么?被车撞了?谢家怎么这么倒霉?好了我知道了。"

"谢家?"她的心一沉。谁被车撞了?

她一脸忧色和疑问:"哪个谢家?谁被车撞了?"

张传奇摊摊手:"我不瞒你了。这事比我想象的严重。谢氏集团内部出了一些状况,谢老先生去世了,谢先生也在接受检察院的调查,很可能面临牢狱之灾,我想,这可能是竞争对手设下的一系列圈套。我本来是让一个手下去拉哈鲁代我拜祭老爷子,问候一下夫人,没想到……"

罗晓蝶脸瞬间煞白,声音颤抖:"谁被车撞了?我只想知道,谁被车撞了?"

"晓蝶,你不要激动。他只是昏迷,没有生命危险。"

她一个箭步冲上来,急迫追问:"地址给我,地址!"

他沉吟片刻,写下一个地址,还要交代一些事宜,她却已放下手中的资料,拿了地址,跌跌撞撞地跑了出去。

外面依然艳阳高照,她忽然觉得,大街上空无一人,她不知身在何处,如同被世界遗弃了一般。

仙人掌花园·睡前故事

昨晚我做了一个梦,梦到我们一起去流浪,我们手拉着手,一起走过很多地方,遇见云和花朵,听过风的歌唱,看到一次仓促的日落,然后来到了一个陌生的地方,神奇的王国。

我从来见过如此美丽的小镇,蓝色的海豚在空中游弋,葱茏古树高耸入云,绿壳乌龟缓慢地走过斑马线,红嘴的鹦鹉站在便利店门口对每一位客人说"你好"。我对你说,我想永远生活在这里。

你在身旁不停地催促:快走吧!快走!这里的国王是一个凶狠的绿巨人,快走吧!这里不是我们要到达的地方。

我揉着磨出水泡的脚沮丧地问你:我们要去的地方,到底在哪里?还有多远啊?

你拖起我的手,开始奔跑。我们经过四季,看到落叶和雪花,看到流星和野火,你不停地对我说:就快到了,就快到了。

"到底在哪里?还有多远啊?骗人不是好孩子。"我哭着说。

08

到达拉哈鲁时,已是深夜。

夜色苍茫,人生地不熟。张传奇留给她的地址,只是谢家山地别墅所在。罗晓蝶从机场乘出租,到达时,已是凌晨三点。门铃摁了许久,也没有人来开。这是一道仿古铁艺庭院门,从门外看去,此处离主楼还有长长一段距离,除了几盏凄冷的庭院灯,大楼里一片漆黑。

她试图拨打谢嘉年的电话,可电话永远是关机状态。

她累极,坐在门口的台阶上休息,脚上甚至穿的还是白天在公司才穿的高跟鞋。

山风猎猎作响,门侧的楹联被风撕裂,发出窸窸窣窣的响声,抬头看,才发现那是白色的挽联,她忽然意识到,这家宅子刚刚死过人办过丧事,一层冷汗瞬间冒出。

忽然想起他在仙人掌花园讲的那个关于星星的故事——嗨!抬头看一看吧!那来自遥远夜空的、寂寥的、温暖的慰藉。

她抬起头,山间的星星又大又亮,如流水一般落入眼睛里。仿佛无数眼睛注视她。在星星的注视下,她睡着了,做了一个关于流浪和追寻的梦。在梦里,她一直问他,快到了吗?就快到了吗?

醒来时,是清晨六七点钟,她被一阵汽车嘀嘀声吵醒。睁开惺忪睡眼,看到一辆白色轿车里,款款走下一个穿墨绿织缎裙的中年贵妇,妇人虽脸上难掩疲态,但雍容典雅的气质仍一览无遗。

她曾在他的手机上看过他和母亲的合影,认出这妇人是他的母亲。

她忙起身:"伯母,您好!我是罗晓蝶。嘉年怎么样了?他现在怎么样了？"

妇人抬眼瞥瞥她，眼神淡漠，并不像他所说的那样亲切和蔼。她只是淡淡地问："你就是那女孩？"

罗晓蝶点点头，如见到亲人般上前抓住妇人的手："伯母，我想见见嘉年。"

手被轻轻地抽离，女人面无表情，说："进来吧！"

罗晓蝶随她进了门，诚惶诚恐，又心急如焚。

进了客厅，有用人样的年轻女孩引她到沙发坐下，斟了茶，便无人再搭理她。那贵妇径直进了厨房，忙碌许久也不见出来。

罗晓蝶坐在那里心急如焚，可身处异乡，也毫无办法，只能默默等待。

厨房溢出米和红枣的清香，过了一会儿，谢母提着一个保温食盒出来，脸上依然是淡淡的表情："走吧！"

那辆白色轿车依然在门口停着，司机彬彬有礼地打开车门，妇人举止优雅地上车，回头扫她一眼，罗晓蝶才诚惶诚恐地爬上车。

两人并排坐，罗晓蝶又忍不住问："伯母，嘉年伤得严重吗？现在怎样了？"

谢母微微转头，答非所问："你会做饭吗？"

来自未来婆婆的问题，常常带着巨大的陷阱。罗晓蝶一怔，暗忖她的用意，迟疑地说："会，会……一点儿。"

她会做蛋炒饭、煮面、熬粥，算不算会做饭？

还好谢母并没有再追问下去，她轻轻地抚了抚保温盒，慢条斯理道："老太爷说谢、罗两家是世仇，那是太遥远的事，我并不在意，我关心的，只是我儿子所爱的女人，是否能像我一样照顾好他。"

这真是一道大题，她低着头，声音细如蚊蚋："我……我可以，我我……我能。"

这答案显然让人失望。谢母的嘴角，露出一丝无奈而讥诮的笑，再不言语。

车子很快到达一家医院。罗晓蝶紧随谢母来到病房。

病房大而豪华,谢伯也在,他认得罗晓蝶,向她颔首致意,她却并没有留意,目光仿佛被一根线牵着,被收紧到病床上。

床上的那个人,面色沉郁苍白,双目合着,头上缠着绷带,手上在静脉输液。半个月前,他还那样英姿雄发,健康阳光,现在,却伤痕累累生死不明地躺在这里。她蓦地一阵心酸,扑到他胸前,抑制不住地流泪:"嘉年,你醒醒啊!你睁开眼睛看看,是我啊!你不会有事的,你不能有事啊……"

"啊——"一阵吃痛的叫声响起。

一直端庄平静的谢母忽然生气了,提高声音斥责她:"在医院大喊大叫像什么样子。"

罗晓蝶睁开泪眼,看到那一双星目正惊喜地凝望着她。他说:"傻瓜!我没死,活得好好的。"

"张叔叔说你昏迷不醒,我以为……"

医生恰好来查房,掀开被子,她才看清,原来,他的右腿受伤,缠着绷带和矫正带。医生用拉哈鲁语向谢母交代着病情,言语不通,罗晓蝶听得一头雾水。

后来,谢母随医生出去,临出门前,一脸威严地嘱咐:"记得照顾他喝粥。"

这句话是对罗晓蝶说的,罗晓蝶如闻纶音,忙不迭地点头。

谢伯也识趣地出去了。病房里只剩下他们两人。谢嘉年一脸戏谑地笑,玩味地看着她。

"笑什么?"

"我在笑,天不怕地不怕的罗晓蝶,见到准婆婆,也像老鼠见了猫一般。"

她羞涩的样子如孩子般直白而天真,但旋即神情恍惚,自嘲地苦笑:"准婆婆、准儿媳,不知会不会成真呢?"

他心里一紧,抓住她的手:"为什么说这样的话?晓蝶,我已经向你保证过,无论发生什么事,再不会退缩。"

"嘉年，如果，我告诉你一些事，你也许就不会这样说了。"她将脸别向一边，不愿看他的眼睛，说，"也许，谢家现在遭遇的一切，都是周先生造成的。你走之前我都知道了，只是还没来得及说。"

他听到这些，并没有吃惊，脸上平静如水，淡淡地说："其实，我都知道了。"

就在车祸前，他刚刚在谢伯侄子供职的那家证券所操盘室，经历了三天三夜的鏖战。他在美国留学主攻金融，并且曾在华尔街实习，做过三个月操盘手，深谙证券市场的规则。谢氏股市大案，已初露端倪，一位幕后庄家用各种手段，与几十家单位和个人签订合作协议、理财协议，筹集和注入资金近十亿，通过几百个股东账户，控制了谢氏股票百分之五十三的仓位，然后由操盘手进行股价操纵交易，将股价由八块拉至五十多，再由人暗箱操作将谢父的股份适时抛出，让人误以为是谢父恶意抬高股价后减持。

"那个幕后大庄家？"她的牙齿在微微打战。

"正是周先生。"他说。

"你打算怎么办？"她低声问。

一只温暖的手轻轻地抚上她的脸颊，如父亲般疼惜，他说："我知道，你和文姨，一直在等他回家，我不能挡了他回家的路。"

"可是，你父亲怎么办？"

"已经办好取保候审，很快就会回来了。"

她喟然低下头："他说得没错，仇恨，不是他一个人的事情，最终的恶果，我们谁也逃不掉。"

"晓蝶，这和你我无关，你、我，都不需要为此承担什么。只是，我想告诉你，即使我不递交相关资料和证据，检察院也很快会查出的。"

"股市的事，我还是知道一点儿的。大股东们退步抽身，小股民们血本无归，跳楼上吊，会死人的。"

他叹口气，握握她的手："那就把一切交给时间和命运吧！"

话题太沉重，两人都感到莫名压抑，他欲缓和气氛，故意问道："老板不在，你这个老板娘，不在家好好看着，怎么也跑来了？"

她这才收敛悲戚表情，微微一笑："你不是说，我是你的药吗？你受伤了，没有药怎么行？"

他被撩拨得情起，忍不住将她揽到怀中飞快地亲一口，悄声在她耳边说："我的药丸，是不是也饿了？一起吃早饭吧，准婆婆的粥做得很不错呢！照顾病人可是个力气活，你得吃饱。"

谢母正推门进来，看到这一幕，脸上似有愠色，转过身，又有淡淡的笑意浮上眉梢。

接下来的日子，罗晓蝶成为谢嘉年的贴身护工和保姆，每天帮他翻身，擦拭，抬腿，喂饭。

虽然辛苦，却乐在其中。躺在病床上的日子本枯燥，可有了爱的人陪伴，只嫌时间太短。

拉哈鲁的天空很蓝，风从遥远海岸吹来鱼腥和咸湿，青芒成熟的季节，香味氤氲在空气中，久久不散。

他说："我想吃芒果了，你不想吗？"

于是她依言下楼去买。

在异国与周先生相遇，在意料之外，又是情理之中。他穿着医院的病号服，坐在花园的长椅上，晒着拉哈鲁终年暖煦的阳光。

她提着几个青芒，与他迎面相遇，四目相视，两人眼中都有迟疑、辨认、惊讶，沉默半晌，却都没有开口。

他这是又"积劳成疾"，住进了拉哈鲁的医院？她心里鄙夷，脸上流露淡淡的讥讽一笑，目光淡淡扫过他，欲错步离开。

她觉得喉头发紧，用很大的力气在忍住眼泪。这个给予她生命的男人，她从他体内而来，带着欢欣和希望而来，最终却要从他的生命中割裂出去，决然，绝望，相忘江湖。彼此为父女的缘分，那么浅，那么浅。

在她眼中，他是罪人，是她们母女俩的罪人，不可饶恕。

她从他身边走过，忽然，胳膊被一只手有力地抓住。

他声音哀苦，沙哑，眼神悲伤，失望："晓蝶，能坐下来陪我说说话吗？"

"天网恢恢，疏而不漏。周先生，我们还是少见面的好，对你不好。"她冷冷地讥讽。

"你还在生气？晓蝶，你不应该生气，我做的一切，都是为了我们的家。"他虚弱地为自己辩解。

她压低声音，怒目而视："你杀人是为了我们，你报仇是为了我们，你掀起股市血雨腥风让无数人家破人亡也是为了我们？你积劳成疾住在这医院里也是为了我们？不要为你的偏执扭曲贪婪无耻找借口了。请你放开我，你继续做你的周先生，而我，依然是那个没有父亲的罗晓蝶。"

眼泪从她的脸颊滑过，落在了她的手背上，也落在了他的手背上。他的心蓦地一惊。他的脑海里，浮现她四岁时的样子。她在雨天的街道上摔了一身泥，哭着跑回家，他温柔地将她抱起，她的眼泪，滴在他的手背上，像今天一样，凉而让人心疼。

"晓蝶，原谅爸爸好吗？如果可以选择，我从来不愿做周先生，我只想做一个合格的父亲，陪着你成长，带你去旅行，下雨天送你去上学，抱你过小水坑，参加你的家长会。你被妈妈骂时我会护着你，写作业时我可以帮你解物理题，高考填志愿可以帮你出主意，你上大学离开家，爸爸一定是偷偷给你钱包里塞钱的那个人，你打电话回家，我每次会和妈妈抢着接，然后等你恋爱，挑剔你的男朋友，看你结婚，生子，过年回家来看我们……晓蝶，这些场景我在梦里想了无数次，可是，我知道今生再也不可能实现了，再也不可能了，我已经没有选择了。我只是希望，你不要像现在这样恨我。"

"不，你还有选择。你还可以，选择，做罗平。罗平，是我的爸爸。"她心里一酸，目光柔和下来，轻轻蹲下，握着他的手，柔声说，"妈妈常说，世上无不是的父母，父母做错了什么，儿女都会原谅的。"

泪水在这个男人苍老的眼睛里聚集，他紧紧地拉住她的手："晓蝶，你真的肯原谅我？在刀尖和噩梦里辗转半生，在富贵里摸爬滚打这么多年，想来都是命中注定的落空，一生最大的荣耀，想起来竟是，那年你上幼儿园小班，我和你一起参加亲子游戏，得了第一名，你扑到我怀里叫爸爸的那一刻。"

此情此景，她也忍不住泪流满面，可喉头又紧又涩，那声"爸爸"

始终无法叫出口。

"那天晚上,我知道说那句近期不要再见面,伤了你的心。这几日,住在医院里,看到周围的这些病人,时有亲人来探望、陪伴,我才知道,我错了。看到你刚才漠无表情地从我身边走过,我才体会到你的那种失望和伤心。晓蝶,我老了,我累了。"

"累了,就回家吧!"

"回家的路,太长。"

"我和妈妈,会等着你,一直等着你。"

……

他们的谈话,就在这时,不得不中断了,因为一直陪伴周先生的私人医生从外面回来了。她起身,匆匆和他点头打个招呼,起身欲离开,说:"嘉年还在等我,我先回去了。"

周先生却叫住她:"晚上,你到我病房来一趟,我有一些东西你转交给他。这场血雨腥风因我而起,也该结束了。"

她点点头,在刺目的阳光里走进大楼。走廊里有人在唱歌,很好听。

回到病房,她对嘉年说了刚才遇到周先生的事,并说了他的态度转变。

谢嘉年唏嘘不已,叹道:"若论输赢,他还是败了,败在你面前。晓蝶,他终究是爱你的。"

然后他们一起分食芒果,拉哈鲁的芒果,真甜。

到了晚上,她依约去周先生的病房。想来他是要自首,有证据资料要她转交。想到这里,她的心情有些沉重,暗忖一会儿见到了,是不是应该叫一声爸爸。这个称呼,她在二十年的梦里,呼唤了无数次,现在,终于见到他,却哽在喉头,无法倾吐给他,这个温暖伟大的称谓,是她唯一能给他的,暌违二十年的,馈赠。

推开虚掩的病房,清洁女工正在打扫房间,为病床换上新的床单,而那张病床上,空无一人。

她连忙退出病房看了看门牌号，和周先生说的无误，她并没有记错。他退缩了，他一定是又退缩了。

"请问，住在这里的那位周先生呢？"情急之下，她用中文脱口而出，想一想不对，又用英语说了一遍。

清洁女工一脸茫然地摇摇头，对她指了指护士站。罗晓蝶风风火火地跑了去。

拉哈鲁多华裔，护士站的护士小姐懂中文，查过之后告诉她，住在这里的周先生，刚刚办理了出院手续，转往了他预约的美国医院。

他是忘记了这晚的约定，还是他又退缩了，又或许，他的病情真的加重？她不得而知。她发疯一般拨打着他的手机，又传来可怕的忙音，再拨打私人医生的电话，也是无法接通。她始终是游离在他隐秘生活之外的人，她无从知道他更多的信息。望着空空如也的病床，她的心，仿佛沉入深深的湖底。她既恨他的再次不告而别，又担心他病重会死，她不想他死。

再回到谢嘉年的病房，她一直沉默不语。他大约已猜到会是这样的结果，并没有太多惊讶和失望，只是轻轻拍拍她的肩，说："别想太多了，不是说了吗？一切交给时间和命运。"

她沮丧地苦笑。

而时间有翻云覆雨手，命运是邪恶魔法师，谁又会知，下一秒，会有怎样的际遇遭逢？

半个月后，谢嘉年出院，谢父也回家。

一家人团圆，谢母与仆人做了一大桌美食。谢家的餐桌长而浩荡，罗晓蝶局促不安，如同林黛玉初入贾府，低头不敢举筷，仿佛要淹在白色刺绣桌布里。

谢父的确是异常和蔼之人，一直笑呵呵的，让谢嘉年夹菜给她，并且宽慰她："爱情是美好的事，我还和你伯母相约，谈恋爱到八十岁呢！"

想来谢父并不知道罗晓蝶父亲暗地里做的那些事情，也只当老太爷的横加干涉是偏执和顽固。

谢母严肃的脸上露出一丝少女般的娇怯,温柔地为丈夫添一碗汤,看罗晓蝶的目光,也柔和了许多。

谢嘉年悄悄附耳对罗晓蝶说:"我妈是天蝎座,刻薄又温柔,冷漠又深情。你懂的。"

罗晓蝶低头笑而不语。

饭毕,罗晓蝶扶谢嘉年回房间。他童年和少年时代一直居住的房间,一直保持原貌,深蓝和灰蓝相间的儿童海洋风,透着质朴和天真。桌上摆着他童年的照片,正是换牙的年纪,豁牙笑得十分恣意。他曾深以为耻,不知为何,又被母亲翻出来摆上。

她拿着照片,笑个不停。照片被他抢走,两人笑闹一团。末了,她默默垂眸:"你不知道,我常常嫉妒米雅,她从小就和你在一起,拥有那么长一段我无法参与的你的时光。唉!要是我们从小一起长大多好,要是早点遇到你多好!"爱便是这样贪婪,爱到深处,想要他的时光之树,每一道年轮,都刻着她的名字,想要一起成长,浸润在彼此生命里的每一寸时光。

他心里动容,牵起她的手:"走!带你去寻找我成长的足迹,我也好怀缅一下童年。"

他的腿虽已痊愈,但行动起来仍隐隐牵痛。他从屋后找来单车,她骑车载着他,从大门前的私家公路滑行下去,如同又回到两人在花浔时那段无忧无虑的时光。她是女王,他是仆从,刀山火海浑不怕,敌营鬼门都去得。

这一天,他带她在自家的跑马场骑马,带她下海,海水深蓝,头顶一团鱼尾状的云,她手持一束芦花,将赤脚没入雪白的浪头里,脸上带着笑,宛如初恋少女。一直玩闹到下午时分,她觉得饥肠辘辘,还好,出门的时候,他带了食物。她拿起一块面包就要吃,他却制止,神秘地笑道:"在这里吃多无趣,我带你去个好地方。"

离谢家别墅后山不远的地方,有一处背山面海的地方,他童年时代,和父亲一起,用藤和木材,在大树上搭建起一座树屋,树屋宛如鸟巢置于树间,可以俯瞰四周美景,常有松鼠、飞鸟和蝴蝶的身影飞过,风来时,枝叶随风轻轻摇曳，若是下起小雨，仿佛与世隔绝，更有趣味。

攀着简朴而结实的木梯缓缓上行，终于到达树屋，里面小桌小椅俱全，四周敞亮风凉，目及之处，是绵延的海岸。她惊呼起来："太美了！竟然有这么美的地方。"

"比起你的仙人掌花园如何？"

"好太多了。为什么从来没听你说起过？"她回头问他。

他黯然："也许周围很多同龄人羡慕我的出身，可是，我的童年并不快乐，我背负了太多太爷爷强加给我的责任和压力。我每天就像一架不停运转的机器，学习各种技能。每天，只有写完作业、练完书法、上完钢琴课，才可以偷偷溜出来到这里玩一会儿。事实上，最初的树屋被太爷爷发现后早就拆毁了，现在这个，是后来父亲在我在中国上学时重新修葺的。"

她同情地看着他，伸出双臂拢住他的腰，调皮地安慰："么么哒！来抱抱！可怜的孩子！"

"父亲说，我在中国时，他和母亲有时会上这里来坐坐，他说，从这里，可以看到入港的船，归航的航班，载着回家的人。后来，被太爷爷软禁那段时间，我有时万念俱灰，也会跑到这里来看看，看着那些起飞的飞机消失在天边，会有一种模糊的安慰，我想，总有一天，我会放下一切牵绊，回到你身边。"

想起往日种种，彼此的眼中都有泪花在闪动。她柔声安慰他："不要再想不开心的事了。现在，你在我身边，我在你身边，从前吃过的苦头，都不值一提了。"

一阵暖煦的海风迎面吹来，远处传来拉哈鲁渔民的歌声，一只调皮的松鼠从眼前倏忽跳过，风将她的白衬衣吹鼓起来，她忽然眼神一亮，低声惊叫起来："天哪！好美呀！嘉年，你看！"

一只美丽的蝴蝶，颤颤地落在她的衣襟上。前翅黑白相间，后翅金黄，外缘有锯齿状黑斑，在阳光下，羽翅的鳞片呈现一种淡淡的柔和的荧光绿。

"别动！"他忙拿出手机，拍下这难得的一幕。

蝴蝶在衣襟上短暂停留，旋即扇动翅膀，悠悠地飞走。她的目光随着蝴蝶的踪影，久久收不回来，不住地惊叹："太美了！"

他拿出刚刚拍的照片给她看，介绍道："珠光凤蝶，已经濒临绝种，被誉为飞舞的珍珠，全世界不足两千只，是非常珍贵的蝶类昆虫。拉哈鲁的老人们说，遇到珠光凤蝶的人，会找到幸福。"

她低头欣赏着，在他脸颊上留下甜蜜一吻："必须幸福。"然后又小声嘀咕，"这下可以向米雅交差了。"

他听得一头雾水："什么？"

她的电话，忽然在这时响起来。

文凤娇的乳腺癌复发，癌细胞扩散，再次住进医院。

罗晓蝶连夜赶回中国，一刻不歇，将她从花浔接到省城大医院治疗。

切除手术进行了四个小时，文凤娇醒过来的第一句话就是："我还活着吗？"

得到医生肯定的答复，看到罗晓蝶，她才放下心来，叹道："活着好，活着好。医生，要怎么治疗，吃药、打针、放疗，我都配合，我以后一定好好配合。"

那位和善的医生如哄孩子般安慰她："乖乖吃药打针，会康复的。"

罗晓蝶随医生走出病房，千恩万谢，医生却叹气，对她实言相告："情况并不乐观，癌细胞已转移到肺部，手术恢复伤口愈合后要尽快开始化疗。"

罗晓蝶木然地回到病房，望着瘦削憔悴的文凤娇，想到死亡如此逼近，想到她有一天会像一缕烟一般在她眼前消失，心里一阵钝痛。她走上前，握住文凤娇的手，说了同刚才那个医生一样的话："乖乖吃药打针，会康复的。"

谢嘉年从楼下缴费买食物回来，看到母女俩正互相打气。文凤娇说："我不能死，我还没看到你们结婚，我还没……还没等到你爸回来。"

话的重点落到最后一句。罗晓蝶和谢嘉年面面相觑，不知如何作答。该怎么回答，告诉她别等了，别傻了，他不会回来了，他是一个懦夫，是一个逃兵，所有的等待和思念，他都不配拥有。

罗晓蝶咬咬嘴唇，最终什么都没有说。

谢嘉年离开公司一个多月，案头积下不少工作等待处理，他每天不得不奔波于公司和医院之间。而罗晓蝶每天二十四小时守在病床旁照顾病人，只有在晚上文凤娇睡着以后，夜深人静，才能静下心来在随身带的画稿上画上几笔。那个关于珠光凤蝶的图案创意，终于在一个星期后定稿完成，米雅看到设计稿大赞，两人又在电话和网上沟通各种细节和想法。体谅罗晓蝶分身乏术，谢嘉年和米雅亲自到工厂监督指导，制出一匹珠片车骨蕾丝纱，蝴蝶图案的蕾丝，优雅精致，蝴蝶呼之欲出，众人无不惊叹。

米雅的参赛婚纱作品，在两周后终于完成，在完成文案的时候，米雅特别征询罗晓蝶的意见，希望给婚纱和这款蝴蝶蕾丝纱起一个名字，罗晓蝶拿着电话想了良久，说："不如，叫遇见吧！"

遇见爱情，遇见自己，遇见奇迹，遇见美好。

也许是真的遇到了奇迹，文凤娇的病情竟渐渐好转起来。她又开始蠢蠢欲动，闹着要回花浔。罗晓蝶威逼恐吓，才算摁住了。

林培来医院探望，多日不见，这个在准婆婆麾下过关斩将的准媳妇，已练就了一身讨好大妈大婶的本领。罗晓蝶只是出门缴个费的工夫，林培已经和文凤娇宛如忘年交一样热络地谈笑。

林培给文凤娇讲她和耿旭的相遇，并且文艺兮兮地说："世上所有的相遇，都是久别重逢。"

文凤娇的眼睛就亮了，带着少女般的娇羞，又带着一般成人的世故说："我知道，阿姨也是谈过恋爱的人。"

"对，俗称，过来人。"

"那时候，我是个昆曲演员，他是中学教师，来苏州开会，谁知道我们就遇见了。"

"这就是那歌里唱的，'只是因为在人群中多看了你一眼'。"林培说着说着，唱了起来。

"临走的时候,我去火车站送他,那时候人都保守,心意都没挑明,我就给他唱,'伯劳东去燕西飞,未登程先问归期',他也就明白了。"

"阿姨你好勇敢好浪漫,我给你三十二个赞。我也是先对耿旭表白的,该出手时就出手,现在,他还不是被牢牢压在我的五指山下。"

文凤娇笑起来,旋即又幽幽地叹气:"其实,能遇到那个人,本身就是一种福气。"

说者无心,罗晓蝶听着却留了意。她发现文凤娇最近越来越频繁提起爸爸,这令她又心疼又无奈,于是只好转移话题,故意嗔怪道:"林培,你讨好老太太的本领见长啊!是打算卖保险还是卖保健药?"

林培拿出一张大红烫金的请柬呈上,笑道:"卖保险卖药都太费劲,我是名正言顺来讨份子钱的。"

罗晓蝶目露惊喜:"要结婚了?这速度,赶上神七了,我还没来得及八卦到耿旭以前的恋爱史呢!"

"打住!我的小旭旭是最纯洁忠贞的,不许你诋毁他。"

罗晓蝶乐不可支,笑道:"好吧!那让我狠狠地羡慕嫉妒恨吧!幸福的女人。"

林培又如少年时欺负罗晓蝶一样,捏了捏她的脸蛋:"这还差不多。那你也抓紧哦!"

文凤娇也附和:"就是,你也抓紧。"

罗晓蝶不甘示弱地和林培调侃:"放心吧!打架输了你,这种事,我会迎头赶上。"

林培又略坐了坐,起身告辞。罗晓蝶送她下楼,回来的路上,她悄悄给周先生的私人医生打了一个电话。

这一次,医生的电话通了。

"周先生和你在一起吗?在美国?他的身体怎么样了?"她低声问。

"做了手术,一切顺利,放心吧晓蝶。"医生轻松地说。

"我能和他通话吗?他的手机一直打不通。"

"哦!他现在在休息,等他醒来我转告他,让他回电话给你。"

她惴惴不安地挂断电话,一天过去,两天过去,周先生始终没有回电话给她。

一天下午,文凤娇无意中瞥见罗晓蝶落在床头的钱包,看到了夹层里那张父女俩的照片,一时百感交集,脸上神采飞扬,拿着照片对罗晓蝶絮絮叨叨:"你爸不太上相,他那时候其实很帅的。脾气又好,对你溺爱得不行,整天把你架脖子上满街跑。他还……"

话未说完,被罗晓蝶粗暴地打断:"别说了,他根本就不爱你,也不爱我,他早就死了,早就死了,你知道吗?"

被女儿这样抢白呛火,又有临床旁人在侧,文凤娇面子上挂不住,羞愤不已,忽然掩面呜呜呜地哭起来。

另一床的大妈和陪床的女人面面相觑。罗晓蝶窘迫不安,伸出手戳了戳文凤娇的胳膊,声如蚊蚋:"好啦!我错了。"

文凤娇孩子气地甩开她的手,依然哭得婉转曲折,动人心魄。

"别哭了,对身体不好。"

"都是我的错。我给你买门口的奶茶好不好!"

……

在女儿的声声哀求中,文凤娇终于止住了哭声,并且给自己找台阶下:"赶紧买奶茶去!"

奶茶买来,文凤娇已经像没事人一般,喝着奶茶,和临床的病友聊起天来。

从那天后,母女俩再也没有提起过父亲。这个男人,是三缄其口的禁忌,是不可言说的秘密。但罗晓蝶知道,他已成为文凤娇身上最顽固的病灶体,最强大的敏感源,一触即发的痛神经,无法痊愈的旧伤口。她们欲盖弥彰地将这些隐藏起来,假装看不到。

几天后,医生称病情已得到有效控制,文凤娇便强烈要求出院,罗晓蝶坚决反对,却拗不过她,医生也说暂时可回家休养调整心情配合中药巩固治疗即可,文凤娇便迫不及待地办了出院,欢欢喜喜地回花浔去了。

谢嘉年要去香港出差,签一份合同,参观一个珠宝展。带婷婷一起。

夏杨口气泛酸:"和美女出差这样的好事,为什么轮不到我啊?"

谢嘉年看看一旁的米雅,笑说:"和美女共事,也不错啊!"

夏杨不忿地瞥瞥米雅,嘀咕道:"她啊!常闻河东狮子吼,吓得心肝抖三抖。米雅太凶了,一点儿不如婷婷可爱。"

话音刚落,一把尺子劈头扔过来,米雅不甘示弱:"姐是母老虎,问你服不服?"

"服,服,服!"夏杨抱头鼠窜,办公室里笑成一团。

几个小时后到达香港,合同谈得很顺利,婷婷也很乖。

第二天,那场盛大的珠宝展开幕,他带婷婷去参观。

展馆规模壮观,据说有二十多个国家近千家珠宝厂商参加。女人天性使然,婷婷一见到各类珠宝,眼睛都直了,在每一个展柜前都流连许久,他只好跟在她身后,慢慢地走。

展厅的一个显著位置的展柜,围满了参观者。婷婷好奇,在外围踮着脚抻着脖子等了许久,人渐渐散去,她终于靠前。

只见玻璃展示台里,一枚精美的蝴蝶形翡翠玉佩,静静地躺在一个黑丝绒托盘里,特有的灯光穿插叠加,光线不同程度折射反射,使翡翠发出迷人的光芒。而这枚翡翠,与太爷爷交给谢嘉年的那枚,大小、形状、纹路、色泽、几乎分毫不差。

他的目光渐渐凝聚,久久不能移步,因为,在翡翠的下方,他又看到了详尽的文字介绍,文中写道:

名称:游飏寻芳;重量,35.21克,"千松盖雪仍结翠,万载凝炼成精石",取翠料之大成,琢蝴蝶之纤美,碧水化冰,纤尘不染。清乾隆宫廷御制,显王者贵色,佑家国兴旺。

翡翠的另一旁,附有一份某文物专家真品鉴定书。白纸黑字,言之凿凿。

如果,那枚是真品,那么,太爷爷的这枚是什么呢?

这时,有人从身后轻轻拍了拍他的肩,回头,是张传奇。

"张叔叔,你怎么来了?"

"我来香港办点事,知道你们在这里,顺便来看看我的婷婷。"张传奇欲盖弥彰。

一颗父亲的心，谢嘉年怎会不懂。他说："婷婷很乖，不乱跑的。"

婷婷见到张传奇，一副小女儿姿态，撒娇道："婷婷饿了。"

张传奇调侃："怎么样？我就怕别人照顾不好我的婷婷。走，爸爸带你们去吃好吃的，香港可是美食天堂。"

婷婷便跟着张传奇要走，去拉谢嘉年，他却迟疑了一下，目光留在那枚翡翠上无法移开。

张传奇见状，也忍不住看了一眼，怔了一下，问："你喜欢这个？"

"不。我有一枚一模一样的。"谢嘉年说。

"世上没有完全相同的两片树叶，也没完全相同的两只蝴蝶。"张传奇话里有话。

"所以，它们之中，有一个是赝品。"

张传奇的脸上，是一种高屋建瓴般的自信，他说："不，它们都是赝品。"

谢嘉年诧然。

"想不想听一听，我所知道的，关于这枚翡翠的故事？"

张传奇在一家酒店的餐厅订了位，窗外就可见美丽的维多利亚港夜景。点了婷婷爱吃的食物，她马上被美食和美景吸引了去。

面对美食，谢嘉年却意兴阑珊，没有胃口。他本不在意那枚翡翠，只是今天偶然遇到，又听张传奇这样说，如果是真的，不免替太爷爷惋惜，他追寻一生，得到的却是一枚赝品，令人觉得可笑而心酸。

张传奇饮一口红酒，带着惯常的慢条斯理的腔调，娓娓道来。

原来，张传奇的祖上太爷爷那一代，曾是谢家家奴。在坐船逃往东南亚时，他曾目睹谢家一位姨太太盗了翡翠准备和另一家仆私奔，姨太太匆忙中不甚失足跌入大海，翡翠也永远沉入大海，而那位和姨太太有染的家仆得以驾船逃脱。多年来谢老太爷总以为翡翠在中国，其实早已葬身海底。市面上出现的蝴蝶翡翠，全是良莠不齐的赝品。

山河流转，岁月变迁，一段艳情往事在后人的流传中浮出水面，而那块翡翠,带着秘密,永沉海底。维多利亚港的海风吹来,像一个发酵过的幻梦,隔山隔海隔世纪,令人沉堕其中。

张传奇慈爱地望一眼婷婷,转头对谢嘉年说:"经商多年,坐拥财富无数,可我也是近几年参禅体悟,渐渐明白了一个道理。"

"什么?"

"世间何为贵,什么最珍贵?不是豪宅名车,不是华服珠宝……"

婷婷忽然插言:"那到底什么最珍贵啊?"

张传奇宠溺地抚了抚婷婷的头发:"你啊!你最珍贵!"

林培和耿旭的婚礼在一个阳光充沛的秋日举行。

婚礼别出心裁。在草地上举行完宣誓仪式,新郎牵着新娘,登上热气球,缓缓升空,新娘从空中将捧花抛下,罗晓蝶再次接住了。

热气球缓缓地飘向湖心小岛,岛上是一座湖景酒店,他们将在那里,度过一个难忘之宵。年轻人们起哄大喊:"送入洞房,送入洞房!"

空中传来林培和耿旭的呼喊:"我们会幸福的。"

就像伤口开出了花朵,苦涩酿成了蜜糖,命运最终给那些在路上历尽艰辛的人以奖赏。

罗晓蝶,也会给你奖赏吗?她在心里轻轻地问自己,一边流着激动的泪水,一边向谢嘉年抗议:"我嫉妒啦!不管啦!林培的婚礼太拉风了!嘉年,我要打败她,要打败她。"

他重重地亲吻她的额头:"会的,会的,我们的婚礼,更拉风。"

忽然,手机在包里"嘀嘀嘀"响了三声,是短信提示音,她打开一看,是一个熟悉的号码,上面写着一行字:"晓蝶,我在湖边的亭子等你。"

她心里一紧,并不避讳谢嘉年,将短信给他看。

"谁?"

"周先生。"

两人都不约而同地朝湖边的亭子望去,那里果真隐隐约约有一个人影。

"要我陪你吗?"他问。

她摇摇头:"不用,我想,他应该有话对我说。"

她离开喧嚣的人群,独自走向湖边的亭子。

林木掩映,一个背影孑然而立,那背影依然高大,但已微微佝偻,不再挺拔。她走近,故作平静地叫了声:"周先生!"

周先生转过身,一只手颤巍巍地取下墨镜,脸上带着一丝苦笑,这苦笑大约是埋怨罗晓蝶依然称呼他周先生。大病初愈的他脸色蜡黄,身形也瘦了一圈。

罗晓蝶忍不住说:"湖边风大,您刚做过手术,为什么在这种地方见面?我陪您找一个室内的咖啡馆吧!"

湖边清风徐来,周先生仿佛身心舒畅,深吸一口气,慨叹道:"不了,室外好哇!阳光底下好哇!你说得没错,我有病,我心里头有病,要多在阳光底下晒晒,才能把阴影、霉斑、潮冷都赶走。"

罗晓蝶无言以对,哀痛地叫了声:"周先生。"

这一声"周先生",再次刺痛了脆弱的神经,他的眼中,忽然泪光闪动,目光却遥遥地望着热气球上那对幸福的新人,声音喑哑地说:"结婚的新人,是你的朋友吧!看到他们,会忍不住想象,我的晓蝶穿上婚纱结婚时的样子。不知你喜欢西式的那种教堂婚礼,还是中式传统婚礼。两种都不错呢!女儿被爸爸牵着手,交到另一个男人手上,是一种郑重的托付。或者中式婚礼,父母坐在堂前,新人一拜天地二拜父母,想来那便叫花好月圆了。只是,这种普通父亲的殊荣,我可能再也无法拥有。这一切,都是我咎由自取。"

泪水泫然落下,一个男人的泪水,如同走过千山万水的一种到达,饱含辛酸和疲惫,罗晓蝶终于忍不住,也啜泣出声。

两人都沉默不语,良久,周先生倦了,坐下来,从衣袋里缓缓地拿出一枚玉佩,郑重地牵过她的手,将其放在了她的手心,语重心长地说:"这枚翡翠,是我从国外的拍卖会上拍下的,价值不菲,专家鉴定过,是真品。我是一个罪人,也许万千财富,最终只是泡影,什么也不能给你留下,这枚翡翠,就全当我给你的嫁妆吧!也算是我这半生罪孽的一个句号。"

她抬起泪眼,眼神哀痛地望着他。他百感交集,面露愧色:"关于谢家股票案的证据资料,我已经交给了拉哈鲁的法庭。晓蝶,为了你和谢嘉年能心无旁骛地在一起,这是我唯一能做的事,也是我该承担的罪责。晓蝶,你既然要和他在一起,我希望你无论何时面对他,都是不亏不欠,内心坦然的。我希望你幸福!"

"爸!"她终于抑制不住,喊出哽在胸口二十多年的那个字,泪水决堤,肆意横飞,她伏趴在他的膝头,如受到天大委屈的孩子,祈求怀抱和慰藉。

周先生,不,这个叫罗平的男人,轻轻地抚摸着女儿的头发,如二十年前那个年轻的父亲,轻轻拍哄跌倒的女儿:"别哭!晓蝶,别哭!"

远处的欢声和音乐不断,阳光刺得人睁不开眼。许久,罗平抬眼望了望一碧如洗的天,收敛泪水,轻轻起身:"晓蝶,我该走了。"

"去哪里?"

"我还有一件很重要的事要去办。"

她仿佛听懂他话里所指,也不阻拦,只是怔怔地望着他,看着他走进阳光里,融进阳光里。

灯光下,两枚翡翠静静地躺在黑丝绒上,散发幽光。

四目久久凝视,带着诘问、探求,和疑虑。

"哪个是真的?是这个,是这个,香港的那个,还是张传奇说的那个?"她问。

他沉思良久,回答:"管他呢?这对你我来说,并不重要。"

"那什么才重要呢?"

"重要的是,这个,和这个,是真的,就够了。"他拉起她的手抚在自己的胸口,自己的另一只手按在她的胸口。

这个秋天多雨。

蟹青色的天空与花浔的青砖融为一色,泼洒出一幅隽永的水墨画。檐雨滴答,像一首节奏顿挫的小诗。果然美水果店的老板娘,坐在屋檐下,哼着婉转的调子:"伯劳东去燕西飞,未登程先问归期……"

天色向晚,为天地泼下墨色,街上的行人渐渐少了,檐下的灯笼亮起来,周围的店铺渐次关门打烊,她仍不肯关门。

远远地,一个持黑伞的身影徐徐而来,在屋前站定,伞下的人老去了容颜,脊背也不再挺拔,眼睛不再澄澈,但那目光依然是灼热的,他颤颤地叫了声:"阿娇!我回来了。"

文凤娇一怔,以为自己幻听。已经有多久没人这样称呼过自己了,阿娇,阿娇,沁入心底的柔声,留在了时光的路上。她抬眼望着来人,久久地凝视,目光里有迟疑、辨认、惊喜、怨怼,声音恍惚道:"罗平,是你吗?"

"是我,是我!"他缓步上去,意欲拉住她的手。

她一时神情恍惚,仿佛又回到二十年前,他依然是花浔一中受人爱戴的老师,她则是他娴静端雅的妻,每天洗手做汤羹,等待晚归的他。

她怨道:"晚自习总是这么晚,别说老师了,学生怎么吃得消?"

他诧然,听着这没头没尾的话,一时心酸又自责,喉头发紧,说:"阿娇,对不起!"

她却依然沉浸在那二十多年前的遐思中无法自拔,柔声问:"饿了吧!快吃饭吧!"

"阿娇!"他声音哀哀,带着恳求。

雨水滴答不停,水色被灯光涂亮,成为湮没往事的声光背景。她短暂沉默后,忽然环顾四周,目光惊恐,一把推开他,压抑地低呼:"罗平,你快走,快走!别让别人看到了,快,快走!"

一个猝不及防的有力的怀抱骤然箍紧了她,她一恍神,仿佛跌入一个久远的旧梦里,熟悉的味道,熟悉的感觉,仿佛只是彼此携手在路上走着,一次小小的走神,转眼又回头,重返彼此心里。他的声音不大,却字字有力:"不走了,不躲了,就这样抱着你,做真实的自己,哪怕一分钟,就够了。"

雨不知何时停了,"雨过天晴云破处",一轮圆月皎皎。屋里的摆钟嘀嗒嘀嗒,在寂静处显得格外清晰,她抬眼望去,时钟正好指向十点半。她喃喃地说:"十点半了,你终于回家了。你没有骗我。"

两天后,罗平向当地警方自首,一个月后,当地警方和拉哈鲁当局进行证据交换司法确认,谢氏集团的股票案也尘埃落定,等待罗平的,是数十年的牢狱生涯。

罗晓蝶去看守所看望他,他的脸上,无欲无染,带着坦然的微笑,说:"终于可以睡一个好觉了。"

仙人掌花园·亲密小诗

猫在蹚水,
一只绿壳乌龟飞上了天,
玩具兵打败了怪兽,
粉红小猪爱上了蜘蛛侠,
向日葵和僵尸跳起了舞。

铅笔刀割破了手,
我在蓝色的游泳池底哭泣,
悲伤变成巨大的鼻涕泡泡。

近视的月亮撞上了水面,
肇事者风速走了,
掀起十二米巨澜。
钉子在瞳孔里开花,
雨水流下屋檐,
台风就要来了,
请抓紧你即将飞走的帽子。

你是所有美丽的遇见里,
最伟大的不平凡。

09

  一个深秋的午后,一方楼上忽然传来两声快乐癫狂的尖叫和欢呼,米雅和罗晓蝶疯疯癫癫地跑出来,喜形于色,语无伦次地宣布:
  "获奖了,获奖了!"
  "我们的作品获奖了,哇咔咔!嘉年,马上订机票,我们要去巴黎领奖。"
  米雅已按捺不住地拿出一份精致的邀请函,得意地晃了晃:"颁奖晚会邀请函,我们的作品,斩获两项大奖,最佳风尚奖和最佳面料奖。"
  当晚,大家举行了一个小小的庆功酒会和欢迎宴,推杯换盏好不热闹,林培和耿旭也应邀在场,吃饭的时候,耿旭一直关怀备至,悄悄提点林培这不能吃那不能吃,罗晓蝶心生疑窦,悄悄问过才得知,原来林培已怀孕两个月了,只是还没过民间三个月的忌讳期,才秘而不宣。初为人妇的林培,已完全练就出七大姑八大姨的过来人气质,语重心长地对罗晓蝶说:"你也抓紧点吧!"
  这话让人莫名恼火,下一秒,罗晓蝶便找谢嘉年问罪去了,语气幽怨:"林培都怀孕了。"
  话外之音不言而喻——我拉风的婚礼呢?
  谢嘉年邪魅地笑笑:"怎么,恨嫁了?"
  她嘴硬:"才没有。"说罢转身找林培聊天去了
  他只是目光灼灼地望着她,若有所思。

  一个星期后,一行人远赴巴黎,众星捧月般陪米雅和罗晓蝶去参加颁奖礼。
  国际瞩目的赛事,星光璀璨的舞台,汇集了时尚界顶尖人物,行业

前辈新秀云集，来自世界各地的专业媒体和风格潮流，这些精华元素带来的传播性和曝光度，远非其他平台可以比拟。

　　米雅曾在巴黎读书，熟门熟路，一到会场便有熟识的朋友热络地问好，谈笑风生，而罗晓蝶难免紧张，获奖感言打了无数遍腹稿，还是心里没底，设计师的强迫症使然，总怕出一点纰漏。谢嘉年悄悄握握她的手给她打气："别紧张。"

　　怕什么就来什么，轮到她们的婚纱展示走台时，模特却不知何故迟到了，而其他模特各司其职，无法调拨人员救场，虽是主办方的责任，一时却让米雅和罗晓蝶犯难。工作人员提议她们其中一人做模特。米雅连连推托，说自己身高不够，罗晓蝶也退缩："我更不行，小时候在幼儿园的舞台上唱个歌都心惊胆战，等会儿说获奖感言肯定要磕磕绊绊，怎么在这么多媒体和镜头前走台啊！不行！不行！"

　　"我觉得行。"谢嘉年忽然出现在后台，一身笔挺合体的西装，神采奕奕，身后灯光明亮，缀满一身，如同缀满宝石的光，他双目炯炯，握住她的手，"如果我陪你一起走，会不会好一些？"

　　她低呼："搞什么啊？这是什么地方啊？你以为这是一方婚纱的新品发布会啊？你以为随便什么人搭台子上去就能唱戏啊？"

　　他自信地耸动一下身体，在镜子里照了照，反问："怎么？你觉得我不如那些男模帅吗？"

　　"当然不是。"她绯红了脸，悄悄夸他，"我知道你最帅了。快走啦，别闹了。"

　　"那就行了。米雅，带她去穿婚纱。"他不容置疑地将她推向试衣间。

　　灯光齐齐暗下来，罗晓蝶犹犹豫豫地走出，一束追光灯落在她身上，她下意识地身体一僵，迎面却见他走过来，向她伸出了手。掌心温热，她瞬间心安，两人齐步并肩，缓缓出场。人群发出啧啧惊叹。看惯了西方模特的高挑性感，罗晓蝶的出现，令人眼前一亮。简洁流畅的剪裁，精致考究的选料，别出心裁的设计，于裙角的细节处，可感受到淳朴的优雅。而优雅帅气的东方男模，也吸引了媒体的目光。

　　米雅上台，诠释自己的设计理念："轻薄透气的面料，是一方婚纱的一大特色，而蕾丝和刺绣这些元素亦需要保留，在传统元素里能够推陈出新，更像是婚姻的意义，摒弃陈旧，宛如新生。而这款婚纱的新面料设计者，正是这位美丽的模特，也是这次最佳面料奖的得主，罗晓蝶。"

罗晓蝶被谢嘉年缓缓引至话筒前，却始终没有松开她的手。

她转头看着他，他带来的温度和力量自掌心蔓延到心底，她忽然不再紧张，沉一口气，说："我喜欢在自然中寻找创意源泉，而这一次，我选择了蝴蝶这一意象。蝴蝶经历过漫长而痛苦的过程，在黑暗中挣脱束缚，破茧成蝶，蝴蝶永远朝着美好的方向前行，它们既能发现路旁的玫瑰，也能飞越沧海，寻找到美丽的彼岸花，这就是对幸福最好的诠释。"她一直稍显逊色的英文，竟然也变得流畅起来。

镁光灯下，她笑靥如花，如百合一般纯洁秀美，他微微侧身，目光深深地凝视她，说："晓蝶，那个美好的方向，我希望和你一起，我想给你幸福。晓蝶，嫁给我，做我唯一的爱人，我的妻。"

台下人群忽然安静下来，众人都屏息，将目光投向她。

他捧出一枚璀璨的钻戒，充满期待地望着她。

她困惑了一下，伸出手去，当他靠近为她戴上戒指时，她悄声问道："不是已经送过戒指了吗？"

他一脸平静："这个是结婚戒指。"

"这就算结婚了？这不会就是你说的，更拉风的婚礼吧？"

戒指戴好，他没有回答，俯身吻向她。

台下响起雷鸣般的掌声和欢呼声。他在她耳边悄声问道："这不算更拉风的婚礼吗？至少，它是更省钱的婚礼吧！你看，租用场地、鲜花气球、灯光摄影、香槟美酒、金牌司仪，全省了，从现在开始我就在为我们的小日子做打算了。"

她"扑哧"一声笑了，嗔怨道："讨厌！小气。"

事后她才得知，米雅和大赛主办方一位主管熟识，他们和谢嘉年一起借颁奖礼之便，精心策划了这个插曲。本来每一款获奖作品展示都会以简单的情景剧方式展现，西方人又奔放浪漫，这小小的插曲反倒为颁奖礼更添趣味和看点。

　　从颁奖礼的金色大厅出来，抬眼是巴黎晴好的天空，风送来幽香。婚纱和盛妆还未褪去，罗晓蝶微微眯眼，还不能从刚才幸福的眩晕中回过神来。一睁眼，他笑问："怎样？还在回味？"

　　她故意嘟嘴："还是差点意思。"

　　"欲壑难填的女人。"说着，他变戏法似的从身后拿出一个鞋盒，打开，是一双球鞋，说，"刚才，只是一个序曲，真正的征程，才刚刚开始。"

　　"什么？"

　　"还记得我们在仙人掌花园看英仙座的那个夜晚吗？它是属于秋天的星座，在亮且耀眼的银河，它忽明忽暗。在十一月的子夜时分，英仙座经过中天，住在地球南纬31°的人们，可以完整地看到英仙座。我曾许下诺言，希望有一天，我带你去南纬31°的地方，看一次英仙座。英仙座会永远守护仙女座，你愿意做我的仙女座吗？"

　　"我愿意。"

【官方QQ群：555047509】
每周丰富多彩的群活动，好礼不停送！
作者编辑齐驾到，访谈八卦聊不停！

扫一扫看更多图书番外，作者专访

END